맹추선생

孟秋先生 맹 추 선 생

강석주

한그루

머리말

이 책이 담고 있는 단편소설 열 편은 문자 그대로 허구적 이야기입니다. 필자는 진로활동의 한 꼭지인 '진로소설 이해와 독후 활동'을 지도하던 중 학교와 교실을 배경으로 한 소설을 쓰고자 하는 소망을 품었습니다. 이 책은 그 결과물입니다.

필자는 소설을 '있음 직한 장면을 통해 있음직한 실천을 이끄는 재미있는 이야기'라 감히 정의해 봅니다. 재미는 내용 공감을 토대로 발전된 모습을 그릴 수 있는 상상력을 발휘할 때 느끼는 감성입니다. 감성은 비단 미학과 문학의 전유물이 아니라 생각합니다. 교육학, 경제학 등 인간 행동 탐구를 위한 대다수 학문의 출발점이라 생각합니다. 교육학 전문서의 과학과 논리에 근거한 이성적 접근과 더불어 소설을 통한 감성적 접근도 필요하고 중요하다고 봅니다.

학교조직은 복잡하고 역동적입니다. 적게는 이삼백 명에서 많게는 천 명이 넘는 학생의 발전된 미래가 움트는 거대 생명체입니다. 학교는 교육과정과 교칙을 핵심으로 교육활동이 전개됩니다. 그러나 교육과정과 여러 규정대로 질서 정연히 움직이지만은 않습니다. 다양한 교과와 비교과 활동, 생활지도, 그리고 학생-교사-학부모 등 구성원 간의 문제 행동과 갈

등이 발생합니다. 이 책의 목표는 이들에 대해 한번 생각해 볼 수 있는 기회를 부여하는 것입니다.

법정(法頂) 스님의 "무엇이든지 빨리 단박에 이루려 서두르지 마십시오. 살 줄 아는 사람들은 단박에 움켜쥐기보다는 쓰다듬기를 좋아합니다. 목표를 향해 곧장 달려가기보다는 여유를 가지고 구불구불 돌아가는 길을 선택합니다."란 말씀을 떠올려 봅니다. 교사 연찬(研鑽)엔 내용과 관계없이 쓰다듬기와 여유가 필요하다고 봅니다. 저는 여기에 하나를 추가하고자 합니다. 재미입니다. 교육학 전문서를 통한 연찬이 단박에 움켜쥐기이며 곧장 달려가기라면 교육소설을 통한 연찬은 재미와 여유를 갖고 쓰다듬으며 사색하는 수행법이라 생각합니다.

이 책은 수업 중 잠자는 학생들, 각종 행사 관련 학생의 노쇼(No-Show), 생활지도 및 학급 운영, 효과성과 효율성을 높이는 교무업무분장, 초임 교사 적응기, 그리고 학교조직 구성원 간 갈등 등의 이야기를 담았습니다. 단위학교 교육활동을 둘러싼 등장인물 개개인의 감정과 행동, 그리고 등장인물 간의 갈등에 내재한 의미 경험을 통한 성장을 기대해 봅니다.

「잠[睡]과 전쟁」과 「정전(停電)」의 사례에 관한 의견 교환을 통해 좀 더 실제적이고 효과적인 수업 방안을 모색했으면 합니다. 「노쇼(No-Show)」, 「동상이몽(同床異夢)」, 「모녀(母女)」, 그리고 「절창(切創)」 등을 통해 생활지도 및 동아리 지도에 대한 다양한 의견을 교환했으면 합니다. 「무단 외출」, 「전입 동기(轉入同期)」, 「방문객」, 그리고 「장고 악수(長考惡手)」 등은 학생지도 관련보다는 우리 교사들의 이야기입니다. 교사 책무성, 직무 수행, 대인관계, 그리고 교무업무분장에 따른 역할과 개개인의 교육관 차이에 따른 갈등 등을 다뤘습니다. 특히 「장고 악수」는 새내기 교사의 좌충우돌 활약상과 결말을 제시했습니다. 새내기와 저경력 교사라면 직무연수 차원에서 일독해 볼 가치가 있다고 봅니다.

필자는 이 책을 소모임 연수자료로 활용하기를 권장합니다. 필자를 포함한 대다수 교사는 교실 수업과 생활지도 등을 동료한테 보여주기를 민망스러워하는 것 같습니다. 참관 동료 역시 마음속 깊은 강평을 숨김없이 내놓지는 않는 듯합니다. 이는 자신만의 교육 방식을 고집하는 위험한 행동이라 생각합니다. 나와 네가 아닌 제삼자의 상황을 갖고 여럿이 함께 할 수 있는 장면이 필요하다고 봅니다. 제삼자의 행동에 대해 각자 자신의 의견과 태도를 명확히 하고 동료들의 생각을 경청하여 공유하기를 바랍니다.

우리 속담에 "꿈보다 해몽이 좋다."가 있습니다. 비유가 적절한지 모르겠습니다만 등장인물의 내외적 행동에 대해 진솔한 대화와 비판을 통한 멋진 해몽을 기대합니다. "등장인물이 제시한 사고와 실천보다 나의 ~한 방안이 좀 더 바람직하지 않을까?"란 의견 제시는 매우 생산적인 탐구 활동입니다. 비판적 해몽은 교육활동 개선을 위한 시금석이라 생각합니다. 머리를 맞대어 집단지성을 추구할 때 창의적 교육활동 아이디어가 샘솟을 것입니다.

제주특별자치도교육청에 감사한 말씀을 드립니다. 제주특

별자치도교육청의 「우리 선생님 책 출판 지원 사업」이 없었더라면 이 책을 교육 세상에 내보내는 일은 불가능했을 것입니다. 수업과 진로상담을 반추하고 개선책 강구를 위해 적어 둔 졸고를 빛 보게 해 주었습니다. 아내에게도 고마운 마음을 전합니다. 독수리 타법의 원고를 매의 눈으로 살펴봐 주었습니다. 올 초에 32년간 들었던 교편을 놓고 명예 퇴임한 아내에게 이 책을 드립니다.

2020년 8월
최남단 남학생 일반고 大靜高(북위 33°13'54") 교무실에서
孟追 강석주 드림

목차

잠[眠]과 전쟁

1

천일고(高) 보건실, 쥐 죽은 듯이 고요했다. 모두 자고 있었다. 입을 벌리고 멍한 모습으로 자는 놈, 침을 질질 흘리며 자는 놈, 불만 가득 찬 얼굴로 자는 놈, 얼굴 보여주기 창피한 듯 이불을 푹 뒤집어쓰고 자는 놈. 나는 그들에게 학생, 녀석, 그리고 아이란 단어조차 붙이기가 싫었다. 그들을 잠시 보고 있는데 한 녀석이 들어왔다. 흐리멍덩한 눈으로 나를 한번 힐끗 쳐다보더니만 자연스레 2층 침대 위 칸으로 올라갔다. 아마 자다가 화장실에 갔다 오는 듯했다. 나는 그 녀석을 봤다. 그 녀석은 나를 다시 한번 쓱 보더니만 등을 돌려 눕는다. 저들 중 한 녀석이 내 아들이었다면 달려가 귀싸대기를 서너 번 갈긴 후 모가지를 꽉 움켜잡아 질질 끌고 가고 싶었다. 교도소. 그렇다, 순간 나는 영화에서 본 2층 침대가 있는 미국 교

도소의 취침 점호 장면을 떠올렸다. 2층 침대가 15조니까 30
석이었다. 얼핏 봐도 비어 있는 자리는 대여섯 자리뿐이었다.

"오늘도 여전히 많네요?"

나는 체념한 어투로 보건교사 최순실을 보며 말했다. 최순
실이 방긋 웃으며 그래도 지금은 여섯 자리가 비었다고 했다.
어제 오후 내가 왔다 간 직후엔 침대가 만원이었다고 했다. 늦
게 온 한 학생은 짜증을 내면서 바닥에서 자면 안 되냐며 떼를
썼다고도 했다. 나는 입실 환자에게 음료수 한 병씩만 팔아도
일 년이면 교실 하나를 증축할 수 있겠다고 하며 씁쓸한 표정
으로 웃어넘겼다. 나는 오후에 다시 들르겠다는 말을 한 후 보
건실을 나왔다. 나는 매일 2교시와 5교시 쉬는 시간에 보건실
입실 인원을 점검했다. 1학기엔 없었던 나의 2학기 업무였다.
오십 중반에 4층을 매일 두 번 오르내리는 것도 힘들다. 그러
나 이것도 다음 주면 끝이다.

7월 중순 수요일 7교시, 소강당. 1, 2, 3학년 교무실별로 생
활지도 담당 교사 한 명만을 제외한 교사 전원이 참석했다. 교
장의 특별 지시였다. 그야말로 100% 참석이었다. 극히 보기
드문 교직원회의 참석률이었다.

"제가 생각했던 것보다 심각한 상태였습니다. 나름의 조치
가 필요하다고 봅니다. 먼저 여기 PPT를 봐주시기 바랍니다."

김운기 교장이 손으로 PPT를 가리켰다. 화면의 PPT 상단
에는 '크고자 하거든 남을 섬기라'는 교훈(校訓)과 함께 '수업
중 수면 학생 관찰(3/27, 화)'이란 제목을 붙인 도표가 있었다.

欲爲大者 當爲人役

수업 중 수면 학생 관찰(3/27, 화)

구분	1교시	2교시	3교시	4교시	5교시	6교시	7교시	계
1학년(명)	123	103	102	99	132	101	112	772
2학년(명)	112	113	111	88	114	109	103	750
계	235	216	213	187	246	210	215	1,522

천일고등학교

　김 교장이 '수업 중 수면 학생 관찰(3/27, 화)'을 설명했다. 김 교장은 학년별 12개 학급, 2개 학년 총 24개 학급의 교시별 수업 중 잠자는 학생의 수라 했다. 3월부터 종종 수업 중에 1, 2학년 복도를 지나가면서 창문 너머로 파악한 것이라 했다. 음악실, 미술실, 그리고 체육관 수업은 제외한 수치라 했다. 대충 봐도 1, 2학년 대부분 학급이 학급원 35명 중 3분의 1이 자고 있음을 알 수 있었다. 특히 1교시와 점심 후 5교시가 다른 교시에 비해 상대적으로 인원수가 많았다. 교장은 PPT 페이지를 넘겼다. 교장은 계속하여 4/24(화), 5/29(화), 6/26(화) 등의 수업 중 수면 학생 관찰표를 설명했다. PPT 화면이 바뀌어도 도표 속의 수치, 즉 잠자는 학생의 수는 비슷했다. 교장은 1학기 관찰 결과를 토대로 수업 중 자는 학생이 많음에 심각성을 느꼈다고 했다. 어떤 교실은 6명만이 깨어 있었다고 했다. 교장은 제시된 PPT가 전부가 아님을 설명하면서 자신의 수첩을 펼쳐 여러 도표를 내보였다.

"여러분 모두가 처음부터 방치할 마음으로 수업하시는 분은 없을 것입니다. 선생님 나름대로 열심히 깨우고 지도해도 학생들이 묵묵부답일 경우가 많아 그냥 넘어가는 것으로 생각합니다. 그리고 그들을 자주 깨우다 보면 진도를 못 나갈 수도 있을 겁니다. 몇몇 선생님은 수능에서 선택 과목이라 선택한 학생만 듣기에 나머지는 크게 신경을 쓰지 않았냐고 말씀하실 수도 있을 겁니다. 그러나 그건 바람직한 생각이 아닙니다. 수업 중에 학생은 깨어 있어야 합니다. 수업 중에 잠을 허용하는 건 학생의 50분 삶을 멈추게 하는 것과 같다고 생각합니다. 물론 잠을 안 자는 것이 곧 학습 참여를 의미하는 것은 아닙니다만 삶을 멈추게 하는 것보다는 의미가 크다고 생각합니다. 섭섭하게 들릴지도 모르겠지만 정 안되면 다른 교과라도 공부할 수 있도록 안내하세요. 자는 것보단 훨씬 낫다고 봅니다."

김 교장은 2학기부터 3학년을 제외한 1, 2학년 전 교과를 대상으로 매 교시 수업 중 잠자는 학생 인원수를 조사하고 연말에 그 결과를 게시하겠다고 했다. 당연히 우수 교사에 대해서는 근무평정에 반영하겠다고 했다. 나는 등 뒤에서 몇몇 교사가 그게 현실적으로 가능하겠냐는 말을 지줄대는 것을 들었다. 그들은 잠자는 학생들을 일일이 파악하는 것, 그리고 몇 번을 조사할지 모르나 서너 번 관찰하여 평가한다는 것은 무리라 말했다. 교장은 그런 반응을 예측이나 한 듯 PPT 화면을

맹추선생

넘겼다. 「잠과 전쟁 목표와 내용」이었다. 이어지는 PPT엔 전교사 잠 없는 수업 방법 적용, 적극적 잠 깨우기, 수업 중간 벨울림을 통한 3분간 휴식 및 잠 깨기 시간 운영, 학급별 2명 기록 학생 선정 및 운영법, 기록장 양식, 주 1회 교장·교감 기록장 확인, 연말 보고회 운영, 그리고 모범교사와 우수 학급에 대한 학교장 시상 등의 내용이었다.

"교장 선생님, 수업 내용이 뭐든 간에 잘 아이는 잡니다. 저라고 자는 모습이 보기 좋아서 그냥 두는 줄 아십니까? 깨워도 다시 자는데 어떻게 합니까? 정당한 훈계조차 대놓고 맞섭니다. 그리고 자는 학생 깨우다 보면 집중하는 학생들이 피해를 봅니다. 솔직히 요즘 뜨는 책 『나는 대한민국의 교사다』를 쓴 조벽 교수님이 오셔서 수업해도 한두 시간은 될지 몰라도 7교시 내내 학생들 각성 상태를 유지하기는 어려울 겁니다. 잘 학생은 잡니다. 잠자는 학생들은 수업이 지루해서, 교사가 깨우지 않아서 자는 것만은 아닙니다. 깨어 있는 학생들, 배우고자 하는 학생들에 더욱 신경 써서 지도하는 것도 필요하다고 봅니다. 그리고 수업의 질 평가 없이 단순히 안 자는 학생 수만을 가지고 우수 교사, 열등 교사로 보는 건 아니라고 봅니다. 문제의 심각성은 여러 선생님이 충분히 이해했다고 봅니다. 재검토 부탁드립니다. 저희도 신경 쓰겠습니다. 이상입니다."

다가오는 2월 정년을 앞둔 수학과 홍민철 교사였다. 홍민철은 양손을 앞으로 가지런히 모은 채 공손한 태도와 차분한 어조로 말했다. 그러나 나는 홍민철의 말에 한껏 날이 섰음을 느낄 수 있었다. 홍민철 교사는 끝내 교장이 말한 대로 잠자는 학생 숫자 세고, 잠을 깨우기 위해 수업 중 음악을 들려주고, 주(周)마다 교사별 학급별 통계를 내느니 아예 교실에 폐쇄회로 텔레비전(CCTV)을 설치하고 교장, 교감이 상시 감시하며 발견 즉시 학생과 교사를 조치하는 것이 좋지 않냐고 말했다.

"허허허, 홍 선생님. 제 이야기를 너무 부정적으로만 보지 말아 주세요. 제가 여러분을 감시하고 통제하고자 하는 생각은 추호도 없습니다. 누구나 교실을 나오면서 만족한 수업이었음을 느낄 때 뿌듯할 것입니다. 그 반면 교실을 나오는 순간까지도 엎드린 채 여러분이 나가는 것조차 모르는 학생을 보면서 아무런 감정이 없을 수 없을 겁니다. 자신의 수업에 좀 더 많은 학생을, 제가 좀 더 욕심을 부린다면 잠자는 학생이 한 명도 없도록 힘써 주십사 하는 겁니다. 교실에 CCTV 설치요? 물론 개인정보 보호법 제15조 제1항에 따라 정보 주체인 학생과 교사의 동의를 얻으면 영상 정보처리 기기를 설치 운영할 수 있습니다. 하지만 사생활권, 행동자유권, 그리고 표현의 자유 등 개인 기본권이 제한되어 인권침해 소지가 있습니다. 저 역시 그렇게까지 하면서 하고픈 마음은 없습니다. 선생님과 선생님의 지도로 학생의 자발적 참여를 끌어냈으면 하는 바람입니다. 저는 CCTV보다 수업 권위자로서 잠자는 학생이 없는 수업 분위기 조성을 위한 여러분의 능력과 의지가 있음을 믿습니다. 수업은 자신의 분신입니다. 적극적인 참여를 부탁드립니다."

김 교장은 말을 멈췄다. 교장은 선생님들 표정을 두루 살폈다. 그 와중에 나는 교장과 눈을 마주쳤다. 교장은 표가 날 정도로 숨을 한번 깊이 들이마셨다. 나는 순간 교장이 뭔가 중대한 말을 하려는 걸 본능적인 육감으로 느꼈다. 교장이 말을 이었다.

"2학기부터 수업 중에 학생들이 잠자는 행위를 줄이고자 잠과의 전쟁을 선포합니다. 다가오는 여름방학을 이용하여 잠이 없는 수업을 위한 다양한 방법, 기발한 방법, 그야말로 획기적인 방법을 개발하여 2학기에 투입할 것을 당부드립니다. 잠자는 학생 한 명 없는 수업에 관해 생각해 보는 기회가 되기를 바랍니다. 잠과 전쟁을 위한 것이라면 그 어떤 수업 방식도 허락합니다. 고전적, 형식적 수업 틀에서 벗어나길 권고합니다. 여러분이 수업에 임할 때 '내가 무엇을 할까?'에 얽매이면 학생들은 잡니다. 여러분이 아닌 학생들이 움직일 때 그들에게 잠이란 있을 수 없을 겁니다. 세 번을 지도했는데도 계속 잠자는 학생에 대해서는 보건실로 보내십시오. 학생 자신도 모르는 기면증(嗜眠症) 환자일 수도 있습니다. 여러분도 아시다시피 잠은 전염됩니다. 주위에 자는 학생이 있으면 자고 싶은 게 학생들입니다. 격리하십시오. 보건교사는 매일 수면 환자 명단을 보고해 주시기 바랍니다. 그들 부모에게 연락하고 지도를 당부하는 일은 저와 교감이 하겠습니다. 아울러 현재 1층 보건실을 4층의 빈 교실로 옮기고 침대를 현재 4석에서 2층 침대 15조(組) 30석으로 늘리겠습니다. 잠과 전쟁 실천에 따른 지원은 우선하여 반영하겠습니다. 그에 따른 필요한 수업 교구, 교재 등을 망설임 없이 신청하십시오. 최선을 다해 지원할 것임을 약속합니다."

교육경력 25년 차 내 경험상 직원 조회 내용에 관한 솔직한 의견 교환과 다양한 평가는 회의실 자리에서 일어난 후 3분 내, 이십여 미터 거리 내에서 나왔다. 회의에서 자기주장을 편 사람은 당위성을 반복하고, 조용히 관망한 대부분 교사는 양측의 주장에 관한 자신의 의견을 옆 교사와 교환하는 걸음걸이가 가장 느린 '강평 구역'이다. 내 바로 뒤에서 2학년 부장 송호준의 목소리가 들렸다.

"말도 안 되는 말씀을 하고 계시네. 한두 명도 아니고 그걸 어떻게 다 통제해? 그리고 걔네 다 깨우다 보면 진도 나갈 수 있을까? 교장은 평교사 때 다 깨워서 수업하셨대요?"

"그나저나 잠자는 학생 수를 세겠다고 자원하는 학생이 학급마다 나올까요? 매시간 신경 쓰는 건 둘째 치고 학급원들과도 대면하기가 껄끄러울 텐데."

2학년 홍만용 교사였다.

"전 의미 있다고 봐요. 솔직히 몇몇 교사만 하면 학생들로부터 나댄다는 말을 들을 수도 있어 고민했는데, 전 교사가 달려들면 좀 달라지지 않을까요? 저는 작년에 자는 학생들을 다 일대일로 깨우다 보니 수업 진도와 진행에 어려움이 많았어요. 지금은 저도 깨우는 걸 많이 줄였어요. 이제부턴 중간에 잠을 예방하기 위한 음악을 틀고 하면 확실히 덜하겠죠. 이제는 우리 선생님들 모두 하니까 서로 의지하면서 슬기롭게 극복할 수 있을 것 같습니다."

학적(學籍) 담당 김미경 선생이었다.

"동감이야. 나도 그래. 2학기부턴 왜 선생님만 깐깐하냐는 말을 덜 듣겠네. 난 교장 선생님 의견 찬성이야. 나도 이참에 새로이 시작해 보려고 해. 교장 선생님의 '고전적 수업의 틀에서 벗어나 그야말로 파격적인 방법 모색과 실천을 적극적으로 지원할 것임을 약속합니다.'란 말 멋있지 않아?"

1학년 송영철 교사가 말했다. 송영철의 말이 끝나자 2학년 오상민 교사가 김미경과 송영철을 보며 말을 이었다.

"나는 그보다 교장, 교감 선생님 두 분이 그 많은 잠자는 학생들 부모에게 일일이 연락하려면 아무리 빨라도 한 달간은 모든 업무 접으셔야 할 것이란 생각이 드는데요. 그게 그렇게 쉽게 되나요. 그리고 수업 중에 잠깐 졸거나 잤다고 비행 청소년은 아니잖아요. 그들도 나름대로 이유가 있어요. 내가 볼 때 우리 학교 학생들 야간 자율학습 끝나고도 학원 다니는 학생 많아요. 학원 끝나고 집에 가면 12시는 보통이에요. 말 그대로 잠이 절대 부족한 학생들이에요. 그들 중에는 정말 모범생들도 있다고요. 그들한테 큰소리 내기가 솔직히 좀 그래요. 그 모범생들이 항상 졸거나 자면 당연히 뭐라 해야지요. 그러나 가끔이야. 글쎄…… 나는 교장 선생님이 좀 오버하시는 것 같아요."

교장이 나를 교장실로 불렀다. 교장은 교원능력개발평가와 관련된 내용이니 힘들더라도 연구부에서 추진할 것을 부탁했다. 교장은 잠과 전쟁에 따른 대강의 방침을 담은 것이라며 종이를 건넸다. 「잠과 전쟁 목표와 방향」이었다. 교장은 교사들의 지속적 참여 독려는 자신과 교감이 할 것이니 세부 운영 계획 수립, 실천, 그리고 학년말 운영 보고회까지 부탁한다고 말했다. 나는 교장의 눈을 보았다. 이전에도 교장과 근무한 경험이 있었기에 그 눈길의 의미를 대강 해석할 수 있었다.

2

8월 13일, 2학기 개학일 교직원 조회. 교무부장은 전체 집합 개학식은 없고 학급별로 1교시 대청소, 2교시 자율활동, 그리고 3교시부터 정규수업 진행을 공지했다. 나는 「잠과 전쟁」 실시를 공지했다. 나는 이틀 전에 1, 2학년 전체 학생, 학부모, 그리고 교사에게 이를 시행한다는 것을 문자메시지로 알렸다. 홈페이지에도 공지 사항 3751번으로 자세한 시행 안내문을 탑재했다고 알렸다. 나는 담임들에게 2교시 자율활동 시간을 이용하여 가정통신문 배부와 함께 잠과 전쟁 운영 배경 설명, 학급별로 기록을 담당할 학생 2명 선정, 보건실 격리 조치, 학부모 협조 지도 및 후속 조치, 그리고 우수 학급 포상 등에 대한 자세한 안내를 부탁했다. 운영 기간은 8월 14일부터 12월 24일까지임을 알렸다.

교장, 교감과 더불어 나는 「잠과 전쟁」 운영 업무상 여러 교사의 수업을 자주 참관할 수 있었다. 동료 교사 수업 참관은 그리 쉬운 게 아니다. 기회가 있더라도 참관에 유의해야 한다. 보통 동료 교사 수업 참관 시 30분 이내에 나오는 게 예의다. 끝까지 지켜보면 비례(非禮)다. 새 업무를 담당하면서부터 나는 업무상 비례를 많이 했다. 어쨌든 교사별 잠과 전쟁 접근 방법을 비교적 자세히 볼 수 있었다. 보고서 작성을 위한 목적도 있었으나 다양한 수업 방법 탐구에 관한 개인적 호기심도 크게 작용했다. 그럴 때 아니면 언제 동료 교사 수업을 자세히 볼 것인가? 나는 졸거나 자는 학생을 될 수 있으면 천천히 관찰했다.

고경력 교사로서 부끄러운 이야기지만 내 수업「한국사」때도 자는 학생이 많았다. 대부분 대학이 한국사 3~4등급 이내만을 요구한다. 그리고 한국사 시험이 쉬워 대다수 학생이 크게 신경을 쓰지 않았다. 그나마 내신성적에 크게 관심을 기울이는 학생들, 학급에서 4분의 1 정도만 참여한다. 나머지는 다른 공부를 하거나 잤다. 나도 소수만을 대상으로 수업했다. 간혹 그런 나의 수업을 창 너머로 보는 교장 혹은 교감의 얼굴과 마주칠 때면 미안함과 부끄러움은 잠시였다. 그때마다 나는 속으로 '어쩌라고요, 당신이라고 별수 있을까요?'란 한마디 자위로 예사롭게 흘려버렸다.

김 교장이 주문한 잠이 없는 수업을 위한 다양한 방법, 기발한 방법, 그야말로 획기적인 방법들이 교실에서 벌어졌다. 잠과 전쟁을 수행하는 교사 접근법을 나는 두 가지로 분류할 수 있었다. 하나는 사전 예방법이다. 수업 시작부터 졸거나 자지 못하도록 힘썼다. 수업 내용 관련 활동지 해결, 동기유발 및 내용 관련 재미있는 동영상 활용, 조별 문제 풀이 게임, 그리고 개인 혹은 팀 단위 발표 수업 등이었다. 다른 하나는 사후 조치법이다. 졸거나 잠든 학생에 대한 일종의 얼차려 접근법이다. 교실 뒤로 나가 서서 수업을 받도록 하는 교사, 거꾸리로 정신 차리고 들어오게 하는 교사, 오리걸음으로 복도 왕복후 들어오게 하는 교사, 그리고 동물을 이용한 공포심 유발을 이용한 교사 등이 있었다.

강경웅 교사의 1학년 「통합 과학」 수업은 매시간 수업 중간에 한 명씩 준비한 '천일고 이그노벨상' 내용을 발표했다. 이그노벨상(The Ig Nobel Prizes)은 과학잡지 『애널스 오브 임프로버블 리서치(AIR)』가 제정한 '다시 할 수도 없고 해서도 안 되는' 기발한 연구나 업적을 대상으로 한 상이다. 천일고 이그노벨상은 이를 응용한 것이다. 그에 대해 언젠가 담당 교사는 생활 속 과학을 교과학습에 연계하여 학생들의 관심을 높이기 위함이며 수행평가에 반영한다고 말했다. 기억나는 강경웅 선생의 수업이 있다. 그 시간의 학생 발표 제목은 '거시기 길이 및 굵기와 통합 과학 내신성적 간 상관관계'였다. 거시기 길이와 통합 과학 1학기 내신성적 간 상관관계를 연구한 것이었다. 친구 34명을 대상으로 거시기 길이 및 굵기 측정치를 기준으로 했다고 했다. 자신의 연구를 수행한 결과 거시기 길이와는 $r=0.30$, 굵기와는 $r=0.33$으로 나왔다고 했다. 둘다 미약한 상관관계지만 길이보다 굵기가 좀 더 「과학」 교과 내신성적과 관련 있음을 발표했다.

"이번 연구 결과와 더불어 인생 역시 가늘고 길게 사는 것보다는 짧으나 굵게 사는 게 좋다고 생각합니다."

그 학생의 결론이었다. 그 말이 떨어지자마자 몇몇 학생이 책상을 두드리며 환호했다. 나는 몇몇 학생들이 서로 자신의 대략적 거시기 길이와 굵기를 주고받는 모습도 볼 수 있었다. 교실에 한바탕 웃음이 지나자 강경웅은 짧은 강평(講評) 후 나머지 수업을 진행했다. 나도 처음엔 정말 한심한 연구라 생각했다. 그러나 생각해 보니 이그노벨상에 충실한 연구가 아닌가도 생각했다. 잠을 자서도 안 되겠지만 잘 수가 없는 수업이란 생각이 들었다. 한 학생이 강경웅 교사의 거시기 제원(諸元)을 묻는 말을 뒤로하고 나왔다.

이균선 교사의 1학년 「통합 사회」 수업은 도입 단계에서 딜레마 문제로 시작했다. 그 시간에 학습할 내용과 관련된 사회적 딜레마 문제로 학생들의 관심을 끌어내는 방식이다. 네 번의 수업 참관 중 가장 기억에 남는 딜레마 내용은 '인공지능(AI) 자율자동차의 딜레마'였다. AI 자율주행차가 일방통행 골목길에서 브레이크가 파열됐다. 골목길 왼쪽에는 초등학생인 듯한 남학생이 오고 있고, 오른쪽에는 지팡이를 짚은 할머니가 가고 있다. 자율주행차가 벽 한쪽으로 붙이면 한 사람은 구할 수 있다. 자율주행차는 누구를 구해야 하며, 그 이유는 무엇인가를 묻는 딜레마였다. 거짓말 한마디 보탬 없이 전원이 한마디씩 하느라 교실이 시끄러웠다. 분위기를 보니 금세 그칠 것 같지 않았다.

"AI 자율주행차가 국내산인가 수입품인가에 따라 상황이 달라질 것이다. 국산 AI 자동차라면 투철한 경로사상에 근거하여 무의식적으로 노인을 구할 것이며, 프랑스산이면 학생을 구할 것이다."

나는 아주 작은 소리로 혼잣말하며 조용히 나왔다. 복도를 걷는 동안 나는 며칠 전 신문에서 읽은 자율자동차 기사를 떠올렸다. 기자는 인공지능 전문가에게 사람을 태우는 승용차와 짐만 싣는 화물차 중 어느 게 운전자 없는 완전 자율주행하기가 쉬운지를 물었다. 수강생들 대부분이 화물차라고 답했다. 사람이 차에 타지 않으면 설사 자율주행 중 사고가 발생하더라도 인명피해는 없을 것이란 답이었다. 하지만 기사 속의 전문가 답은 반대였다. 돌발상황, 예를 들어 길 한가운데에 철재가 떨어져 있을 때 승객이 타고 있다면 그걸 치울 수 있지만, 사람이 없으면 해결할 길이 없기 때문이라고 답했다.

정영철의 2학년 「기하」는 네 명이 한 팀으로 움직였다. 수업 전반 25분은 학급원 35명 모두가 교사 주도의 일제(一齊)학습을 했다. 중간 휴식 벨이 끝나면 팀 단위 학습을 했다. 정영철 교사는 학급별로 우수 학생을 팀장으로 배치하고 팀원들을 지도할 수 있도록 했다. 팀원들은 궁금한 것을 팀장 혹은 순회지도하는 교사에게 질의하며 학습했다. 지도받는 학생들 대다수가 "일단 팀장한테 묻는 게 선생님보다 편하다. 팀장 역시 내 수준에서 쉽게 가르쳐 주기 때문에 이해가 잘 된다. 그리고 네 명이라 깜빡깜빡 졸거나 잠자기가 쑥스럽고 미안해서 확실히 잠을 덜 잔다."라고 했다.

대다수 사람은 뱀을 만지거나 보는 것이 아닌 뱀이란 단어를 듣는 것만으로도 꺼림칙하고 공포감을 느낀다. 이는 우리나라 사람만의 무서움은 아닌 것 같다. 적어도 프랑스 사람들은 공감하는 것 같다. 세상에서 가장 짧은 시 「뱀」으로 널리 알려진 프랑스 작가 쥘 르나르(Jules Renard)도 "뱀, 너무 길다."

라고 단 한마디로 입을 다물어 버렸다. 2학년 「생명 과학 I」의 윤진수 교사는 항상 뱀을 들고 교실에 갔다. 당연히 독이 없는 뱀이다. 윤진수는 대학원에서 파충류를 전공했다. 취미 역시 애완용 뱀, 이구아나 등을 사육하는 것이라 했다. 진수는 그날 갖고 온 뱀이 여러 교실을 순방하느라 힘들어할 것을 대비해 이구아나도 함께 들고 왔다. 진수는 잠잘 기미가 보이는 학생에게 다가가 그것을 책상 혹은 어깨에 올려놓았다. 학생들은 보는 것만으로 잠이 싹 달아난다고 했다. 실제 체험에 따른 공포감이 점점 떨어지는 면도 없지 않았으나 파충류를 전공하겠다는 학생들도 나왔다.

나는 2학년 「한국사」 수업 신조를 '역사 수업은 생생해야'로 설정해 추진했다. 나는 수업 중에 학생들이 졸거나 자는 것을 막기 위한 수단으로 현장 뉴스 방식을 취했다. 매시간 도입 단계에서 2인 1조의 '앵커와 기자'란 형식으로 5분간 발표하도록 했다. 앵커와 기자 두 사람은 그날 학습내용을 분석한 후 학생들에게 학습할 내용, 강조 및 유의사항 등을 텔레비전 기자의 현장 보도 형식으로 발표했다. 본시 학습 앵커는 다음 차시엔 비교적 말을 많이 하는 기자 역할을 한다. 학생들이 자주 쓰는 형식은 이랬다.

앵커: 지난 시간 수업 내용은 ~이었습니다. 오늘은 그 후속으로 ~에 대해 살펴보겠습니다. 오늘 학습할 내용은 ~인데요, 핵심 사항은 ~입니다. 이 내용은 ~과 관련하고 ~측면에서 볼 때 그 중요성은 매우 크다고 생각합니다. 그럼 오늘 학습할 구

체적 내용과 수업 시 유의점에 대해 강○○ 기자가 알려드리 겠습니다. 강○○ 기자!

기자: 여러분, 안녕하십니까? 강○○ 기자입니다. 오늘 학습할 내용은 방금 앵커가 말했듯이 ~입니다. 이 내용은 전 시간에 배운 ~과(와) ~한 측면에서 관계가 매우 깊습니다. 혹 지난 시간에 잠을 잔 친구는 전 수업 내용과 오늘 수업 내용을 연결할 수 있을지 다소 걱정되기도 합니다. 특히 ~에 관한 내용은 수능뿐만 아니라 작년 교내 2차 정기고사에도 출제된 것으로 보아 다가오는 2차 정기고사에도 꼭 나올 것으로 예상합니다. 특히, 이번 내용 중에 ~사건의 전개 과정과 결말은 ~한 점에서 매우 중요합니다. 선생님이 어떤 수업 자료를 보여주실지도 무척 기대됩니다. 잠을 잤다가 친구를 통해 이 소식을 접한 그 학생의 부모님은 어떤 표정을 지으실지 역시 궁금합니다. 잘 들어야 할 것입니다. 수업에 앞서 두 명의 학생으로부터 오늘 수업에 임하는 태도와 각오를 들어보겠습니다. (학급원 두 명을 인터뷰한 후) 그럼, 오늘도 졸거나 자는 학생 한 명도 없는 우리 ○반의 〈한국사〉 수업이 되길 기원합니다. 이상 강○○ 기자입니다.

나는 기자 역할 학생만을 한 명 한 명 캠코더로 촬영한 후 그 학생의 수행평가에 반영했다. 기자 학생이 본시 학습내용 분석을 제대로 한 후 발표했는지, 학생들이 쉽게 이해할 수 있는 용어와 사례를 사용했는지, 그리고 학생들 호응도 등을 평가했다. 인상 깊은 발표는 임진왜란 학습 시 기자가 이순신 장군으로 분장-종이로 만든 갑옷을 입고 플라스틱 장난감 칼을 참-하고는 PPT를 띄워 부하들, 즉 학생들에게 3대첩(大捷) 작전 계획을 지시하는 것이었다. 그 과정이 너무나 진지하고 생생하여 마치 2004년 「불멸의 이순신」의 한 장면을 다시 보는 듯했다. 나 역시 수업 내용 관련 사진, 영상, 자료, 그리고 소품 등을 철저히 활용했다. 학생 전원이 사진과 소품 등을 한 번씩 꼭 만져보도록 했다. 6·25 동란 학습 시에는 취미로 서바이벌게임 동호회 활동을 하는 남편의 총기류 석 점을 갖고 들어갔다. 비비(BB)탄도 듬뿍 갖고 들어갔다. 남학생이라서 그런지 좋아서 환장(換腸), 문자 그대로 오장(五臟)의 위치가 바뀔 정도로 열광했다.

「영어」, 「중국어」, 「일본어」 등의 외국어 수업에는 공통점이 있었다. 수업 분위기가 어수선하면 각각의 외국어로 된 개그 동영상을 보여줘 분위기를 전환했다. 물론 대부분 자막이 있는 것이었다. 그러나 '재밌는 것은 다시 봐도 재밌어요.'란 학생의 말마따나 같은 것을 서너 번 보다 보니 자막 없이도 알아들을 수 있다고 했다. 담당 선생님들도 그걸 노린 것 같았다. 수업 참관 때 나도 모르게 소리 내 깔깔거리다 학생들의 눈총을 받고 나온 적이 몇 번 있었다. 나는 그중 「일본어」 수업의 '안잣슈(アンジャッシュ)' 개그가 가장 재미있었다. 「영어회화」 수업 참관 때는 종종 무알코올 음료를 맛볼 수 있었다. 나 역시 왠지 혀[舌] 유연성이 달라짐을 순간 느꼈다. 음료수를 마시는 순간 혀가 저절로 꼬부라짐을 느꼈다. 특히 알(R) 발음에 탁월했다. 혀 굴림이 미약한 학생에게만 투입하여 교정

한다고 했다. 몇몇은 맛보려 일부러 발음을 이상하게 하는 녀석도 있다고 했다.

잠과 전쟁이 원만하게 진행된 것만은 아니었다. 잠과 전쟁에 따른 사고와 함께 사건도 적지 않았다. 장지찬 교사의 「세계 지리」 시간에는 학생이 팔을 깁스하는 사고가 있었다. 잠을 깨우기 위한 용도로 교실 뒤에 비치한 허리 스트레칭 운동기구인 거꾸리를 하던 중 전복(顚覆)된 것이었다. 윤진수 교사의 「생명 과학 I 」 시간엔 수업에 투입되었던 뱀이 실종되는 사건도 있었다. 뱀 실종 사건은 마침 내가 현장에 있어서 생생히 알고 있다. 9월 어느 날 5교시였다. 윤진수 교사는 여느 때와 같이 잠든 학생에게 다가가 어깨에 뱀을 얹었다. 순간 잠을 깬 학생은 아주 귀찮다는-내가 볼 때 그것은 놀란 표정이 아닌 익숙함에 따른 귀찮은 표정이었다-듯 뱀을 잡고는 옆으로 획 내던졌다. 그런데 그게 열린 창문으로 넘어가 버린 것이었다. 윤 교사는 재빨리 밖으로 뛰어 내려갔다. 그는 뱀을 찾지 못했다. 나중에 들은 이야긴데 20만 원을 주고 산 '대륙유혈목이'라 했다. 우리나라에서 가장 작은 뱀으로, 성질이 온순하며 사람을 거의 물지 않는 뱀이라 했다. 그 사건 후 윤 교사는 반드시 창문을 확인한 후 수업한다고 했다.

11월 초엔 다소 심각한 사건이 있었다. 2학년 「문학」을 담당한 김대원 교사는 수업 분위기가 어수선하면 자는 학생들도 모두 깨운 후 전 학생을 일으켜 김 교사가 늘 강조하는 '한국의 5대 명시'를 암송시켰다. 윤동주의 '참회록' 외 3편과 윤선도의 오우가(五友歌) 등이 그것이다. 김 교사는 암송한 시는 고교 재학 중 각종 글쓰기뿐만 아니라 대학, 직장, 그리고 사회생활 등 여러 면에서 쓸모 있음을 강조했다. 「문학」의 수행평가 중 한 항목이 암송한 5편을 자필로 쓰는 것이었다. 보통 한 시간에 두세 번 했다. 사건이 있던 그날 역시 세 번째를 하려고 김 교사가 잠자는 학생 두 명을 깨우는 과정에서 일어났다.

"에이, XX."

최영수가 갑자기 일어나 볼펜을 칠판을 향해 세차게 던졌다. 볼펜은 김대원 교사의 어깨를 넘어가 칠판에 부딪힌 후 떨어졌다. 놀란 기색이 짙은 김대원 교사를 향해 영수가 신경질적인 어투로 크게 말했다.

"도대체 공부를 하라는 겁니까, 말라는 겁니까? 시도 때도 없이 자는 학생들을 깨우니 집중이 안 되잖습니까? 선생님, 걔들 내버려 두고 진도 나가세요. 왜 안 하던 짓 하면서 난리를 피우세요. 자는 애들 내버려 두세요. 애들 일일이 다 깨우고, 툭하면 시 암송으로 시간 보내고, 도대체 언제 진도 나가실 거예요?"

김대원 교사는 분명 노기 어린 표정이었으나 목소리를 차분하게 가라앉히고 부드럽게 물었다.

"영수야, 우리 함께 공부하자. 조는 학생이 많아서 그래. 배려심을 좀 발휘하면 안 돼?"

"선생님, 배려심을 말씀하시면서 왜 안 자고 성실히 공부하는 학생들에 대한 배려심은 없어요? 왜 맨날 자는 학생들을 깨우면서 수업 시간 죽이세요. 선생님, 우리 반이 옆 반에 비해 한 단원이나 늦은 것 아세요? 그리고 5대 시 암송은 개인 평가인 만큼 개인에게 맡겨야지 왜 수업 시간에 다 같이 하도록 하세요? 그건 불공정한 거 아닌가요?"

내가 참관한 여러 수업 중 가장 힘들었던, 아니 난처한 상황이었다. 함부로 나설 일이 아니었다. 그러한 나를 의식했는지 김대원 교사는 여전히 침착한 어투로 말했다.

"영수! 너 태도가 정말 못됐구나, 이리 나와 애들 앞에서 다시 한번 말해 봐라."

김대원 교사는 영수를 교탁 쪽으로 불러냈다. 교탁으로 다가온 영수는 다짜고짜 이렇게 말했다.

"더 할 말 없어요. 때릴 거면 빨리 때리세요. 저 시간 없어요."

사건이 발생한 6반 반장 김정일, 영수, 그리고 김대원 교사가 학생부에 진술서를 제출했다. 나 역시 참관자로서 진술서를 제출했다.

영수는 자신의 행동을 인정했다. 영수 어머니는 아들의 언행 잘못을 인정하면서도 아들의 말도 맞는 것 아니냐며 원인 제공은 교사에게 있다고 했다. 학생생활교육위원회는 영수에게 근신 2일과 교내봉사 3일 징계를 내렸다.

그 사건으로 그날 오후는 잠과 전쟁 관련 교사들 행동이 잠시 주춤했다. 삼삼오오 모이면 그 이야기를 누가 먼저라 할 것 없이 꺼냈다. 몇몇 교사는 영수의 주장에 공감했다. 다음 날 나는 어제 있은 사안과 관련하여 2학년 교무실에 들렀다. 나에게 개선을 요구하는 교사도 있었다.

"맹(孟) 부장님, 무한정 깨울 수만은 없는 것 아닌가요? 저도 공부하는 학생, 성실히 따라오는 학생들을 위한 배려가 더 중요하다고 봐요. 이건 마치 결석이 잦은 반 담임이 결석한 학생이 없는 자리에서 성실한 학생들에게 출결 관리 똑바로 하라고 야단치는 격 아닌가요? 성실한 학생들이 왜 피해를 봐야 해요? 본인이 그야말로 힘써 노력하며 자겠다는데 누가 말려요. 그 불타는 열정을. 저도 이번 기회에 다시 한번 진지하게 생각해 보려 합니다. 정확히 관련 문헌을 확인하지 못했습니다만 그들에게 학습권이 있다면 수업 거부권도 있지 않을까요? 있다면 존중해야 하지 않을까요?"

"박 선생님, 그게 무슨 말이야? 아무리 그래도 그렇지. 최영수, 그 녀석 말하는 본새가 영 마음에 들지 않아요."

내가 답을 하기도 전에 박청안 교사 곁에 있던 채만식 교사가 말했다. 채만식은 작년 학생부 학교폭력 담당 경험을 토대로 사안의 심각성을 강조했다.

"영수가 평소에도 잘난 척 많이 해요. 그리고 보세요, 이번에도 소리 내어 그 녀석을 두둔하고 나서는 학생 한 명 없잖아요. 아무리 그래도 그렇지 선생님께 볼펜을 던져요? 미성년자라 하더라도 볼펜을 던진 건 도구를 사용한 특수폭행죄에 해당하는 것 아닌가요? 근신 2일, 교내봉사 3일은 너무 약한 것 아닌가요? 김 선생님이 안 다쳤기에 망정이지 다쳤다면 소년법상 보호처분도 받을 수 있는 사안인데……."

"어허, 선생님들, 맹자님 말씀하시길 '애인불친(愛人不親)이거든 반기인(反其仁)하고 치인불치(治人不治)이거든 반기지(反其智)하라.'라고 하셨습니다. 즉, 자신이 남을 사랑해도 그가 친하게 지내려 하지 않으면 자기의 마음이 어질고 자애로운지 돌이켜 반성해 보고, 남을 다스려도 다스려지지 않으면 자기의 지혜를 반성해 보라는 말입니다. 어른과 아이, 선생과 제자의 언쟁은 불문곡직하고 어른과 선생을 탓합니다. 그러니 김대원 선생님이 들으면 섭섭하겠지만 이번 사안은 표면적 수업 방식이 아닌 평소 영수에 대한 사랑이 부족한 탓이요, 영수를 대하는 지혜가 부족한 탓이려니 생각하는 게 속 편할 거예요. 그리고 그걸 먼저 개선하면 좋은 결과가 있을 겁니다. 선생님들도 유념하세요. 자, 그건 그렇고 담임 선생님들은 아까 진로 부장님이 부탁한 진로 캠프 참가 희망자들 최종 명단을 종례 시간까지 제출 부탁드립니다."

우리 이야기를 잠자코 듣던 송 부장이 마무리했다. 나는 2학년 교무실에서 나왔다. 교무실을 나오자마자 오리걸음으로 내 앞을 통과 중인 두 명과 마주쳤다. 2학년 「수학 I」 수업이 있다는 증거이다. 잠과 전쟁 운영에 따라 고명종 교사는 자신의 의도와 상관없이 '오리궁뎅이'란 그의 별명을 굳건히 다져 놓은 계기가 되었다. 체형이 소위 오리 엉덩이인 고명종은 엉덩이를 둥싯둥싯 뒤뚱거리며 걷는 것처럼 걸었다. 고명종은 조는 학생은 말로 깨우지만 자는 학생은 오리걸음으로 복도를 왕복하도록 했다. 오리걸음을 하는 학생 중 십중팔구는 꼭 고명종 교사의 별명을 내뱉었다. 고명종 교사는 여느 교사와 달리 잠과 전쟁 조치법을 단순하고 명쾌하게 접근했다.

"잠자는 학생요? 깨우면 돼요. 대학 가려 천일고에 온 녀석에게 무슨 놈의 흥미와 관심 유발이에요. 정신 상태가 문제지요. 수학은 확실합니다. 풀면 반드시 나옵니다. 이것만큼 재밌는 게 어디 있어요? 수학이 재미없는 녀석은 안 풀기 때문이지요. 수업 시간에 졸고 잠자니 알지를 못하고 알지 못하니 풀수 있나요. 오리걸음으로 복도 왕복한 후 정신 차려 제대로 듣고 반복하면 무조건 풀려요."

1학년 「영어」도 「수학 I」과 비슷한 졸음 방지법을 썼다. 차이가 있다면 복도가 아닌 교실 뒤로 내보내는 것이다. 천일고는 교실마다 뒤쪽에 서서 수업을 받도록 다리가 긴 책상을 서너 개 비치했다. 사회교과교실을 자주 이용하는 2학년 「경제」는 잠자기에 앞서 조는 학생을 지적하여 '거꾸리 5분 하기'로 조치했다. 한편 2학년 「진로와 직업」과 1학년 「정보」는 적극적 수업 방해, 잠자는 것만을 제외한 그 어떤 행동도 용납했다. 두 교사는 수업 중에 영어, 수학 등 다른 교과 공부를 하든, 소설책을 읽든, 만화책-단, 학교 도서관에서 대출한 교양 만화책-을 읽든 개의치 않았다. 수업 방해와 잠을 잔 학생에 대해서는 수행평가에 반영-1회 지적에 1점 감점-하는 것으로 학생들과 합의했다고 했다.

교장과 교감도 약속을 지켰다. 교장과 교감은 보건실 입실 수면 학생들 부모에게 아들의 상황 보고와 함께 가정에서 지도를 당부했다. 예전과 달리 교장과 교감은 식사를 따로 하는 경우가 많았다. 학부모와 통화하는 일로 서로 점심시간을 맞추지 못하는 것이다. 교장, 교감의 말에 따르면 전화를 받은 대다수 학부모가 가정에서 충실 지도를 약속했다고 들었다.

그러나 일부 학부모는 다소 자제력을 잃은 격양된 목소리로 당장 데리러 가겠다며 보건실이 어디냐고 물었다고 했다. 우리와 교무실을 함께 사용하는 교감의 학부모 통화 과정을 보면 열 통화 중 여덟 번은 "예, 가정에서 지도 부탁드립니다. 그럼 어머님만 믿고 오늘은 이만 끊겠습니다."라는 짧은 당부의 말로 끝났다. 그러나 열 번 중 두세 번은 십 분을 넘겼다. 장황한 설명이 대부분이었으나 열에 한 번꼴로 학생이 잠자는 원인이 교사에게 있는지 학생에게 있는지를 놓고 설전을 벌였다. 그러한 통화가 끝나면 교감은 꼭 교문 밖의 버스 정류소로 갔다. 담배를 피우러 간 것이다. 교장도 상황은 비슷했다. 종종 학부모님의 뜻대로 하라는 소리가 콘크리트 벽을 넘어 교무실까지 들려왔다. 아주 가끔 둘 다 안 보일 때도 있다. 둘 다 정류소에 있음이 틀림없다.

3

12월 24일 점심시간, 나는 게시판 네 곳 중 게시 효과가 좋다고 소문난 1층 게시판으로 갔다. 잠과 전쟁 결과를 공개하는 날이다. 나는 수업 연구 담당인 홍영신과 함께 전지(全紙)를 들고 갔다. 게시판 앞엔 다른 게시물들을 읽고 있는 학생 20여 명이 있었다. 우리는 그들을 헤치고 들어가 게시물을 부착했다.

7교시, 소강당. 나는 2쪽짜리 유인물 한 장을 모두에게 배부했다. 지난 7월 말 직원 조회 시 교장 선생님의 잠과 전쟁 추진 발표, 잠과 전쟁 추진 과정, 학생들 반응 설문지 분석 결과, 그리고 우수 학급 및 교사에 관한 내용 등을 담고 있었다. 나는 유인물 중 일부를 PPT로 만들어 띄웠다.

"이미 게시판을 보신 분도 계실 겁니다. 점심시간에 1층 게시판에 '20○○년 잠과 전쟁 우수 학급 및 교사' 결과를 게시했습니다. 자세한 내용은 PPT를 통해 보고 드리겠습니다. 먼저 여러분이 가장 궁금했던 내용을 말씀드리겠습니다. 2학기 월별 학급당 잠자는 학생 수는 여러분이 보신 대로 가시적인 변화가 있었습니다. 9월의 학급당 자는 학생 수는 9.4명, 10월은 6.4명, 11월은 5.7명, 그리고 12월은 5.3명으로 조사됐습니다. 이들 숫자는 학급별로 임명한 두 명이 매일 교시별로 기록한 수치를 토대로 월별 평균을 산출한 것입니다. 담임들께서는 이들에게 수고했다는 말을 다시 한번 부탁드립니다. 비록 5명의 선을 무너뜨리지는 못했으나 1학기와 비교할 때 큰 변화라 생각합니다."

잠자는 학생 수의 가시적 감소를 보고한 나는 계속하여 설문지 분석 내용 중 주요 결과를 보고했다. 학생이 보인 반응은 최초 내 생각과 달랐다. 나는 변화의 주요 요인으로 교사의 수업 방법을 생각했다. 그러나 학생들은 '중간 벨'의 영향을 가장 크게 생각했다. 중간 벨이란 수업 25분 경과 후 3분간의 휴식을 말한다. 그 시간에는 「트와이스」, 「블랙핑크」 등 남고생이 좋아하는 인기 걸그룹의 경쾌하고 신나는 뮤직비디오 등 졸음 방지를 위한 동영상을 교실에 설치된 텔레비전으로 상영했다. 리커트 척도(likert scale) 5점 만점 중 4.7점이었다. 학생들의 기타 추가 응답 글 내용을 보면 집중력이 떨어져 졸음이 오는 시기에 경쾌한 음악과 웃음은 후반부 수업에 관한 분위기를 바꾸는 좋은 청량제 역할을 했다고 평가했다. 기대했던 교사의 잠 없는 수업 방식에 대해서는 4.2점이었다. 기타 추가 응답 글 내용을 보면 모든 선생님이 열심히 하시는 모습에 감동했다, 감사하다는 긍정적 내용이 많았다.

나는 학생들이 제시한 문제점도 거론했다. 담당 교사가 읽으면 다소 서운하고 열 올릴 만한 내용도 있었다. 나는 마치 지난 11월 교원능력개발평가 때 컴퓨터 모니터로 평가 결과를 재확인하는 듯한 느낌을 받았다. 학생들이 제시한 기타 추가 응답 글 내용을 보면 "선생님들의 잦은 잠 깨우기로 집중력이 떨어진다. 그리고 진도는 언제 나가요?", "모든 교과가 실시하여 단 일 분도 자지 못하게 해서 너무 힘들었다. 잘 자유를 달라!", 그리고 "잠 깨우는 게 목적인지 공부가 목적인지 모를 때가 많다." 등의 의견이 있었음을 말했다.

나는 학생들 전체 반응 결과 4.3점, 즉 '보통'을 넘어 '좋음' 수준으로 해석할 수 있음과 함께 월별 자는 학생 수 감소 결과를 근거로 잠과 전쟁 운영이 효과 있었음을 강조했다. 아울러 잠과 전쟁을 치른 것에 대한 교사들 반응도 말했다.

"선생님들이 잠과의 전쟁을 치른 주요 결과 및 그에 따른 선생님들 의견은 유인물 뒷면 중간 부분에 표로 정리했습니다. 선생님들 의견을 정리하면, '잦은 잠 깨우기로 원활한 수업 진행이 어려웠지만 한 명 한 명과 대화 시간이 늘었고 좀

맹추선생

더 덜 졸린 수업 방법 개발에 관심을 가질 수 있던 유의미한 시간이었음'으로 요약할 수 있겠습니다. 자세한 내용은 유인물 참고 바랍니다."

나는 호흡을 가다듬기 위해 말을 멈췄다. 선생님들 표정을 봤다. 잘 알겠으니 빨리 끝내 달라는 표정이 역력했다. 나도 서둘렀다.

"끝으로 다음 학기의 발전적 운영을 위해 두 가지만 말씀드리겠습니다. 첫째, 학생들이 제시한 문제점을 한마디로 정리하면 '잠 깨우느라 수업이 자주 끊긴다. 교사가 학생을 깨우기에 앞서 학생 스스로 졸거나 자지 않는 현실적이고 참여를 독려하는 수업 방법 모색'으로 정리할 수 있겠습니다. 좀 더 자발적 참여를 유도하는 수업 방법 모색을 위한 지속적 자기 개발 및 동료 연찬이 필요하겠습니다. 아울러 가장 좋은 효과를 보인 중간 벨 울림을 더욱 강화하여, 다시 말해 내용 선정 및 동일 영상 적정 반복 횟수 등을 고려한 적용이 필요하다고 봅니다. 둘째, 학생들은 교사마다 조치 수준 차이가 심하다고 합니다. 어느 정도 통일이 필요하다고 봅니다. 어떤 교사는 최초 한마디로 끝내지만 어떤 교사는 처음부터 복도 왕복 얼차려를, 심지어 뱀을 어깨에 두르는 등 편차가 심합니다. 따라서 1회 차는 강한 구두 경고만, 2회 차는 교실 내 가벼운 얼차려 실시, 그리고 3회 차는 보건실로 보내는 것으로 하면 어떨까 하는 생각입니다."

나는 교사 간의 다양한 지도 행동에 관한 최소 기준안을 조심스레 제시했다. 교사들의 반응은 몇몇이 고개를 끄덕거리는 것이 전부였다. 몇몇 교사는 손가락으로 PPT를 가리키며 옆 사람과 의견을 주고받는 게 보였다. 손을 들어 질문하거나 추가 설명을 요구하는 교사는 한 사람도 없었다. 나도 그렇지만 대다수가 수업에서 말을 많이 하기에 각종 회의에서 보통 말을 아끼는 것 같다. 그러나 그날은 여느 교직원연수 때보다 유독 말이 없었다. 나와 눈을 마주친 2학년 부장 송호준이 손목시계를 보는 동작을 일부러 크게 하면서 '시간이 많이 지났다. 이미 퇴근 시간을 넘겼다.'라는 의미의 눈길을 보내는 것 같았다. 순간 나는 선생님들이 유독 말 없는 이유를 어렴풋이 알았다. 나는 서둘러 교장에게 마무리 말을 부탁했다. 김운기 교장은 오늘 결과가 있기까지는 여러 교사의 노력 덕분이라 치하했다. 교장은 결과를 더욱 보강하여 다음 학기엔 이번 5.3명을 좀 더 낮출 수 있도록 노력해달라는 당부의 말로 끝냈다. 잠깐 학생 수가 가장 적은 「수학Ⅰ」의 고명종 교사외 2명에게 문화상품권을 시상했다. 1, 2학년 각각 한 학급에 대한 시상도 있었다. 우수 학급 시상품은 자장면 곱빼기 1인 1그릇 식권이었다. 모두 연구부 교수-학습 지원 활동비였다.

다시 한번 말하지만, 직원 조회 내용에 관한 솔직한 의견과 평가는 회의실 자리에서 일어난 후 3분 내, 이십여 미터 거리 내에서 나오는 게 일반적이었다. 나의 보고 내용에 대해 각자 나름의 평가가 분명 있었을 것이다. 나와 수업 연구 담당인 홍영신이 빔프로젝터와 컴퓨터 등을 정리하고 나왔더니 주변엔 아무도 없었다. 우리는 그들의 평가 한마디도 들을 수 없었다. 나는 홍 선생을 바라봤다. 홍 선생도 다소 황망한 표정이었다. 한 사람도 보이지 않았다. 나는 특정하지 않고 목청을 높여 큰소리를 한마디 했다.

"에끼, 이 사람들아, 아무리 크리스마스이브라 하더라도 그렇지. 고생했다고 한마디만 해주고 가면 어디가 덧나오?"

정전(停電)

1

강동필 교장은 김천일 전기설비 주무관을 교장실로 불렀다. 교장은 김 주무관에게 휴대전화를 꺼내 자신의 지시 사항을 녹음토록 했다. 천일은 무슨 영문인지 잘 몰라서 얼떨떨한 상태로 휴대전화를 꺼냈다. 천일은 교장의 지시대로 녹음 버튼을 눌렀다. 교장은 그에게 특별 지시를 했다. 강 교장의 지시를 듣던 천일은 교장의 지시 수행이 자신에게 다소 위험할 수도 있음을 느꼈다. 김 주무관은 교장에게 조심스럽게 이유를 물었다. 강 교장은 보안이라고만 말했다. 교장은 모든 책임은 자신이 질 것이라 말했다. 강 교장은 녹음하는 이유도 그 때문이라고 말했다.

"행정실 직원들도 눈치채지 못하도록 절대 보안 유지하고 신중하게 처리해 주세요."

"예, 보안 유지하고 차질없이 수행하겠습니다."

김 주무관을 내보낸 교장은 소파 깊숙이 들어앉았다. 교장은 팔짱을 끼고는 고개를 앞으로 깊게 수그렸다. 교장은 지난주 금요일 1학년 학부모 대상 입시설명회를 다시 한번 떠올렸다. 외부 강사를 초청한 대학입학설명회였다. 1학년, 2학년 입시체제가 달라 1학년은 강당, 2학년은 진로활동실에서 실시했다. 3학년 학부모 대상 입시설명회는 앞서 3월 중순에 했다.

두 개 학년 입시설명회는 모두 오후 7시부터 시작이었다. 강 교장은 1학년 학부모들께 인사하기 위해 강당으로 향했다. 2학년 학부모들께 인사는 설명회가 끝날 때 할 생각이었다. 교장은 6시 55분에 강당에 도착했다. 강당 정면의 대형 스크린엔 빔프로젝터에서 나온 교색(校色)인 청색으로 「20○○년도 대입 설명회」라 적힌 강의 안내문이 찬란하게 빛나고 있었다. 7시 5분, 국민의례를 마친 후 1학년 부장 맹공필은 청중을 향해 교장의 인사 말씀을 안내했다. 강 교장이 무대에 올랐다. 얼핏 봐도 150명은 족히 되었다. 교장은 '1학년 450명 중 150명, 작년보다 좀 덜 오신 것 같다.'라는 생각을 했다.

"공사다망하신 가운데 관심을 두고 참석해주셔서 고맙습니다. 부모님들의 관심에 부응하도록 저를 포함한 전 교직원이 더욱 노력할 것을 다짐합니다. 오늘 모시기 어려운 강사님을 초청했습니다. 가정에서 자녀 진학지도에 유익한 정보를 얻는 기회가 되었으면 합니다. 오늘 강의 후에도 문의 사항이 있으시면 학년 교무실이나 진로진학상담실에 전화하시면 궁금증을 해소할 수 있을 것입니다. 고맙습니다."

그게 전부였다. 1분간의 인사말이었다. 몇몇 학부모는 양손을 가슴까지 가볍게 올리며 고개를 옆 사람 얼굴로 돌렸다. 맹 부장은 그 행동을 '저게 전부야? 짧지만 내용은 다 있네요.'라 해석했다.

백팔십 센티미터의 장신에 비해 교장의 말은 항상 짧았다. 학생 전체조회나 체육대회 등 각종 행사 때마다 강 교장의 훈화는 절대 삼 분을 넘지 않았다. 그런 교장에게 학생들은 늘 우레 같은 박수갈채를 보냈다. 대다수 학생에게 교장 훈화에 앞서 자신의 이름 한번 불리지 않는 긴 시상식, 학생부장을 필두로 각종 부서별 공지 사항을 들은 후에 온 봄날 단비임이 틀림없다. 교장의 훈화 중 옆 친구와 한마디를 주고받았는데 끝나버려 못 들었다고 하소연 아닌 하소연을 하는 학생들도 종종 있었다. 맹 부장이 기억하는 짧고도 인상적인 강 교장의 훈화는 지난 1월에 있은 67회 졸업식 축사였다.

"강경부 외 졸업생 456명의 앞날에 행복이 함께하길 기원합니다. 졸업생 여러분께 네 가지 부탁을 짧게 강조하겠습니다. 첫째, 항상 긍정적인 마음으로 이웃과 세상을 봐주십시오. 둘째, 항상 탐구하는 자세로 사물(事物)과 사리(事理)를 봐주십시오. 셋째, 자신이 노력하고 실천하여 얻은 것 그 이상을 바라지 마십시오. 넷째, 앞의 세 가지가 존중받는 세상을 여러분 모두가 힘써 만들어 주십시오. 감사합니다."

맹 부장은 교장이 무대를 완전히 내려간 것을 확인했다. 맹 부장은 강사를 학부모 청중에게 소개했다. 무대 왼쪽에 놓인 강의대 옆에서 대기하던 강사가 무대 가운데로 걸어갔다. 강사는 정중한 자세로 고개 숙여 학부모님들께 인사했다. 그사이 맹 부장은 강의대의 컴퓨터를 조작했다. 조작 중 고개를 잠깐 들어 교장을 바라봤다. 교장은 강당 출입문을 밀고 있었다. 잠시 후 무대 대형 스크린 내용이 바뀌었다. 「20○○년 대입, 부모님이 아셔야!」란 강의 제목과 함께 '대교협 진로진학 상담 교사', '도교육청 진로진학센터 근무' 등 강사 소개 문구가 적혀 있었다. 맹 부장은 PPT를 넘기는 작동기를 강사에게 건넸다. 맹 부장은 강의대 뒤로 조용한 걸음으로 연단을 내려왔다. 맹 부장이 무대 계단을 조심스레 내려올 때였다. 청중석 여기저기서 "어, 어!" 하는 소리가 들렸다. 맹 부장은 고개를 돌려 무대를 보았다. 무대 정면의 스크린은 온통 파란색으로 채워져 있었다. 좀 전에 자신이 띄운 PPT는 온데간데없었다. 순간 맹 부장은 자신이 내려올 때 왼쪽 팔이 강의대 오른쪽과 살짝 부딪친 게 문제였음을 직감했다. 맹 부장은 재빨리 강의대로 올라갔다. 컴퓨터 모니터의 PPT는 이상 없었다. 맹 부장은 빔프로젝터와 컴퓨터 연결에 문제가 있음을 직감했다. 맹 부장은 리모컨으로 빔프로젝터를 껐다가 다시 켰다. 여전히 블루스크린이었다. 맹 부장은 어딘가 전선 접촉 불량일 것이라는 생각에 컴퓨터 주변 전선들을 만지작거렸다. 반응이 없자 컴퓨터 본체를 손으로 서너 번 탁탁 쳐도 봤다. 여전히 블루스크린이었다. 어느새 5분 정도 흘렀다. 인사를 끝낸 후 두 손을 앞으로 가지런히 모은 채 맹 부장만을 지켜보던 강사가 마이크를 잡았다. 강사가 학부모를 향해 말했다.

"잠시 컴퓨터에 문제가 있는 것 같습니다. 정해진 강의 시간이 있기에 화면이 나올 때까지 우선 구두로 진행하겠습니다. 학부모님께서는 더욱 집중하시어 들어주시면 감사하겠습니다."

얼굴의 열기를 느낀 맹 부장은 상의 안주머니에서 휴대전화를 끄집어내며 강의대 옆의 준비실로 들어갔다. 교육정보기기 담당 박선희 교사와 통화했다. 박 교사에게 한번 와서 봐달라고 했다. 박선희는 집이라 했다. 가려면 최소 50분은 걸린다고 했다. 맹 부장은 박 선생에게 상황을 설명했다. 박 선생은 어떤 상황인지 잘 모르겠으나 접촉 불량인 것 같다며 다시 한번 전선 연결 부위를 잘 확인하시라고 했다. 전화를 끊은 맹 부장은 과학교과실로 전화했다. 과학 교사라면 전공과 관계없이 국어과인 자신보다 컴퓨터를 잘 알 것이라는 실낱같은 희망을 품고.「생물」담당 황철보 교사가 받았다. 황철보는 자신도 잘은 모르지만 달려가겠다고 답했다. 잠시 후 황 교사가 도착했다. 황 교사는 여기저기를 만졌다. 여전히 변화가 없다.

맹 부장은 등줄기로 땀이 흐름을 느꼈다. 맹 부장은 1학년 교무실로 전화했다. 고정인 교사가 받았다. 맹 부장은 고정인에게 상황을 짧게 설명하고선 빨리 교직원회의실 컴퓨터 및 빔프로젝터를 작동시키라고 말했다. 그러나 맹 부장은 전화를 끊고 나서 그럴 필요가 없음을 알았다. 얼핏 봐도 족히 150명은 되는 학부모를 90명 정원인 그곳으로 옮기는 것은 불가능하다는 것을. 맹 부장은 시계를 보았다. 7시 20분이었다. 맹 부장은 다시 강사를 보았다. 강사는 두 손으로 마이크를 움켜잡고 강의하고 있었다. 맹 부장은 강사의 임기응변도 한계가 있음을 생각하니 머리가 아뜩했다.

맹 부장은 두 가지 방안을 떠올렸다. 하나는 강의실을 바꾸는 것이다. 교실 두 칸을 연결한 4층 진로활동실에서 진행 중인 2학년 학부모 강의실과 맞바꾸는 것이다. 2학년은 100여 명이 안 된다는 말을 들었다. 2학년 학부모들을 교직원회의실에 옮기면 큰 문제 없을 것으로 생각했다. 물론 2학년 학부모의 강의 중 강의실 옮기는 것에 대한 불평을 감수해야 한다. 그러나 그리로 옮겨도 10여 명은 서서 들어야 한다. 그것도 문제였다. '둘째 방법으로는……' 맹 부장이 거기까지 생각했을 때였다. 강사가 맹 부장에게 다가왔다. 강사는 마이크를 끈 후 작은 소리로 부장에게 언제 되느냐고 물었다. 맹 부장은 원인을 모르겠다고 말했다. 교육정보기기 담당 선생님도 퇴근이라 말했다.

"맹 부장님, 그럼, 나중에 다시 하는 방향으로 하시죠. 지금까진 모집 구분, 전형 체제, 수시 전형별 주요 특징 등으로 구두 설명이 가능했습니다. 그러나 더는 어렵습니다. PPT를 띄우지 않고서는 계속 진행할 수 없습니다. 부장 선생님도 잘 아시다시피 다양한 수치(數値)를 제시해야 하는데 그걸 다 기억해내고 말로 설명하기엔 저 자신 없습니다. 죄송합니다."

맹 부장은 시계를 보았다. 7시 25분이었다. 백 분 특강의 4분의 1이 지났다. 학부모들 얼굴은 교장의 인사말을 들을 때와는 비교할 수 없을 정도로 피로한 모습이었다. 부장은 얼굴이 달아올랐다. 강사의 의견도 일리가 있다. 입시설명회 PPT의 내용 70%가 수치와 도표였다. 모집인원, 전형별 선발인원, 교과 및 비교과 반영 비율, 전년도 합격생 평균, 내신 반영 비율 등. PPT 대부분이 수치를 가득 담은 도표일 텐데, 오로지 기억에만 의존하여 진행하기엔 무리였다. 단순히 수치를 내뱉는 것만으로는 의미가 없다. 여러 수치 간의 비교와 대조를 통해 수치의 의미를 명확히 이해시켜야 한다. 맹 부장이 그걸 모르는 건 아니었다. 그렇다고 강의 도중에 중단이라니 부장은 황 교사를 쳐다보았다. 아까부터 황은 컴퓨터 조작을 멈춘 후 두 사람의 대화를 듣고 있었다. 맹 부장의 심중을 읽은 듯 황 교사는 고개를 상하로 끄덕였다. 맹 부장은 땀으로 흠뻑 젖은 와이셔츠와 넥타이를 매만졌다. 강사의 손에 있는 마이크를 넘겨받고서 무대 가운데로 걸어갔다.

강 교장은 2학년 설명회가 끝나면 인사드리려 교장실에 대기하고 있었다. 2학년 김철수 부장이 끝나기 십 분 전쯤에 전화를 주기로 했다.

"허허, 빔이 안 돼서 연기라. 무척 당황스럽네요."

맹 부장으로부터 설명회 연기를 들은 교장은 어이없어하는 웃음을 피식 흘렸다.

맹 부장은 평소 빔 관리를 잘못해서 벌어진, 즉 교수 기기(器機) 관리 부실을 지적하는 줄 알았다.

"설명회 직전에 빔을 점검했습니다만, 워낙 갑자기 일어난 일이라서 죄송합니다."

"맹 부장님, 강당에 대형 화이트보드 있지 않아요?"

"예, 있습니다만⋯⋯."

맹 부장은 교장이 묻는 의도를 몰라 말끝을 흐리며 의아한 눈길로 교장을 바라다봤다. 교장은 맹 부장을 향해 의자를 고쳐 앉으며 말했다.

"맹 부장님, 아무리 그래도 그렇지. PPT 없이는 못 하겠다고? 대교협 진로진학상담 교사이자 도교육청 진로진학센터에 근무하잖아요. 막말로 밥만 먹으면 그 일을 하는 입시전문가 아녜요? 입시전문가라면 그 정도는 소화할 수 있어야 하지. 뭐라고요? PPT가 없으면 안 돼요? 대형 화이트보드가 있었잖소? 강사가 입 있고, 손 있고, 칠판 있으면 기본은 된 것 아니오. 안내할 수치가 많아 반드시 PPT를 봐야 한다? 컴퓨터 모니터의 PPT는 이상 없었다면서요? 맹 부장님, 담임이 36명 학급원 이름 부를 때 일일이 사진 보면서 부른답니까? 이삼 주 관심 두고 숙지하면 평생 가지 않나요? 설명 중 정확한 수치 언급은 컴퓨터 모니터를 보면서 할 수 있잖아요, 안 그래요? PPT를 볼 수 없어 못 하겠다? 귀중한 시간을 내서 오신, 그것도 150명 넘는 학부모들을 앞에 두고 그게 할 소리요? 전문가를 왜 전문가라 하겠소? 이 없으면 잇몸으로, 망치 없으면 돌로라도 못을 박아야지. 맹 부장님, 안 그래요?"

"교장 선생님, 이삼십 분 강의면 그것도 방법입니다만 100분 강의엔 PPT 없이는 무리라 생각합니다. 저도 수업 때 PPT를 빼놓지 않고 사용합니다. PPT를 예전처럼 그림과 글자들로 구성된 단지 짧은 발표 용도로만 사용하는 교사는 거의 없습니다. PPT로 인터넷 연결해서 관련 사진, 동영상 등과도 연동됩니다. PPT 활용 수업은 요즘의 일반적인 수업 방식입니다. 그리고 제가 강사 PPT를 봤는데, 입시자료 도표 외에 여러 장의 사진과 면접 동영상도 연계되어 있었습니다. 그걸 다 구두로 설명하기란 극히 어렵습니다. 아까와 같은 일이 제 수업에 발생했어도 저 역시 달리 방법이 없었을 겁니다. 나머지 시간은 질문을 받거나 자기주도 학습 시간을 주는 수밖에요. 미리 알았으면 다른 방법을 적용하겠지만 순식간에 벌어진 사고는 좀……. 학부모님들도 그걸 이해해 주셨기에 큰 잡음 없이 돌아들 가셨습니다."

강 교장은 맹 부장이 나간 후에도 맹 부장의 말을 곱씹었다. 잠시 후 교장은 혼잣말했다.

"PPT가 없으면 수업이 어렵다고, 컴퓨터가 없으면 수업이 어렵다?"

강 교장도 PPT의 효과와 기능을 모르는 건 아니었다. 그러나 교장은 PPT를 고집하는 강사 태도가 못마땅했다. 대형 화이트보드도 있었다. 컴퓨터 모니터의 PPT는 이상 없었다. 교장은 강사의 PPT 내용 숙지에 문제가 있지 않았나 생각했다. 강 교장은 "수업 중 과정평가 과제 발표하는 학생도 아니고 명색이 전문 강사라면 PPT에 실린 내용을 이해하고 전달할 수 있도록 암기할 건 암기하여 숙지해야 하는 것 아닌가? 대중 앞에서 강사가 그걸 보고 읽는 건 예의가 아니다. 자잘한 내용은 넘어가더라도 중요한 것은 필히 암기하고 숙지해야 한다. 숙지한 걸 입으로 전달하는 건 어려운 게 아니다. 아는 걸, 기억하는 걸 말로는 못 하겠다는 건, 수업 준비를 소홀히 한 것, 즉 상황이 아닌 능력 문제로밖에 보이지 않는다. 자신이 만든 교안을 갖고 하는 것과 남이 만든 교안을 갖고 하는 수업은 질(質)이 다르다. 강사는 자신이 만든 PPT가 아닌 남의 것을 가져다 쓰는 것일지도 모르겠다."라고 혼잣말을 했다.

강 교장은 자신의 평교사 시절을 떠올렸다. 90년대 초, 대다수 학교에 컴퓨터라곤 전산실과 교무실에만 있었다. 그것도 개인용이 아닌 여러 명이 쓰는 공용이었다. 시험 출제 및 성적처리, 공문서 작성, 그리고 교수-학습과정안 작성 용도였다. 컴퓨터를 활용한 수업은 생각조차 못 했던 시대였다. 칠판에 색분필을 섞어가며 판서하고 설명하는 것이 대부분이었다. 그 당시 교실 내 최첨단 기기는 오에이치피(OHP: Overhead Projector)가 전부였다. 대다수 교사가 휴대용 독서 카드에 정리한 차시별 핵심 내용을 중심으로 한 판서 계획에 따라 판서하고 설명했다. 수업에 큰 불편이 없었다. 학생들도 입시 잘 치르고 명문대학에 많이 진학했다. 교장은 다시 혼잣말했다.

"이 없으면 잇몸으로, 망치가 없으면 돌로라도 못을 박아야지."

강동필 교장은 교직 3년 차 때 자신이 수행한 교육청 장학지도 공개 수업을 떠올렸다. 강동필의 공개 수업일 수업 내용은 다음 차시에 있을 황소개구리 해부 실습에 앞선 이론 수업 시간이었다. 요즘은 동물보호법 시행규칙에 따라 심장 박동, 신경 관찰 목적의 살아있는 개구리 해부 실습은 동물실험 윤리위원회 심의를 거쳐야 한다. 장기(臟器) 관찰만을 위한 죽은 개구리 해부 실습도 학교운영위원회의 심의를 거쳐야 한다. 당시는 지금과 달랐다. 황소개구리 퇴치 운동이 벌어지는 상황과 맞물려 더욱더 쉬웠다. 강동필은 학급별 실습 때마다 여섯 마리씩 준비했다. 물론 강동필이 전날 직접 잡아 온 것이었다.

　강동필은 수업 내용인 개구리 해부를 지도하기 위해 개구리 장기(臟器) 구조를 담은 OHP 필름 여섯 장을 준비했다. 당시 OHP는 첨단 교수 기기였다. 당시 교육감은 OHP를 초중고교 모든 교실에 비치하여 거의 강제적으로 사용하도록 했다. 학기 초마다 교감은 교수-학습과정안의 OHP 필름 사용 매수를 확인했다. 매수가 많으면 유능하고 노력하는 교사였고 매수가 적으면 관리자의 관찰대상이었다. 그날 공개 수업 때도 「세계사」 담당 장일홍은 수업 중에 OHP를 사용하지 않았다 하여 평가회 때 장학사로부터 한소리 들었다.

　강동필이 개구리 장기를 다층 구조로 표현한 OHP 필름 여섯 장을 순차적으로 겹쳐가며 개구리 장기 구조를 한참 설명 중이었다. 순간 스크린 화면이 꺼졌다. 교실 전등은 이상 없었다. 천장에 붙은 선풍기 두 대 모두 잘 돌아가고 있었다. 강동필은 전원 스위치를 서너 번 켰다 끄기를 반복했다. 변화가 없었다. 전원 스위치엔 빛이 있는데 필름을 올려놓은 곳엔 아무런 빛이 없었다. 강동필은 전구가 나갔음을 직감했다. 강동필은 당황했다. 7월의 6교시, 선풍기 날개가 부지런히 돌았지만, 강동필은 OHP 투영을 위해 커튼으로 빛을 가린 교실 온도가 급격히 올라감을 느꼈다. 등줄기를 따라 땀이 한두 방울 흘러내렸다. 강동필은 옆 반에서 빌려다 쓸 심산으로 잠깐 기다리라 말한 후 재빨리 좌우 옆 반으로 갔다. 장학지도를 겸한 공개 수업이라 옆 반 모두 사용하는 중이었다.

"여러분, 정말 미안해요. 교과서 그림보다 좀 더 크고 자세한 것을 보여주려 했는데, 전구가 나간 모양이에요. 할 수 없이 아까 봤던 그림보다는 좀 못하더라도 선생님이 칠판에 그려 설명할 터이니 잘 보도록 해요. 배 쪽 외피 벗기기부터 시작하여 순차별로 색분필로 그릴 테니 순서대로 잘 쫓아오도록 해요."

강동필은 칠판 가득히 개구리 해부도를 그렸다. 그리는 데 거의 십 분이 걸렸다. 대학 때 야생화 관찰에 필수라 해서 참여했던 생물미술부 활동이 큰 도움이 되었다. 설명을 마쳤더니 종이 울렸다. 계획한 형성평가와 차시 예고 등은 하지 못했다. 평가회 때 거기에 관한 지적은 없었다. 참관한 과학부장은 혹여 장학사가 그것을 지적할 것을 예상했는지 평가회 첫머리에 "당황했을 텐데 잘 대처했어요. 그림 솜씨도 좋던데요."라 칭찬했다.

2

6교시 수업 종료를 알리는 벨이 울렸다. 수업을 끝낸 교사들은 복도에서 만나자 누가 먼저라 할 것 없이 한마디씩 했다.

"학부모님들 앞에서 저 완전 수업 스타일 구겼어요."

2학년 9반 「문학」 수업을 끝내고 나온 현창수는 10반에서 나오는 김수범을 보자 허탈한 표정을 짓고 말했다. 4단원 고전문학 이해 중 박지원의 『열하일기』 첫 시간이었다. 교과서 지문은 청나라의 수레 발달과 활용을 다룬 내용이었다. 창수는 첫 시간인 만큼, 도입 단계에서 박지원의 생애 및 문학세계, 『열하일기』 탄생 배경과 주요 내용, 그리고 문학사적 위치 등을 설명했다. 창수는 『열하일기』가 단순한 기행문을 넘어 역사의식, 선진 문물에 관한 새로운 가치관 부여 및 그걸 어떻게 받아들일 것인가 등에 관한 저자의 생각을 담고 있음을 강조했다. 십여 분간의 도입 단계를 끝낸 창수는 자신이 말한 것을 복습 겸 교과서 내용 이해를 돕기 위한 관련 동영상을 보겠다고 말했다. 동영상은 창수가 유튜브(YouTube)를 한 시간 동안 검색한 결과물이었다. 유튜브에는 관련 동영상이 수십 편 있었다. 그중 내용의 적절성과 상영 시간을 고려해 12분짜리를 선정했다. 동영상 내용은 저자 소개는 물론 열하(熱河) 여행 지도, 여행 코스별 주요 내용, 그리고 조선에서 금서가 된 이유 등에 관한 설명이 간결하고 체계적으로 되어 있었다. 창수는 9반 수업에 앞서 3개 반 수업에서 활용했다. 학생들 반응도 창수가 기대한 것 이상이었다. 교과서 지문을 넘어 전체를 읽어 보고 싶다는 학생이 학급별로 서너 명 있었다. 분량이 상당한 만큼 상당한 끈기가 필요할 것이란 말을 했다. 학교 도서관에 두 질(帙) 있다는 말도 잊지 않았다.

동영상이 빔프로젝터를 통해 스크린에 영사됐다. 뒷줄에 앉아 참관하는 부모님들을 인식한 듯, 창수의 눈에는 학생들이 여느 수업 때와는 달리 티가 날 정도로 진지하게 보였다.

그들이 동영상을 5분 정도 보고 있을 때였다. 천장의 LED 전등과 빔프로젝터가 동시에 꺼졌다. 순간 몇몇 학생이 아쉬움과 실망감을 담은 "에이~~"를 외쳤다. 창수는 정전임을 직감했다. 교실을 둘러보았다. 몇몇은 이미 책상에 풀썩 엎드려 있었다. 학부모들은 어리둥절한 표정과 아쉬운 표정을 번갈아 보였다. 창수는 지시봉으로 화이트보드를 서너 번 탁탁 치면서 엎드린 학생들의 상체를 바로 세우도록 했다. 창수는 정전임을 말하며 나머지 부분은 다음 시간에 이어서 보겠다고 했다. 교과서 해당 페이지를 펴도록 지시했다.

"황당했지요. 순간 아, 이러면 수업에 차질이 생길 수밖에 없다는 생각이 들더라고요."

"그래서, 어떻게 했어요?"

김수범 교사가 말했다.

"어떡하긴요. 그걸 보여줘야만 나머지 수업 진행이 순조롭게 진행되는데, 할 수 있나요. 일단 동영상 나머지 내용을 대강 구두로 설명해줬어요. 문제는 교과서 지문 설명이에요. 항상 지문 설명은 PDF 파일을 띄워서 해요. PDF 파일로 한 번에 두세 문단의 앞뒤 연계성을 따지며 설명해 줘야 학생들도 이해하기가 쉽거든요. 십여 분간을 한 줄씩 읽어가며 지문을 설명하다 보니 속도는 둘째고 확실히 학생들 집중도도 떨어지더라고요. 지문 설명 중단하고 지문의 내용, 즉 청나라 수레 사용과 발달 배경 등에 대해 저자가 서술한 내용을 풀어서 간략히 설명한 후, 각자 책을 정독하면서 내용 이해가 잘 안되는 부분, 기타 내용 관련 궁금증에 대해서 질문하라는 말로 마무리했죠. 저는 학생들 정독 활동을 순시하며 몇몇 학생의 질문에 대해 답하다가 시간 되니까 나왔어요."

"저도 비슷했어요." 「영어Ⅱ」 담당인 김수범 교사가 말했다.

"저는 빔을 사용해 독해건 문법 설명이건 간에 모두 보드에 띄워 놓고 밑줄 그으며 설명해요. 학생들도 좋아하고 익숙해진 상태죠. 그런데 정전이 되니 방법이 없잖아요. 한 손에 책을 들고 읽으면서 설명하니, 선생님 말씀처럼 속도는 둘째 치고 손으로 짚어가면서 설명하는 것에 익숙해져 있어서 갑자기 다른 방식으로 하자니 왠지 어색하고 불편하더라고요. 학생들도 마찬가지였어요. 잠깐 방심한 몇몇 학생은 지금 어느 부분 설명하시느냐고 물었어요. 딱히 좋은 생각이 떠오른 것도 아니었고…… 그 상황에서 달리 방법이 없잖아요. 지문 독해는 다음 시간에 하기로 하고 지난번에 나눠준 문법 정리 활동지를 복습했어요. 전 오늘 계획한 진도를 절반밖에 못 했어요. 하필 참관 학부모님들 계시는 상황에서 정전이라니 미치겠더라고요. 빔프로젝터가 없다면 우리 영어과 선생님들 수업에 지장 많을 것 같아요. 빔뿐만 아니라 스피커와 MP3 파일도 중요해요. 원어민 발음의 독해 지문 듣기, 수능 대비 듣기 평가 연습에 필수예요. 요즘 세상에 컴퓨터 없으면 수업 속도와 효과 면에서 모두 어려워요. 생각해 보세요. 영어 교과서 PDF 파일 없는 세상을. 다시 칠판에 분필로 다 써가며 설명하라고 하면, 어휴, 생각만 해도 끔찍합니다. 조기 명퇴해야겠죠? 하하하."

창수와 수범은 2학년 교무실에 들어섰다. 교무실 역시 온통 정전에 관한 이야기였다. 담임이 아닌 2학년 수업 담당 교사들도 2학년 교무실에서 정전 원인을 찾으려는 듯 모여들었다. 서로 정전으로 인해 원활한 수업 진행을 못 했다는 말을 주고받았다.

"마른하늘에 날벼락이 따로 없네. 나는 이 학교 3년째 근무지만 정전이란 건 재작년 승압(昇壓) 공사 때 30분간이 전부였거든. 오늘 승압 공사한다는 말도 없었잖아?"

2학년 부장 김길석이 교무실에 들어서며 모두가 들어보라는 듯 말했다. 창수는 자신만 당황하고 방황한 게 아님을 알고는 다소 위안을 얻었다.

창수는 책상에 앉으면서 옆자리 「확률과 통계」 담당 김찬조에게 물었다.

"김 선생, 수학은 정전이라도 큰 지장 없었지?"

"예, 수학은 거의 칠판 수업이잖아요. 저 역시 PPT 사용 중에 전기가 나갔습니다만 칠판 설명으로 충분히 커버했습니다. 정전이지만 학생들을 칠판으로 나와 문제를 풀게 하고 저는 그걸 지도하는 시간을 가졌지요. 교실이 평소보다 다소 어두웠다는 것 빼고는……."

"학부모님들은 안 계셨어? 나는 학생보다 그분들 대하기가 좀 민망하더라. 뭐라 할까, 그들이 나에게 '정전이면 그에 따른 적절한 조치로 수업을 원활히 진행해야 하는데 그런 행동이 보이지 않네요?' 혹은 좀 더 노골적으로 '애들 책 읽히는 것으로 때우실 생각입니까?'라 하는 것처럼 느껴지더라."

"에이, 학부모님들은 수학 수업 참관 거의 안 해요. 오늘도 두 분이 삼사 분간 보시다가 그냥 가셨어요. 오늘은 학원강사 학부모님이 안 오신 것 같았어요."

"학원강사 학부모님이라니?"

창수가 물었다.

"예, 작년에 한 아버지가 저의 수업을 시작부터 끝까지 보시더라고요. 중간중간 손에 든 수첩에 뭔가 메모도 하시고요. 전 처음에 장학지도 나오신 장학사인 줄 알았어요. 수업을 처음부터 끝까지 참관하는 분은 거의 없잖아요. 마침 다음 날도 그 반에 수업이 있어 학생들에게 물어봤죠. 어제 들어온 학부모님 누구 아버지시냐고. 보통 학부모님들은 자기 애가 있는 학급의 수업을 주로 참관하시잖아요. 두 학생이 말해주더라고요. ○○학원 수학 선생님이래요. 저는 놀랐죠. 웬 학원 선생님인가 해서요. 다른 학생이 8반의 홍영준 아빠라고 말했어요. 순간 그가 내 실력을 가늠하는 건가 하는 생각을 하자 기분이 묘해지더라고요."

"어, 오늘 일본어 시간에 그런 분 계셨는데, 그럼 그분도 일본어 학원 하시는 학부모 아냐? 그럼 나 학부모한테 구시대 칠판 교사로 찍힌 거야?"

곁에서 듣고 있던 「일본어」 담당 김재일이 다소 호기심 반 걱정 반 눈초리로 말했다.

"일본어 시간엔 빔 없으면 거의 수업 불가예요. 우린 교과서 출판사가 제공한 PPT와 동영상 파일 사용이 기본이에요. 히라가나 암기에서부터 동사 변화 설명, 그리고 회화 연습까지 모두 파일을 활용해 지도하는 게 훨씬 효과적이에요. 아이들도 좋아하고요. 아까는 물건 사는 장면의 회화를 공부 중이었어요. 출판사가 제공한 동영상은 실제 가게에서 촬영한 것이고 대화 내용은 화면 하단 자막으로 다 뜨거든요. 정전으로 직접 칠판에 적으며 설명하다 보니 평소보다 속도뿐만 아니라 집중력과 몰입 효과도 크게 떨어진 것 같아요. 분명 속도와 효과 면에서 문제가 있어요. 진 선생, 미술은 정전 영향 큰 문제 없었지?"

김재일은 「미술」 담당 진선미에게 물었다. 둘은 갑장(甲長)이다. 진선미는 교육방송(EBS) 다큐멘터리 〈루브르 박물관〉을 한창 보여주고 있을 때 정전됐다. 앞선 수업에서 1, 2부를 이미 보았고 마지막 3부 '루브르를 만든 사람들'을 보여주고 있었다. 자세한 설명과 함께 미술실의 대형 스크린에 초고화질(Full High Definition)로 보는 생생함에 그 자체가 예술이었다.

"정전인데 나라고 그걸 계속 보여줄 방법 있었겠어. 커튼을 활짝 걷어 젖히고 과정평가 과제인 명화 모사(摹寫)하기 작업 시간으로 돌릴 수밖에."

"허허, 그나저나 이거 낭패로군."

교사들의 이야기를 조용히 듣기만 하던 김 부장이 걱정 띤 표정을 짓고 책상에서 일어나며 말했다.

"부장님, 왜요. 무슨 일 있으세요?"

「윤리와 사상」을 담당한 좌용호가 걱정 어린 표정으로 물었다.

"지금도 정전이잖아. 나는 7교시 수업인데, 나 역시 수업 때

PPT와 동영상 쓸 건데 정전이니 수업이 크게 틀어지게 됐잖아. 그렇다고 PPT 내용을 다 칠판에 쓰면서 설명할 수도 없고. 관련 동영상은 오늘 꼭 필요한 것인데, 그걸 보여주지 못하면 그야말로 팥소 없는 찐빵이 될 텐데 말이야. 참관하시는 학부모님들은 또 뭐라 하시겠어. 아무리 정전이라지만 수업 준비 형편없다고 하실 것 아니야. 아, 고민되네."

"제가 할 말을 부장님이 하셨네요. 저도 7교시가 있고, 다른 선생님들도 PPT와 동영상 수업을 계획했을 텐데. 이러다 학부모들로부터 단체로 욕먹는 것 아닌지 모르겠습니다. 잠깐만요. 제가 정전 상황이 어떤지 행정실 김천일 주무관과 통화해 보겠습니다."

좌용호가 인터폰을 들었다. 용호는 한동안 수화기를 귀에 댄 채 주위 선생님들을 둘러봤다. 잠시 후 천일과 연결됐다. 천일은 원인을 찾고 있는데 잘 모르겠다고 답했다. 교실동(棟)만 정전인 걸로 봐서 지난 일요일 교실동 승압 공사가 원인인 것 같다고 했다. 공사한 업체에서 빨리 온다고는 했지만 7교시까지는 정전될 것 같다고 말했다. 용호는 김 주무관과의 통화 내용을 가감 없이 선생님들께 알렸다. 용호가 부장을 보며 말했다.

"부장님, 전기가 들어올 때까지는 입과 손만을 사용해 그야말로 소크라테스와 공자님 방법으로 해야지요. 그래도 정전임을 알고 수업 들어가니까 당황할 필요도 없거니와 이미 한 번 겪었기에 마음 준비는 물론 강의식 수업 계획도 대강은 준비됐습니다. 두고 보십시오. 수업전문가로서 백 퍼센트 강의식 수업 방법이 어떤 건지를 확실히 보여주고 오겠습니다. 하하하. 부장님은 뭘 그리 걱정하세요? 정전임을 알고 수업 들어가니까 당황할 필요도 없거니와 부장님이 쌓은 말발로 밀어붙이면 되잖아요?"

"자넨 사회과 교사라 말발이 설지 모르나 난 「물리」야. 자네처럼 말로 생생하고 재미있게 풀어내는 데는 스스로 부족하다고 생각해. 게다가 이번 시간 내용이 '전기장과 자기장의 전자기 유도'인데 이걸 말로 설명하라고? 용호 선생도 지천명(知天命)을 넘겨봐. 세세한 수치를 파지(把持)하고 필요한 순간마다 척척 인출하는 게 생각보다 쉽지 않아. 그걸 보완해주는 것이 PPT인데 정전으로 그걸 사용하지 못하니 답답할 뿐이지. 아, 골치 아프네. 교과서에 나온 그림만으론 힘들어. 크기도 작고 좀 더 심층적으로 설명하기엔 그림 내용이 다소 부실해."

"부장님, 그림 부분만이라도 전지(全紙) 크기로 플로터(plotter) 출력 후 칠판에 붙이면 되지 않을까요?"

부장 앞자리에 앉은 곽철안은 별문제 아니라는 듯한 표정을 짓고 말했다.

"이 사람아, 플로터는 전기가 아닌 손으로 돌리나?"

부장은 답답한 표정으로 곽철안을 보며 말했다.

"부장님, 교실동만 정전이랍니다. 행정동은 정전 아니랍니다. 좀 전에 최학규 선생님도 플로터 출력하시러……."

곽철안의 말이 채 끝나기도 전에 김 부장은 교과서와 유에스비(USB)를 챙기더니 황급히 교무실을 나갔다. 2시 55분, 7

교시 수업 시작 5분 전이었다. 철안은 허둥지둥 뛰쳐나가는 김 부장을 보며 소리 죽여 웃는 황미나에게 눈길을 돌렸다. 올해 임용된 새내기 교사였다. 미나는 수업 들어가려는 듯 교재를 챙기고 있었다.

"황 선생, 정전인데 화학은 수업 차질 없어요?"

"예, 저는 백 퍼센트 노 프라블럼(No problem)입니다. 전 화학실에서 합니다."

"화학실도 정전이잖아?"

"정전이죠. 그러나 화학 수업은 최첨단으로 합니다. 이것이 있잖아요."

미나는 시커먼 커버를 씌운 얄팍한 물건을 내밀었다. 노트북이었다. 과학 중점학교 운영자금으로 3월에 구매한 최신 기기였다. 화학실과 물리실에 각각 학생용으로 40대씩 있다. 황 선생은 노트북을 열어 보여줬다.

"정전인데, 그건 전기 사용하지 않아?"

"화학실은 행정동과 가까워 행정동 복도에 설치한 와이파이(Wi-Fi)가 터져요. 그리고 화학실 노트북 모두 항상 100% 충전상태를 유지합니다. 두세 시간은 끄떡없어요. 오늘 수업에 쓸 PPT와 동영상 모두 수업 때 전송할 수 있고요. 그런데 부장님은 「물리」인데, 물리교과실에도 무선 노트북을 사용할 수 있어요. 빔 대신 개인용 노트북으로 파일 전송해 보여주면 되잖아요?"

곽철안은 그제야 황미나가 허둥지둥 뛰쳐나가는 부장을 보며 웃음 지은 이유를 알 것 같았다.

3

수요일 7교시 교직원연수 시간, 먼저 교직원연수 때마다 하는 1교사 1주제 발표가 있었다. 국어과 조윤숙 교사가 「맹자(孟子)님이 우리 학교 교사라면」을 발표했다. 조윤숙은 두 가지를 강조했다. 하나는 그 유명한 '오십 보 백 보(五十步百步)'가 나오는 양혜왕(梁惠王)과의 대화 중 맹자가 말한 '왕께서 전쟁을 좋아하시니 전쟁에 비유해 말씀드리겠습니다(王好戰請以戰喩)'를 사례로 들며 학생의 학습 수준과 관심사 파악을 토대로 그에 적절한 촌철살인(寸鐵殺人)의 비유와 은유 등을 적용한 교수활동을 강조했다. 다른 하나는 그것과 병행하여 수업, 평가, 그리고 다양한 비교과 활동 속에서 교사 중심의 높은 기대치를 설정, 그에 못 미치는 학생들에게 자괴감을 주는 소위 '그물을 치고 학생을 제약'하는 비교육적 장면은 없는지 돌아볼 필요가 있음을 강조했다. 여느 1교사 1주제 발표 때와 마찬가지로 박수 소리는 제법 컸으나 질문은 없었다. 강 교장은 크게 공감하는 듯 표날 정도로 큰 박수와 함께 고개를 주억거렸다.

이어서 연구부장이 일어섰다. 연구부장은 먼저 지난주 학부모 공개 수업 때 여러 선생님의 협조에 감사를 표했다. 학부모님들 역시 선생님들이 수업 지도에 애 많이 쓰신 것을 확인할 수 있었다는 글을 많이 적어주셨다고 했다. 정전 때 일부 선생님의 수업 차질을 빚은 것에 대한 지적도 있었음을 말했다. 연구부장은 설문지 수십 장 중 세 장을 끄집어냈다.

"정전 때 수업 진행 차질과 관련하여 몇 가지만을 읽어 드리겠습니다. '초중고교 학부모 공개 수업 참관을 자주 다녔습니다만 수업 중 자율독서는 특이한 체험이었습니다. 정전 상황을 이해 못 한 건 아니나 수업전문가로서 좀 더 유연한 조치가 있었으면 합니다.', '6교시 ○○수업, 수업 초반 빔프로젝터를 사용하실 때와 정전 때 수업의 질 차이가 너무 큰 것 같아요.', '정전으로 인해 급히 전지괘도(全紙掛圖)를 만드느라 5분 늦었다 하셨습니다. 선생님 열정을 느낄 수 있었습니다. 고맙습니다.', '평소 전기관리에 각별한 관심이 필요합니다. 학생, 교사 모두 힘들어합니다.' 등이 있었습니다."

학부모 설문지 읽기를 마친 연구부장이 정리하는 말을 했다.

"모두가 수업 베테랑이신데 정전으로 인해 일부 선생님들이 평소 실력을 제대로 보여주지 못한 걸 연구부장으로서 안타깝게 생각합니다. 행정실과 연계하여 전기관리에 많은 신경을 쓰겠습니다. 모쪼록 이번 일을 계기로 수업 방법에 대해 좀 더 생각해 볼 기회가 되길 바랍니다. 이만 마칩니다. 고맙습니다."

연구부장에 이어 학생부장, 예체능부장, 인문사회부장, 그리고 교감의 말이 있었다. 교감은 연구부장의 말을 짧게 재강조했다. 교직원연수 마무리는 늘 교장이 했다. 교장이 일어섰다.

"지난 금요일 정전으로 되돌아본 게 있습니다. 우리 선생님들이 평소 컴퓨터, 빔, 인터넷, 그리고 PPT 등에 너무 의존하는 게 아닌가란 생각을 했습니다. 몇 분은 괘도 사용 등으로 비상 상황에 나름대로 적절히 조치했습니다만 몇몇 교사가 자율독서로 보낸 것은 좀 더 신중하게 생각해 볼 문제라 봅니다."

잠시 말을 멈춘 후 강 교장은 선생님들을 두루 보며 질문을 던졌다.

"어때요? 선생님들 그런 게 없으면 수업 진행이 어려운가요?"

맹 부장은 교장의 '우리 선생님들은 그런 게 없으면 수업 진행이 어려운가요?'란 말을 듣는 순간 고개를 갸웃거렸다. 엊그제 교장실에서 들었던 말이었다. 순간 맹 부장은 어쩌면 지난 정전이 단순한 사고가 아닌 의도한 사건이라 생각했다. 돌이켜보건대 자신의 명륜고(高) 2년 근무 중 정전 사태는 한 번도 없었다. 작년 태풍 때 강한 비바람으로 조기 하교 때도 전등이 잠깐 깜박거린 게 전부였다. 정전은 없었다. 맹 부장은 '설마! 그럴 리가?' 하고 단호히 삿된 생각을 떨쳐 버렸다. 맹 부장은 한쪽 팔을 들었다.

"교장 선생님, 그건 수업 진행이 쉽고 어려움의 범위를 떠나 수업의 질을 높이기 위한 필수 과정이라 생각합니다. 교장 선생님, PPT를 예전처럼 그림과 글자로 구성된 짧은 발표 용도로만 사용하는 교사는 거의 없습니다. PPT 내용 중 인터넷 네트워크와 연계해서 학습내용 관련 사진, 동영상 등은 물론 관련 사이트 등과 곧바로 연결하여 수업에 활용합니다. 그리고 강의식 수업 방식에 다소 싫증이 날 수 있는 학생들을 좀 더 수업에 끌어들일 수 있는 게 컴퓨터, 빔, 인터넷, PPT 등입니다. 이상입니다."

맹 부장은 의구심을 확실히 떨구지는 못한 듯했다. 맹 부장은 이를 내색하지 않고 차분한 표정과 말투로 말했다. 강 교장을 바라보는 맹 부장 눈에는 불편한 심기가 담겨 있었다. 교장은 맹 부장의 눈과 어투에서 맹 부장의 마음을 읽었다. 강 교장은 맹 부장이 지난번과 같은 말로 자신을 가르치려 한다고 생각했다. 맹 부장의 뜻을 읽은 듯 교장은 인자한 미소를 띠고 주억거렸다.

"저 역시 PPT를 포함한 멀티미디어 효과와 필요성을 모르는 건 아닙니다. 제 말은 자신의 것으로 소화한 다음 수업에 적용하라는 겁니다. 자기 PPT라는 것은 파일 자체가 아닌 내용이란 말씀입니다. 그걸 자신이 만들었다면 내용을 다 알고 있는 것 아녜요? PPT에 관련 내용, 동영상, 그리고 사이트 등이 있다면 분명 수업 준비 과정에서 교사가 읽고, 이해했을 게 아닙니까. 지엽말단적 내용과 수치까지 요구하지는 않습니다. 그러나 중요한 내용과 수치들은 기억하고 있을 것 아녜요? 그걸 말로 해주는 게 뭐 그리 어렵습니까. 어쩌다 본 영화가 아니라 관심 두고 본 영화 내용을 다른 사람에게 말해주는 게 뭐 그리 어렵습니까. 안 그래요?"

"교장 선생님, 영화를 몰입해서 봤더라도 지엽말단적인 것까지 기억할 수는 없습니다. 오히려 그런 걸 신경 쓰다가 정작 숲을 보지 못하는, 즉 전달하려는 주제, 전달하려는 의도를 곡해할 수도 있습니다. 교과마다 다를 수 있고, 같은 교과라도 선생님에 따라 다소 차이가 있을 것입니다만 제가 담당한 「통합 과학」의 경우 대다수 내용이 칠판에 간단히 그려서 말로 설명할 성질의 것들이 아닙니다. 학생이 쉽게 이해할 수 있도록 하기 위해선 관련 그림과 도표를 크고 선명하게 제시해야 합니다. 좀 더 생생한 사진과 동영상 등을 보여줘야 합니다. 학생들도 그런 방식에 익숙해 있고요. 그런 걸 활용하려면 컴퓨터는 필수입니다."

맹 부장은 자신의 의지를 굽히지 않았다. 창수는 작년 맹 부장과 1학년 담임을 함께 했다. 상대방의 말에 맹 부장이 저토록 적극적으로 대응하는 모습을 본 적이 없다. 창수는 고개를 조용히 돌리며 주위를 한번 빙 둘러봤다. 그런 느낌은 비단 자신만 느끼는 게 아닌 듯했다. 대부분 교사가 숨을 죽인 채 맹 부장에게 집중했다.

"그리고 이야기가 좀 다른 데로 빠집니다만. 요즘 시대에 정전은 극히 경험하기 어려운 그야말로 사고(事故)입니다. 일 년에 많아야 한두 시간입니다. 정전 시간에 학생들 머리 식히는 것이 비교육적 행동이라 보지 않습니다. 저 역시 학부모님들 계신 상황에서 각자 학습하고, 궁금한 것 있으면 질문하라고 했습니다. 적절한 조치였다고 봅니다. 교사의 계획된 가르침 열 건보다 학생의 자발적 질문 한 건이 좀 더 학생에게 필요한 것이고 교육적이라 생각합니다. 두서없이 생각나는 대로 말씀드렸습니다. 이상입니다."

맹 부장이 교장의 말에 민감하게 반응하는 이유가 있었다. 학부모 대상 입시설명회 연기를 보고하러 간 그에게 강 교장은 끝내 강사 교체를 지시했다. 교장은 강사의 구체적 수치 암

기능력, 강의법 등의 표면적 기술보다 근본적으로 전문가로서 기본 태도가 문제라 지적했다. 강 교장은 우리 학교에 오는 입시전문가라면 최소한 주요 대학 및 지역별 국립대에 플러스알파로 우리 학교 학생이 많이 진학하는 지역대학에 관한 강의 정보는 눈 감고도 말할 수 있어야 한다고 했다. 그걸 못한다는 것은 강의 능력이 아닌 강사의 태도 문제라 했다. 강사는 맹 부장과 함께 근무한 적이 있는 후배였다. 맹 부장은 그를 신뢰했다. 그 후배 강사는 성실하고 객관적 경력과 능력, 그리고 교사로서 자세도 모범적이었다. 맹 부장은 자신이 강사를 섭외했음을 교장도 당연히 안다고 생각했다. 교장의 강사 교체 지시는 맹 부장에겐 '맹 부장, 당신 그 정도밖에 안 되는 강사를 초청했어요?'라 들렸다. 맹 부장이 볼 때 강사를 교체까지 할 사안은 아니었다. 맹 부장 머릿속엔 '그렇다면 교장의 말은…… 결국 내가 문제다?'란 생각이 들었다.

강 교장은 물러서지 않았다.

"머릿속에 정리된 것은 어떤 방식으로든 표현할 수 있어야 한다고 봅니다. 생물전공 교사가 주광성(走光性)을 정확히 안다는 것은 초등학생, 중학생, 고등학생 각각의 수준에 맞춰 그들이 이해할 수 있는 가장 적절하고 적합한 방식으로 표현할 수 있다는 말입니다. 가장 기본적인 표현 수단이자 교수(教授) 도구는 언어와 문자입니다. 기본은 말 그대로 누구나 갖춰야 할 수단입니다. 기본을 소홀히 하고 컴퓨터, PPT, 빔 등에만 의존하는 것은 문제라 봅니다. 그런 게 없다 하여 비전문가인 참관 학부모들도 이상함을 알아차린 가시적인 수업 차질을 빚는 건 아니라 봅니다."

"교장 선생님, 그건 오늘의 교실 현장과 학생을 잘 모르시는 말씀이라 생각합니다. 교장 선생님은 수업을 안 하신 지 칠팔 년 되신 줄 압니다. 지금 학생들은 영상 세대입니다. 그들에게 판서와 구두 설명 중심 수업은 효과적인 방법이라 생각하지 않습니다. 그들 눈높이에 맞추는 게 바람직하지 않겠습니까?"

강 교장과 맹 부장의 대화만 오갔다. 그 누구도 그 상황, 그 분위기에 끼어들기가 쉽지 않다는 것을 알았다. 교감도 말이 없었다. 교감은 딱히 두 사람을 중재할 적절한 묘안이 떠오르지 않았다. 교감은 맹 부장의 말에 좀 더 무게를 두었다. 교장을 옹호할 마음이 선뜻 내키지 않았다. 교감은 교장이 정전 중의 수업 차질에 대해 너무 예민하게 반응한다고 생각했다. 자신이 교장이라면 '여러분, 엊그제 당황했을 겁니다. 이번 기회에 정전이나 급작스러운 보강 수업 투입 등에 따른 대처 능력을 높입시다.'란 한마디로 끝내겠다 다짐했다. 딱히 둘을 중재할 묘안이 떠오르지 않았다. 교감은 흘러가는 상황을 지켜보기로 했다.

강 교장은 근 6년간 장학사와 장학관을 하다가 학교 현장에 복귀했다. 그러나 직접 수업만 안 했을 뿐이었다. 그가 교육청 근무할 때는 매년 잦은 학교컨설팅, 수업 명인(名人) 대회 심사 등을 통해 수업 참관을 많이 했다. 그때마다 강 교장은 보여주기 중심의 멀티미디어 동원보다는 입과 손을 사용한 이야기로 학생들을 사로잡는 방법에 큰 감흥을 받았다. 수업 명인들의 공통점은 동영상, PPT, 그리고 인터넷 등 활용 비율이 수업의 30%를 절대 넘지 않는다는 것이었다. 그것도 대부분 도입 단계에서 썼다. 교장은 그걸 근거로 맹 부장을 포함한 여러 선생님을 설득하고 있다.

"저도 맹 부장님과 같은 생각입니다."

2학년 「문학」 담당 현창수가 조심스럽게 일어서며 말했다.

"도둑이 제 발 저리다고 교장 선생님 말씀을 듣는 순간 뜨끔했습니다. 정전 중 저의 개인별 교과서 읽기학습을 염두에 두고 하시는 말씀인 것 같았습니다."

"교장 선생님, 교사의 입은 수업 중 항상 열려있어야 합니까? 그래야만 유능한 교사입니까? 저는 아니라 봅니다. 저는 그날 정전 때도 평소보다 개인별 정리학습 시간을 십 분 더 준 것뿐이었습니다. 저는 평소에도 50분 중 35분간만 제가 사용하고 나머지 시간은 학생들에게 자기활동 시간으로 줍니다. 제 수업이 35분으로 가능한 건 멀티미디어를 활용하기 때문입니다. 무엇보다 교사의 교수활동 시간이 절약됩니다. 효율성과 효과성 역시 좋다고 생각합니다. 저는 절약한 시간을 학생들에게 돌려줍니다. 개인별 정리 및 보충 활동 시간입니다. 학생들이 수업받는 건 많은데 정리할 시간이 크게 부족하다는 것을 선생님이 잘 알고 계시지 않습니까. 학습의 양과 질은 단순히 교사의 교수 시간과 비례하지는 않는다고 봅니다. 학생 스스로 정리하고 보충할 기회를 주는 것은 매우 필요하고 중요하다고 봅니다. 몇몇 학생이 잠자거나 딴짓합니다만 그들보다 긍정적으로 활용하는 학생이 훨씬 많습니다. 멀티미디어 사용을 통한 시간 절약, 효과성 증진을 넘어 매시간 15분간의 자기 정리 시간을 확보할 수 있습니다. 저는 오히려 멀티미디어 사용을 장려해야 한다고 생각합니다. 이상입니다."

창수의 말에 동의하는 수군거림이 여기저기서 흘러나왔다. 강 교장은 자신의 말에 호응하는 분위기가 아님을 어렵지 않게 감지할 수 있었다. 강 교장은 선생님들을 두루 보며 동의를 구하는 눈길을 보냈다. 아무리 둘러봐도 지원군은 없는 듯했다. 교감도 아무런 말이 없다. 강 교장은 교감의 지원 사격을 기대했다.

"여러 선생님이 제 말을 곡해하시는 것 같습니다. 저는 컴퓨터와 PPT 등을 사용하지 말라는 뜻이 아닙니다. 크게 의존해서는 안 된다는 말입니다. 전문 서적을 근거로 저 나름의 기준을 제시한다면 스크린 활용은 그 어떤 내용이라도 학생의 집중력과 몰입도를 고려할 때 수업 시간의 30%를 넘으면 안 된다고 봅니다. 전문직 생활 중에도 학교 장학지도 때 많은 수업을 참관했습니다. 어떤 교사는 출석 확인이 끝난 후부터 종이 울릴 때까지 스크린에 의존했습니다. 그때 저는 스크린 내용이 학생을 위한 것인가 교사를 위한 것인가를 자문하곤 했습니다. 물론 장학지도 평가회 때 언급했습니다. 선생님들, 수업에 있어 핵심 내용을 중심으로 관련 내용을 체계적으로 구조화하고 암기하여 숙지하는 것은 기본입니다. 이 기본이 잘되면 수업 중 인출은 자유자재합니다. 교실에 화이트보드와 펜만 있다면 엊그제 정전 때처럼 비상시에도 덜 당황했을 겁니다. 선생님들, 한번 생각해 보십시오. 학생들 시험은 오픈 북(Open Book)이 아닙니다. 수학 수업 시간에도 계산기 사용을 못 합니다. 아직 우리는 오픈 북 시험, 계산기 활용 문제 풀이는 진정한 실력으로 보지 않습니다. 풀 수 있는 문젠데 책이 없어서 계산기가 없어서 틀렸다는 학생 말을 옳다고 봅니까? 학생이 지필 시험에서 높은 점수 받았다는 것은 평소에 관련 지식 암기를 기본으로 하고 이해, 적용, 분석, 종합, 그리고 평가 활동 습관화를 통해 온전히 체화(體化)했기에 가능한 것입니다."

강 교장은 자신의 주장이 통하지 아니함을 감지했다. 속으로는 어떨지 모르겠으나 여전히 교장의 의견을 겉으로 드러내 동의하는 교사는 한 사람도 없는 듯했다. 강 교장은 자신의 의중을 읽지 못하는 그들이 다소 야속했다. 교장은 벽시계를 일부러 표나게 쳐다본 후 말을 이었다.

"시간이 많이 흐른 것 같습니다. 당부의 말로 마무리 짓겠습니다. 여러분은 영상 세대라며 수업 중 다양한 멀티미디어와 PPT의 필연성과 당위성을 강조합니다. 영상 세대, 저도 인정합니다. 그러나 방향을 바꿔야 한다고 봅니다. 여러분이 적극적으로 사용하기보다는 학생들에게 그런 것의 존재를 생생하고 명확하게 알려주고 학생 스스로 널려 있는 멀티미디어 자료들을 찾아 학습할 수 있도록 지도해야 할 것입니다. 거듭 당부드립니다. 제 말을 곡해하지 마시고 한번 음미해 보십시오. 저 역시 선생님들 이야기를 반추하겠습니다. 고맙습니다."

옆에서 죽 지켜만 보던 교무부장이 볼 때 그것은 교장과 교사 간의 허심탄회한 대화도 권고도 아니었다. 그것은 수업 방법 개선을 요구하는 훈시(訓示)였다. 그 훈시가 끝나기만을 고대하던 교무부장은 교장 말이 끝나기가 무섭게 눈치를 보는 듯, 고개를 좌우로 살피면서 천천히 자리에서 일어났다. 교무부장은 인사위원회가 예정 시각보다 지체됨을 들어 서둘러 교직원연수 종료를 알리고자 했다. 그때였다.

"교장 선생님 말씀에 대해 모두가 한번 생각해 볼 필요가 있다고 봅니다."

2학년 「한국사」를 담당한 이지영이 일어나 말했다.

"교장 선생님 말씀대로 좋은 수업이란 교사와 학생 모두 화면에 빠지는 게 아니라 서로의 눈을 보며 대화하는 시간이 많은 수업임에는 이견이 없을 것으로 생각합니다. 저 역시 PPT와 다큐멘터리를 자주 사용합니다. PPT는 매시간 학습목표 제시부터 차시 예고까지 모두 들어 있습니다. 그러다 보니 자연스레 학생들 눈보다 PPT에 시선을 많이 두게 됩니다. PPT를 보면서 설명하기에 솔직히 정확한 수치와 세부 내용 등을 암기하고 숙지하는 것을 다소 소홀히 하는 면도 없지 아니합니다. 그렇다고 PPT를 포함한 멀티미디어 사용을 크게 줄이는 것은 현실적으로 무리입니다. 저는 앞으로 PPT에 좀 더 신중하겠습니다. 말씀하신 수업 명인들의 수업을 담은 시디(CD) 자료 분석을 통해 저도 수업 시간의 30%를 절대 넘지 않도록 신경 쓰겠습니다. 끝으로 현창수 선생님이 말씀하신 십 분간의 자기 정리 시간 도입도 적극적으로 고려하겠습니다. 이상입니다."

맨 앞줄에 앉아 과정을 조용히 지켜만 보던 「세계사」 담당 김은정의 고개가 상하로 서너 번 끄덕거렸다. 김은정은 이지영 선생이 교장과 맹 부장의 의견을 잘 수렴하여 중재했다고 생각했다. 대부분 선생님이 지영의 말에 공감할 것으로 생각했다. 은정은 시계를 쳐다보았다. 김은정은 교무부장을 바라봤다. 교무부장과 김은정의 눈이 마주쳤다. 순간 교무부장이 의자에서 일어섰다. 교무부장은 조만간 별도의 협의 시간을 마련하겠다는 말과 함께 교감실에서 긴급 인사위원회 소집이 있음을 알리며 연수 종료를 선언했다. 강 교장이 가장 먼저 회의실을 나갔다. 교감과 행정실장이 그를 따랐다. 뒤를 이어 교직원들이 삼삼오오 떼를 지어 앞뒷문으로 나갔다.

「세계지리」 담당 문지우가 나란히 걷는 김은정에게 물었다. 김은정은 수석 교사이자 도교육청이 인정한 수업 명인이었다. 김은정은 교장보다 교육경력이 길었다.

"수석(교사) 선생님, 한 말씀도 안 하시고 지켜만 보시던데 교장 선생님 생각을 어떻게 보세요? 솔직히 저는 안동답답이가 따로 없다고 봐요. PPT와 동영상 파일 없이 수업 가능하세요? 오늘날 멀티미디어 활용은 필수예요. 이러다 60년대 마오쩌둥[毛澤東] 참새잡이 꼴 나는 거 아녜요? 참새 낱알 쪼아먹는 게 아까워 박멸 지시했다가 결국 천적이 사라진 각종 해충으로 결딴났잖아요. 생태계 전문가들이 생태계 교란과 불균형을 경고했는데도 뭉개버렸잖아요. 마오쩌둥이 대장정(大長征) 올레꾼이었지 생태계, 생물학, 농업전문가는 아니었잖아요?"

"글쎄, 나는 문 선생과 좀 달리 생각해. 교장 선생님 말씀이 옳은가에 관한 대답은 주저하는데, 옳지 않은가에 관한 대답은 단박에 '아니다!'라 답할래. 평소 학교 교육활동에 이의를 제기하는 학부모나 학생을 직접 상대해 잘 해결하시는 걸 보면, 이번 말씀도 깊은 생각을 하신 후에 하신 것 같아. 교장 선생님이 근거 부족한 주관적 신념만으로 고집하시는 것 같지는 않아서 함부로 나서지 못하겠더라고. 나도 교장 선생님 말씀을 많이 공감해. 교사가 교수 내용을 제대로 안다는 것은 블룸(Benjamin S. Bloom)이 말한 지식, 이해, 적용, 분석, 종합, 그리고 최고 단계인 평가를 넘어 상대방, 즉 학습자에게 언제, 어디서, 그리고 어떤 방법으로든 자유자재로 표현하고 전달할 수 있는 수준이라 할 수 있어. 생각해 봐. 시간, 장소, 그리고 표현 방법에 있어서 입과 손보다 자유자재로 표현할 수 있는 게 있을까? 전 세계 어디를 가든 아는 영어 몇 단어 내뱉으며 손발 쓰면, 즉 보디랭귀지로 통하지 않는 게 없잖아."

김은정은 문지우 얼굴을 다시 한번 힐끗 쳐다본 후 걸어가며 말했다.

"명륜고 2년 근무하면서 오늘처럼 수업에 대해 진지하게 대화하는 걸 본 적 없었어. 서로가 상대방 수업 방법에 관한 평가는 터부시했잖아. 그런데 좀 전의 일을 생각해 봐. 참관 학부모의 구체적 문제 지적을 계기로 그에 관한 교장과 교사들 간의 난상토론, 누구 말이 옳고 그름은 제쳐두고. 어쨌건 이전 교직원연수에서 보지 못했던 새로운 모습을 봤어. 수업에 관한 진지한 대화, 수업전문가 교사와 관리자 간에 격 없는 대화였어. 정전(停電)이 준 의미 있는 시간이었어. 나를 포함한 대다수 선생님이 듣기만 했지만 분명 자신의 수업 방법, 멀티미디어 사용에 대해 되돌아보는 시간이 되었을 거야. 확신해. 그나저나……."

김은정은 고개를 두리번거리면서 이지영을 찾았다. 자신보다 대여섯 발자국 앞서가는 무리에 있었다. 은정은 큰 소리로 "이지영 선생님!" 하고 불렀다. 이지영은 걸음을 멈춘 후 뒤를 돌아다봤다. 주위 몇몇 선생님들도 은정을 바라봤다. 은징은 지영을 향해 꼿꼿이 세운 엄지를 가슴께로 쳐들었다. 입가에 진한 미소를 머금은 채.

노쇼(No-Show)

1

"또요?"

김홍국은 수화기 너머로 다소 짜증 섞인 불평이 흘러넘침을 어렵지 않게 알 수 있었다. 홍국은 더는 전화하는 일 없을 것이라며 두 다리 잡힌 방아깨비처럼 연신 허리를 굽혔다. 책상을 맞대어 마주 앉은 김기철은 마치 홍국이 자신에게 사죄하는 격인 모습에 부담감을 느낀 듯 자리를 떴다. 김 팀장은 좀 전보다 차분한 목소리로 말했다. 그러나 단호함을 담은 어투였다.

"선생님, 그 말씀 벌써 세 번째입니다. 그리고 분명히 말씀드립니다만 이 인원에서 한 명이 줄어들면 단체가 아닌 개인요금 적용됨을 알려드립니다. 아셨죠?"

김 팀장이 전화를 끊은 것을 확인한 홍국은 수화기를 다소 거칠게 내려놓았다.

옆자리에 앉은 김덕령이 홍국을 향해 돌아앉으며 무슨 일이냐고 물었다.

"또 노쇼(No-Show)예요!"

홍국과 통화한 김 팀장은 주말에 있을 드론(drone) 교육 강사였다. 홍국은 취소 학생 한 명 추가를 알렸다. 2주 전 예약 인원은 14명이었다. 그러나 지난주에 1명, 그저께 1명, 어제 1명, 그리고 오늘 1명 총 4명이 빠졌다. 남은 건 10명. 김 팀장은 9명으로 떨어지면 단체 요금이 아닌 개인 요금을 받겠다고 말했다. 드론 교육은 단체요금도 타 체험활동에 비해 비쌌다. 참가 경비는 문제가 되지 않았다. 교육 예산은 충분했다. 홍국이 흥분한 이유는 신청했다가 취소하는 학생의 무책임한 행동이었다. 일이 있어 못 간다는 학생의 말에 홍국은 참석을 강제할 수는 없었다. 비단 홍국만의 문제는 아니었다. 학교 행사, 특히 유료 참가 행사를 진행했던 교사들은 노쇼 학생에 관한 이야기를 한두 마디씩 하곤 했다.

홍국은 창업 자율동아리 「창창('창틀 넘어 창의'의 준말)」 지도교사이다. 여느 자율동아리와 마찬가지로 「창창」도 관련 전문가 초청 특강과 함께 현장 체험 학습이 많았다. 그 과정에서 홍국이 많이 신경 쓰는 것 중의 하나가 노쇼, 즉 참여하겠다고 신청했다가 취소하는 것이다. 좀 전과 같이 사전에 불참을 알려주는 학생은 그나마 된 학생이다. 홍국은 6월의 식용 곤충 농장 현장 체험 학습을 떠올렸다. 도(道) 내 유일의 '아메리카 왕거저리 유충' 농가였다. 탈지 분말 형태의 식품 원료로 가

공하여 공급하는 농장이다. 미래의 식량 자원에 대해 생각해 보는 차원에서 홍국이 정말 어렵게 섭외한 현장 체험 학습이었다. 출발에 앞서 인원 확인 중 걸려온 일방적 불참 통보 혹은 무소식에 홍국은 당황할 수밖에 없었다. 전날까지만 해도 최초 신청자 16명 중 2명이 취소하여 확정자가 14명이었다. 그러나 정작 출발할 때 버스 탑승자는 9명이었다. 홍국은 현장학습장에 도착해 강사 대하기가 무척 어려웠다. 그 상황을 생각하면 지금도 얼굴이 화끈거린다. 노쇼는 비단 학교 밖의 일부 못난 성인들만의 문제가 아니다.

"애들이 너무 쉽게 생각해요. 일단 신청부터 하고 보는 거예요. 무슨 조치가 있어야 한다고 봐요. 다들 교과 행사를 하잖아요. 국어과는 문학관 방문, 1박 2일 문학 캠프, 각종 백일장, 작가 초청 특강 등등. 그리고 과학과는 과학 진로 특강, 과학 캠프 등등. 이런 행사 신청은 특정 조건 없이 대부분 희망자 선착순이잖아요. 일부 학생은 생각 없이 옆 학생이 신청하는 거 보고 그냥 신청하는 학생도 있는 게 현실이잖아요. 학생들에게 소액이나마 참가비를 부과해야 해요. 공짜 참여가 학생의 노쇼 문제를 만드는 것 같아요. 학생들은 돈에 예민한 것 같아요. 교내 매점 1,000원짜리 아이스크림을 교문 밖 아이스크림 할인점에서 600원에 사려고 학교 지킴이 선생님께 눈 흘기며 나가는 학생들 아닙니까? 비행기 예약 취소처럼 일정 기한 내 취소 시에는 일정액을 감하고 돌려줘야 해요. 당일 노쇼는 50% 환불로 하고요."

"그건 김 선생이 돈을 걷는 게 얼마나 복잡한지 잘 몰라서

하는 말이에요. 학생들로부터 돈 받아 운영하는 게 그리 간단한 줄 아세요?"

2학년 부장 오영호가 의자에서 일어나며 말했다.

"돈을 받으려면 우선 학교운영위원회 심의를 받아야 하고, 참가 학생 일일이 확인하며 받아야 하고, 그나마 돈 모자란 건 학교가 지원하면 되지만 남으면 단 1원까지 정산해 돌려줘야 해. 김 선생 말대로 결시생의 경우 취소 시점에 따라 반환금을 정산해 돌려주는 거, 그거 말이 쉽지 한번 해봐요. 이걸 왜 했나 후회막심할 거야. 신청받을 때 성실 참가를 다짐받는 것으로 끝내요. 그 이상 어떻게 하겠어? 학부모 민원도 만만치 않을걸? 무상 교육, 무상 급식, 무상 교복, 그리고 수학여행까지 공짠데 일이만 원 현장 체험 학습비 거둬들인다고. 그게 생각만큼 간단하지 않아요. 그냥 넘어가. 노쇼 학생, 다음부턴 신중히 하라 타이르고 끝내요."

"저도 부장님 말씀대로 돈 받는 건 아니라 생각하지만, 그렇다고 아무런 조치 없이 마냥 학생 스스로 자정 노력을 기대하는 것도 아닌 것 같습니다."

2학년 진로진학 담당 김진수가 이야기 마당에 합류했다.

"지난 토요일 사건만 하더라도 도교육청 주최 한국과학기술원(KAIST) 석좌교수 초청 진로 특강에 우리가 추천한 1반의 김홍걸 외 4명 기억하시죠? 그런데 일요일 아침에 담당 장학사의 전화를 받았습니다. 다섯 명 중 세 명이나 결석했다는 것입니다. 급히 연락했더니 두 명은 학원 시간이 바뀌어 못 갔다고 하고 한 명은 깜박했다는 것입니다. 문제는 그들의 결석을 추천받지 못한 학생들이 알았다는 겁니다. 그때 보셨잖습니까? 우리 반 명길이가 가지도 않을 애들을 보냈다고 항의하는 거. 떨어져 가지 못한 세 명에게 제가 뭐라 해명해야 합니까? 다른 학년에서도 이런 일이 심심치 않게 벌어지고 있는 것으로 압니다. 조치가 필요하다고 봅니다."

김진수의 말에 힘을 얻은 홍국이 노쇼 학생 블랙리스트 도입을 거듭 주장했다.

"부장님, 선생님들이 노쇼한 학생들한테 마냥 앞으론 조심하라는 한마디 말로 끝내버리니까 이런 일이 반복되는 것 같지 않으세요? 좀 더 따끔한 방지책이 있어야 해요. 일종의 노쇼 학생 블랙리스트(blacklist)라도 도입해야 해요. 일 년 단위로 한 번은 그렇다 치더라도 두 번 노쇼 경력 있는 학생들은 교내외 행사 참여에 제재를 가할 필요가 있다고 봅니다."

"저는 두 분 생각과 다릅니다."

홍국의 말이 끝나자 기다렸단 듯이 이순향이 말했다. 어딘가 모르게 차고 단호한 어투였다.

"우선 학생에게 블랙리스트란 단어를 사용하는 것부터가 비교육적이라 생각합니다. 그들은 단지 좀 더 중요한 일이 있어 새로이 그쪽을 선택한 것뿐입니다. 그 학생도 나름 정당한 이유가 있고 또 표현은 안 했겠지만 일말의 미안함을 갖고 있을 겁니다. 그런데 블랙리스트란 것으로 경계하고 배제할 대상으로 인식하는 것은 교사로서 할 일이 아니라 봅니다. 한번 생각해 보세요. 약속한 행사 참여 한 번 안 했다고 블랙리스트에 올라 여러 선생님으로부터 낙인찍힌다면 어떤 학생, 학부모가 좋아하겠습니까?"

순향이 블랙리스트 운영을 강하게 반대했다. 홍국 역시 주장을 조금도 굽히지 않고 맞섰다.

"이 선생님, 단지 좀 더 중요한 일이 있어 새로이 그쪽을 선택한 것뿐이라뇨? 그건 아닙니다. 학교 행사 노쇼는 친구들과 농구를 하기로 약속했다가 엄마가 찾는다고 하여 가버리는 것과는 다릅니다. 특히 교육청이나 외부 단체 등이 주최한 행사에 노쇼는 학생 개인이 아닌 학교 이미지와 신인도(信認度)에도 부정적 영향을 끼칩니다. 담당자 업무도 증가합니다. 노쇼로 인원 변동에 따른 예산 수립에서부터 정산까지 다시 해야 합니다. 실수 한 번에 대해 가혹하다는 말씀은 공감합니다. 그러나 두 번 한 학생은 분명 조치가 있어야 하지 않을까요? 블랙리스트라는 명칭이 거슬린다면 체크리스트 혹은 노쇼 학생 통계표로 생각하시면 좋겠습니다. 학생 자신도 확인 가능합니다. 스스로 교정할 기회도 줄 수 있다고 봅니다. 그들에게 노쇼는 여러 사람에게 피해를 준다는 것을 분명히 교육할 필요가 있다고 봅니다. 그런 것도 학생의 바른 삶을 위한 중요한 교육내용입니다."

"김홍국 선생님, 체크리스트건 통계표건 간에 과거의 행적을 문제 삼아 활동 참여를 제약하는 건 학생 인권과 현장 체험 학습권을 무시한 처사입니다. 교사 업무 증가요? 학생 학습권보다 중요합니까? 내부 기안 한 번 더 올리고 정산하는 것 그렇게 시간 아깝습니까?"

순향은 '뭐 이런 선생이 다 있느냐?'라는 말을 하고 싶었으나 차마 내뱉을 수가 없었다.

"이 선생님이 말씀하시는 학생 인권을 '차별받지 않을 권리'와 '집회의 자유 보장'을 말씀하시는 것으로 해석하겠습니다. 그럼 묻겠습니다. 지난 7월 도교육청과 도(道) 건축협회가 공동 주최한 건축 기행 탐사 때 우리 학년에서 다섯 명 정원에 열다섯 명이 지원, 삼 대 일의 선발 경쟁을 거쳐 보냈습니다. 그중 세 명이 당일 무단결석했습니다. 그들 때문에 떨어진 세 명의 인권은 생각 안 합니까?"

홍국 역시 다소 언성을 높여 대응했다. 분위기가 사뭇 냉랭했다.

"내가 볼 땐 말이야……."

오 부장은 두 사람의 분위기를 가라앉히려는 듯 둘의 얼굴을 번갈아 보면서 말을 꺼냈다.

"학생의 잘못도 크지만, 학교 행사 운영 시스템에도 문제가 있다고 봐. 학교가 노쇼를 다소 조장하는 건 아닐까 하는 생각이 들어. 무슨 말인가 하면, 봐봐, 우리 학교 행사와 대회가 너무 많은 것 같지 않아? 물론 대규모 학교니까 그들을 위한 다양한 활동이 있다는 건 인정해. 그러나 진행할 시간이 넉넉하지 못해. 그래서 동시 진행이 많아. 토요일만 되면 각종 부서 및 교과 행사가 있고 외부 행사와 중첩도 많아. 물론 평일에도 많지. 지난주 동아리 시간만 하더라도 독도 사랑 퀴즈대회, 영어 수필 쓰기 대회 참가로 우리 동아리 회원 여섯 명이 빠졌어. 일단 겹치기 신청했다가 상황을 봐가며 움직이는 학생이 많아. 내 생각인데 행사 30% 줄이고 내용 비슷한 행사는 통합했으면 해. 한 학생이 두 개를 동시 신청했다면 분명한 군데는 불참할 수밖에 없잖아. 막판에 가서 유리한 곳으로 가지. 우리가 이를 조정해 줘야 하지 않을까?"

여기서 그만하자는 부장의 생각과 달리 홍국은 결론을 내리고 싶었다.

"이순향 선생님, 저도 최근에 들은 이야기입니다만 작년 우리 학교에 자장면 노쇼 사건이 있었다면서요?"

그때 우 부장이 홍국이 옆구리를 툭툭거렸다. 그만하리는 의도였다. 그러나 그 의미를 모르는 홍국은 계속 말을 했다.

"저는 그 사건을 학생 개인의 문제로만 보지 않습니다. 우리가 평소 그런 행사 불참을 너무 관용으로 포용한, 어쩌면 노쇼에 대한 학교의 암묵적 용인에서 벌어진 무의식적 태도가 보인 결과라 봅니다. 3학년들이었습니다. 우리 명륜고(高)가 이 년 넘게 가르친 학생들입니다."

"김 선생님, 우리 가르침 탓으로 말씀하셨는데 그건 비약입니다. 그건 한 학생의 실수나 잘못일 뿐입니다. 지극히 개인적인 사건입니다."

이순향은 작년 5월 체육대회 날의 자장면 사건을 떠올렸다. 교내 체육대회를 끝낸 금요일이었다. 학생부 생활지도 담당이었던 순향은 모처럼 일찍 퇴근하기에 가족들과 시간을 보낼 마음으로 기분 좋게 운전 중이었다. 휴대전화 문자 도착 알람이 들렸다. 신호대기 중에 문자를 확인했다. '긴급 상황, 전 교직원 즉시 학교 옆 북경반점(飯店) 집합'이었다. 오늘 교직원 회식 있다는 말은 없었다. 이순향은 차를 돌렸다.

북경반점에는 강동필 교장을 포함하여 교직원 20여 명이 있었다. 모두 음식을 먹고 있었다. 교감이 오느라 고생했다며 먹고만 가라 했다. 이순향은 학생부장 곁에 앉으면서 무슨 일이냐고 물었다. 학생부장은 3학년 2반이 자장면 곱빼기 스무 그릇, 짬뽕 열다섯 그릇, 그리고 탕수육 여섯 접시를 주문했다가 일방적으로 취소한 걸 처리하는 중이라 말했다. 담임이 확인한 결과 축구 우승 파티를 하려고 했는데 지는 바람에 아이들이 기분 나쁘다고 해서 파티를 취소, 모두 집으로 돌아가 버린 것이었다. 시간이 되어도 오지 않자 주인은 예약한 반장한테 전화했다. 반장은 사정이 생겨 그럴 수도 있는 것 아니냐며 전화를 끊어버렸다. 주인은 교장에게 당장 와서 해결하지 않으면 신문사에 알리겠다고 했다.

3교시 시작을 알리는 벨이 울렸다. 문국현 선생님과 강창현 선생님을 포함한 4명의 교사가 각각 교재를 들고 교무실을 나갔다. 자리로 돌아가는 부장이 홍국에게 말했다.

"김 선생, 모르고 말한 거야, 알고 말한 거야?"

"뭘요?"

"작년 자장면 노쇼 사건을 낸 3학년 2반 담임이 조동민 선생님이었잖아. 조 선생이 말 한마디 안 하고 컴퓨터 자판만 두드리는 것 못 봤어? 아까 내가 옆구리 찌르며 신호 보냈잖아, 젊은 사람이 눈치가 그렇게 무뎌서는. 김 선생, 대화엔 '칠대(對) 삼 법칙'이 있지. 자기주장에 70%, 상대방 및 주변 사람들 반응을 살피는 데 30%. 자넨 주변 사람들 반응을 살피는 걸 소홀히 하는 것 같아. 주변 사람들 분위기를 파악하는 데도 좀 신경을 써."

2

점심을 마친 홍국은 진로진학상담실로 향했다. 맹석주 부장에게 블랙리스트를 적극적으로 도입하자고 꼬드길 심산이었다. 홍국은 전임 교인 용문고(高)에 첫 발령을 받아 그와 함께 3년을 근무했다. 명륜고에는 올 3월에 전근했다. K고등학교 3년 선후배 관계인 그들은 사적인 자리에선 형 아우 하며 지내는 사이였다. 분위기가 되면 "이게 다 형님 때문이에요."라 투정을 해 볼 생각이다. 따지고 보면 오늘 일, 좀 더 거슬러 올라가 내가 「창창」을 맡게 된 것도 그와 전혀 무관하지 않았다.

"김홍국 선생님, 이것 한번 봐봐. 300만 원을 지원해주는 학생 창업동아리 운영 사업인데 「경제」 수업 때 관심 있는 학생들 중심으로 운영하면 좋을 듯해. 김 선생님 전임인 김수종 선생이 했었는데 이번에도 「경제」 쪽에서 해줬으면 해서. 신청해 봐. 김 선생이 생각하는 것보다 경쟁률이 낮아 어렵지 않게 선정될 거야."

3월 초, 교무실로 홍국을 찾아온 맹 부장은 도교육청 창업동아리 공모 공문을 내밀었다. 홍국은 공문 내용을 봤다. 실제 학생 창업을 고민할 내용은 아니었다. 공모 주제만 창업이었지 내용은 기업가정신(entrepreneurship), 즉 미래를 보는 안목과 새로운 것을 생각하고 실천하는 불굴의 도전 정신 함양을 강조한 자율동아리 운영 공모였다. 홍국은 내용을 보니 활동에 큰 제약이 없을 것이란 생각이 들었다. 학생이나 자신에게 도움을 줄 것으로 판단했다. 학생과 교사 위치에서 어떻게 하면 효과적으로 학습하고 가르칠 것인가를 고민하고 탐구하는 것 역시 기업가정신이라 생각했다. 학습뿐만 아니라 자기개발, 대인관계 증진, 그리고 여가 선용 등등 신바람 나는 활동을 찾고 참여하는 것 역시 기업가정신 함양을 위한 것이라 폭넓게 해석했다. 어려울 것 같지 않았다. 지원금 300만 원도 활동에 따른 교재 구매, 입장료, 강사료 등에 자유로이 사용할 수 있었다. 사업 종료 후 A4 5쪽 내외의 운영 결과 보고서와 1쪽짜리 정산서 제출이 전부였다. 홍국은 2학년 인문반 「경제」 과목 수강 학생을 넘어 좀 더 다양한 학생들과 어울릴 수 있다는 생각도 했다.

홍국은 서류를 갖춰 신청했다. 일단은 선정되는 것이 목표다. 며칠간 홍국은 심사위원단 시선을 끌어낼 주제를 고민했다. 홍국은 무인 택배, 농약 살포, 그리고 항공사진 촬영 등의 사례를 토대로 「드론(drone)과 함께 내 꿈을 날리자」란 주제로 신청서를 제출했다. 드론 기능과 미래 전망 등을 학습하고 관련 체험활동을 수행하여 기업가정신 함양을 강조했다.

3월 말, 홍국은 선정되었다는 공문을 받았다. 여느 자율동아리와 달리 홍국이 창업 자율동아리 운영을 기획하고 회원을 모집했다. 학생들의 지도교사 초빙에 응한 것이 아니라 홍국이 학생들을 초청한 것이다. 홈페이지와 1, 2학년 교무실 앞 게시판에 게시했다. 게시물을 보지 못하고 지나는 학생들이 있을 수가 있다. 홍국은 1, 2학년 교무실에서 각각 2회씩 안내 방송을 했다. '기업가정신에 관심을 두고 성실히 참여할 학생, 드론에 관심 있는 학생, 선착순 15명 한정'을 공지했다. 1, 2학년 900여 명 중 최소 15명 정도를 기대했다. 홍국은 20명까지도 수용할 생각이었다.

4월 12일, 야간 자율학습 시간, 홍국은 경제교과교실에서 동아리 운영 방안을 놓고 첫 모임을 했다. 협의 결과, 겨주 수요일 자율학습 시간(19:00~21:00)에 모임을 갖기로 했다. 총 21명 중 4명은 시간이 전혀 안 맞는다고 해서 회의 도중에 탈퇴를 선언하고 나갔다. 3명은 수요일에 학원 수업이 9시부터 시작한다고 했다. 홍국은 그들한테 8시경에 나가도 좋다고 말했다. 홍국과 회원들은 주말 현장 체험 학습 4회를 포함하여 총 16차시 운영으로 합의했다. 홍국은 동아리 활동 지속성과 공동작업 수행을 위해 이유 불문하고 16회 모임 중 네 번 결석까지만 허용하고 그 이상은 자동 강제퇴출 규칙을 제안했다. 열일곱 명 전원이 동의했다.

기본 방향이 합의되자 홍국은 A4용지 한 장씩을 나눠줬다. 자신이 생각한 동아리 활동 내용을 담은 것이다. 홍국은 회원 의견을 반영하여 활동 내용을 융통성 있게 진행할 것임을 강조했다.

"유인물에 나와 있지만, 운영은 공통 활동과 개인 선택 활동으로 운영할게요. 공통 필수 활동은 기업가정신, 창업이란 무엇인가, 비즈니스 모델, 드론(drone) 관련 특강을 각각 1회씩,

그리고 관련 현장 체험 학습 3회를 필수로 운영할게요. 개인 선택 활동은 여러분 개개인이 일상에서 발견한 호기심이나 관심사를 직접 조사하고 발표하는 시간이에요. 이 과정을 통해 자신의 흥미와 적성 찾기, 발표력 증진, 그리고 관련 분야 독서 활동을 자극하는 데 있어요. 회당 1시간 30분씩이니 10분 발표, 5분 피드백으로 하여 5명씩 진행할 생각이에요. 발표 관련하여 주제 선정, PPT 작성법, 청중을 사로잡는 발표법 등에 대해서 따로 교육할게요. 「창창」 활동의 결과를 어떻게 활용할 것인가는 개개인의 문제라 생각해요. 대다수가 진학을 목표로 한 만큼 학생부 교과 관리 차원으로 보완하여 해당 교과 시간에 발표함으로써 교과 세부능력 및 특기사항에 반영시킬 수 있고요, 혹은 발표 과정에서 관련 교과에 대한 학습 동기를 높일 수 있어요. 어떤 학생은 발표를 통해 자신의 진로 직업을 결정하는 데 결정적 계기가 될 수도 있을 거예요. 내용, 목표, 그리고 활용 방안이 무엇이든지 간에 활동에 있어 기업가정신, 도전 정신으로 성실히 임할 때 스스로 만족할 것임을 확신해요."

열일곱 명 모두가 사뭇 진지한 표정으로 홍국의 말을 경청했다. 졸거나 옆 사람과 잡담하는 학생도 없었다. 그런 그들을 보면서 홍국은 더욱 힘이 솟았다.

"선생님은 여러분한테 두 가지를 약속할게요. 첫째, 수시로 여러분들의 의견을 수렴하여 여러분들이 원하는 활동을 할게요. 둘째, 저 역시 최선을 다할게요. 여러분도 자신이 선택한 「창창」 활동에서 의미를 찾을 수 있도록 성실히 참여 바랍니다. 그럼, 유인물 뒷장 「공부도 여가(餘暇) 활동도 기업가정신으로」를 보세요. 여러분이 어떤 자세로 「창창」에 임할 것인지에 대해 간략히 강조하고 오늘 모임 마치겠어요."

홍국은 배부한 유인물 내용을 중심으로 「창창」 활동 목표와 의도를 설명했다. 기업가정신, 학습법, 자기개발서 등을 짜깁기한 뼈대에 명륜고 학생들의 진학 우선 현실과 여건을 고려한 내용으로 살을 붙인 것이었다. 물론 그것은 홍국 자신이 「창창」 운영 방향과 방침을 담은 것이었다.

홍국이 제시한 「창창」 활동 목표는 '주변 사물과 사안을 호기심 어린 눈으로 보고 공급자나 가해자가 아닌 각각 소비자와 피해자의 시각에서 문제점을 지적하고 개선점 찾기'였다. 공부는 물론 독서와 운동을 포함한 여가 활동, 그리고 진로직업 관련 활동 등도 예외일 수 없음을 설명했다.

홍국은 모든 행동의 출발점으로 문제 인식을 강조했다. 홍국은 공부든 놀이든 그리고 일상 활동이든 간에 개인의 삶과 수행하는 업무 개선은 문제 발견에서 비롯된다고 생각했다. 문제를 인식하지 못하는 사람에게 발전을 기대하는 것은 어리석은 행동이다. 학생 자신의 학업도 예외가 아니다. 자신의 공부에 있어 무엇이 문제인지 스스로 아는 것이 핵심이다. 홍국이 「창창」을 통해 학생들에게 심어주고자 한 것도 문제 인식이었다. 아울러 눈치와 틀에 얽매이지 아니한 개선(改善)을 강조했다. 혁신이 아닌 점진적 수정을 강조했다. 타인의 기대와 시선이 아닌 자신의 의지와 관심, 실천을 강조했다. 학과 공부는 물론 신문, 방송 등의 대중 매체를 통해 정치, 경제, 사회, 교육 등 사회 전반을 볼 것을 강조했다. 소소한 것이지만 호기심으로 접근하여 문제와 의문을 발견하고, 자신의 관점에서 개선 방법을 찾을 것을 강조했다.

"오늘 모임은 여기서 마칠게요. 나눠준 교육계획서를 보면 다음 모임은 4월 26일, 수요일, 저녁 7시, 바로 이 장소예요. 그날은 기업가정신에 관한 외부 전문가를 초청한 특강이 있을 예정이니 한 명도 빠짐없이 참석하세요. 다시 한번 강조할게요. 남이 아닌 자신의 눈과 마음으로 사물과 사건을 보고 해결하세요. 마무리는 유인물 하단의 인용문으로 대신할게요. 반드시 한 번 정독을 부탁해요. 이상으로 모두 마칠게요."

홍국이 학생들에게 배부한 유인물 하단의 메모 상자엔 다음과 같은 글이 있었다.

세상의 실에 매달려 그 세상이 움직이는 속도로 춤추는 인형에게 그 춤은 자신의 춤이 아닐 것이다. 자기 속도를 가질 때, 우리의 삶은 춤이 된다. 자신의 삶이 된다. 중력이 작용하는 허공에서 빠르게 낙하하는 것은 자신의 속도를 가졌다고 할 수 없다. 그것은 그저 중력에 끌려 추락하는 것에 불과하다. 반대로 그 허공에서는, 정지한 듯 멈추어 선 매야말로 자신의 속도를 갖고 있다고 해야 할 것이다. 세상의 속도에 그저 따라가고 끌려가는 것이 아니라, 때로는 그 속도에 따라가기도 하지만 때로는 정지해서 그

> 렇게 달려가는 세상이나 자신에게 눈을 돌릴 줄 알 때, 우리는 자신
> 의 속도로 춤출 수 있다.
>
> — 이진경의 『삶을 위한 철학 수업』 중

첫 모임 때 열일곱 명이 홍국에게 보여준 굳은 의지와 달리 「창창」의 성과는 미흡했다. 홍국이 말하는 성과란 가시적인 기업가정신 향상이라든가, 개인 발표에서 획기적인 개선점 발굴 등이 미흡하다는 말이 아니다. 그런 것은 학생 개인별로 만족감이 각기 다를 것이다. 홍국이 그걸 평가한다는 건 무리다.

홍국이 말하는 성과란 홍국 자신이 관찰하고 평가할 수 있는 동아리 참여율과 가시적인 참여 태도였다. 홍국이 볼 때 크게 미흡했다. 무엇보다 총 열일곱 명 중 교육 참석 인원은 늘 열두세 명이었다. 바쁜 일정을 고려한 격주 활동이었는데도……. 그들의 동의와 함께 적극적인 참여를 다짐받았음에도…….

하루는 고경철이 홍국에게 물었다.

"결석을 네 번까지는 허용하는 거죠? 저는 지금 세 번이니까 한 번은 더 해도 괜찮은 거죠?"

홍국은 경철의 질문 의도를 알았다. 마음에 썩 내키지 않으나 그렇다고 답했다. 다음 시간에 경철이 결석했다. 경철 자

신이 발표할 날이었다.

낮은 참여율은 개인 발표 때 펑크(puncture)를 냈다. 매회 결석 1명은 기본이었다. 어떤 날은 발표 학생 5명 중 3명이 결석했다. 나는 그들의 결석을 발표 준비 부족에 따른 것으로 받아들였다. 1학년 정경민은 1회차 발표를 미루고 미루더니 1학기가 끝날 때까지 안 했다. 결석도 세 번 했다. 무슨 의도로 왔는지 의문이 들 정도였다. 홍국은 혹여 자신이 그에게 상처를 준 말이나 행동은 없었는가 찾느라 고심했다. 정경민은 결석 네 번 후인 9월부터 나오지 않았다. 홍국은 굳이 그를 불러 이유를 확인할 필요성을 못 느꼈다.

홍국이 자신의 지도력을 의심해보지 않은 건 아니었다. 다분히 부족함을 자인했다. 그러나 오롯이 지도력 부재만으로 돌릴 수만은 없었다. 자신의 두 차례 특강과 개인 발표 때 피드백을 주는 것 외에는 전문 강사를 초빙하여 진행했기 때문이다. 누군가 강사 섭외 문제를 지적한다면 교육청 및 행복시(市) 진로교육센터 인력 풀(pool)에만 의존했음을 고백할 수밖에 없다.

홍국은 자신의 운영 계획대로만 일방적이었던 것은 아닐까도 생각해 봤다. 한편으론 학생들 의견을 나름 수렴했다고도 생각했다. 유튜버(YouTuber)에 대해 탐구하자는 의견을 수렴하여 현직 유튜버로 활동 중인 고교 선배 초청 특강 1회, 정보 선생님 협조를 얻어 촬영 및 업로드 방법 등을 학습했다. 그러나 그 열정은 잠시였다. 유튜버 교육 다음 활동으로 명색이 창업동아리인지라 전년도 「대한민국 청소년 창업경진대회」에서 최고상을 받은 이웃 특성화고 학생 4명과 지도교사를 초청했다. 그들의 생생한 준비 과정을 듣고자 마련했다. 90분간 내내 우리 학생들은 질문 한마디 없었다. 그날도 열일곱 명 중 열두 명이 참석했는데 활동 중에 조는 녀석들도 있었다. 홍국은 그들을 깨울 목적으로 중간에 두 번의 질문을 했다. 강의 끝낼 때 질문하라는 강사 학생 말에 반장이 질문 하나 한 것으로 일반고 창업동아리 체면을 세웠다.

그들이 돌아간 후 홍국은 얼굴을 활짝 펴고 말했다.

"듣고 보니 생각했던 것보다 어렵지 않은 것 같다. 인근 K대학 창업지원센터의 지원을 받을 수 있다니 조금만 신경 쓰면 할 수 있을 것 같다. 우리도 한번 창업경진대회 준비를 해보자. 특성화 학교 학생들도 최고상을 받았다. 어떠니?"

"안 돼요. 바빠요. 걔들은 시간이 많잖아요. 특성화고는 네시면 다 집에 간대요. 우린 아홉 시까지 하고 끝나면 학원도 가야 해요. 시간 없어요."

등잔 밑이 어둡다고 맨 앞자리에 앉아 중간중간에 졸았던 현국이가 귀찮은 어투로 말했다. 수강 중 다물었던 입들이 그제야 열렸다. 한마디씩 했다. 시간이 오래 걸린다, 공부해야 한다, 학원 숙제도 만만치 않다, 그리고 준비해도 상을 받는다는 보장이 없다는 등.

그날 참석자 열두 명 중 고경봉과 김재형만이 한번 도전해볼 만하다고 했다. 나머지 학생들은 난색을 보였다. 홍국이 기대했던 반장도 난색을 보였다. 홍국은 믿는 도끼에 발등 찍힌 기분이었다. 홍국은 "애들아, 그래도 우리 한번 해보자!"란 말을 하지 못했다.

　여름방학 직전 주말 현장 체험 학습 때도 비슷했다. 바닷가로 구경 가자는 회원 의견을 수렴한 것이 해양 업사이클링 (up-cycling) 현장 체험 학습이었다. 단순히 재활용하는 차원을 넘어 디자인을 가미하여 새로운 가치를 더해 전혀 다른 제품을 만드는 것이었다. 바다 환경 보전에 대해 생각해 보는 체험 학습이었다. 해안가에 밀려온 목재, 어구, 부서진 유리병 파편 등을 이용하여 해양 환경보호 중요성과 필요성을 알리는 소품을 만드는 체험 학습이었다. 강사는 행복시에서 꽤 유명한 작가였다. 최초 열일곱 명 중 13명이 신청했다. 현장 체험 학습 당일 4명이 결석했다. 그나마 두 명은 홍국에게 각각 복통, 학원 시간 변경 등의 이유로 불참을 알렸다. 나머지 둘은 아무런 연락이 없었다. 홍국은 1학년 김영철에게 전화했다. 잠이 덜 깬 목소리였다. 오늘 체험 학습이 있다는 걸 깜박했다고 했다. 지금 출발해도 되느냐고 물었다. 홍국은 몇 분 정도 기다리면 되느냐고 되물었다. 영철은 30분이면 된다고 답했다. 홍국은 그에게 집에서 쉬라고 말했다. 말이 30분이지 추가시간 최소 10분을 더하면 족히 40분간을 기다려야 했다. 2학년 박재권은 갑자기 일이 생겨 못 간다고 했다. 무슨 일이냐고 물었더니, 그런 게 있다고만 했다. 그럼 전화를 줬어야 하는 것 아니냐고 했다. 재권은 지금 막 전화하려는데 선생님이 전화주셨다고 답했다. 홍국은 재권의 어투에서 귀찮음과 짜증을 담고 있음을 어렵지 않게 감지했다.

　홍국이 볼 때 열일곱 명 중 제대로 참여하는 학생은 다섯 명이었다. 반장 현철민, 비록 「대한민국 청소년 창업경진대회」 참가 건에 대해선 거부했으나 반장 역할을 잘 수행했다. 2학년인 철민은 학생부종합전형으로 서울 소재 A대 경영학과 진학이란 목표를 갖고 있다. 철민은 경영학과 진학에 따른 하나의 스펙이 될 수 있다는 생각에서 「창창」에 참여했다. 1학년 때는 내신을 신경 쓰느라 스펙 쌓기를 못했다. 2학년 때 제대로 된 것 하나는 챙겨야 했다. 필요성을 느꼈기에 철민은 열심히 했다. 「창창」 반장을 맡아보겠다고 자원했다. 홍국은 철민의 열정과 성실성을 인정했다.

"창업이요? 그건 대학 졸업하여 취업 생활 후 신중히 고민해야 하겠죠? 「창창」에서 제가 관심 두는 것은 돈과 이윤 추구란 두 축에 관한 사람들 생각, 그에 따른 접근법이 어떠한가를 조금이나마 알고 싶어서 가입했습니다. 이윤을 고려한 사람 심리를 이해하고 또한 조직은 어떻게 움직이는지 이야기를 들을 수 있을 것 같아서 가입했습니다."

철민은 「최근 1년 ○○일보 기업가정신 관련 기사 강조점 분석」으로 1차 발표를 했다. 2차 발표는 「돈인가 우정(友情)인가」를, 3차 발표는 「나의 롤 모델, 카네기(Carnegie)의 인간관계론 탐구」를 했다. 2학년 1학기 때까지 전체 내신성적 평균은 1.40등급이었다. 1, 2학년 수학은 모두 1등급이었고 특히 「확률과 통계」에 관심이 많았다. 철민의 담임은 철민의 A대 경영학과 진학 가능성을 매우 높게 평가했다.

김재형은 프라모델 디스플레이(display)에 관심을 둔 학생이었다. 재형의 집엔 건담(Gundam) 외에도 군용기, 군함, 탱크 등

프라모델 수십 개가 있다. 그야말로 마니아였다. 재형은 이미 엄연한 사업가였다. 조립, 도색(塗色)한 프라모델 작품들을 카페, 만화 가게, 빵집, 그리고 문구점 등의 일곱 개 가게에 대여 및 디스플레이까지 해주고 있었다. 분기별로 교체를 해준다. 개인별 3회 발표 모두 키덜트(kidult) 관련 내용이었다. 재형은 도내(道內) 최고의 키덜트 가게 운영 포부를 갖고 있다.

"관련 특강을 통해 사업가에겐 진정 기업가정신이 있어야 함을 알았어요. 사업가 마인드(mind)란 게 보통 사람 정신으로는 정말 어렵다는 생각이 들었어요. 비지니스 모델 특강 때 강사는 미래 사회에선 온라인 비지니스 모델의 중요성을 강조했는데 그래도 저는 오프라인 비즈니스 모델이 좋아요. 사람이 사람 체온을 느끼며 일해야 하지 않을까요. 다른 분야는 잘 모르겠지만 키덜트 분야는 특히 그래야 한다고 생각해요."

그 외 아버지 비닐하우스에서 생산한 감귤을 인터넷 판매로 돕고 있는 고경봉, B대학 군사학과를 지원하는 신동민, 부모님 토속음식점을 물려받을 생각이라는 박철순 등이 열심히 하는 학생들이었다. 이들은 개인 발표 3회를 모두 잘 해냈다. 홍국이 볼 때 내용뿐만 아니라 준비 과정도 정말 신경 많이 썼음을 알 수 있었다. 홍국은 1학기 활동을 마친 후 점검한 중간평가 과정에서 이들 다섯 명만을 데리고 운영할까 하는 생각을 한 적도 있었다. 그때 딱 한 번.

홍국이 생각할 때 열일곱 명 중 대현, 경철, 경민, 그리고 석주는 도무지 이해가 안 가는 학생들이다. 그들은 동아리 강제 퇴출 결석일만을 유념하며 학교생활기록부 동아리 활동에 성실히 참여했다는 한 줄 기재를 목표로 가입한 것 같다. 그러니 「창창」 분위기가 이 모양 이 꼴인 듯했다. 홍국은 비단 「창창」뿐만 아니라 여느 자율동아리도 이들과 비슷한 생각으로 참여하는 학생들이 많으리라 생각했다. 그들에게 자율동아리 활동이란 어떤 의미일까.

3

진로진학상담실은 맹 부장과 원로교사 조윤숙의 집무실이다. 1학년 「국어」 담당 조윤숙은 진로상담부 소속으로 창의적 체험활동의 정규동아리와 자율동아리 운영을 담당했다.

홍국은 노크 후에 문을 열고 들어갔다. 맹 부장과 조윤숙은 거의 동시에 홍국을 쳐다봤다. 홍국은 미소 띤 얼굴로 그들과 눈인사를 나눴다. 홍국은 맹 부장에게 다가갔다. 맹 부장은 컴퓨터 자판에서 손을 뗐다. 회전의자를 홍국에게로 돌렸다. 맹 부장은 책상 위에 있던 음료수 한 병을 홍국에게 건넸다. 홍국은 맹 부장이 내민 의자에 앉기도 전에 음료수를 단숨에 비웠다.

"뭐가 그리 급해? 뭔 일 있었어?"

홍국은 오전에 있었던 참가 취소 건을 말했다. 덧붙여 오전의 2학년 교무실 대화 내용을 요약해 말했다.

"안 하겠다는데 어쩔 거야. 강제할 방법 있어? 벌금 물릴 것도 아니고. 우리 학교 벌점 규정에도 노쇼에 관한 내용이 없잖

아. 교사만 유모차 되는 거지?"

"유모차요?"

"애만 태운다고, 조크야 조크, 방송에서 봤는데 듣는 순간 어찌나 웃었는지 배가 아프더라. 자네도 웃기지. 하하하."

그제야 의미를 파악한 홍국이 가볍게 웃었다. 홍국은 빈 음료수병을 두 손으로 빙빙 돌리면서 말했다.

"형, 듣자니 작년에 학교 행사 노쇼 학생에 대해서 블랙리스트를 운영하자고 하셨다면서요? 저도 적극 찬성입니다. 다시 추진하는 것이 어떻습니까? 제가요 팍팍 밀어드리겠습니다. 2학년 교무실 몇 분도 찬성입니다.

"싫어. 반대하는 교사도 많고, 이제는 나 역시 굳이 그럴 필요가 있을까 하는 생각도 들어."

홍국에겐 뜻밖의 반응이었다.

"형! 형까지 이러시면 안 되죠. 이건 분명 잘못된 습관, 아니 병이에요 병. 우리가 고쳐줘야 해요."

"글쎄, 어쨌건 난 나름대로 적용했네."

"적용이라뇨?"

홍국은 호기심 어린 눈빛으로 맹 부장의 눈을 보며 물었다.

맹 부장은 작년의 노쇼 경험을 토대로 올해 적용한 방법을 설명했다. 맹 부장은 우선 신청서 양식을 구체화했다. 신청서에 신청 사유를 150자 이상 적게끔 했다. 그리고 참여 행사 시간에 학원 수강 여부, 학교 타 행사 참여 여부, 종교 행사 참여 및 제사(祭祀) 여부 등의 칸을 만들었다. 학생들은 신청서 작성 과정에서 좀 더 신중할 수 있다.

"150자를 쓰라고요? 수업 시간에 단 한 줄짜리 소감문 작성에도 울상을 짓는 애들인데 150자를 쓰면서까지 신청해요?"

명륜고는 남학생 일반고이다. 홍국은 교사 발령받기 전엔 왜 남학생, 여학생을 구분할까 의아했다. 용문고 3년을 근무하고 나니 이유를 대강 알 수 있었다. 남녀공학인 용문고 근무 때 「경제」 수업과 관련하여 '경제 올림피아드'와 '경제 캠프' 등을 매년 개최했다. 홍국은 그들에게 참가 신청서에 지원동기를 반드시 쓰게 했다. 여학생들은 열 명 중 예닐곱 명이 200자 정도는 말이 되든 안 되든 작성하여 제출했다. 그러나 남학생들은 100자만 적으라 하면 열 명 중 대여섯 명이 "나 안 할래요."라고 말한 후 한 점 미련 없다는 표정을 짓고 돌아서 나가 버렸다. 간혹 최저 남녀 성비 칠 대(對) 삼을 맞추기 위해 세 문장만 쓰라 해도 연탄불 위에 드러누운 오징어처럼 안면 근육을 찡그리곤 구운 오징어 다리보다 더 비뚤어진 필체로 쓰는 학생이 대다수였다. 물론 3년간 홍국이 경험한 남학생들에 국한된 사례다.

"응, 150자 이상 쓰라고는 했지만 실제로 얼마 안 돼. 덧씌우기 문장을 빼면 100자 정도밖에 안 돼. 이거 한번 봐."

맹 부장은 책상 서랍에서 신청서 양식 한 장을 꺼내 홍국에게 건넸다. 홍국이 종이를 받아들고 살폈다. 맹 부장이 턱을 크게 한 번 쳐올리며 홍국에게 말했다.

진로진학 활동 참가 신청서

1. 신청자: (   ) 학년 (   ) 반 이름(   )

2. 참가 활동 명(주제):

3. 참가 일시: 20○○.   .   .   (시간: ~   )

4. 잠깐! 참여 행사 시간에
   ① 학교 타 행사 참여: 겹침(   ), 안 겹침(   )
   ② 학원 수강: 겹침(   ), 안 겹침(   )
   ③ 종교 행사 참여: 겹침(   ), 안 겹침(   )
   ④ 기타 집안 결혼, 제사, 약속 등: 겹침(   ), 안 겹침(   )

5. 활동 장소:

6. 참여 목적

제가 이번 진로활동 행사인 〈_____〉에 참가하는
이유는 _____
_____ 을(를) 알고 실천하고자 해서
입니다. 행사 참여 중 성실하고 적극적으로 참여하여
나의 가치를 높일 것을 다짐합니다. 또한 나는 신청 후
불참하면 나로 인해 참석하지 못한 학생에게 피해를
준다는 사실을 잘 알고 있습니다.

20○○.   .   .
참가자   (사인)

진로진학상담부 귀중

"거기 6번 참여 목적을 봐. 밑줄 그은 부분에는 직접 기입하고 나머지 부분은 인쇄된 문장 내용을 덧씌우도록 했어. 남학생들 문장 하나 쓰는 것도 어려워하는 걸 조금이나마 덜어주었다고 할까. 신청에 좀 더 신중하고, 신청했으면 성실히 임하라는 다짐을 받는 거야. 이걸 적용하니까 많이 줄었어. 좀 더 확실한 학생만 와. 지난주 1, 2학년 학습법 특강만 하더라도 작년에 990명 중 145명 신청했다가 107명 왔었는데, 이번에 97명 신청자 중 단 5명만 불참했어. 큰 발전 아냐?"

"그건 신청서 효과가 아니라 작년에 들었던 애들은 빠지니까 그런 거 아닌가요?"

"아냐, 강사가 다르고 PPT 내용도 좀 달랐어. 그리고 6월의 컴퓨터박물관 진로체험 때도 23명 신청자 중 2명만 결석이야. 올해 지금까지 총 7건 진로 행사를 치렀는데 작년보다 노쇼율이 확연히 줄었어. 진작 작년에 이렇게 했어야 하는데, 왜 그땐 이 생각을 하지 못했나 해. 하긴 나나 다른 사람이나 한두 번의 문제 발생엔 크게 신경 안 쓰지. 그것으로 끝날 것으로 생각하고 말이야. 어쨌건 올해엔 괜찮아, 아주 괜찮아."

"형, 그럼, 블랙리스트와는 완전히 안녕인가요?"

"음, 그건 아니야. 작년에 주장했던 것과 차이점이 있다면 올해는 나만의 블랙리스트를 적용해. 내가 작년과 올해 주최한 행사에 신청했다가 펑크낸 학생들에 대해선 기록해둔 게 있어서 그걸 활용해. 그런 학생의 경우 딱 한 번 적용하지."

맹 부장은 집게손가락을 힘차게 바로 세워 보였다.

"딱 한 번요?"

"응, 모든 참여 기회를 박탈할 수는 없잖아. 단지 자신의 지난 노쇼 행동에 대해 한 번은 되돌아보라는 의미지."

"애들이 순순히 수긍해요? 뭐라 할 텐데요?"

"큰 문제 없었어. 간혹 뭐라 하는 학생이 있었는데 역지사지(易地思之) 사례를 말하면 대다수가 받아들이더라고."

"역지사시 사례요?"

"응, 대부분 진로진학 행사가 공간이나 프로그램 내용으로 인해 인원 제한이 있잖아. 신청 인원이 넘을 땐 누군가는 참가 못 해. 그런데 참여 확정자가 당일 결석해 버리면 지원했다가 탈락한 학생, 그게 너라면 결석해 버린 학생에게 뭐라고 말하겠냐고 물으면 대부분 수긍해. 딱 한 번인데 뭐. 지난번 김 선생이 말한 것 같은데? 2학년 건축학 탐사 때 비슷한 일 있었다고."

홍국은 말없이 고개만 서너 번 끄덕였다.

"그런데 말이야. 내가 작년과 올해 노쇼한 애들을 분석해보니 학교가 원인을 제공한 경우가 다분히 있었어."

"학교가 원인 제공을요?"

"그래, 김 선생도 봤을 테지만……."

맹 부장은 말끝을 흐리면서 책꽂이에서 교육계획서를 꺼냈다. 십여 초 뒤적거린 후 펼친 장면을 홍국에게 내밀었다.

홍국은 받아들고 보았다. 학교 연간 행사목록이었다. 양면 그득했다

"총 78개야. 물론 전교생 1,400명의 다양한 요구를 충족시키기 위한 부서별, 교과별 중요한 행사들이겠지. 78개 행사

를 학기별 2회 정기고사 기간 및 고사 전 2주간씩 총 4주, 연간 8주의 시험 준비 기간을 빼고 나면 행사가 겹칠 수밖에 없어. 어떤 날은 서너 건이나 돼. 교육계획 짤 때는 중첩 안 되게 짰겠지. 그러나 그게 계획대로 착착 돼? 학교 내외부 변수에 따라 학교 일정이 달라지는데. 작년 체육대회 때 국어과 논술 경시대회와 과학부 기상(氣象) 전문가 초청 특강이 동시에 열렸어. 실제로 내가 실시한 진로상담부 행사 노쇼 학생만을 분석한 결과 60%가 타 부서 행사와 중첩에 따른 것이어. 이것저것 신청했다가 당일에 가장 관심 있는 거 하나 참석하는 거야. 주말 프로그램도 마찬가지야. 자네도 이번 주말에 드론 캠프 있다고 했지. 월중(月中) 행사표를 보면 이번 주말에 드론 체험 학습 외에도 과학부 오름 생태관찰, 인문사회부의 유배(流配) 문학 탐방, 그리고 체육부의 학생스포츠 농구 대회, 배드민턴 대회 등이 있어. 자네도 물어봤을 테지만 오늘 취소한 학생도 어쩌면 드론보다 더 중요한 곳으로 가려 취소했는지도 모르지. 그게 아니면 학원 시간 변동이겠지. 만약 학교 행사 참여라면 그를 탓할 수도 없지. 그 행사도 학교가 주최한 것이고 학교생활에 충실한 학생일 터이니까."

맹 부장은 호흡을 가다듬으려는 듯 잠시 말을 멈췄다. 홍국을 쳐다보며 다시 말을 이었다.

"그리고 자네 말대로 참가비를 받자는 것도 노쇼를 다소나마 줄일 수 있겠지. 노쇼 배경엔 공짜라는 게 많이 작용하는 것 같아. 공짜니까 취소에 전혀 손해 보는 게 없잖아. 공짜, 나도 그것이 우리 학생들 병들게 한다는 데는 동의해. 인근 정명

고등학교는 2박 3일 수도권 지역 대학 탐방 가는데 왕복 항공료를 제외한 모든 걸 학교가 지원했대. 숙식비는 물론 팀별 자유주제 체험학습경비 명목으로 1인당 3만 원의 용돈까지 줬다고 해. 학교는 돈이 없어도 교육부, 교육청 돈 많잖아. 거기서 내려오는 각종 목적사업비가 있는데 나도 학생들 심리검사, 현장 체험 학습 등은 자체 예산 편성 안 해. 교육청 진로교육 목적사업비를 쓰지. 이런 넉넉한 상황에서 참가비를 받는다고? 받는 과정도 복잡하지만 정산 과정은 더욱 복잡해. 참가비 받는 거 나는 반대해."

그때 점심시간 종료와 5교시 준비를 위한 벨이 울렸다. 5분 후에 5교시가 시작된다.

"두 분, 서로 너무 진지해서 목소리 큰 줄 몰랐죠? 듣고자 해서 들은 건 아닙니다만 옆에서 들어보니 김 선생님 오늘 마음고생 했겠네요?"

조윤숙은 5교시 수업에 들어가려는 듯 교재를 들고 둘에게 다가왔다.

"그런데 김 선생님 욕심이 너무 과한 것 아녜요? 그게 아니면 평소 자신이 뜻한 대로 추진 안 되면 쉽게 열 내는 성격이에요? 김 선생님, 16명 중 서너 명만 제대로 해도 20% 이상 건진 거잖아요. 비유가 이상합니다만 은행이자가 20%라면 엄청 높은 거예요. 김 선생님, 교사로서 '노 차일드 레프트 비하인드(No Child Left Behind)'를 실천하려는 건 존경합니다만 그거 결코 쉬운 것 아닙니다. 그건 이상(理想)이에요. 모두를 끌어안으려 하지 마세요. 김 선생님이 중요성과 필요성을 충분히 안내했다면 그 이후는 노력하는 학생에 신경 쓰세요. 저는 그게 중요하다고 봅니다. 경영의 구루(guru)인 잭 웰치(Jack Welch)의 활력 곡선(vitality curve)에 따르면 어떤 조직이든 우수자 20%, 발전 가능성 있는 사람 70%, 그리고 가만두면 조직에 문제 일으킬 하위 10%가 있다고 해요. 이들 하위 그룹은 조직원들에게 활력 주입이 아닌 의욕을 잃게끔 하는 특징이 있다고 그래요. 기업은 이들 하위자에게 교육 이수 명령과 함께 이를 따르지 않으면 부득불 필요시에는 사직(辭職)까지도 강제할 수 있지만, 학교, 그것도 자율동아리에서 강제는 안 돼요. 방법은 자율동아리도 조직임을, 그리고 하위 10%의 존재를 인정하는 것이지요. 그러면 속이 덜 상하실 겁니다. 두 사람의 이야기만을 근거한 저의 짧은 생각입니다만 김 선생님은 '그들에게 피가 되고 살이 될 중요한 내용이기에 반드시 참여시켜야 한다.'라는 강박적 태도가 있는 것 같아요. 그러나 그 필요한 내용이란 건 학생이 결정하는 거예요. 교사가 아무리 필요성과 중요성을 강조해도 결국 선택은 학생이 합니다. 그리고 선택이란 건 상황이 달라지면 또 다른 선택을 찾는 특징이 있지요."

윤숙은 숨을 돌리려는 듯 잠시 말을 멈췄다. 홍국을 쳐다보며 다시 말을 이었다.

"김 선생님, 현장 체험 학습 노쇼요? 우리 애들 정말 바빠요. 학교, 학원, 그리고 숙제 등으로 바쁜 와중에 오래간만에 하고픈 일이 생겼는데 교과 점수에도 반영 안 되는 체험 학습 참가에 크게 신경 쓸 학생 몇이나 되겠어요? 솔직히 진로체험 한두 번 더 참석했다 해서 내신 낮고 교과 세부능력 및 특기사항도 별로인 학생이 합격할 가능성이 높은 것도 아니잖아요? 그건 인정하시죠? 그리고……."

윤숙은 다시 숨을 돌리려는 듯 숨을 깊이 들이마시면서 두 팔로 교재를 가슴에 힘껏 파묻었다. 숨을 내뱉은 윤숙이 홍국을 보며 말했다.

"맹자님 말씀하시길 '대인자 언불필신 행불필과 유의소재(大人者 言不必信 行不必果 惟義所在)'라 했습니다. 풀이하면 대인은 말을 함에 있어서 꼭 남들의 신뢰를 얻으려고 하지 않고, 행위를 함에서는 꼭 그에 상응하는 성과를 얻으려고 하지 않고, 오직 그것이 옳아서 한다는 말씀입니다. 몇몇 노쇼 학생이 있더라도 참여하는 학생을 위한 옳은 일이라 생각하시고 즐겁게 하세요."

청산유수(靑山流水), 홍국이 조윤숙 선생을 바라보며 떠올린 단어였다. 홍국은 4월 말 교직원연수 때 조 선생님이 발표한 「맹자님이 우리 학교 교사라면」이란 발표가 인상적이었다. 조 선생님은 두 가지를 강조했다. 하나는 학생의 학습 수준과 관심사 파악을 토대로 그에 적절한 촌철살인의 비유와 은유 등을 통한 교수활동을 할 것. 다른 하나는 수업과 평가 등에서 교사 중심의 높은 기대치를 설정, 그에 못 미치는 학생들에게 불이익을 주는 소위 '촘촘한 그물을 치고 학생을 제약'하는 일이 없도록 신경 써야 한다는 것이었다. 홍국이 4월의 조윤숙 선생님 행동을 떠올리는 것과 관계없이 윤숙은 말을 계속했다.

"상황이 달라져서, 맘이 변했는데 단지 약속이라는 것 때문에 불편한 맘으로 참석하는 것보다는 솔직히 서로 좋은 거 아닌가요? 예산도 절약하고 관리할 학생 수도 줄고. 물론 선생님은 최초 계획과 달라져 그에 따른 추가 활동을 해야 하는 불편함이 있을 테죠. 추가 활동이라 해봤자 기안문 수정해서 올리고 정산서 고치는 것밖에 더 있겠어요. 그건 30분 정도면 충분합니다. 그러나 김 선생님 열 식히는 데는 그보다 많은 시간과 비용이 들 것 같은데요?"

"비용이요?"

"소문으로 들은 거지만 김 선생님은 열 받은 날은 술자리로 푼다면서요? 혹시 오늘도⋯⋯."

조윤숙은 의미심장한 눈으로 홍국을 바라보면서 물었다.

"맹 부장님과 술 약속 잡으러 온 거 아녜요?"

깜짝 놀란 시늉을 하며 자리를 차고 일어선 홍국이 진지한 표정으로 조윤숙의 얼굴을 똑바로 보면서 말했다.

"조 선생님, 관심법(觀心法)을 하십니까?"

홍국의 말이 끝나자마자 세 사람 모두 큰 소리로 웃었다.

"김 선생님, 고1, 2학년생은 아직 주민등록증도 없어요. 앞뒤 생각 짧고 근심 걱정 없는 애들이에요. 그러니 속 편히 오래 살아 성인(成人)이 되는 것이죠. 어른들요? 자주 짜증 내고 스트레스 많이 받은 성인들 대부분 죽었어요. 김 선생님, 최소한 손자는 본 후에 죽어야 하지 않겠어요? 릴랙스(relax), 릴랙스하세요."

홍국은 조 선생님이 관심법으로 자신의 마음을 속속들이

읽어내는 것만 같았다. 좀 전의 관심법 운운은 솔직히 자신의 마음을 들킨 것에 따른 본능적 방어였다. 올해 교직 4년 차인 홍국에게 32년 차 원로교사의 조언은 어딘가 위엄이 서려 있었다. 한편으론 함께 근무한 지 8개월에 불과한데 자신에 대해 많이 알고 있다는 데 알 수 없는 불안감도 느꼈다.

"그리고 맹 부장님도……."

윤숙은 맹 부장을 보고 말했다.

"맹 부장님, 신청서 양식 저도 사용할 수 있을까요? 들어보니 아주 좋은 것 같아요. 다른 선생님들과도 공유했으면 합니다. 그러나 블랙리스트 적용은 아닌 것 같아요. 딱 한 번만 적용한다고 강조했습니다만 없애세요. 부장님도, 릴랙스, 릴랙스하세요. 자, 먼저 수업 들어갑니다."

윤숙은 진로상담실을 나갔다. 남은 두 사람 귀에 상담실 옆 진로활동실로부터 책걸상 움직이는 소리, 학생들 웅성거리는 소리가 들렸다. 맹 부장도 5교시 수업이라면서 교재를 챙겨 일어났다.

"형, 저는 형과 함께 블랙리스트 운영으로 혹 뗄 방법을 찾으러 왔는데 조 선생님으로부터 혹 붙임 당한 꼴이 되었습니다. 하하하."

"김 선생, 입은 비뚤어져도 말은 바르게 하랬어. 그게 혹 붙여준 거냐, 혹 떼 준 거지. 나는 조 선생님 주장에 크게 공감해. 블랙리스트 한 번 적용도 없앨 거야."

"어쨌건 이따 일곱 시에 시청 후문 단골집에서 봬요. 셋이서 한잔해요."

"셋? 오늘 누구 와?"

"제 여자친구요."

"미선이가 온다고, 정말이야?"

6개월 전, 맹 부장은 대학 후배인 미선을 홍국에게 소개했다. 양복 한 벌 얻어 입을 것을 생각하니 맹 부장은 수업 가는 발걸음에 신바람 광풍이 몰아침을 느꼈다.

동상이몽(同床異夢)

1

11시 40분, 4교시 수업이 없는 맹진호는 평소보다 일찍 급식소로 향했다. 운동장 관중석 바로 위에 붙어 급식소로 이어진 시멘트 도로를 걷는 내내 진호의 눈길은 운동장 구석진 곳에 놓인 흰색 경차(輕車)에 머물렀다. 그걸 보면서 걷느라 하마터면 관중석으로 굴러떨어질 뻔했다.

숭덕고등학교, 마늘과 감자가 특산물인 숭덕읍(邑) 소재 12학급에 전교생이 289명인 소규모 학교다. 특성화고도 아닌 일반고에 학생실습용 자동차가 있다는 것은 다소 의외라 할 수 있다. 모든 일에는 배경이 있기 마련이다. 그 자동차도 예외일 수 없다.

지난 4개월간 거의 반사적으로 진호가 보아왔던 자동차였다. 출퇴근할 때 보았고 교무실에서 머그잔을 들고 보았다.

그리고 지금처럼 점심 식사하러 갈 때마다 보았다. 딱히 내세울 만한 동아리 활동 지도는 없었지만, 교내 탐구대회 2위 팀 지도교사였던 게 뿌듯했다. 그러나 자동차를 보는 진호의 마음은 여느 때와 달랐다. 내일이면 저 차는 다시 폐차장으로 옮겨진다. 다시는 못 볼 차다. 그러나 결코 그에 따른 아쉬움이 아니었다.

오늘 등교 시간이었다. 맹진호가 교문을 막 들어섰을 때 최명길이 인사를 했다. 진호는 가볍게 한 손을 들며 웃는 것으로 답했다. 백여 미터 진입로 중 삼십여 미터를 걷는 동안 둘은 인사 말고는 딱히 할 말이 없었다. 어색함을 진호가 풀었다.

"민규를 보내기로 했다며! 잘 결정했다. 팀장 역할을 했잖니."

"선생님, 뭘 보낸다는 말씀인지요? 민규를 어디로 보내십니까?"

사흘 전, 진호는 교무부장으로부터 '20○○ 도교육청 학생 해외 연수단' 운영 공문서와 함께 추천 의뢰를 받았다. 다가오는 겨울 방학 때 2주간 일정으로 애플(Apple) 본사, 구글(Google) 본사, 캘리포니아공과대학(Caltech), 매사추세츠 공과 대학(MIT), 그리고 그랜드 캐니언(Grand Canyon) 국립공원 등을 방문하는 연수단이었다. 총 연수경비의 10%만을 부담하는 웬만한 학생은 누구나 탐낼 만한 연수였다. 학교별 인문사회 분야와 자연과학 분야 각각 1명씩 해외 연수단 학생을 추천하라는 공문이었다. 신명조체의 공문 중 일부 내용만은 진한 돋움체로 '단순히 교과성적 우수 학생 추천 지양, 특정 영역 재능 및 그에 대한 성과가 탁월한 학생 중심 추천'이란 문구가 있었다. 교무부장은 교감과 상의 끝에 지난번 「자기주도 교육활동 실천 운동」 발표회에서 우승한 「한 손 문화 양손 문화 성과 비교」 팀과 2위를 한 「자뜰」 팀의 대표자를 각각 인문사회 분야와 자연과학 분야 참가자로 추천하기로 했다. 맹 부장은 그것을 민규에게 알려주면서 협의 후 한 명을 추천하라며 참가동의서 양식을 주었다. 다음 날 진호는 민규가 갖고 온 참가동의서를 별다른 의심 없이 받았다. 그게 화근이었다.

"그게 무슨 말이야. 누가 가건 간에 그런 거라면 우리하고 상의해야 하는 거 아냐? 맹진호 선생님도 그게 진짠지 확인하셨어야 하는 것 아냐? 맹 선생님께 가자!"

명길로부터 민규의 미국 연수 참가 소식을 들은 창수는 다혈질 성격을 그대로 내보였다. 탄력 있는 근육질 몸매에 얼굴이 너부죽한 창수는 누가 봐도 도발적인 어투로 말했다.

"맹진호 선생님, 선생님은 꼼꼼하신 분이신 줄 알았는데, 오늘 보니까 아니신 것 같네요. 선생님, 이게 말이 됩니까?"

"야, 너 말투가 왜 그래?"

명길이는 심히 염려되어 창수 옆구리를 팔로 툭 쳤다. 동시에 무안한 기색으로 진호 얼굴을 살폈다.

"말이 안 되니까 그렇지. 솔직히 민규가 거기 갈 정도로 열심히 했냐? 이래라저래라 말만 하면서……. 솔직히 우리 다섯 중에 제일 많이 빠진 게 누군데, 최초에 하자고만 하면 돼? 일을 시작했으면 제대로 해야 할 거 아냐. 그 자식, 팀장으로서 갖춰야 할 싹수가 전혀 없어. 그리고 넌 배알도 없냐? 네가 제일 열심히 했으니까 당연히 네가 가야지. 너도 가고 싶다고 했잖아? 선생님께 명확히 말을 해, 미국 연수를 가고 싶다고!"

창수는 민규의 참가 신청서 제출과정을 명확히 확인하지 않고서 민규를 추천한 진호의 조치에 대해 강하게 항변하는 것이다. 진호는 민규의 신청서를 받을 때 그 과정을 확인 못한 걸 후회했다. 진호는 민규에게 신청서 양식을 주면서 팀원들과 협의한 후 제출하라는 말을 할 때부터 최초 제안자이자 팀장 역할을 한 민규가 추천받으리라 생각했기 때문이었다. 민규의 신청서를 거의 당연한 것으로 생각하며 받았다.

"미안하다. 난 너희들 합의가 된 줄 알았지. 담당 선생님이 아직 교육청에 최종 명단 제출은 안 했을 거야. 일단 내가 확정 명단 제출을 연기해 놓을게. 오늘 하고 때까지 다섯 명이 함께 나한테 와서 확정자를 보고해."

3교시 시작종이 울렸다. 창수와 명길이는 알겠다는 말을 한 후 진로활동실을 나갔다. 진호는 민규 담임 정영철 선생님 인터폰 번호를 눌렀다. 정영철이 받았다. 진호는 정영철에게 3교시 쉬는 시간에 민규를 자신에게 보내 달라고 부탁했다. 늦었지만 민규의 말을 들어봐야 했다.

2

8월 초순, 2학기가 한 주 정도 지난 날이었다. 교장이 부장들 대상으로 긴급회의를 소집했다. 기획회의는 매월 넷째 주

금요일 7교시에 갖는 게 보통이었다. 정하보 교장이 말을 꺼냈다.

"모두 긴급회의 배경을 아실 겁니다. 좋은 의견 구합니다. 그럼, 교무부장부터 시작하지요."

정 교장은 오전에 교내 메신저로 협의 문제를 알렸고 문제에 관한 구체적 방안을 지시했다. 진로상담부장 맹진호는 메신저 내용을 떠올렸다. 교장은 메신저를 통해 한 독지가가 일천만 원을 희사했고, 틀에 박힌 행동 방정하며 학업 우수한 극소수 학생보다는 다수 학생의 실질적 학습활동을 지원했으면 한다는 조건 아닌 바람을 제시했다고 했다. 그러면서 그분의 뜻을 받들 각 부장은 나름의 방안을 제시하라는 내용이었다. 맹 부장은 이미 알고 있다. 여느 회의 때와 마찬가지로 교장은 이미 자신만의 방안을 갖고 있다는 걸.

교무부장은 교무 수첩을 펼쳤다.

"예, 저는 우선 학업이 우수하며 행동이 방정한 몇몇 학생보다는 발전 가능성이 큰 여러 학생에게 혜택을 줬으면 하는 독지가의 마음에 크게 공감합니다. 그래서 8, 9등급이라도 열심히 하여 한 등급 이상 향상하면 장학금을 주는 내신등급 향상 학생을 위한 장학금으로 사용했으면 합니다."

"음, 하위권 학생이라도 두드러진 내신 향상이 있는 학생에 대해 주자는 말씀이지요? 좋은 생각입니다."

교장은 고개를 끄덕였다. 메모지에 '교무부장, △'라 표시했다. '△'는 자신의 생각과 일치 정도를 표시한 것이었다. 정 교장은 상대방의 의견이나 주장을 ○는 괜찮음, △는 그저 그러함, 그리고 X는 부적절함 등으로 간명하게 평가하는 버릇이 있다.

정 교장은 늘 기획위원들에게 간명한 의견을 주문했다. 그중 자신이 호감 가는 내용을 중심으로 그 자리에서 마무리 짓는 스타일이었다. 교장은 사족 다는 것을 극히 싫어했다. 정 교장은 교사든 학생회 임원이든 대화 중 중언부언을 중간에 자르기로 유명했다. 기획위원들은 핵심만을 말했다. 교장은 특별한 경우를 제외하곤 추가 질문도 하지 않았다. 교장은 기획회의 30분 이내 종료를 원칙으로 했다. 같은 사안에 대해 재차 협의하지 않았다.

1학년 부장이 말했다.

"어차피 학생을 위한 돈입니다. 일부 학생 대상보다는 좀 더 많은 혜택, 그리고 학습 지원을 위한 간접적인 방식을 제안합니다. 학생들이 자유롭게 사용할 수 있는 복합기를 최소한 대만이라도 설치했으면 합니다. 학생들도 복사, 출력할 게 많은데 그럴 때마다 교무실에 와 부탁해서, 중간중간 업무가 끊겨 어려움이 좀 있습니다. 학생 자신이 교통카드로 결제할 수 있는 복합기 설치도 도움이 될 것으로 봅니다. 독지가의 뜻을 담은 학습 지원 기기라는 점에서 의미를 살릴 수 있다고 봅니다."

교장은 고개를 끄덕였다. 메모지에 '1부장, X'라 메모했다. 고개를 들은 교장이 행정실장에게 물었다.

"김 실장님, 한 대 설치에 오백 정도면 되는 거로 아는데, 자체 예산으로 설치하기는 어려운가요?"

"예산이 빠듯합니다만 방법을 짜내면 나올 것 같습니다."

"힘들겠지만 행정실에서 고민해주세요."

행정실장은 절도 있게 상체를 한 번 구부렸다.

"개인적인 의견일 수 있습니다만 수업료, 점심, 교복, 수학여행경비 등 저녁 급식 빼고 무료인 상황에서 돈 없어 공부 못 하는 학생은 극히 드물다고 봅니다. 생활보장 대상자, 차상위 계층 학생들도 공부에 따른 지원은 충분하지는 않아도 절대 부족하다고는 보지 않습니다. 개인적인 의견일 수 있습니다만 그 학생들은 돈 문제보다 학습 동기를 충전할 필요가 있다고 봅니다. 문제는 이 두 계층에 포함되지 않은 학생들, 다시 말해 실질적으로 어려운데 행정적으로 지원받을 수 없는 학생입니다. 이들 학생 중 간절한 학생을 발굴하여 지원했으면 합니다. 예를 들어, 우리 반 홍길동의 경우, 내신은 3등급밖에 안 되지만 나름대로 열심히 하는 학생입니다. 찢어지게 가난하지는 않으나 유료 인터넷 강의를 듣고 싶은데 인강을 듣겠다고 부모님께 말할 처지가 못 된다고 했습니다. 고3 누나와 중2 동생도 비슷한 상황이라 했습니다. 제가 알기로 유료 인강과 교육방송(EBS)의 무료 인강은 질(質)과 분위기가 다릅니다. 그런 학생들에게 유료 인강 수강권을 주는 방안은 어떤지요. 나아가 개인이 보고 싶은 참고서까지도 지원하면 더 좋겠습니다. 한 학생은 소프트웨어 전형을 준비하는 학생인데, 정보 교과 선생님에 따르면 꽤 능력 있다고 들었습니다. 그 학생 역시 컴퓨터 부품이나 프로그램 구매가 필요한데 그것을 사달라고 조를 수는 없다고 합니다. 그나마 한 달마다 갱신하며 쓰는 번들(bundle) 판이 있어 다행이랍니다. 이런 학생들을 조금이나마 지원해줬으면 하는 생각입니다. 그리고 학급마다 기숙사 학생 중에 관리비 내는 것도 버거운 학생들 있잖습니까? 이상입니다."

2학년 부장은 '개인적인 의견일 수 있습니다만'을 세 번이나 쓰면서 말했다. 대다수 위원이 황희 정승이란 기숙사부장의 별명을 떠올리는 듯 가볍게 미소를 지었다.

"실제로 공부하는 데 경제적 지원이 필요한 학생을 도와주자. 좋은 생각입니다. 그리고 부장님들 시간 관계상 짧게 부탁드립니다."

교장은 '2부장, △'라 메모했다. 고개를 들은 교장이 학생부장을 쳐다봤다.

"장학금은 꼭 교과 공부만을 지원하라는 의미는 아닐 것입니다. 비교과 활동을 통한 교과 관심과 정진으로 이어질 것입니다. 올해도 창의적 체험활동의 정규동아리가 28개, 자율동아리가 7개입니다. 그런데 정작 동아리 예산은 4백만 원, 팀당 11만 원입니다. 활동비가 부족하여 교실에서 동영상을 보거나 책을 보는 것 이외의 활동을 하기가 힘듭니다. 이상입니다."

교장은 고개를 끄덕였다. 메모지에 '학생부장, △'로 메모했다. 계속하여 3학년 부장과 예체능부장은 각각 교무부장과 2학년 부장 방안에 공감한다고 했다. 교장은 각각 '3부장, X', '예체능부장, X'라 메모했다. 교장은 그들이 생각 없이 들어와 다른 위원의 생각에 무임승차한 것으로 생각했다.

교장은 왼쪽 열 맨 끝자리의 맹 부장을 쳐다봤다. 맹 부장은 부장 중 가장 교육경력이 짧았다.

　　"예, 개인의 노력으로 장학금 받는 일종의 자기주도 교육활동 실천 공모전입니다. 자신이 추진한 교육활동에 대해 실천 의미, 추진 과정, 그리고 성과를 중심으로 평가하여 노력에 따른 장학금을 지원하는 것입니다. 위원님들이 제안한 학력 향상, 인터넷 강의 수강, 참고서 및 관련 도서 구매, 그리고 동아리 활동 지원 등을 모두 아우를 수 있다고 봅니다. 누구나 응모할 수 있고 성과를 낸다면 자신의 노력으로 장학금을 받을 수 있도록 하는 겁니다. 교과성적 9등급 학생이라도 8등급으로 향상한 성과를 보인다면 장학금을 받을 수 있습니다. 교과 공부를 포함하여 자신의 특기와 관심 분야에 관한 능력 개발을 지원할 수 있다고 봅니다. 이상입니다."

　　"장학금은 일천만 원 한정인데, 신청자가 많으면 어려움이 있지 않을까요?"

　　2학년 부장이 말했다.

　　"3년간 이 학교 근무한 저의 소견은 그 반대라 걱정입니다. 여러분의 생각보다 학생들 참여도가 높지 않습니다. 내신 1, 2등급 학생들은 자신감을 갖고 합니다만……. 그래서 이번 기회에 담임교사 중심으로 많은 학생이 자신의 끼와 꿈을 드러낼 수 있도록 홍보와 안내가 절대 필요하다고 봅니다. 소요 비용은 289명 중 4분의 1인 72명이 참여했을 때, 1인당 10만 원에 플러스알파$_{(a)}$로 예상합니다."

　　"학생들의 다양한 노력을 자기주도 교육활동 실천으로 단

일화하여 지원한다?"

교장은 진로상담부장 반응을 보지도 않고 고개를 끄덕였다. 메모지에 '자기주도 교육활동 ○'라 표시했다.

수첩 메모 내용을 보면서 수첩에 볼펜을 톡톡 두들기던 교장이 오른쪽으로 얼굴을 돌려 말했다.

"교감 선생님 의향은 어떤가요?"

메모에 집중하던 교감은 교장의 의중을 살피는 듯 조심스레 말했다. 교감은 회의 중간중간에 교장의 메모 내용을 힐끗힐끗 보았다. 교감은 기획회의 때마다 가장 근거리에서 교장의 많은 ○, X, △를 보아 왔다. 자신의 의견으로 교장의 결심을 바꾼 경우는 거의 없었다. 그러한 교장 성향을 자신이 굳이 바꾸려고 노력할 필요가 없음도 잘 알았다. 결정은 늘 교장이, 추진 및 감독은 자신의 몫이었다. 교감은 이미 교장이 ○와 △를 한 내용을 보았다. 교감은 교장을 치켜세웠다.

"저는 교과 실력 향상 독려 차원에서 급간별 성적 향상 우수자 지원만큼은 확실히 시행했으면 합니다. 동시에 자기주도 교육활동도 지원했으면 합니다."

정 교장은 자신이 원한 대답을 들은 듯 입가에 담뿍이 미소를 지은 채 말했다.

"나도 같은 생각입니다. 교무부장, 급간별 장학금과 자기주도 교육활동 두 건을 추진하세요. 함부로 돈을 쓴다고 생각하지 않으셨으면 합니다. 장차 만 명을 위한 한 명 육성이라 생각하면 투자할 가치가 충분하다고 봅니다. 이후 모든 것은 교감 선생님에게 일임하겠습니다. 조속한 실행 부탁합니다. 이상입니다. 수고들 많으셨습니다."

교무부장은 교감, 맹 부장과 협의한 내용을 토대로 일천만 원을 양분했다. 자기주도 교육활동 실천 운동에 칠백만 원, 급 간별 성적 향상 장학금에 삼백만 원을 책정했다.

자기주도 교육활동 실천 운동은 계획서 내용의 적절성과 실현성을 중심으로 심사하여 착수금을 지원하기로 했다. 착 수금은 계획서에 청구한 예상 수행 경비의 50%를 우선 지원 한다. 최종보고서를 통해 목표 달성 정도를 따져 등위 및 보 상금을 시상하기로 했다. 계획서가 제시한 목표 미달 시는 최 초 지원금을 회수한다는 내용이었다.

며칠 후, 교무부장은 홈페이지 게시판에 두 개의 공고문을 올렸다. 「자기주도 교육활동 실천 운동」 추진 안내문과 「내신 급간별 성적 향상 장학금」 시행 안내문이었다.

「자기주도 교육활동 실천 운동」 계획서는 개인 혹은 팀별 탐구 주제, 실천 방법, 실천 기한, 그리고 응모자 부모에게 알 리는 취지로 학부모 사인을 받도록 했다. 글쓰기를 어려워하 는 학생들 성향을 고려하여 원(One) 페이지 계획서 양식을 제 시했다. 많은 글자 수를 요구하지 않음으로써 많은 학생의 지 원을 유도하기 위한 것이었다. 안내문은 학생의 신청서 작성 을 돕기 위한 두 건의 예를 제시했다.

사례 1

신청자: 홍길동(1-3)

1. **활동 목적**: 건강한 정신은 건강한 육체에서(+α 조금만 더 자세히 적어 주세요.)

2. **실천 내용**: 키와 비교해 과중한 몸무게 줄이기(+α 조금만 더 자세히 적어 주세요.)

3. **달성 목표**: 키 176cm에 89kg 몸무게를 79kg으로 줄이기(+α 조금만 더 자세히 적어 주세요.)

4. **달성 기한**: 2000. 8.12.~12.24.(+α 조금만 더 자세히 적어 주세요.)

5. **실천 방법**: 헬스장 등록 및 혼자 조깅과 줄넘기 병행(+α 조금만 더 자세히 적어 주세요.)

6. **청구 금액**: 5개월 헬스장 등록비 30만 원(+α 조금만 더 자세히 적어 주세요.)

학　생:　　　(사인)

학부모:　　　(사인)

신청자: 이순신(2-1)

1. **활동 목적**: 수학 공부 잘하기(+α 조금만 더 자세히 적어 주세요.)

2. **실천 내용**: 수학 내신등급 올리기(+α 조금만 더 자세히 적어 주세요.)

3. **달성 목표**: 전 학기 수학 4등급을 1등급 이상 올리기(+α 조금만 더 자세히 적어 주세요.)

4. **달성 기한**: 2000. 8.14.~12.24.(+α 조금만 더 자세히 적어 주세요.)

5. **실천 방법**: 인터넷 강의 충실 수강 및 매일 2시간 수학 공부(+α 조금만 더 자세히 적어 주세요.)

6. **청구 금액**: 25만 원(인터넷 강의 신청 및 참고서 구매 비용)

학　생:　　　(사인)

학부모:　　　(사인)

「내신 급간별 성적 향상 장학금」 안내문은 간명했다. 전 학기와 비교하여 전체 내신등급이 0.5등급 이상과 1등급 이상 향상한 학생을 구분하여 해당하는 모두에게 각각 30만 원, 50만 원을 지급하니 열심히 하라는 내용이었다. 학생이 별도 신청 없이 평가 담당 교사의 검증 및 추천으로 시상한다는 내용을 공지했다.

3

2학년 강민규가 맹 부장을 찾은 것은 공모 관련 공고가 홈페이지에 오른 지 사흘째 되는 날이었다. 민규는 기계 공학이나 자동차 공학에 관심 있는 학생 몇몇을 중심으로 자동차 분해조립으로 응모하고자 함을 말했다. 그에 따른 지도교사로 맹진호 선생님을 모시고 싶다고 했다.

"자동차를 분해 정비한다고?"

"정비가 아니고요. 분해조립만요. 문자 그대로 차 한 대를 뜯어내 보기만 하고 고스란히 덮는 겁니다. 수리는 말도 안 되고요. 간단히 말해 자동차 내부를 좀 더 실감 나게 보는 수준입니다."

"그런 걸 보려면 오히려 유튜브(YouTube)로 분해조립 동영상을 보면 실감 나게 경험할 수 있지 않을까?"

"에이, 선생님도. 눈으로 보는 것하고, 손으로 만지면서 하는 것과는 다르죠."

민규는 양손을 비비면서 '아실 만한 분이 왜 그러십니까?'
란 표정을 띠며 말했다.

"알겠다. 그래, 어느 수준까지 분해 조립할 건데?"

민규는 그제야 주머니에서 A4용지 한 장을 꺼냈다. 민규
는 그걸 맹 선생님께 드렸다. 맹 부장은 그것을 받고 내용을
확인했다.

「자뜯(자동차를 뜯어보자!)」 활동 계획

1. 목적
자동차 분해조립을 통한 자동차 작동원리 이해하기

2. 분해조립 영역
가. 기관 분해조립

나. 엔진 부수 장치: 연료 장치, 윤활 장치, 냉각 장치, 흡배기 장치

다. 동력전달 장치: 클러치 및 변속기, 드라이브 라인 및 동력 배
분 장치

라. 조향 및 현가장치: 조향장치, 현가장치

마. 제동 및 주행 장치: 제동 장치, 타이어

바. 차체 관련 전기 장치: 차체 분해/조립, 등화 장치, 계기 장치,
시트

---

3. 준비할 사항

    가. 분해 조립할 차 확보: 폐차 활용

    나. 분해조립 특수 공구 확보: 대여? 구매?

    다. 소요 비용: 약 30만 원

    라. 지도교사: 맹진호 선생님

    마. 회원: 4~5명

    바. 기대 효과: 자동차 작동원리 이해, 대학진학 스펙, 자동차 자
       가 정비 등

    사. 참고 도서 및 사이트: 『자동차 구조 교과서』 『자동차 구조 &
       정비』 유튜브 등

    아. 마무리: 12월 초

조향장치, 현가장치, 윤활 장치, 냉각 장치, 흡배기 장치 등 맹 부장의 눈에 보이는 건 '장치'란 단어들뿐이었다. 내용을 들여다보던 맹 부장이 준비할 사항 중 첫 번째 내용에 대해 물었다.

"폐차 활용?"

"예, 폐차장 주인이 활동 후 반납조건으로 30만 원만 주면 경차를 분해조립용으로 대여해 주겠다고 했어요. 학교 운동장 구석까지 이동도 해주신다고 했어요."

"그러니 30만 원을 지원받고 싶다?"

"예, 일단 그렇긴 한데요."

"뭐, 더 있어?"

"예, 가끔, 그러니까 아주 가끔은 그분의 도움도 받아야 하는데 거기엔 지도수당이 있어야 하고요. 기본적인 공구는 우리가 갖추겠지요. 비싼 것은 돈을 주고 빌려와야 해서요."

"그래, 대략 얼마 정도 예상하니?"

"폐차장 아저씨 말로는 학생들에게 봉사하는 셈 치고 공구 대여 및 지도수당으로 시간당 3만 원은 줘야 한다고 합니다. 최소 세 번 정도는 초청해야 할 것 같고……."

"대략 총 얼마를 예상하니?"

"계획서에는 30만 원이라 적었습니다만……. 오십만 원 정도요?"

"오십만 원? 글쎄, 생각보다 많은 액순데 학교에서 지원해줄까 걱정되네……. 일단 50만 원으로 제출해 봐. 팀원은 몇 명이야?"

"확정된 것은 아닙니다만 다섯 명을 생각하고 있습니다.

"민규야, 가장 먼저 물었어야 하는 건데, 이걸 왜 하는데? 생각보다 시간이 꽤 걸릴 것 같은데. 2학기인데 공부에 지장 없겠어?"

"재미있을 것 같아서요. 요령껏 시간 내야죠. 학생부종합전형으로 공대 갈 생각하고 있는데, 스펙(spec) 쌓기에도 도움이 될 것 같기도 하고요."

"물론 학종 지원에 안 한 것보다는 분명 도움 될 거야. 문제는 많은 시간과 노력이 필요한데. 그 시간에 내신 좀 더 올리고, 자동차는 관련 서적 독서하는 것으로 대신하는 것이 더 효과적일 텐데……. 분해 조립하는 거 단순히 시간만 많이 투입한다고 해서 되는 게 아니잖아. 생각하고 고민해야 하며, 그 과정에서 스트레스, 또 혼자 하는 게 아니니 팀원들과 의사소통 미흡에 따른 갈등 상황도 발생할 것이고 등등. 좋다! 아는 건 없지만 너희들이 나를 원한다면 할게. 문제는 최초 지원계획서 통과이니 계획서에도 신경을 단단히 써 줘. 활동 내용을 주(周)마다는 무리더라도 월별 계획으로 세분하고 목적, 방침, 그리고 기대 효과 등은 명확히 해줬으면 한다. 제출하기 전에 나한테 꼭 보여주고."

"감사합니다."

민규는 웃는 얼굴로 허리를 힘껏 굽혔다. 맹 부장은 인사를 마친 후 나가는 민규를 불러세웠다.

"여러 선생님 중 왜 하필 나야?"

"엔진에 대해 잘 아실 것 같아서요."

"무슨 근거로?"

"선생님, 작년 가을에 지나가다 경운기로 밭일하시는 것 보았습니다. 제 아버지도 선생님을 아시던데요. 거의 주말마다 오셔서 부모님 농사 도와드리는 거."

맹 부장은 교무부장 부탁으로 심사위원단에 합류했다. 자기주도 교육활동 실천 활동에 개인과 팀을 포함한 총 37팀이 응모했다. 개인 25명, 2~5명으로 구성된 팀이 12팀이었다. 맹 부장은 담임을 중심으로 한 교사의 홍보와 안내가 효과를 발휘했다고 생각했다. 응모 팀이 전체 교사보다 많았다. 몇몇 교사는 두 팀의 지도교사로 올랐다. 진호의 예상대로 37팀이 신청한 수행 비용은 팀별 평균 17만 3천 원이었다. 최저 신청액은 12만 원이었고 최고가는 50만 원이었다. 뭔가를 사달라는 것이 대부분이었다. 드론(drone), 저가 동영상 편집 프로그램, 컴퓨터 부속품, 과학실험 키트 등등. 그나마 대부분 저가인 게 다행이었다. 인터넷 강의 수강권을 신청한 학생도 6명이 있었다. 공고문의 체중 감량 계획을 그대로 옮겨 놓은 듯한 학생도 있었다. 생각보다 신청 인원이 많지 않았고, 예산 또한 모자람이 없다. 심사위원단은 학생들의 기를 살려주자는 차원에서 모두 통과시켰다.

맹 부장에겐 그들 신청서 모두가 나름대로 의미 있었다. 그들 중 몇 편이 기억에 남았다. 2학년 김종호의 「로저 카유아(Roger Caillois)의 놀이 유형 분류에 근거한 우리 고장 놀이 유형 구분」이었다. 로저 카유아의 놀이 속성에 따른 아곤(agon, 경쟁 놀이), 알레아(alea, 우연 놀이), 미미크리(mimicry, 역할 놀이), 그리고 일링크스(illinx, 현기증) 등의 구분에 맞춰 우리 고장의 놀이를 분류하고 그 과정에서 우리 고장 놀이만의 특이성을 찾아보겠다는 것이었다.

2학년 고영명은 「고2 학생의 학교생활 일상어 연구」를 제출했다. 내용은 간단했다. 고등학교 2학년 학생들은 학교생활 중 하루에 어떤 단어들을 얼마나 자주 사용하는지를 탐구하는 것이었다. 휴대용 소형 녹음기 다섯 대를 임차하여 5명에게 일주일간 학교생활 중 착용토록 한 후, 사용 단어, 사용

빈도 등을 분석하겠다고 했다. 1학년 최민석은 「우리 고장 대표 작가 3인의 작품 속에 나타난 사투리 용례」를 정리해 보겠다고 했다.

1학년 두 명이 팀이 되어 제출한 「한 손 문화와 양손 문화 성과 비교」란 계획서가 가장 인상적이었다. 무엇보다 다른 계획서에 비해 비교적 글자가 두드러지게 많았다. 다른 응모자들의 계획서와 비교할 때 매우 상세히 적은 계획서였다. 진호는 왠지 그들이 매우 성실한 학생이라는 느낌이 들었다. 진호는 그들의 계획서를 읽고는 결과가 어떻게 나올지 그들 못지않게 궁금했다.

제목: 한 손 문화와 양손 문화 성과 비교

김기정(1-1), 홍만순(1-2)

1. 계기

며칠 전 K마트에 갔다. 한 할아버지가 K마트 직원이 한 손으로 카드와 영수증을 드리자 '나이도 어린 것이 양손으로 달라'며 노발대발함을 목격. 그 직원은 오른손으론 계산대 키보드 조작, 왼손으로 카드와 영수증을 건넴. 많은 고객 상대로 바쁜 상황이었음.

* 우리의 진로 진학 계획: 김기정(경영학과), 홍만순(경제학과)

2. **탐구 문제**: 굳이 꼭 두 손으로 드려야 할까? 동양권을 제외한 대부분 문화권은 한 손 문화이다. 미국과 독일 영화를 보면 이등병도 장군에게 한 손으로 물건을 건넨다. 우리나라에선 상상 못할 일이다. 아직도 은행이나 공익광고 선전에는 공공기관 등에서 꼭 양손으로 드리는 모습이 일반적이다. 한편으로 우체국에 가도 창구 직원이 한 손으로 주더라. 다른 한 손이 놀고 있는 게 아니다. 양손 문화에 익숙한 어르신들이 느끼는 감정은 어떤가? 구체적인 탐구 문제는 다음과 같다.

   1) 그 아쉬움은 어느 정도인가?

   2) 우리 학교 학생들이 생각하는 양손 문화, 한 손 문화에 대한 의견은?

   3) 1)과 2)를 토대로 바람직한 방안을 제시한다.

3. **연구 수행 비용**: 25만 원

   1) 20만 원: S마을 경로당 어르신 스무 분께 일만 원씩 드리고 K마트에서 물건 산 후 영수증을 받을 때 한 손 건네기에 대한 느낌 청취 인터뷰 비용

   2) 5만 원: 숭덕읍(邑) K마트 직원 3명, M농협 창구 직원 2명 인터뷰 때 음료수와 과자 준비

4. 탐구 수행 일정

1) 8월 3~4주: 인터넷 및 관련 도서를 통한 자료 조사(동방예의지국, 양손으로 물건 건네기, 서양의 한 손 건네기 실태, 고객 만족 고려 사항 등)

2) 9월 1~3주: 어르신 스무 분께 물건 사기 동행 및 느낌 인터뷰 진행(토, 일요일 이용)

3) 9월 4주: 중간보고서 작성 및 제출

4) 10월 1~2주: 숭덕읍 K마트 직원 3명, M농협 창구 직원 2명 인터뷰 수행

5) 10월 3~4주: 인터뷰 내용 정리

6) 11월 1~2주: 최종보고서 작성 및 제출

며칠 후, 계획서 심사 결과가 게시판에 붙었다. 민규네 「자뜰」의 계획서도 무탈하게 심사를 통과했다. 민규네 팀의 수행 비용 50만 원은 가장 높은 액수였다. 다른 계획서에 비해 두드러지게 많아 심사위원들이 고심했다. 심사단은 50만 원을 통과시켰다.

계획서 심사 통과 소식에 그들은 기뻐했다. 그러나 한 팀도 예외 없이 통과했다는 말에 그들의 기쁨은 잠시였다. 민규는 속으로 그럴 줄 알았으면 넉넉히 60만 원을 써넣을 걸 하고 아쉬움을 남겼다. 맹 부장은 그들을 진로활동실로 불러

모았다.

"너희들도 잘 알겠지만, 최종보고서를 미제출하거나 제출하더라도 함량이 극히 미달인 경우는 지원금을 반환해야 한다. 반드시 너희들이 계획서에 명시한 성과를 내는 데 힘써주기 바란다. 네 가지만 강조하고자 한다. 첫째, 계획서가 제시한 분해조립 계획대로 추진하는 것이다. 여기 적힌 대로 토요일 활동 시간을 정확히 정하고 준수하여 추진하기 바란다. 눈이 오나 비가 오나 한 명 열외 없이 협동할 것. 둘째, 단순 분해는 무의미한 막일에 불과하다. 분해 과정마다 각 부품의 기능과 작동 역할을 아는 게 중요하다. 따라서 관련 서적을 공부하는 게 필수 과정이다. 관련 서적과 유튜브 등을 통해 보충해서 관련 지식을 습득해가면서 진행할 것. 셋째, 작업이 끝날 때마다 각자가 자기 점검을 하는 것이다. 작업하기 전과 작업 후에 무엇을 알게 됐는지를 반드시 기록하는 것이다. 넷째, 가장 중요한 것이다. 처음도 안전, 중간도 안전, 마무리 과정도 안전이다. 안전이 없으면 사고 발생 당일로 모든 일이 끝이 될 수도 있다. 이상. 기타 질문 사항?"

"선생님, 오십만 원을 지원받아도 오만 원이 모자라 걱정입니다. 어떻게 할까요?"

민규가 맹 부장에게 보란 듯이 한 손바닥을 올리며 물었다. 맹 부장이 볼 때 너무나 무덤덤한 표정이었다. 맹 부장은 민규의 얼굴이나 손가락 한 마디 어디에서도 걱정하는 모습을 찾을 수 없었다. 맹 부장도 그에 걸맞게 답했다.

"그게 너희들이 수행해야 할 첫 과제이다. 다섯 명이 머리를 모아보아라. 머리를 쥐어짜 봐도 해결 방안이 안 보이면 나를 찾아와 다시 의논해보자. 오케이?"

그들은 매주 토요일 오전에 모여 작업을 했다. 평소 등교 시간보다 일찍 나왔다. 팀장 격인 민규는 매주 월요일 아침에 지난주 활동 사항을 맹 부장에게 보고했다. 보고서엔 작업 시작 시각, 참석자, 작업 내용, 작업 종료 시각, 그리고 다음 작업 내용 등을 담고 있었다. 맹 부장이 볼 때 한 사람도 빠짐없이 매번 전원 작업에 임하고 있었다.

맹 부장이 그렇게 안전을 강조했건만 사고는 피할 수 없었다. 첫 사고는 폐자동차가 운동장 구석에 들어온 밤에 일어났다.

"폐차도 움직일 수 있는지 궁금해서요."

창수의 궁금증은 폐차장 주인이 학생들을 너무 생각해준 게 근원이었다. 주인이 폐차 중에서도 좀 더 성능 좋은 것으로 골라 엔진에 이상 없음을 확인한 후 옮겨 놓았다. 사고는 폐차장 주인이 자동차 키까지 꽂힌 상태로 놓고 간 데서 일어났다. 호기심 많은 창수가 운전대를 잡고 만 것이다. 자동차는 축구 골대를 넘어뜨리고서야 멈췄다. 다행히 창수는 가슴을 쓸어내리는 것 외에 다친 곳은 없었다. 창수 아버지가 찌그러진 골대와 그물을 보수하는 것으로 조용히 마무리되었다. 둘째 사고는 차체 상부를 들어낸 자동차를 천막으로 덮는 것을 깜박하는 바람에 벌어진 사고였다. 강한 비바람이 부는 날이었다. 가까이 있는 씨름판 모래가 날아와 자동차를 덮쳤다. 빗자루와 솔로 쓸어내리는 것도 한계였다. 돈을 들여 압

축기(compressor)를 빌려다 제거했다. 세 번째 사고는 큰 부상을 낼 뻔했다. 무거운 엔진을 들어내는 과정에서 도르래 달린 삼발이를 기우뚱하게 설치했는지 들어 올리는 과정에서 쓰러졌다. 엔진 덩어리가 쓰러지면서 앞 펜더(fender)와 앞문의 겉 패널이 찌그러졌다. 그리고 삼발이가 쓰러지면서 A필러(A-pillar)와 차 지붕을 찌그러뜨렸다. 하마터면 가장 가까이 있던 명길이가 다칠 뻔했다.

명길이는 잦은 사고의 원인을 팀원 간의 의견 차이, 특히 창수의 의견에 대한 민규의 무시하는 태도가 컸다고 보았다. 모래바람 사건만 봐도 그랬다. 창수는 날씨가 심상치 않다면서 비 올지도 모르니 자기 집에 가서 덮을 비닐을 가져오겠다고 말했다.

"인마, 비는 무슨, 날씨가 좋기만 한데. 밤에도 햇살들 날씨야. 인마, 네가 할아버지냐 날씨가 심상치 않다고? 관절이 슬슬 욱신거리기 시작해? 야! 헛소리 지껄이지 말고 빨리 정리하고 가자."

민규가 확신 넘치고 단호한 어투로 말했다. 명길은 자신에게 지원 사격을 해달라는 창수의 눈망울을 보았다. 명길이는 머뭇거렸다. 없던 바람이 솔솔 부는 게 다소 꺼림칙한 데가 있으나 비가 내릴 정도의 날씨는 아니라 생각했다. 확실치도 않은데 창수를 집에 갔다 오게 하는 것도 미안했다. 명길이가 주저하는 사이 민규가 쐐기를 박았다.

"그만하자. 나, 약속 늦었어. 수찬아, 대여야, 가자!"

"그래, 괜찮을 거야. 그만하자."

대여와 수찬이가 민규와 행동을 같이했다. 창수와 명길은 잠시 서로의 얼굴을 바라봤다. 두 사람도 그들의 뒤를 따랐다.

창수네 집은 밭농사를 짓는다. 어릴 때부터 듣고 자란 게 날씨 이야기였다. 하루도 날씨 이야기를 건너뛴 적이 없었다. 그속에서 자란 창수에게 있어 날씨 이야기는 밥이요, 공기였다. 그 공기를 흡입하고 밥을 먹는 동안 자신도 날씨 감각이 있음을 느꼈다. 자신의 말을 당연히 수긍할 줄 알았다. 일이 꺼림칙하게 되어 가더니만 결국 사달이 났다. 창수 말대로 그날 밤에 강한 비바람이 불었다.

명길은 나아가 삼발이가 쓰러진 사건도 민규가 창수 의견을 무시한 데서 온 것으로 생각했다. 창수가 모래가 많이 섞인 흙바닥에 벽돌을 깔고 삼발이를 세우자는 것을 민규가 무시했다. 창수는 집에서 종종 삼발이를 사용했다. 창수는 삼발이 지지대 간의 정확한 각도 유지 및 지면과 수직 유지, 그리고 확고한 지반 위에 설치함의 중요성을 잘 알았다. 그러나 민규는 서너 번 땅을 꽝꽝 밟으면서 뛰어올랐다.

"괜찮아 인마, 내 몸무게가 팔십 킬로그램이야. 이 정도면 충분해. 그리고 받쳐 놓을 벽돌도 여기 없어. 그냥 하자."

명길이가 볼 때 창수 말을 쉽게 무시하는 민규의 태도는 팀 구성 때부터 시작됐다.

"걘 안 돼. 걔 때문에 망칠 가능성이 커. 웬만하면 다른 사람으로 하자. 공부는 둘째치고 걔 행동이 함께하기엔 부담돼. 작년 벌점 왕이었잖아. 걔를 끼웠다간 우리 팀 계획서 통과도 안 될 수 있어. 벌점 킬러(killer)인 학생부 호루라기 선생님도 심사위원이야."

창수를 팀에 합류시키려는 명길에게 민규가 강하게 거부했다.

"벌점과 이번 일은 별개지. 그리고 창수는 오토바이 면허를 취득했고 운전도 잘해. 경운기도 운전을 잘해. 원동기 장치에 대해선 우리보다 월등히 잘 알아. 창수 벌점 중 60%가 오토바이 타고 등교하는 것 때문이잖아. 걔네 집에서 정류장까지만 이십 분이야. 어쩔 수 없는 거야. 솔직히 그걸 알고도 잡는 호루라기 선생님이 너무하는 거 아냐?"

"그럼, 담배 피우는 건? 걔 끼웠다간 우리도 담배 피우는 줄 알겠다. 창수 말고도 오토바이 면허 있고 경운기 운전할 줄 아는 애들 많아. 창수는 안 돼."

"마지막으로 묻겠어. 정말 어려워?"

"그래!"

"그럼, 나도 안 해."

"야 인마, 하겠다고 한 때는 언제고 인제 와서 그런 말 하면 어떡해? 무책임하게."

"무책임?"

무책임하다는 민규의 말에 명길이 눈알을 부라리며 발끈거렸다.

"야, 그건 외려 내가 하고 싶은 말이야. 무책임한 건 바로 너야! 너는 대여와 수찬이를 추천하면서 나한테도 한 명의 추천권을 주기로 약속했잖아. 나는 네가 추천한 수찬이와 대여를 한마디 토를 다는 것 없이 오케이 했어. 그러니 너도 내가 추천한 창수를 존중하고 받아들이는 게 도리 아닐까?"

창수는 둘의 대화를 전혀 몰랐다. 그러나 창수는 자신을 대하는 민규가 수찬이, 명길이, 그리고 대여를 대하는 것과는 어딘지 모르게 다르다는 걸 어렵지 않게 느낄 수 있었다. 그 이유를 알려고 하지는 않았다. 창수 역시 그와 말 섞기를 원하지 않았다. 작업 중에도 민규와는 꼭 필요한 말만을 했다.

4

맹 부장은 화장실에서 양치를 끝냈다. 맹 부장이 집무실인 진로활동실 문을 여니 대여가 서 있었다. 맹 부장은 한쪽 팔을 높직이 쳐들고는 웃는 얼굴로 "어, 대여 왔구나!"라고 큰소리로 맞이했다. 맹 부장이 볼 때 대여의 얼굴은 잔뜩 굳어 있었다. 맹 부장의 표정과 말을 대강 훑고 난 대여가 입을 열었다.

"선생님, 창수로부터 대강 이야기를 들었습니다. 우리완 아무 상의 없었습니다. 민규완 친합니다만 저도 이건 민규의 독단이며 욕심이라고 생각합니다."

대여의 목소리는 낮으면서도 놀라울 정도로 단호한 어투였다. 맹 부장은 대여가 다소 흥분한 상태임을 감지했다. 진호는 자신이 알고 있는 대여 이미지와 크게 다른 면을 본 듯했다. 맹 부장은 자신의 책상으로 가 의자를 천천히 잡아당기면서 재빨리 머릿속을 훑었다.

이대여, 맹 부장은 지난 4개월간의 지도 기간 중 묵묵히 일하던 모습을 떠올렸다. 지도라 해봤자 특대(特大) 피자 한 판과 그에 딸려오는 콜라 한 병을 들고 가서는 고생한다는 말 한 마디 하는 것이 전부였다. 맹 부장은 격주에 한 번꼴로 분해 작업 현장에 갔다. 맹 부장은 첫 번째 현장 방문 때 대여의 인 상적 행동을 기억해냈다. 작업 중단하고 피자를 먹으라 했다. 대여는 자신이 사용하던 공구를 공구함에 넣고 왔다. 공구함 은 누가 봐도 가정용은 아니었다. 맹 부장이 종종 들르는 카 센터에서 봤던 롱 핸드 소켓 세트, 육각 비트 소켓 세트 등이 들어 있었다. 명길, 수찬, 그리고 민규는 작업하던 곳에 그대 로 놓고 왔고 창수는 사용하던 공구를 손에 든 채 피자 곁으 로 왔다. 맹 부장은 네 명에게 대여처럼 공구함에 넣고 오라 고 했다. 맹 부장은 대여한테 좋은 버릇을 가졌다고 칭찬한 것을 기억했다.

"공구 빌리는 데 얼마 들었어?"

"고오옹짜예요. 디여어네에 거예요."

입에 피자를 담은 수찬이가 불분명한 발음을 내뱉으면서 한 손으로 대여를 가리켰다. 맹 부장은 대여를 보며 말했다.

"보통 집에서 쓰는 가정용 공구함이 아닌 것……."

맹 부장의 말이 채 끝나기도 전에 수찬이가 대답을 하려는 듯 맹 부장을 바라보았다.

"대여 아버지께서 카센터를 하시잖아요. 아버지 것을 갖 고 왔대요."

입속에서 짭짭댔던 피자를 다 넘긴 수찬이가 명확한 발음 으로 말했다.

"대여 아버지가 카센터 하셔?"

"예, 저기 보이는 '한마음 카센터'가 대여네 집이잖아요."

수찬 곁에서 피자를 먹던 명길이가 피자 든 손으로 운동장 넘어 한 방향을 가리켰다.

대여네 집을 보는 순간 진호 뇌리를 스치는 게 있었다. 지도교사 부탁하러 왔을 때 민규가 보인 약식 계획서의 '분해조립 특수 공구 확보: 대여? 구매?'에서 대여의 의미였다. 그때 맹 부장은 계획서의 '대여'를 대여(貸與)로, 즉 임차(賃借)의 의미로 생각했다. 맹 부장은 민규가 바르게 쓴 것이었음을 알았다. 그 대여는 대여(大輿)를 가리킨 것이었다.

"아, 대여는 아버지의 영향을 받아 자동차에 관심이 많구나. 어, 그런데 넌 작년 진로 상담 때 진학 희망을 사회과학대학으로 하지 않았니? 내 기억으론……."

"맞아요. 지금도 변함없어요."

"이 동아리엔 왜?"

"민규가 재미있을 거라 해서요. 실제로 해보니 재미있어요. 얻는 것도 있어요. 자동차 구조와 작동원리 관련 책을 읽다 보니 사회조직 원리 이해와 함께 사회조직이 잘 굴러가는 데는 자동차가 움직이는 것처럼 구성원 한 사람 한 사람 역할의 중요성 등을 이해할 수 있더라고요. 그리고 토요일 오후 학원 수강으로 좀 빠듯하지만 그다지 나쁘지는 않아요."

맹 부장은 대여한테 의자를 내밀며 앉으라 말했다. 대여는 의자에 앉았다.

"점심시간 시작종이 울린 지 얼마 안 됐는데 밥은 먹고 왔니?"

"한 끼 정도는 안 먹어도 문제없습니다."

대여는 좀 전의 말을 반복했다. 대여와 민규는 친한 친구이자 사촌지간이라 했다. 민규 아버지가 큰아버지라 했다. 대여는 창수한테서 서두 없이 민규가 미국에 간다는 말을 들었을 때는 선생님이 어련히 알아서 잘 결정하신 것으로 생각했기에 별다른 생각 없었다고 했다. 그러나 창수와 명길로부터 자세한 이야기를 듣고는 이건 아니라 생각했다고 했다. 그래서 자신이 직접 상황을 알아보고자 찾아왔다고 했다.

"선생님도 확인은 하셨어야죠. 그랬으면……."

맹 부장은 은근히 부아가 치밀었다. 아침부터 이 녀석들 항의가 자신이 생각했던 것보다 적극적이고 심했다. 대여 또한 창수의 말을 들었다고 하면 다섯 명이 협의하고 그 결과를 알려주기로 한 것도 알 것인데 굳이 한 명씩 찾아와서 말하는 행동에 짜증이 났다. 맹 부장은 대여의 말을 잘랐다.

"미안하다. 늦긴 했지만 좀 전에 민규를 불러 확인했다. 민규도 너희와 상의 안 한 것은 잘못이라 인정하더라. 이따 의논 때 그 건에 대해서는 너희들한테 사과하겠다는 말도 하더라. 그 얘긴 너희들에게 넘겼으니. 그만하자."

맹 부장은 화제를 돌렸다.

"그건 그렇고 하나만 묻자. 민규가 토요일 작업 때 종종 빠졌다는데 몇 번 정도 빠졌지?"

"세 번인가 네 번인가 돼요."

"명길이는?"

"제가 딱 한 번 결석했는데요. 그날은 어땠는지 모르나 제 기억에 명길이가 결석한 적은 없습니다. 그건 왜요?"

"아니다. 정리하면, 대여 생각은 명길이가 가야 한다는 말이지?"

"비유가 적절한지 모르겠습니다만. 이건 달걀이 먼저냐 닭이 먼저냐의 문제와 비슷하다고 봅니다."

"달걀이 먼저냐 닭이 먼저냐?"

"예, 민규가 없었다면 동아리 결성 자체가 없었을 것이고 매번 적극적으로 활동한 명길이가 없었다면 지지부진하여 팀이 중도 해체됐을 겁니다. 민규도 명길의 활동에 대해선 인정할 겁니다. 둘 다 중요한 역할을 했습니다. 동아리를 결성한 민규냐, 제대로 유지한 명길이냐. 명길이보다 민규를 오랫동안 알고 친합니다만 솔직히 민규는 자신이 한 말에 비해 행동이 좀 떨어집니다. 명길이보다 작업에 애착을 갖는 것 같지도 않았어요. 한 번은 연속 두 번 결석하기에 제가 팀장이 자주 빠진다고 전화로 한마디 한 적 있어요. 제 친한 친구지만 이번 연수엔 명길이가 갔으면 합니다."

맹 부장은 대여가 말하고자 하는 걸 알았다. 더 이야기를 나눌 필요가 없었다. 그건 자신이 결정할 일이 아니었다. 그 일은 그들이 결정할 일이다. 결론은 정해졌음을 확신했다. 맹 부장은 벽시계를 향해 부러 크게 목 돌림을 한 후 얼굴을 다시 대여한테 돌렸다.

"지금 가도 점심을 먹을 수 있으니 어서 가거라. 머리에 에너지가 들어가야 회의 때 바르게 너의 뜻을 전달할 수 있어.

맹추선생

나도 할 일이 있으니 이따 보자."

대여가 진로활동실을 나갔다. 맹 부장은 의자를 덜컥대며 일어났다. 왠지 손이 허전하여 싸늘히 식어 버린 머그잔을 들었다. 창가로 갔다. 운동장 구석의 폐차를 보았다. 고개를 한껏 들어 하늘을 봤다. 출근 후 처음 보는 하늘이었다. 한껏 올린 고개를 한참 동안 좌우로 휘돌렸다. 이런 일이 있나. 겨울철에 보기 힘든 적운(積雲)이 군데군데 보였다. 맹 부장은 오늘은 정말 특이한 날이라 생각하며 남은 블랙커피를 단숨에 들이켰다. 진호의 표정과 마음은 씁쓸하기 짝이 없었다.

모녀(母女)

1

"맹(孟) 선생님, 2학년 박영애 어머니를 잘 아세요? 이현숙 씨라고 하던데……."

급식소에서 함께 점심을 하고 오던 학생부장 김길석이 나에게 얼굴을 돌리며 물었다. 나는 잠시 박영애란 이름에 대해 생각해 보았다. 나는 2학년 인문사회계열반 6개 학급의 「윤리와 사상」을 담당했다. 학급별로 주당 3시간씩 했기에 학생 198명 중 90% 정도의 이름을 알았다. 박영애란 이름은 내 기억에 없었다. 나는 2학년 담임도 아니었다. 담임이라면 교무실 생활에서 영애 이름을 간혹 들을 수 있었을 것이다. 나는 박영애란 이름을 처음 듣는다고 했다. 학생도 모르는데 학생의 어머닐 어떻게 아느냐고 답했다. 그제야 학생부장은 9월에 보문고(高)에서 전학 온 8반 학생이라 말했다. 8반은 자연이공계열반이었다.

보문고라면 소위 명문대 진학률이 A도(道) 내 최고인 학교다. 보문고에서 3년간 평균 내신등급 3등급만 유지하면 서울을 제외한 전국에 산재한 지역 국공립대학은 큰 어려움 없이 갈 수 있다. 매년 졸업생의 5분의 2가 '인(IN)-서울' 대학을 갔다. 나는 속으로 또 머리 쓰는 학생이 좋은 대학 가려고 내신성적을 챙기러 온 것으로 생각했다. 학기마다 그런 학생이 두세 명 있었다. 보문고에서 4등급 정도면 우리 학교에서 2등급 중반 정도는 어렵지 않게 받을 수 있었다. 올해 졸업생 중 서울의 K대학에 진학한 학생도 1학년 2학기 초에 보문고에서 전학 온 학생이었다.

내가 근무하는 문리고등학교는 행복시(市) 외각에 위치했다. 매년 입학생 250여 명 중 8분의 1인 성적 우수자 30여 명을 3학년 1학기까지 체계적으로 관리했다. 그들 대다수가 학생부종합전형으로 인(In)-서울, 타 시도 국립대, 그리고 사관학교 등 특수대학에 진학했다. 이들보다 밑 단계 학생들은 대부분 충청, 경상, 그리고 호남지역의 4년제 사립대에 진학했다. 졸업생의 4분의 1 정도는 도(道)내 3개 전문대학에 진학했다. 매년 십여 명은 고등학교 근무만 20년 차인 내 귀에도 익숙하지 않은 대학에 갔다. 어쨌건 문리고는 일반계 고등학교라 졸업생 대부분이 진학했다.

"영애는 보문고에서 학교폭력 사안으로 강제 전학 온 학생입니다. 그나마 공부는 좀 하는 편입니다. 공부는 좀 하기에 교장 선생님도 큰 거부감 없이 받아들인 학생입니다."

"그런데 왜 그 학생 어머니가 나를 찾지?"

"실은⋯⋯."

학생부장은 엊그제 있었던 학생생활교육위원회 결정 내용을 말해줬다. 영애를 포함한 흡연 삼진 아웃에 걸린 3명에 대한 징계가 있었다. 문리고는 흡연 학생에 대해 1, 2회차는 벌점만을 부과했다. 흡연 2회차까지는 기타 벌점 점수와 합산하여 21점을 넘었을 때 학생생활교육위원회에 부쳤다. 그러나 3차 흡연자는 벌점 합산 점수와 관계없이 곧바로 학생생활교육위원회에 넘겼다. 엊그제 학생생활교육위원회는 세 명 중 두 명에겐 교내봉사 5일 이수를, 박영애에겐 특별교육 5일 이수를 명했다. 박영애는 도교육청이 위탁 운영하는 한마음수련원에서 교육을 받아야 한다.

"같은 건인데 왜 영애는 특별교육 5일이야?"

학생부장은 영애가 다른 두 학생에 비해 벌점이 높은 것은 물론 구성 내용이 특수했다고 했다. 침 뱉기 2점 등 소소한 벌점 외에 교내 흡연 2회, 그리고 교외 음주 건으로 5점 등 총 24점이었다. 위원회는 이번 기회에 확실히 교육할 필요가 있어서 그렇게 결정했다고 했다.

"오, 화려하네. 음주 사안까지?"

학생부장은 나의 질문에 대해 확실히 답하려는 듯 영애의 소행(所行)을 말해줬다. 학생부장은 영애의 교외 음주 사안은 전학 온 후 3일 만에 벌어진 사안이었다고 했다. 금요일 저녁, 영애를 데리러 온 엄마가 영애와 함께 대중식당, 그것도 학교에서 그리 멀지 않은 대중식당에서 했다고 했다. 식당 주인이 문리고 교복을 보고 영애 엄마에게 어떻게 학생에게 술을 주냐는 말에 엄마가 자식에게 술 한 잔 주는데 누가 간섭하느냐며 오히려 큰소리를 쳤다는 것이었다. 교복에 붙은 명찰을 보고 주인이 학교에 신고한 사안이었다.

학생부장은 영애 엄마에게 영애의 누적된 다중 사안으로 인한 특별교육임을 설명했는데도 너무 과하다면서 이의를 제기하겠다고 했다는 것이었다. 영애 엄마는 어디서 들었는지, 지난 학기에 24점 학생도 교내봉사를 했는데, 왜 자기 딸은 특별교육이냐며 따졌다고 했다. 학생부장은 그 학생의 경우는 급식소 새치기, 복장 위반, 무단 휴지 버리기 등 2, 3점짜리 벌점들로 구성된 경우였다고 했다. 음주, 흡연 등의 5점짜리 벌점들로 구성된 영애 행동과는 다르다고 말했다고 했다. 학생부장은 23점을 받고도 영애처럼 특별교육 5일을 받은 학생도 있었음을 분명히 설명해 줬다고 말했다. 그런데도 막무가내로 이의 신청을 하겠다고 했다는 것이었다.

"그분 말씀이 맹 선생님 제자라 하던데요. 그러면서 오늘 오후에 찾아뵙겠다는 말을 꼭 전해달라고 했습니다."

"오늘 오후에?"

"예에."

"내 연락처나 사무실 위치를 물은 게 아니고 찾아뵙겠다는 말을 전해달라고?"

"예에. 확실히 그렇게 말했습니다."

"어느 학교 제자란 말은 없었고?"

학생부장은 그렇다고 답했다. 나는 내가 아는 '제자 이현숙' 몇 명을 떠올렸다. 내가 당장 떠올린 시청 근무하는 이현숙이나, H중학교 교사 이현숙은 아닐 것이다. 그들 모두 고2 딸을 둘 나이가 아니었다. J은행에 근무하는 이현숙은 아들만 둘이라 했다. 셋 모두가 내 휴대전화 번호를 안다. 아니 엊그제 학교에 왔다 갔다면 그냥 가버릴 제자들이 아니었다. 나는 '누구지?'라 생각하면서 몇 걸음 더 걷자 학생부장이 한마디를 덧붙였다.

"아마도 학생생활교육위원회에 재심 청구서를 제출할 생각으로 오는 것 같습니다. 제 생각입니다만 선생님 도움을 얻을 생각이 아닐까요?"

6교시, 나는 내 집무실인 중앙교무실에 있었다. 나는 손님이 오셨다는 최 선생의 말에 고개 들어 컴퓨터 모니터 너머를 봤다. 현숙을 보는 순간 속으로 '아, 저 현숙이었구나!'라 말했다. 현숙을 보자 나는 일말의 기대감은 완전히 사라지고 실망감만이 엄습했다. 정명고(高) 출신 이현숙이었다. 나는 첫눈에 현숙을 알아봤다. 정확히 이십 년 만의 만남이었으나 마치 엊그제 본 것처럼 생생했다. 현숙이 나를 향해 걸어왔다. 현숙의 얼굴엔 엷은 웃음이 입가에 번졌다. 그러나 어딘가 억지스러운 데가 느껴지는 웃음이었다. 나는 현숙보다는 좀 더 입꼬리를 올렸다. 나 역시 진심에서 우러나오는 반가움은 없었다.

현숙은 짙은 상아색 치마에 흰 블라우스와 분홍색 재킷을 입고 있었다. 흰 블라우스가 너무 얇아서 브래지어가 검정임을 알 수 있었다. 나는 브래지어를 돋보이게 하는 게 유행인가 생각했다. 나는 현숙의 도발적인 옷차림에 마주하기가 좀 민망했다. 현숙은 여전히 불만 가득한 표정이었다. 통통한 몸매도 그대로였다. 허우적대는 걸음걸이도 여전했다. 기름기가 없어 푸석푸석했던 단발머리가 약간 정돈된 것이 차이 전부였다. 졸업한 지 일 년도 채 지나지 않은 듯한 모습이었다.

"학생부 선생님이 이름만을 알려줘서 누군가 했더니 너였구나? 옛 모습 그대로네. 우리 졸업 후 처음 얼굴 보는 것 맞지? 자, 상담실로 가서 우선 차나 한잔하자꾸나."

나는 마음과는 달리 한껏 반기는 어투와 표정으로 현숙을 맞이했다. 나는 현숙을 데리고 앞장서 상담실로 향했다. 나는 보통 친근한 경우엔 나란히 걷는다. 현숙과는 그럴 사이가 아님을 몸이 먼저 알았다. 나는 현숙보다 서너 걸음 앞서 걸으며 고3 때 현숙을 떠올렸다.

이현숙, 내가 현숙을 만난 건 이십 년 전, 풍천읍(邑) 소재 남녀공학인 정명고에 근무할 때였다. 현숙은 당시나 지금이나 대다수 고등학교 교칙으로 볼 때 한마디로 문제아였다. 감색 하의 트레이닝복에 회색 점퍼로 상시 복장 위반, 잦은 지각 및 조퇴, 그리고 흡연 등은 현숙의 일상이었다. 학급원 서른다섯 명 중 현숙은 남달랐다. 현숙은 학급원한테 쏟는 나의 생활지도 총에너지의 30% 이상을 받는 학생이었다. 나에게 성깔을 부린 일도 최소 주 1회 정도는 될 것이다. 무단 조퇴하는 현숙을 정류장에서 발견한 학생부장이 십여 미터 떨어진 자신에게로 오라 말하자, "내가 왜 거기까지 가요? 필요한 선생님이 이리로 오세요."라 받아친 전설적인 성깔이었다. 매일 교복 아닌 트레이닝복을 입고 온 것을 지적할 때마다 교복이 작아 입지 못한다는 말에 늘여서 입으라 말하면 "돈 없어요."라 딱 잡아떼는 성깔. 아버지 휴대전화 번호를 물으면 바뀐 번호를 모른다며 제대로 알려주지 않는 성깔 등등. 현숙은 학급원 중 내가 가정방문을 한 유일한 학생이었다.

나는 학생생활교육위원회 조치에 대해 공감했다. 나 역시 현숙의 이의제기엔 부정적이었다. 의자에 앉힌 현숙에게 커피를 내밀며 먼저 이야기를 꺼냈다.

"그래 그동안 어떻게 살았니? 아버지는 지금도 배를 타시니? 내 기억으론 남동생도 있었지?"

현숙은 그간의 생활을 짧게 말했다. 아버지는 2년 전에 돌아가셨다고 했다. 태풍 치는 저녁에 배를 살피러 나갔다가 숨졌다고 했다. 지금은 남동생이 그 배를 운영하고 있다고 했다. 자신은 한동안 조그만 수산물 가게를 운영하다가 지금은 다른 업종 장사를 한다고 했다. 나는 장사의 내용을 캐묻지 않았다. 남편은 뭐 하느냐는 질문에 아버지보다 훨씬 오래전에 교통사고로 죽었다고만 했다.

"그래, 네가 오기 전에 대강 상황은 들었다. 마음고생이 많겠다. 자식이란 게 초등학교 저학년 때나 이래라저래라 할 수 있지, 사춘기 이후엔 부모 뜻대로 안 되는 그야말로 청개구리지. 어떤 때는 자식이 아니라 악덕 상전이자 애물단지가 되는 경우도 종종 있지. 듣기로는 학교 징계 조치에 대해 이의 제기를 한다는데. 그래, 어떤 부분이 섭섭했니?"

"세 명 모두 흡연 3회인데 영애만 특별교육이에요. 물론 영애는 벌점이 24점이라고는 하지만 1학기에 24점 받은 학생도 교내봉사 받는데, 왜 내 딸만……. 영애, 특별교육 받으면 걔 더 삐뚤어져요. 학교 밖으로 나가면 안 돼요. 선생님이 잘 말씀해 주세요."

"아무리 그래도 음주는 심했다."

"죄송해요. 그러나 엄마와 딸이 이야기하다 의견 충돌이 생기자 답답한 마음에 술 한 잔 먹인 게 전부예요. 아니 정확히 말하자면 걔가 열 올라서 스스로 부어 마신 거예요. 딸의 잔을 적극적으로 빼앗지 못했을 뿐이에요. 엄마가 있는 데서 술 한 잔 마신 거예요. 그게 학교에서 징계 줄 일인가요? 그리고 부모가 집에서 술 하다가 고등학생 아이한테 한 잔 줄 수도 있잖아요. 선생님도 집에서 아이가 고등학생이면 술 한 잔 주지 않나요?"

이십 년 전의 태도와 어투가 그대로였다. 나는 현숙을 정면으로 보며 말했다.

"아니, 난 내 아이들에게 고교 졸업 전까지는 술 주지 않았어. 나 몰래 술을 마신 것까진 알 수 없겠지만 내가 준 기억은 없다. 그리고 네가 생각하는 것처럼 부모가 고교생 자녀에게 술 주는 사람 그리 많지 않아."

나는 현숙이 덜 무안하게 미소를 띤 채 말을 계속했다.

"현숙아, 그날 모녀간에 무슨 내용으로 이견이 있었는지는 몰라도 그 행동은 정말 아니라 생각해. 네 말대로 집에서 한 것까진 학교가 어쩔 수 없겠지만. 일반 식당에서 그것도 교복을 입은 상태에서 음주 행동은 분명 문제지. 솔직히 그런 너를 엄마로 볼 사람 몇이나 될까? 고등학생 꼬드겨 술집에서 일하라는 술집 마담 정도로 생각할 가능성이 크다고 봐."

나는 그때 현숙의 얼굴이 벌겋게 변함을 확인했다. 나는 현숙도 자신의 행동이 심했다고 느끼는 것으로 해석했다. 그런 현숙을 보면서 나는 말을 이었다.

"얼굴 붉히는 걸 보니 너도 후회하는 거 같은데, 현숙이도 인정하지?"

현숙은 말없이 고개만 끄덕였다.

"네 말을 들어보니 모녀가 집에서 한 잔씩 하는 것 같은데?"

"작년부터 재로 인해 속상할 때면 잔소리를 하게 되고, 잔소리하다 보면 제가 술을 마시게 되고, 마시다 보면 애를 불러 잘하라고 하소연하다가 한 잔 주고 그랬어요."

"어쨌건 네가 영애에게 술을 가르친 셈이구나. 너무 일찍 가르친 것 같아."

"아녜요, 몇 개월 안 됐어요. 걔, 전에는 정말 착했어요. 저한테 대든 적 정말 한 번도 없었던 애예요. 그런데……."

"그런데 최근엔 딸이 많이 달라졌다? 그 전의 딸이 아니다 이 말이니?"

현숙은 고개를 끄덕였다.

"현숙이는 영애의 어떤 점이 맘에 걸리니? 어떤 때 잔소리를 심하게 하니? 공부? 공부는 꽤 하는 것 같던데? 친구 관계?"

"공부요? 중3 때는 430명 중 7등도 했었어요. 제가 재 학원비로 투자한 게 얼만데요. 영애는 보문고에서도 꽤 했어요. 학급에서 늘 3등 안에 들었어요. 보문고 1학년 담임도 그 정도면 E대학 정도는 무난하다고 했어요."

그 말 할 때까지는 신바람 난 듯 말했다. 현숙 표정이 달라졌다.

"그런데 영애가 달라졌어요. 저는 공부 스트레스가 심해서 그러나 했지요. 그래서 무리하지 말고 지방 국립대 갈 정도로만 하라고 했지요. 그 정도는 어렵지 않다고 1학년 담임이 말했어요. 그런데 공부 스트레스가 아닌 것 같아요. 친구를 잘못 만난 것 같아요. 올해 초에 애가 갑자기 변했어요. 아주 비뚤어졌어요. 공부 안 해도 다 먹고사는 방법이 있다면서 계속 삐딱하게 행동했어요. 한번은 정도가 심하기에 애를 붙잡고 뭐가 불만이고 나한테 바라는 게 뭐냐고 다그쳤더니 아니 글쎄 저한테 뭐가 급해서 자기를 그렇게 일찍 낳았냐며 발광을 하더라니까요. 나와 이야기하는 걸, 아니 나와 마주치는 것 자체를 싫어하는 것 같아요. 선생님, 영애가 뭐가 문젠지 정확히 말을 해야 제가 들어주든 말든 할 거 아니에요? 그 후에도 계속 공부는 하는 것 같지 않고 이상한 친구들과 어울리더니 결국 담배를 배우더군요. 가끔 외박도 했어요. 남과는 다툰 적도 없던 애가 2학기 땐 싸움을 크게 했어요. 피해 학생이 입원한 병원에 가보았더니 애를 거의 죽여 놓았더라고요. 그 사건으로 이 학교로 전학 온 것이고요. 예전엔 안 그랬어요. 착했던 아이예요. 친구들을 잘못 사귄 것 같아요."

3교시 종료 벨이 울렸다. 나는 4교시 수업 준비를 해야 했다.

"수업 때문에 오늘은 이만하자. 오후에 영애를 불러 이야기를 들어보마. 신청서는 제출하지 말고 그냥 가거라. 내일 제출해도 늦지 않으니."

나는 의자에서 일어나며 물었다.

"영애는 내가 네 담임이었던 걸 알고 있니?"

"예, 어제 말했어요. 오늘 찾아뵌다는 말도 했고요."

"영애는 뭐래?"

"엄마가 나서지 말래요. 자기 일은 자기가 알아서 하겠대요."

2

닮았다. 쏙 빼닮았다. 나는 상담실 문을 열고 들어오는 영애를 보면서 생각했다. 영애 얼굴을 보는 순간 고3의 현숙을 보는 듯한 착각을 일으킬 정도였다. 얼굴이 너무나 빼닮았기에 오로지 외형만을 보고서 현숙의 성깔까지도 빼닮지는 않았을까 걱정했다. 얼굴과 달리 신체는 작달막한 현숙에 비해 훤칠하게 컸다. 어깨가 떡 벌어진 게 여간 다부지게 생긴 게 아니었다. 영애가 앉자 나는 미리 타둔 둥굴레차를 건넸다.

"내가 네 엄마 고3 때 담임이었다는 거 아니?"

"예, 어제 엄마가 말씀하셨어요."

나는 제자의 딸을 만나게 된 것은 참으로 반갑고 기이한 인연이라 말하며 친근감을 내보였다. 인문사회계열반 담당으로 영애를 교실에서 만나지 못하는 아쉬움도 내비쳤다. 엄마로부터 보문고 다닐 때 공부 꽤 했다는 말을 들었다며 열심히 하여 꼭 마음에 둔 대학에 가기를 바란다는 말을 덧붙였다.

"영애야, 누구보다 네가 잘 알겠지만 이번에 큰 실수를 했어."

나는 영애에게 먼저 학교 조치의 정당성을 말했다. 엄마는 어떻게든 특별교육을 면해보려 노력하고 있음을 말했고, 영애를 부른 것 역시 엄마의 간절한 부탁에 따른 것임을 말했다. 엄마의 입장을 모르는 건 아니지만 학생부장 말을 들어보니 학교가 다시 생각할 분위기는 아니란 것을, 영애가 엄마를 이해시켰으면 한다고, 그리고 네가 새로이 태어난다는 심정으로 성실히 임할 것 등을 말했다.

영애는 조용히 들었다. 영애가 차를 한 모금 마신 후 나에게 물었다.

"우리 엄만 어떤 학생이었어요?"

나는 영애의 말뜻을 전혀 몰랐다.

"엄만 어떤 학생이냐니? 그건 무슨 말이야?"

영애는 찻잔을 양손으로 움켜잡은 채 나를 또렷이 바라보며 말했다.

"선생님, 우리 딜(deal)해요. 저는 선생님이 무얼 원하는지 알아요. 저 문제 키우지 않고 특별교육 갈게요. 저까지 교육청 홈페이지에 글을 올리면 학교 힘들죠? 저 특별교육 군말 없이 갈게요. 엄마는 걱정하지 마세요. 당사자인 제가 특별교육을 받겠다는데 제삼자인 엄마가 어떡하겠어요? 학교도 당사자 의견을 존중해야 하지 않나요? 걱정하지 마세요."

그건 딜할 사안이 아니었다. 영애가 뭘 원하는지 알고자 했다. 나는 딜이란 단어를 무시하고 다시 물었다.

"엄만 어떤 학생이냐니? 그건 무슨 의미냐?"

"우리 엄마 고3 때 행실 어땠어요? 선생님, 우리 엄마 고등학교 때 문제아였죠? 헤픈 여자였죠?"

영애는 행실, 문제아, 그리고 헤픈 여자라는 말을 주저 없이 내뱉었다.

나는 '이런 말버릇 하고는, 그따위 말버릇을 어디서 배웠니?'란 말이 나오는 걸 꾹 눌렀다. 그 말을 하면 영애가 이야기를 멈출 것 같았기 때문이었다.

"글쎄, 나는 그해 정명고로 전근했어. 1, 2학년 땐 어땠는지 모르지만 내가 담임했던 고3 때는 문제 없었다. 그 전엔 모른다. 그리고 설사 문제 있었다 하더라도 그건 엄마의 과거야. 지난 과거! 그게 너와 무슨 상관이니?"

"선생님, 저에겐 정말 중요해요. 엄만, 절 열아홉 살에 낳았어요. 만 나이론 열여덟 살에 낳았다고요. 그게 정상 학생이에요? 단단히 사고 친 거 아니겠어요? 쪽팔려서 죽겠어요."

영애는 두 손으로 머그잔을 꽉 붙잡고 신경질적이고 흥분한 채 큰 소리로 말했다. 나는 영애의 눈을 보았다. 순간 나의 뇌리엔 그때 그 눈. 현숙의 눈. 20년 전 가정방문 갔을 때 나를 바라보며 왜 왔냐고 따지던 현숙의 눈. 나와 함께 간 박수현을 보며 '왜 집을 가르쳐 드렸어!'라 질타하던 눈이 떠올랐다.

5월 어느 날, 학급조회 때부터 꺼져 있는 현숙의 휴대전화는 점심시간에도 변함없었다. 나는 점심을 먹고 현숙네 집을 아는 수현과 함께 가정방문을 갔다. 나는 현숙 아빠는 선원(船員), 보통 2~3개월 출항. 두 살 위 오빠는 고교 졸업과 동시에 동창생과 옆 동네에서 동거, 두 살짜리 조카 있음. 초등학교 5학년 남동생, 엄마는 중2 때 사별, 지각과 조퇴 다수, 복장 위반 다수, 책가방 없음, 상습 흡연 등의 신상 파악 내용을 떠올리며 출발했다.

　나는 활짝 열린 문들 사이로 방 3개, 마루, 그리고 부엌이 있음을 확인할 수 있었다. 마루는 한참 서 있었지만 앉을 만한 빈틈도 없이 어지럽혀 있었다. 소파엔 썼던 수건과 옷가지 대여섯 점이 널려 있었다. 5월 봄볕에 두세 시간이면 마를 텐데 여자 속옷, 바지, 티셔츠들이 널린 빨래건조대는 부엌 입구에 있었다. 수현이가 빨래건조대를 마당으로 옮겼다. 다시 들어와 소파의 옷을 뭉뚱그려 마루 한편으로 치웠다. 현숙은 방문, 창문까지 활짝 열고 자고 있었다. 더블 침대 머리맡 재떨이에 수북이 쌓인 담배꽁초가 인상적이었다. 길이가 각기 다른 것으로 봐서 현숙 혼자 피운 것이 아님을 알 수 있었다. 내 머리에 담긴 현숙의 이미지와 크게 다르지 않았다.

　수현이가 나를 보며 소파를 권했다. 소파에 앉은 나는 마루에 놓인 개다리소반을 보면서 미간을 찡그렸다. 개다리소반에는 다 먹은 컵라면 그릇 하나, 뚜껑이 닫히지 않은 작은 김치통, 빈 접시 하나 그리고 소주잔 두 개가 놓여있었다. 소주병은 안 보였다. 수현이가 감춘 것이 틀림없다.

　나는 수현한테 현숙을 깨우라 했다. 수현과 함께 현숙의 침대로 갔다. 수현이가 현숙을 깨웠다. 부스스 일어난 현숙이 졸린 눈빛으로 담임을 확인하자 금세 독사 눈빛으로 변한 후 수현을 째려보았다.

나는 현숙에게 말했다.

"수현이는 아무 잘못 없다. 내가 부탁해서 같이 왔을 뿐이다. 현숙아, 학교 가야지?"

"가세요. 이따 갈 거예요."

"한 시가 다 됐다. 지난번에도 오겠다고 해놓고 결석했잖니. 오늘은 우리랑 함께 가자. 결석과 지각은 큰 차이다. 준비하고 나오너라. 밖에서 기다리마."

"아! 짜증 나. 제가 알아서 간다고요. 가세요. 가!"

현숙은 마치 자신의 덜 깬 잠을 스스로 깨우려는 듯 양손으로 머리를 감싼 후 어깨를 크게 움직이며 발악했다. 현숙은 앵돌아져 이불을 뒤집어쓰고는 누워 버렸다. 내가 이불을 걷어 내고 누워 있는 현숙을 한 대 때리며 끌어낼 수도 없는 노릇이었다. 나는 이불에다 밖에서 기다린다는 말을 한 후 방을 나왔다. 나는 자동차 안에서 둘을 기다렸다. 5분쯤 지나자 수현이 혼자 나왔다.

우리는 자동차 안에서 현숙이가 나오길 기다렸다.

"아까 방이 현숙이 방이니?"

"아뇨, 현숙이 아빠 방인데 아빠가 없을 땐 거기서 잘 때가 많아요. 그 방엔 텔레비전이 있거든요."

"동생은?"

"동생도 방이 있어요. 현숙이네 방이 세 개예요."

"소주병은 네가 치웠니?"

"보셨어요?"

수현이는 혀를 살짝 내밀며 그리고 다소 얼굴을 붉힌 채 살짝 미소를 지으며 말했다.

"현숙이네 집 자주 오니?"

바로 뒷집에 산다고 했다. 초등학교, 중학교, 그리고 고등학교까지 함께 다니고 있다고 했다. 가끔 현숙이 아빠가 없을 때면 현숙네 집에서 자기도 한다고 했다.

"어제도 함께 술 마셨구나?"

"저 아니에요. 선생님, 저 술 못해요. 아마 광식일 거예요."

박광식, 언젠가 학생부 정은진 선생과 급식소 가던 중에 그를 만났다. 우릴 보고 이상야릇하게 웃으며 지나는 그를 보고 정은진 선생이 한 말이 생각났다.

"맹 선생님, 쟤는 아무리 봐도 고등학생 같지 않아요. 전 개눈을 볼 때마다 섬뜩해요. 뭐라 할까. 생쥐를 바라보는 독사의 눈빛? 나를 교사가 아닌 여자로 보는 음흉한 눈빛? 뭐라할까, 그래요. 영화에 나오는 악질 포주를 떠올리게 해요. 으으, 이것 보세요."

정 선생은 자신의 팔에 돋은 닭살을 보여줬다.

광식은 백팔십 센티미터를 넘는 키에 체계적인 운동을 한 듯한 근육질 몸매였다. 그 후부턴 나도 모르게 광식을 볼 때마다 신경을 써서 관찰했다. 담당 학급이 달라 수업에서 그를 만난 적은 없다. 광식의 옆에는 늘 여학생이 있었다. 여학생은 종종 바뀌었다. 그것이 여학생 뜻인지 광식의 의지였는지는 지금도 모르겠다. 광식을 관찰하는 것도 잠시였다. 그해 4월에 3학년 오동식이 집에서 자살을 시도한 일이 있었다. 엄마는 경찰이 아닌 학교에 신고했다. 학생부는 광식의 금품갈

취 사실을 확인했다. 무려 3년간 그것도 같은 반 학생을. 피해 학생은 아르바이트까지 하면서 돈을 상납했다. 아들과 둘만 사는 동식이 엄마는 학교에 광식의 전학을 요구했다. 동시에 동식이 엄마는 광식과 그 부모에게 그 어떤 이유와 방법으로 든 간에 다시 아들에게 접근 시에는 법대로 처리하겠다고 했다. 그 사건은 일단 광식의 자퇴로 마무리됐다.

나는 차에서 이십 분간을 기다렸다. 현숙은 나오지 않았다. 나는 자동차에 시동을 걸었다. 수현이가 왼손바닥으로 경음 기를 두 번 꾹꾹 눌렀다. 수현은 현숙의 대문을 살폈다. 나도 수현의 시선을 좇았다. 대문 쪽에는 아무런 변화가 없었다. 우리는 출발했다. 현숙은 그날도 결석했다.

"선생님, 저는요. 제 몸뚱이에 돌아다니는 피가 어떤 종류의 피인지 알아야겠어요. 제 머릿속에 든 피가 어떤 피인지를 알아야겠어요. 우리 엄만 어떤 학생이었어요?"

나는 그에게 해줄 말이 없었다. 영애가 피를 두 번이나 강조하는 거로 보아 엄마, 즉 현숙의 과거 행동과 관련 있음을 어렵지 않게 감지했다.

"난, 심리학 선생은 아니나 심리학책을 보니 대다수 사람은 마음이 답답할 때, 누군가를 붙잡고 하소연하고 싶을 때는 좀 더 자신의 상황을 이해할 수 있는 사람한테 한다는구나. 이 학교엔 위 클래스(Wee-class) 상담 선생님도 있지만 그래도 내가 좀 더 네 상황을 잘 이해할 수 있지 않을까. 우리가 오늘 처음 만나지만 따지고 보면 우리 학교에서 나만큼 너와 가까운 교사는 없을 것 같아. 넌 내가 잘 아는 제자의 딸이잖니. 답답하여 짜증을 내고 싶어도 엄마와 자식 사이인데 차마 대놓고 말하지 못한 것 있으면 나한테 속이 시원스럽도록 하소연이라도 해 봐라. 나도 네 말을 잘 듣고 엄마가 이해할 수 있도록 전달하마. 한편으로 보면 이건 네 엄마 이현숙, 즉 내 학생의 문제이기도 하다. 내 제자가 잘못하고 고칠 게 있으면 당연히 담임이었던 내가 나서야 하지 않겠니?"

나의 말이 영애 마음을 움직인 것 같았다. 영애가 입을 열었다.

보문고 2학년 초의 보건 수업 때였다. 청소년 부모 실태와 해결 방안을 생각해 보는 시간이었다. 영애는 청소년 부모 정의, 출산 평균 연령 18.7세, 인원 현황 및 생활 실태, 그리고 외국의 접근 사례 등을 학습했다. 특히 영국의 경우 청소년 부모가 학업을 지속할 수 있도록 돕는 전담 인력 지원과 주거 지원 서비스 제도도 있음을 알았다.

수업 마무리 단계에서 궁금한 사항을 질문하라는 보건교사의 말에 은정이가 영애를 힐끗 쳐다보며 질문했다.

"선생님, 그럼 상당히 젊은 엄마를 둔 친구는 청소년 부모 자식일 가능성이 크겠네요?"

영애는 은정이가 왜 자신을 힐끗거리며 질문하는지 이유를 몰랐다. 점심시간 때 양치를 하고 교실에 들어갔다. 급우들과 웃고 떠들던 은정이가 칫솔을 든 영애에게 느닷없이 물었다.

"영애야, 네 엄만 왜 그렇게 젊어? 우리 엄마와 최소 열 살은 차이 날 것 같아. 너희 엄마 몇 살 때 너 낳았어? 네 엄마 청소년 부모 아냐? 사고 저질러 너 낳은 거 아냐?"

은정의 말이 떨어지자마자 옆에 있는 급우들이 손뼉을 치며 깔깔거렸다. 은정은 중1 때 학원에서 만난 친구였다. 서로 학교는 달랐다. 학년이 올라갈수록 둘의 관계는 서먹해졌다. 성적 때문인 것 같다. 모두 처음에는 중위권이었으나 영애는 점차 상위권으로 올랐다. 은정은 성적 향상이 거의 없었다. 은정은 중3, 2학기 때 학원을 옮겼다. 자연히 서로 만나는 시간이 줄어들었다. 보문고에서 다시 만났다. 학급은 같았지만 소원한 관계는 풀리지 않았다. 영애는 1학년 때 치른 네 번의 모의고사 중 학급 게시판에 붙은 학년 상위 20명 명단에 늘 올랐다. 은정은 단 한 번도 명단에 없었다. 2학년도 같은 반이었다.

그날 영애는 집에 돌아가자마자 엄마 나이를 물었다. 매년 엄마 생일 챙겨드리느라 월(月)과 일(日)만 신경 썼지 생년(生年)에 대해선 무관심했다. 간혹 엄마와 함께 쇼핑이나 나들이 갔을 때 자매 같다는 말을 들을 때면 엄마는 늘 "관리에 나름대로 신경 쓴답니다."라고 했다. 그 말에 대해 신중히 생각해 본 적이 한 번도 없었다.

엄마는 서른여덟 살이라고 답했다고 했다. 영애는 그럼 자신을 열아홉 살에 낳은 것이냐고 물었다고 했다. 그러자 웃던 엄마의 얼굴은 마트 진열장의 찌개용 두부처럼 하얗게 굳어졌다고 했다. 엄마는 주민등록상으론 올해 삼십팔 살이지만 실제 나이는 마흔 살이라 말했다. 외할아버지께서 엄마 건강이 걱정돼 미루고 미뤘다가 2년 후에 이상 없자 그때야 호적에 올렸다는 것이었다. 그땐 그런 경우가 많았다는 말도 했다고 했다. 영애는 엄마가 거짓말한다는 것을 알았다고 했다. 그건 육칠십 대 어른들 이야기였다는 것을 책과 신문에서 자주 읽어서 알고 있다고 했다.

"영애는 그게 몹시 창피스러웠구나?"

"네, 죽고 싶을 만큼 창피해요. 저는 문제아가 앞뒤 생각 없이 사고를 쳐 낳은 문제 있는 자식이잖아요."

영애는 빛의 속도로 대답했다. 어투는 얼음처럼 차가웠다. 순간 내가 들고 있던 커피는 분명 뜨거운 커피인데 냉커피처럼 느껴졌다.

"전 엄마 말을 믿을 수 없었어요. 엄만 거짓말을 자주 했어요. 주위 사람들한테 저 학원비 월 60만 원을 백만 원이라 했고, 내 성적이 20등이면 10등이라 했고, 누가 엄마 찾으면 있으면서도 없다고 하라 했고, 심지어 엄마 친구들한테도 속이고 물건을 팔았어요. 몇 년 전에 엄마가 중국산 물고기를 국내산으로 속여 판매해 방송 탄 적도 있어요. 그때도 엄마는 종업원의 실수래요. 자신과는 무관하대요. 제 출생에 대해서도 엄마의 거짓말을 들어야 한다는 게 나를 슬프게, 아니 엄마를 증오하게 만들어요. 전 엄마가 '그래, 널 열아홉 살에 낳았다. 그게 왜?'라고 당당하지는 않더라도 그렇게 할 수밖에 없었던 상황을 솔직하게 말해줄 줄 알았어요. 그런데 엄마는 말씀을 안 해요. 애써 감추려고만 해요. 숨긴다는 건 뭔가 온당치 못하다는 것이잖아요? 전 몸이 헤픈 불량 여학생의 아이가 아닌가요? 사고 쳐 난 아이 맞죠? 그런 사람의 딸인 게 엄청 창피해요!"

나는 들었던 컵을 탁자 위에 탁 소리가 날 정도 세차게 내려놓은 후 말했다.

"그래서 엄마한테 일종의 분풀이나 복수 같은 것 하려고 안 하던 술 마시고 담배 피우고 학생을 때렸니? 전 학교에서 왜 학생을 때렸니?"

"그 자식이 내 남자친구를 가로채려 나대잖아요. 함부로 나대지 말라고 그만큼 경고했는데도요."

영애는 고개를 빳빳이 세우고 답했다.

"영애야, 그런 걸 보며 엄마가 괴로워하는 걸 지켜보는 게 즐겁니? 그런데 말이야, 이상하지 않니? 그런 엄마를 증오하면서도 정작 너도 그런 방향으로 가고 있잖니. 그건, 분명 네가 바라는 삶이 아닐 텐데. 자기 취향과 조금만 달라도 거부하고 피하는데 너는 엄마를 증오한다면서 엄마의 행동을 좇는다? 네가 봐도 좀 이상하지 않니? 그런 너를 보니 불나방이 생각난다. 불나방이 불을 향해서 날아드는 습성이 있는 것은 들어봤지? 모르는 사람들은 그건 불나방이 불을 좋아해서 자발적으로 들어가 타 죽는 것으로 알고 있으나 전혀 아니다. 영애야, 너도 자연이공계열이라서 잘 알겠구나. 불나방은 원해서 죽는 것이 아니라 정신을 바로 차리지 못해 죽는 거란 걸. 불나방은 빛을 향해 일정한 각도를 유지하면서 나는 특성 때문이지. 그렇게 계속 각도를 유지하다 보면, 나선을 그리면서 결국에는 불빛 주위를 빙빙 돌면서 불 속으로 들어가게 되는 것이란다. 다시 말해 죽고 싶은 마음은 없는데 정신이 빠져 죽는 거야. 너는 지금 너의 삶, 너의 미래를 생각하지 않고 네가 힘든 걸 모두 청소년 엄마 탓으로 돌려 한탄만 하는 게 꼭 불나방 같다는 생각이 들어.”

나는 호흡을 가다듬으며 잠시 말을 멈췄다. 다시 영애를 보며 말을 이었다.

“영애야, 모든 일에 결과가 있으면 과정이 있을 것이고 과정 앞에는 반드시 원인이 있지. 너는 지금 엄마의 열아홉 살 출산이란 결과만 강조하고 있는데, 과정과 원인도 생각해 봤니? 무슨 이유가 있지 않았을까? 네 엄마도 분명 널 일찍 낳은 나름의 상황과 이유가 있다는 생각은 안 해봤니? 그걸 알려면 엄마와 대화를 해야 하는데 넌 대화 자체를 거부하고 있잖아. 오로지 결과만 갖고서 그것도 너 혼자 멋대로 추측, 판단하고 있잖아. 그게 타당한 접근법이야?”

영애는 고개를 숙인 채 듣기만 했다. 영애의 표정을 읽을 수 없었다. 개의치 않고 나는 계속 말했다.

“이 말은 나도 정말 신중히 생각해 말하는 거다. 너는 네가 엄마보다 좋은 학교 다니고, 공부도 훨씬 잘하고, 세련되었다고 생각하여 엄마를 무시하는 것 같은데, 내가 볼 때 영애는 내 제자보다 못한 것 같다. 엄마는 남에겐 어땠는지 몰라도 영애 너에겐 솔직했다. 열아홉 살에 널 낳았잖아!”

“예?”

영애는 내가 하는 말의 의미를 모르겠다는 표정으로 나를 바라봤다.

“청소년 부모 딸이라 창피하다며? 청소년 부모 중 대다수는 어떤 심정일까? 뜻하지 않은 임신으로 창피에 앞서 두려움이 일었겠지? 남들이 알면 어쩌나, 낳을 수 있을까, 키울 수 있을까, 그리고 애 아빠는 인정하고 반길까? 등등. 그 두려움과 수모, 내 제자, 즉 네 엄마는 그것들로부터 도망가지 않았어. 다 받아들인 거야 너를 위해서. 영애야, 그때도 인공중절 수술, 약물 중절 등의 방법은 있었어. 내 제자는 그걸 선택하지 않고 너를 선택했어. 내가 볼 때 내 제자는 영애 너에겐 정말 솔직했다고 봐. 영애도 은정의 말을 듣기 전까지는 엄마와 사이좋았잖아. 그건 너도 인정하지?"

영애는 말없이 고개만을 두 번 끄덕였다.

"중징계는 없었냐고? 지각, 무단 조퇴 등이 다소 많기는 했어도 네가 생각하는 징계는 없었다. 네 엄마 말로는 아빠는 배 타러 나가고 초등학생 남동생을 돌보느라 그랬다고 했다. 네 외삼촌도 있었으나 여자인 엄마가 모두 챙겨야 했다고 했다."

영애는 숙였던 고개를 들며 말했다.

"남자친구는요?"

순간 나는 영애의 훤칠한 키와 떡 벌어진 어깨에서 박광식을 잠시 떠올렸다.

"글쎄, 네가 말하는 남자친구의 개념도 모호하거니와 나는 거기까진 모르겠다. 궁금하면 네가 제대로 모양 갖춰서 엄마한테 직접 물어봐. 회피만 하지 말고. 이십 년 만에 그것도 한시간의 짧은 만남이었기에 잘 모르지만, 엄만 너에게 기대가 많다는 걸 느꼈어. 기대가 컸으니 당연히 너의 최근 행동에 실망을 넘어 분노가 있는 것 같아. 일단 엄마와 진지하게 이야기를 해보렴. 술이 아닌 차를 마시면서 말이야."

"기대가 많다고요? 선생님, 관심 없는 기대를 보신 적 있으세요?"

다소 비아냥거리는 어투였지만 좀 전의 분노는 사그라진 말투였다. 나는 대답을 하지 않아도 됐다. 영애의 말이 끝나자마자 자율활동 시간 종료 및 청소 시간임을 알리는 벨이 울렸다. 상담실 청소 당번들이 몰려올 것이었다. 나는 조만간 다시 만날 것을 말한 후 두 가지를 당부했다. 우선 특별교육은 시험 끝나고 가니 다음 주부터 있을 정기고사에 집중할 것을 강조했다. 내신성적은 수시와 정시 모두 중요하게 작용함을 강조했다. 어렵겠지만 지금 문제는 시험을 마칠 때까지는 유보할 것을 권고했다. 나는 나머지 하나를 말하기 전에 상담실 구석의 책꽂이로 향했다. 상담실 소형 책꽂이에는 늘 이십여 권이 있다. 나는 책 한 권을 끄집어냈다. 영애와 이야기 중간중간에 나의 눈길이 닿은 책이었다. 그 책은 내가 지난주에 꽤나 감명 깊게 읽은 책이었다. 나는 영애와 대화 중에 왠지 그 책이 영애의 문제해결에 다소 도움을 줄 것으로 생각했다. 나는 책을 들추다 특정 페이지를 펼쳤다. 나는 그 페이지를 표나게 접으며 영애에게 말했다.

"특별교육 기간에 꼭 읽어 보았으면 한다. 여기 접은 것만은 꼭 읽어 보아라. 네 문제해결에 분명 도움을 줄 것으로 생각한다. 그 책 읽고 나서 우리 다시 한번 보자!"

나는 책을 영애한테 건넸다. 책을 받아든 영애는 대답 없이 무표정한 채 가볍게 눈인사만을 보낸 후 돌아섰다. 문가로 다가가는 영애 뒷모습을 지켜보다 나는 문득 생각난 게 있어 물었다.

"영애야, 혹시 엄마 친구 중에 박수현이라고 들어본 적 없니?"

"정간 이모요?"

"정간 이모?"

"예, 제일병원 정신과 간호사 이모요. 우린 정간 이모라 불러요. 이제는 우리 집에 안 와요. 3년 전 엄마 사기 판매 사건 때 두 분이 크게 다퉜거든요. 정간 이모는 왜요?"

"아니, 내 제잔데 어떻게 사는지 궁금해서. 고등학교 때 엄마 절친이었는데 엄마한테 물어보는 걸 깜박해서 혹시 네가 알지도 모른다는 생각에 물어봤어. 알았다. 어서 가보아라. 너도 청소 늦겠다."

영애가 나가자 나는 학생부장한테 전화했다. 학생부장은 내가 영애 엄마를 잘 설득한 것 같다며 고맙다고 했다. 자신이 행정실에 확인했는데 접수한 것 없었다고 했다.

"학생부장님, 지난번 생활교육위원회 때 학생부장이 느낀 모녀간 분위기가 어땠어요? 예를 들면, 영애가 엄마를 대하는 태도나 언행……."

학생부장이 내 말끝을 자르고 들어왔다.

"어휴, 말씀 마세요. 저뿐만 아니라 학생생활교육위원회 다른 위원들도 느꼈을 거예요. 영애가 엄마를 대놓고 무시하는데……. 어휴! 글쎄 영애 엄마가 자기가 책임지고 딸 교육 잘할 터이니 너그러운 처분을 부탁드린다고 했을 때 영애가 뭐라 했는지 아세요? '엄마나 잘하세요!'라 했어요. 학부모 위원한 분이 그 말을 듣고선 옆에서 듣는 자신이 가슴이 덜컹덜컹할 정도로 말을 함부로 한다면서 영애를 크게 꾸짖었죠. 영애의 특별교육 결정도 바로 그 위원 의견이 결정적이었지요. 기본이 안 됐대요. 그래서 이번 기회에 스스로 생각하고 반성할 기회를 제대로 줘야 한다고 강하게 주장했지요."

3

영애를 만난 지 열흘이 지났다. 지난주에 2차 정기고사가 있었다. 탁상 달력을 보니 영애 특별교육 메모가 있었다. 이틀 후였다. 2차 정기고사 채점을 모두 마친 나는 다소 여유가 생겼다. 영애를 불러 성실 수행을 당부하고자 영애 담임인 박정희에게 전화했다. 영애에게 이야기할 것이 있으니 청소 시간에 잠깐만 보내 달라고 했다. 담임의 대답은 의외였다.

"전학이오? 지난번 엄마나 영애와 상담 때 전혀 그런 내색을 하지 않던데요?"

박정희는 깜빡했다며 매우 죄송하다 했다. 전화선을 통해 전해오는 어투에서 진심 어린 미안함을 느낄 수 있었다. 박정희는 금방 가겠다며 전화를 끊었다. 나는 속으로 '올 것까지는 없는데……'라며 수화기를 내려놓았다. 박정희가 내게 와 건네는 꾸러미를 받고서 그 의미를 알았다.

"죄송합니다. 영애가 선생님께 전해달라는 걸 제가 깜빡했습니다. 시험 기간 중이라 정신없었습니다. 하하하."

박정희는 영애가 경기도 문일고등학교로 전학을 갔다 했다. 문일고가 우리 학교보다 2차 정기고사를 늦게 치르는 걸 알고는 시험도 안 치르고 갔다 했다. 박정희는 꾸러미를 내밀며 영애가 선생님께 전해주십사 하며 주고 간 것이라 말했다. 나는 2학년 교무실과 내 집무실이 멀지도 않은데 얼굴 한 번 비치지 않고 간 것이 못내 서운했다.

박정희가 나간 후 나는 의자에 앉아 포장물을 만졌다. 책인 것 같았다. 포장지를 뜯었다. 아사다 지로(浅田次郎)의 단편집 『철도원』이었다. 지난번에 내가 영애한테 꼭 읽어 보라며 준 책이었다. 나는 "읽어 보기는 했을까?" 하고 혼잣말을 했다. 순간 나는 책 속에 뭔가 끼어 있음을 느꼈다. 책을 펼쳤다. 네 겹으로 접힌 편지지였다. 짧은 글이었다.

맹홍길 선생님, 엄마와 장시간 대화 끝에 우리는 이곳을 떠나기로 했습니다. 새로운 마음으로 열심히 살겠습니다. 불나방으로 살지 않겠습니다. 모든 일에 결과가 있으면 과정이 있을 것이고 과정 앞에는 반드시 원인이 있다는 말씀 잘 들었습니다. 건강하세요. 영애 드림.

나는 편지를 책상에 내려놓았다. 나는 왼손에 책을 잡고 오른손으로 책장을 넘겼다. 책 중반쯤에 있을 「츠노하즈에서」를 찾았다. 페이지 여기저기에 붉은색 줄이 그어져 있었다.

"네 어머니는 죽고 회사는 넘어가고 이제는 더는 도쿄에 있을 수도 없게 되었어. 어디 먼 데로 떠나지 않으면 안 되는데, 어린 너를 데리고 갈 수도 없어. 게다가…… 그 누나도 너하고 함께 가는 건 싫다고 하고."

아버지는 나름대로 복잡한 사정이 있었을 것이다.

아버지는 자식과 여자를 양쪽에 올려놓고 저울질을 했을까. 아니, 그건 아니었을 것이다. 분명 자식의 행복을 위해 이 길을 선택할 수밖에 없었을 것이다.

아버지의 손이 교이치의 어깨를 가만히 짚었다. 엉엉 소리 내 울면서 교이치는 태어나서 처음으로 어리광을 부렸다.

"아버지, 나 이렇게 어엿한 샐러리맨이 됐어. 아버지가 말한 대로 열심히 공부해서 제일 좋은 대학에 갔고, 아버지가 되고 싶던 샐러리맨도 됐어."

"그랬구나. 참 대단하다. 정말 훌륭해."

"아무한테도 지지 않았어. 초등학교에서도 중학교에서도 고등학교에서도 늘 일등하고, 누구한테건 지지 않게 열심히 살았어. 회사에 들어가서도 나 계속 일등이었다고."

"배짱도 없고 몸이 그렇게 튼튼한 편도 아니었어. 그래서 그만큼 더, 더 열심히 살았어. 그렇잖아. 나는 버려진 애니까 아무한테도 질 수가 없어. 만약 뒤떨어지면 버려진 애라서 그렇다고, 아버지한테 버림받은 애라서 그렇다고 다들 손가락질할 거 아냐? 그건, 아버지 어머니한테 죄짓는 일이니까 절대 그럴 수는 없었어. 둘째도 안 돼. 둘째 앞에는 첫째가 있잖아. 그 애한테도 그런 소리 들을 거 아냐? 단 한 사람에게도 질 수가 없었다고."

사실은 그보다 더 괴로운 일이 있었다. 훌륭한 샐러리맨이 되기는 했지만 아버지가 되지는 못했다고 말하려다 교이치는 입술을 깨물었다. 아버지를 괴롭게 하고 싶지 않았다.*

모든 밑줄이 고르지 못했다. 차분히 그은 밑줄이 아니었다. 내용 공감에 따른 영애의 감정이 북받쳐 오른 듯했다. 삐뚤삐뚤 끊김 없이 횡으로 쭉쭉 그어진 플러스펜의 빨강 잉크 밑줄이 꿈틀거리는 것 같았다. 판타지 영화 속의 용이 온 힘을 모아 용틀임하며 불을 내뿜는 것처럼 보였다.

---

* 아사다 지로(浅田次郎), 『철도원』(문학동네 刊)의 「츠노하즈에서」 중

절창(切創)

1

날카로운 면도날이 영봉의 턱을 파고들었다. 영봉은 순간 "아야!" 하고 외쳤다. 소리와 함께 잠이 깼다. 꿈이었다. 영봉은 턱을 매만져 보았다. 생시처럼 살갗이 아렸다.

휴대전화 벨이 울렸다. 영봉이 받으려 몸을 일으키는데 아내가 먼저였다. 최근에 장인어른 일로 부쩍 예민해진 영봉 아내가 침대 옆 탁자 위 휴대전화기를 기다렸다는 듯이 집었다. 영봉 아내는 자신의 휴대전화가 아님을 알았다. 영봉 아내는 잠시 안도의 한숨을 쉬었다. 짜증 섞인 목소리로 영봉에게 말했다.

"여보, 여보, 당신 전화예요. 좀 자제하라고 말해요. 매번 깜짝깜짝 놀라잖아요. 이게 몇 번째예요. 일본어만 가르치지 마시고 전화 예절도 가르치세요. 아니, 내가 직접 말할게요. 내이 녀석을……."

아내는 영봉의 전화기를 가지러 침대를 내려가려 했다. 영봉은 아내보다 재빠르게 움직여 이 미터 남짓 떨어진 컴퓨터 책상 위 휴대전화를 집어 들었다. 영봉은 아내를 뒤로하고 눈을 비비며 마루로 나왔다.

"어, 덕찬아, 손님 바꿔라."

"예, 죄송해요. 새벽인데 빈번히 전화드려서……."

영봉은 휴대전화를 고쳐잡고선 말했다.

"모시 모시, 돈나 고요-켄데쇼-카?(여보세요, 무엇을 도와드릴까요?)"

영봉은 전화기로부터 들려오는 말에 알겠다는 듯 고개를 끄덕이며 대화를 이어갔다. 잠시 후 영봉이 말했다.

"하이, 와카리마시따. 덕찬상 오네가이시마스(예, 알겠습니다. 덕찬이를 바꿔주세요)."

손님이 덕찬에게 전화기를 넘겼다.

"덕찬아, 손님이 너무 맵대. 덜 매운 것으로 바꿔 달래서 최초 주문을 매운 것으로 했기 때문에 덜 매운 것으로 바꾸려면 별도 요금을 내야 한다고 했어. 그러니 새로 주문하든지 아니면 그냥 한국의 매운 닭발을 먹은 걸 추억으로 간직하든지 하라고 했어. 지난번과 같이 추가 요금 내는 거 맞지? 새로 주문할 거면 손가락 하나를 세워 의사 표현을 하라고 말했다. 그리고 카라이(맵다), 시오카라이(짜다), 코우타이(교체), 쓰이카료오긴(추가 요금) 정도는 알고 다니라고 서너 번 말했잖아. 좀 신경을 써라. 그리고 너 내일, 아니지 오늘이지. 오늘 출석 수업일이란 거 알지? 너 벌써 세 번 결석이야. 그리고 오늘 무단 조퇴하지 말고 나를 꼭 만나고 가라. 할 말이 있으니, 알았지?"

덕찬이는 씩씩하고 장난기 어린 투로 "옛 썰!" 하고 답했다. 전화를 끊은 영봉은 벽에 걸린 시계를 보았다. 2시 반이었다. 영봉은 놀란 아내 옆에 살그머니 들어가 끊긴 잠을 이으려 하다가 포기했다. 영봉은 텔레비전을 켰다. 뉴스 채널이었다. 퀵서비스 오토바이 사고 소식을 전했다. 채널을 돌렸다. 영화 「대부 2」였다. 같은 채널에서 서너 번 봤다. 처음부터 끝까지 본 적은 없었다. 채널을 돌렸다. 상단 우측에 19금 마크가 붙은 영화였다. 척 봐도 삼류소설 내용에 어정쩡한 정사 장면으로 그 방면에 어수룩한 사람을 유혹하려는 영화였다. 채널을 돌렸다. 축구, 야구, 농구, 골프, 요리, 그리고 낚시 채널 등을 건넜다. 노래, 댄스, 건강, 미용, 요가, 그리고 연예계 스타(star)의 자녀들 일상생활을 다룬 것을 삼사 분 보았다. 영봉은 그들을 보면서 참으로 쉽게 돈 버는 사람이구나 하면서 채널을 돌렸다. 다시 24시간 뉴스 채널로 돌아왔다. 국회 파행 소식을 전하고 있었다. 리모컨 전원 버튼을 눌렀다. 영봉은 다시 침대로 살며시 들어갔다.

끊어진 잠은 쉽게 이어지지 않았다. 영봉은 어제 병원에서 만난 반장의 말이 생각났다. 김덕찬과 한승민. 좀 전에 영봉의 잠을 완전히 깨워 버린 덕찬은 지금 야식집에서 한창 일하고 있다. 영봉은 옆으로 돌아누우며 생각했다. 설마 둘이 그런 일을? 그러나 마음만 먹는다면 가능하다. 엄연히 교칙 위반이며 당연히 징계감이었다. 모른 척할 수는 없다. 이건 야구 시합의 대타 주자가 아니다. 그 일을 생각하니 영봉의 잠은 더욱 멀어졌다.

영봉은 제일병원 로비의 자판기에서 커피를 뽑았다. 둘러보니 빈자린 보이지 않았다. 토요일 오전이라 외래환자와 병문안을 온 사람들로 북적거렸다. 환자복을 입은 사람 옆에는 대부분 두세 명이 심각한 표정으로 고개를 끄덕거리고 있었다. 환자는 자신의 질병을 감지한 계기 혹은 확진 판정을 받은 과정을 설명하고 있을 것이다. 한편 그 옆의 다른 팀은 밝은 미소로 가볍게 손뼉을 마주 치면서 웃고 있다. 환자의 검사 결과 혹은 수술 결과가 생각보다 매우 좋게 나온 것이 틀림없다. 아내보다는 장인어른 간병 횟수가 적지만 주 2회 6인실 병실을 4개월 차 출입한 영봉에게 그걸 알아맞히는 건 자판기에서 커피를 뽑는 것처럼 쉬웠다. 그들 표정만을 보면 환자의 호전 상황을 알아맞힐 수 있다. 그들의 파안대소(破顔大笑)가 부러웠다.

"선생님, 여긴 어쩐 일이세요?"

커피 한 모금을 채 넘기기도 전에 영봉은 자신을 부르는 소리에 옆으로 돌아섰다. 영봉이 담임을 맡은 학급의 반장이었다. 반장은 결혼식장에서나 볼 수 있는 깔끔한 회색 정장 차림에 밝은 웃음을 띤 채 인사를 했다. 반장은 74세로 제법 큰 건어물점을 운영했다. 비교적 왜소한 체구였으나 똥뱃살이 한 점 없고 왜소한 체구에 비해 널찍한 어깨를 유지했다. 학교에 올 때는 늘 정장에 포마드를 바른 가르마를 유지하는 등 자기 관리가 철저한 학생이다. 언젠가 영봉이 나이 들어 학교생활

　　　　　　　　　　　　　　　맹추선생

힘들지 않으시냐고 물었다. 반장은 학교에 다닌다는 생각을 한 번도 해본 적이 없고 비슷한 처지의 동년배를 사귀는 주말 친목회 정도로 생각한다고 했다. 반장은 며느리가 애를 낳기 위해 입원했다고 말했다. 오늘내일 중으로 낳을 것 같다고 했다. 병실엔 아내를 남겨두고 자신은 커피 마시러 나왔다고 했다. 영봉은 축하드린다는 인사를 드렸다.

"허허허. 그것도 쌍둥이랍니다. 쌍둥이. 그리고 모두 남손(男孫)이라 더욱더 경사지요. 하하하."

반장의 얼굴은 이 세상에서 나보다 행복한 사람이 있으면 나와보란 듯한 웃음이 가득했다. 반장은 좀 전과는 다른 조심스러운 표정과 어투로 말했다.

"그런데, 선생님은 어쩐 일로……?"

"아, 예. 저도 병문안 왔습니다. 저 역시 병실이 분주하여 잠시 나왔습니다."

순간 영봉은 장인어른을 전혀 모르는 사람에게 또다시 장인의 병명과 입원 및 치료과정을 설명해야 할지도 모른다고 생각했다. 처가 친척들의 병문안으로 분주해서 잠시 자리를 비켜주고 나온 영봉이었다. 영봉은 반장한테 장인어른 이야기를 할 필요성을 전혀 못 느꼈다. 영봉은 버성긴 분위기를 바꾸려고 급히 화제를 돌렸다.

"그나저나 반장님, 학급원들 출석 독려와 무단이탈을 단속하느라 애 많이 쓰십니다. 덕분에 타 학급보다 출석률이 좋은 편입니다. 고맙습니다."

"고맙긴요, 제가 한 게 뭐 있나요. 선생님이 전화와 카톡으로 독려하시는 결과라 생각합니다. 아, 선생님, 그런데 말입니다."

반장은 좀 전의 웃는 표정을 바꾸어 조심스레 중요한 말을 하려는 듯 운을 떼었다.

"선생님, 출석 이야기를 하시니까 생각나 말씀드립니다만……. 승민이와 덕찬이가 좀 이상하지 않으세요?"

영봉은 다소 긴가민가한 표정으로 그를 쳐다봤다. 반장이 말하는 승민의 얼굴이 어령칙했기 때문이다. 자신이 알고 있는 그 녀석과 반장이 말하는 승민이 일치하는지 확신할 수 없었다. 그런 영봉의 머릿속을 알 리 없는 반장은 옆 사람들을 의식한 듯 영봉의 소매 끝을 잡아 살짝 끌었다. 둘은 건물 밖으로 나왔다. 반장은 덕찬이가 승민의 대리 출석을 하는 것 같다고 말했다.

"선생님이 아시는지 모르겠습니다만, 지난 5월 3일 출석 수업일 때도 덕찬이가 승민으로 출석했습니다. 제 기억으론 4월에도 한 번 있었고요. 덕찬이가 승민의 대리 출석을 도와주는 모양입니다. 담임 시간 빼고 다른 시간엔 대리 출석을 해요. 물론 승민이가 잘리지 않도록 출석 일수를 채워주려는 의도인 것은 알지만 바른 방법은 아닌 것 같아서요."

본교인 명덕고(高)와 달리 명덕고 부설 방송고는 출결 처리 방식이 다소 달랐다. 격주 수업, 학기별 12회의 출석수업일 마다 8교시 수업을 했다. 여덟 교시 중 네 교시 미만 수업 참여자는 결석 처리했다. 본교의 경우 한 교시만 참석해도 결석은 아니다. 결과, 지각, 조퇴 등으로 구분했다. 방송고는 결석으로 처리했다. 이는 한두 시간만 듣고 가버리는 학생들을 좀 더 수업에 참여시키려는 조치였다. 하루 출석을 인정받으려면 네 교시는 채워야 했다. 물론 나머지 불참 시간에 대해서는 지각, 결과, 그리고 조퇴 등으로 처리했다. 출석 수업 때면 전 학년 대부분 학급의 25명 중 3분의 1이 결석했다. 어른들의 경우 집안 경조사 혹은 생업으로 인한 결석이 종종 있다. 그러나 10대의 결석은 대부분 무관심과 태만에 의한 것이다.

연간 24회 출석 수업 중 3분의 1인 8회 결석이면 자동 제적이다. 승민이와 같이 오로지 학년 진급 및 졸업에만 관심 있는 학생은 교칙이 허용한 최대 팔 회를 그야말로 최대한 이용하는 경우가 많았다. 철이 덜 든 십 대뿐만 아니라 세상을 알 만한 삼사십 대 학생들도 더러 있다. 일단 네 교시를 마쳐 출석을 인정받은 학생들은 거의 무단 조퇴를 했다. 그래서 오후엔 학급별로 대여섯 명만이, 그야말로 최고 모범생들만 수업에 참여했다. 종례 때 출석부를 보면 늘 비 온 날 유리창에 넓게 퍼진 빗발무늬처럼 빗금이 좌우 상하로 새까맣게 점령했다. 올해 들어 다섯 번 출석 수업 중 담임으로서 학급원 얼굴과 이름을 동시에 기억하지 못하는 학생이 이십육 명 중 오륙 명 된다. 수업만 하는 다른 학급 학생들은 반별로 적극적 수업 참여자 예닐곱 명이 전부였다. 영봉은 선생님들과 이야기를 통해 자신만이 그런 상황이 아님을 알았다. 다른 교사들도 상황은 비슷했다. 출석 확인 때 휴대전화를 만지작거리거나 엎드려 자는 학생들이 많았다. 휴대전화를 보느라 고개를 숙인 채 혹은 얼굴을 책상에 옆으로 붙인 채 "예."라고 대답만

하기가 일쑤였다. 모자를 푹 눌러쓴 학생도 있었다. 간혹 이들에게 얼굴 들어보라 하면 게슴츠레한 눈으로 귀찮게 왜 부르냐는 불만스러운 표정으로 바라보는 학생도 있다. 그러니 반장 말대로 대다수 교사가 출석 인원과 의자에 앉은 학생 수 간의 숫자 일치 확인만으로 넘어갔다. 영봉도 보통 그렇게 했다. '승민이가?' 반장의 이야기를 듣는 내내 영봉은 여전히 승민 얼굴이 선명하게 떠오르지 않았다.

"선생님도 뭔가 이상하다는 걸 느끼셨죠?"

반장은 '선생님은 모르셨죠?'를 말하려다 차마 그 말은 아닌 것 같아서 말을 바꿨다. 금시초문이었다. 영봉은 반장의 눈에서 반장의 마음을 어렵지 않게 읽을 수 있었다. 영봉은 반장이 어떤 말을 기대하는지까지도 읽을 수 있었다. 영봉은 뭐라 대답해야 할지 망설였다.

"여보, 한참 동안 찾았잖아요. 저녁 먹고 교대하기로 했어요. 집으로 가요."

영봉은 아내 목소리를 들었다.

2

작년 3월 초, 덕찬은 방송고 2학년으로 전학했다. 1학년 과정은 일반고인 천일고를 다녔다. 그러나 진지하게 공부, 대학, 그리고 취업이란 걸 생각해 본 적은 한 번도 없었다. 그러던 12월 어느 날, 진로체험으로 요리학원 견학을 했다.

맹추선생

"요리사란 손님을 위한 음식만 만드는 것이 아니다. 요리하다 보면 세상과 삶의 과정에 대해 생각할 기회가 다른 직업에 비해 많지. 음식을 만들다 보면 도마 위에 있는 자신의 나머지 인생에 관한 요리도 능히 가능할 것이다. 인생이란 것도 따지고 보면 요리과정이다. 즉, 요것 저것, 이런 일 저런 일 등을 맛나게 조합하는 요리과정과도 같다."

열여섯 살 덕찬의 가슴에 그렇게 다가온 교육은 이제껏 없었다. 요리학원 강사의 교육내용이 하나도 허투루 사라지는 것 없이 모두 가슴속에 가부(跏趺)를 틀고 앉음을 느꼈다. 덕찬의 가슴에 요리에 관한 관심이 움트기 시작했다. 지난 1년간의 천일고 국어, 영어, 수학 선생님들이 그 요리학원 강사만큼만 자신의 심금을 울리는 수업을 했다면 자신의 명문대 진학은 그야말로 땅 짚고 헤엄치기라 아니할 수 없다고 생각했다. 그 후부터 덕찬은 줄곧 요리와 조그만 식당 운영을 생각했다. 지금 사는 할아버지 집을 개조하여 식탁이 달랑 네 개인 골목식당. 할머니와 할아버지 얼굴을 늘 볼 수 있는 직업. 덕찬이가 방송고에 관심을 둔 것도 바로 그 꿈 때문이었다.

덕찬 성격을 잘 아는 교사 출신 할아버지 역시 대학을 강요하진 않았다. 할아버지는 조리학원 6개월 등록을 전제로 방송고 전학을 허락했다. 종일 학원에 다니는 것은 아니었기에 덕찬은 아르바이트 거리를 찾았다. 며칠 후 덕찬은 동네 야식집에서 삼일간의 스쿠터(scooter) 운전 교육 겸 배달구역 숙지를 마친 후 아르바이트를 시작했다.

3월 말의 방송고 출석 수업일이었다. 교문을 막 통과한 덕찬은 굉음에 고개를 돌렸다. 누가 봐도 비싼 티가 나는 우람한 오토바이였다. 감탄하는 것도 잠시였다. 절로 웃음이 터져 나왔다. 오토바이 뒷좌석에 '칠성반점'이란 배달통이 달려 있었다. 우람한 오토바이 좌석엔 영화에서나 볼 법한 가죽 재킷에 하얀 헬멧을 쓴 사람이 앉아있었다. 운전자가 내렸다. 헬멧을 벗었다. 누가 봐도 자신과 비슷한 나이 또래였다. 헬멧 왼편엔 '안 되면 되게 하라!' 문구와 오른편엔 흰색 장미꽃 한 송이가 새겨져 있었다. 덕찬에게 익숙한 문구였다.

며칠 후, 덕찬은「애플 오토바이」란 오토바이 가게로 족발을 배달했다. 오토바이로 가득한 매장 한쪽 구석에서 한 사람이 오토바이를 수리하고 있었다. 덕찬은 배달이라 말했다. 덕찬은 학교에서 본 그 사람임을 알았다. 승민은 계산대로 향했다. 덕찬이는 그를 따라갔다. 계산대에는 하얀 헬멧이 있었다. '안 되면 되게 하라!' 헬멧이었다.

"혹시 방송고 2학년 3반 아니세요?"

그 후로 둘은 손님과 배달꾼의 관계로 자주 만났다. 승민의 잦은 야식 주문이 주요인이었다. 승민의 오토바이 독학 시간이었다. 왜 밤늦게 하느냐는 덕찬의 질문에 밤에는 길거리가 조용해서 시간이 천천히 흐르는 것 같아 시간에 구애받지 않고 천천히 생각하며 공부할 수 있어 좋다고 했다. 잠은 언제 자느냐는 물음에 새벽 세 시에 자고 열 시에 일어나 열한 시부터 중국집 배달 아르바이트를 한다고 했다. 그들은 일주일에 최소 두 번은 그 시간에 만났다. 둘의 혈관은 자석의 N극과 S극 같았다. 한 달이 지나자 그들은 친구가 되었다. 둘은 대학에는 무관심했으나 자신이 꿈꾸는 삶에 대해서는 주체적이고 명확하다는 공통점이 크게 작용했다.

둘은 종종 비밀스러운 행동을 취했다.

"야, 성공했어?"

4교시 수업을 마치자마자 전화를 건 덕찬에게 승민이가 급하게 물었다. "야, 말 마라. 1교시 국어 시간에 있지……."

"결론부터 말해, 성공했냐고?"

"성공했어. 오늘 하마터면 들통날 뻔했어. 나 지금 바쁘니까 학교 끝나고 네 가게로 갈게."

전화를 끊은 덕찬은 1교시 국어 시간을 떠올리자 다시 한번 식겁했다. 홍영길 선생님이 출석을 확인했다. 6번 김덕찬을 불렀을 때 덕찬은 대답을 안 했다. 이름을 부르며 출석을 확인하던 홍영길 선생님이 자신을 바라보며 '왜 대답 안 해?'라는 표정으로 바라보았다. 덕찬은 '왜 저를 쳐다보세요?'란 의아한 표정으로 대했다. 끝에 가서는 '전 덕찬이가 아녜요.'라 빤빤한 표정으로 맞섰다. 삼사 초간의 눈 마주침은 홍영길의 갸웃거림으로 끝났다. 홍영길은 출석부에 결석을 의미하는 사선을 그었다. 이어 홍영길은 출석번호 21번인 한승민을 불렀다. 덕찬은 '예'라 대답했다. 홍영길은 덕찬을 쳐다본 후 또 갸웃거리면서 출석을 의미하는 점(·)을 찍었다. 굳이 확인할 마음이 없는 듯했다.

작년에 덕찬은 승민을 위해 네 번의 대리 출석을 했다. 그 중 한 번은 둘 다 출석을 인정받는 행운이 따랐다. 담임의 수업이 없는 날이었다. 모든 선생님이 한 학기에 한 번, 즉 출석 수업일 12회 중 한 번은 수업이 없는 날이 있었다. 격주마다 나오는 것을 한 주 정도는 쉴 수 있도록 한 교무부장의 배려였다. 덕찬은 우선 오전 1교시부터 4교시까지는 승민 이름으로 대리 대답하여 승민의 출석을 인정받았다. 덕찬은 오전 1~4교시는 미인정 지각으로, 오후 5교시부터 8교시까지는 수업에 참여하여 출석을 인정받았다. 승민은 8회 결석, 덕찬은 7회 결석으로 둘 다 3학년으로 진급했다.

지난 1월 하순, 3학년 진급이 확정된 그날 저녁. 둘은 2학년 무사 종료를 자축하는 조촐한 파티를 열었다. 파티라 해봤자 콜라와 피자가 전부였다. 물론 승민이가 덕찬을 위해 준비한 자리였다.

"너 그거 읽을 줄은 알고나 들고 다니냐?"

덕찬은 승민의 엉덩이 옆에 놓인 책을 눈짓으로 가리키며 말했다. 표지엔 『The Essential Guide to Motorcycle Maintenance』라 적혀 있었다.

"그럼, 오토바이 수리에 관한 책인데 부품과 수리 용어만 알면 대강 무슨 말인지 알아. 잘 모르면 영어사전 뒤지면 대강 그 의미를 알 수 있고. 그래도 모르면 '모르면 오토바이를 직접 뜯어 보라!'라는 아버지의 말씀을 상기하면서 실물을 분해하면서 읽으면 대강 이해할 수 있어. 야, 그런데, 너는 내 대리 출석을 하더라도 나보다 최소 서너 번은 학교에 더 나갈 수 있었지 않았어?"

덕찬은 다 씹지도 못한 것을 급히 콜라로 넘긴 후 말했다.

"인마, 내가 자주 나가면 나를 아는 선생님들이 많아질 것이고, 그럼 대리 대답하기 어려워져."

덕찬은 대리 출석 때마다 신중하게 행동했다. 등교하자마자 먼저 시간표를 확인했다. 덕찬과 승민을 식별할 수 있는 담임 시간엔 대리 출석을 하지 않았다. 모든 수업 시간에 질문, 소란 등으로 눈에 띄는 행동을 하지 않았다. 덕찬 역시 진급만 하면 되었다. 덕찬은 필요성을 느낀 국어, 사회문화, 그리고 일본어 수업 중엔 귀를 항상 열었다. 국어와 사회문화 시간엔 핸드폰을 하는 척 혹은 엎드려 자는 척하면서도 귀를 열었다. 이들 세 과목에 대한 인터넷 수강도 충실히 했다. 이들 세 과목을 포함한 대부분 과목의 시험은 쉬웠다. 대다수 선생님이 정기고사 문제를 방송고 보충학습 교재 5지 선다형 문제에서 70% 정도를 보기 순서만 바꿔 내기에 70점 이상을 받는 것은 자신 있었다. 그러나 80점 이상 받으면 담당 과목 교사의 관심을 받을 것이고 관심을 받으면 대리 출석하기 어려워짐을 잘 알았다. 덕찬은 '이렇게까지 해야 하나?'라 생각한 적도 있었다. 딱 한 번. 덕찬은 승민의 상황을 이해했다.

"그런데, 너 내년에 좀 신경을 써. 3학년 되면 우릴 식별할 수 있는 선생님들도 있을 것이고, 덜 알려진 3, 4월 한두 번이 전부라 생각해. 들키면 둘 다 잘려. 3학년 와서 잘리면 정말 아쉽잖아. 너 일요일 오토바이 라이딩(riding) 동호회 활동도 조정해. 그게 힘들면 중국집 점심 배달을 그만두던가. 나처럼 야식 배달하면 일요일 출석 수업에 전혀 지장 없잖아."

"알았어, 알았어. 나도 야간 알바로 바꿔볼 생각이야. 어디 아는 데 없어?"

"우리 사장님께 말해 볼게. 우리 야식집 꽤 잘나가. 나 사장한테 인정받는 거 너도 잘 알지?"

"그래, 지난번 너희 가게 들렀을 때 '어이구 우리 덕찬이 친구 왔어.'라며 나한테도 아주 잘 대해 주시더라. 그런데 너희 야식집 시급(時給)은 괜찮아?"

"응, 괜찮아. 내가 아는 주변 야식집보다 시간당 200원 더 줘. 그리고 야식 배달이라 교통이 덜 혼잡한 때라서 시원스럽게 배달할 수 있어서 좋아. 아마 배달 속도를 강조하는 너한테 딱 맞을 거야. 너 속도 내는 거 즐기잖아? 그래도 인마, 너 정말 속도 줄여야 해. 지난달에 우리 가게에서 일하는 녀석이 사고 내서 잘렸어."

"인마, 그래도 배달 음식은 일속이맛. 다시 말해 첫째 속도, 둘째 맛이야. 배달 음식은 속도가 생명이야. 갓 조리한 생생한 음식을 신속하게 전달하는 게 핵심이지. 전자레인지로 데우면 맛없어. 그건 단지 창자를 채우는 것에 불과해. 음식이 왜 음식인 줄 알아? '음', 음미하면서 '식', 먹으란 말이 음식이야. 신선함을 유지하기 위해선 빨라야지. 그게 배달 손님에 대한 예의야. 봐, 지금 우리가 피자집에 온 것도 바로 이 생생함 때문에 온 거잖아. 속도는 배달 음식의 기본이야."

"야식시키는 사람들이 신선함을 기대하는 건 언감생심 아닐까? 굳이 그걸 따지겠다면 우리같이 이렇게 시간을 내서 밖으로 나와야지. 그 번거로움 대신 어느 정도는 각오하고 먹겠다는 생각 아니겠어? 어쨌건 내가 하고자 하는 말은 너 안전이 우선이란 말이야. 너 다치면 그런 배달 신조도 아무 소용

맹추선생

없어. 좀 천천히 달려."

"알았어, 알았어. 결정했어. 네 가게에서 일할게. 잘 말씀드려 줘. 너만 믿을게. 아, 그리고 나, 다음주에 드디어 할리를 탄다. 중고이긴 하지만……."

"할리데이비슨(Harley-Davidson)을? 야, 솔직히 할리를 타고 중국집 배달하는 게 어울린다고 생각해? 지금 타는 야마하(Yamaha) MT-09도 너무 튀지 않니?"

"난 폼생폼사(form生form死)야. 한순간을 살더라도 멋지게. 방송고 다니면서 가장 기억에 남는 말이 뭔지 알아? 내가 제일 좋아하는 국어 시간에 배운 칸트(Kant)의 영원회귀(永遠回歸)야. 현재의 100세 인생은 단지 100년으로 끝나지만 바로 이 순간에 벌어지는 일이 천년만년 동안 한 치의 오차도 없이 똑같은 상황으로 반복된다는 거야. 그러니 지금 단 몇 초짜리 행동도 멋있게 살아야 할 거 아냐. 그게 천년만년 동안 반복해 일어난다니까. 물론 국어 선생님은 하나의 설에 불과하고 그걸 실제로 확인한 사람은 없다 하시더라. 어쨌건 나한테 딱 맘에 드는 내용이었어. 그래서 그냥 믿기로 했어. 나 좋으면 그만 아닌가? 나는 학교 수업만 빼고 대체로 만족하고 나름 뽐내면서 산다고 생각해. 오토바이로 무게 잡고 달리는 것도 그중 하나지. 오늘이라도 뽐내면서 달리다 죽어도 큰 여한은 없어."

"미친놈, 시끄러워 인마, 농담이라도 그건 심하다. 그리고 칸트가 아니라 니체(Nietzsche)야. 그리고 국어 선생님이 영원회귀에서의 반복의 진정한 의미는 똑같은 반복이 아닌 항상 '새로운 것을 가져오는 반복', 즉 다람쥐 쳇바퀴 돌듯한 낡은 삶을 버리고 나날이 발전하는 새로운 삶을 반복하며 열심히 살라는 의미라 설명하신 부분은 안 들었구나. 너는 하나를 들어도 그저 네가 간직하고 싶은 말만 듣는구나."

승민은 헤헤거리며 웃기만 했다.

"그래, 그건 그렇다 치고 이게 다 내 사업전략이라고 내가 너한테 몇 번을 말했냐? 나는 미래의 고객 확보 차원에서 배달업에서 알바하는 거라니까. 내가 배달 가면 사람들이 내 오토바이를 보고 한마디 안 하는 사람 거의 없어. 몇 사람은 오토바이 멋지다며 만져보기도 하면서 꼭 물어보지. 저거 네 거냐고. 그 순간 나는 재빨리 내 명함을 돌리지. 배달은 어디까지나 미래를 대비한 알바라고……. 두고 봐라, 도(道) 내 오토바이 수리업계의 왕이 될 테니. 난 말이야, 지금도 오토바이 배기가스 냄새만 맡아도 의심 가는 곳을 찾을 수 있어."

"뻥치고 있네. 그런 녀석이 조선간장과 양조간장도 구별 못 해서 꼭 손가락으로 찍어 먹어 본 후 손님한테 가져가냐?"

"인마, 그건 액체이고 배기가스는 기체 아냐. 난 기체 전공이라고. 조선간장과 양조간장도 기화 상태라면 알 수 있어."

승민은 하얀 이를 살짝 드러내고 헤헤거렸다.

"그건 그렇고, 승민아!"

덕찬이는 다소 자세를 고쳐앉고 좀 전의 웃음기에서 돌변해서 정색하고 말했다.

"너 내일 오래간만에 쉬는 날인 거 아는데, 나 대신 내일 배달 뛰어 주라."

"왜? 무슨 일 있어? 너 이런 부탁 한 번도 없었잖아."

"내일 아버지 제사야. 할머니 도와드려야 해. 가능하지?"

"야, 네 엄만 여전히 아무런 연락 없어? 이젠 완전히 남남이야?"

"그 얘긴 그만하라고 했지!"

덕찬은 다소 신경질적인 투로 크게 말했다. 승민은 순간 아차 싶었다. 미안하다고 했다. 덕찬은 됐다는 말 대신 "그럼, 너만 믿는다. 사장님께도 교대 근무한다고 말씀드릴게." 라 답했다.

덕찬 아버지는 덕찬이가 초등학교 6학년 때 돌아가셨다. 덕찬 아버지는 공수부대 상사였다. 퇴근길에 음주 차량과 충돌로 사망했다. 술을 마신 맞은편의 일방 과실이었다. 훈련 중 순직도 아니었고 20년 이상 장기근속자도 아니었으므로 군인연금이나 특별한 보상도 없었다. 미용실을 운영하던 덕찬 엄마는 2년 후 재혼했다. 덕찬이도 아는 사람이었다. 엄마 가게에 미용 재료를 납품하던 사람이었다. 덕찬 엄마는 남매를 데리고 캐나다에 이민하고자 했다. 그러나 남자는 남매를 대동하여 가는 것을 싫어했다. 할머니와 할아버지도 덕찬을 데리고 가는 것을 허락하지 않았다. 장손을 보낼 수 없다고 했다. 엄마는 덕찬의 선택에 맡기자고 했다. 덕찬은 남는 것을 택했다. 며칠 후, 덕찬의 할아버지는 하직 인사를 하는 며느리를 보면서 말했다.

"우리 욕심만 차릴 수는 없는 것, 너는 아직도 젊다. 대문을 나서는 순간 여기 일은 잊어라. 그동안 고마웠다. 편한 마음으로 가서 잘 살아라."

덕찬 엄마는 여덟 살 여동생만을 데리고 떠났다. 엄마가 떠난 날 덕찬의 할아버지는 옥상에 올랐다. 시월 하늘에 뜬 뭉게구름이 아들이 타던 낙하산처럼 보였다. 할아버지는 마당에 혼자 있는 덕찬을 불렀다. 덕찬이는 옥상으로 올라갔다. 뒷짐을 지고 하늘만을 쳐다보는 할아버지 곁으로 다가갔다. 할아버지는 덕찬의 다가옴을 감지했다. 할아버지는 하늘을 향한 채 말했다.

"덕찬아, 우리 집에 '안 되면 되게 하라!'라는 문구(文句)가 몇 점인 줄 아니?"

'안 되면 되게 하라!', 아버지가 근무했던 공수부대 부대 훈(訓)이었다. 아버지는 그 문구를 무슨 신처럼 떠받들고 가족들에게 그 의미와 일상에서의 실천을 강조했다.

덕찬은 세 본 적 없었다. 순간 떠올려보니 마루의 모범 대원 표창패 두 개, 현관 입구에 걸린 전각(篆刻) 하나, 부모님 방에 액자 두 점, 덕찬이 방에 특전사 필통과 모자, 그리고 옥상에 널린 아버지 팬티에도 새겨져 있는 것을 기억했다. 가족들 시선이 자주 가는 곳엔 꼭 그 문구가 새겨져 있거나 제품에 새겨져 있었다. 줄잡아 스무 개 정도는 될 것이다. 덕찬의 대답을 들으려면 오래 기다려야 함을 느꼈던지 할아버지가 말했다.

"언젠가 할머니가 모두 세었는데 스물세 개라 하더라. 과일 찍어 먹는 포크에도 새겨져 있다고 하더라. 난 거기에 세 개를 추가하여 스물여섯 개라 생각한다. 왜지 아니?"

할아버지는 덕찬을 향해 돌아섰다. 모르겠다는 표정을 짓고 있는 덕찬이를 잠시 지켜보다가 아무런 반응이 없자 할아버지는 덕찬에게 다가가 힘주어 안으며 말했다.

"나와 네 할머니, 그리고 너의 가슴에도 있잖니."

할아버지 품에 안긴 덕찬에게 할아버지는 한마디를 추가했다.

"엄마는 한동안 보기 어려울 것이다."

며칠 후 할아버지는 집 전화번호를 교체했다.

"왜냐고? 차마 외면할 수 없었어. 엎드려 우시는 두 분이 불쌍해서. 난 태어나 줄곧 할아버지 댁에서 할머니 손에서 자랐거든. 아버지가 돌아가신 후엔 할아버지가 아버지셨고. 불쌍해서, 언젠가 한 분이 돌아가시면 한 분만 남겠지. 삼촌이나 고모도 아무도 안 계셔. 그에 앞서 그 남자가 나를 싫어한다는 걸 느꼈어. 텔레비전 보면 그런 아이들 결과가 별로잖아. 그런 삶이 싫었어. 지금까지 나의 선택에 대해 후회한 적은 한 번도 없어."

언젠가 너는 왜 남았냐는 승민의 물음에 대한 덕찬의 답이었다.

5월 21일, 일요일 08시 50분 조회 시간. 영봉은 출석자에 대해서는 점(·)을, 결석자에 대해 사선(/)을 그었다. 여느 출석 수업일과 마찬가지로 24명 중 8명이 아직 도착을 안 했다. 승민이는 보이는데 덕찬이가 안 보였다. 영봉은 승민을 자세히 관찰했다. 인제 보니 승민과 덕찬은 헤어스타일도 비슷했다. 둘은 옅은 노란색으로 머리를 염색했다. 순간 영봉은 이들이 마치 대리 출석을 위해 일부러 그렇게 한 것은 아닐까 하는 생각도 했다. 둘은 지각, 무단 조퇴, 그리고 결석을 자주 했다. 영봉은 항상 다섯 시간의 수업을 해야 했다. 영봉은 수업 없는 시간에 수업받는 그들을 빼내는 것도 결코 좋은 모습은 아니라 생각했다. 그들과 영봉은 만나기가 정말로 어려웠다.

영봉은 승민의 출석기록을 뒤졌다. 3월 중순, 영봉의 일본어 시간에 참석을 의미하는 점(·)이 찍혀 있었다. 4월 23일에 '기초상담'이라 비고란에 적혀 있었다. 영봉은 그때를 떠올렸다. 말이 상담이었지 가정환경, 보호자 연락처, 진로 희망, 아르바이트 현황, 그리고 졸업 후 진로 등 학교생활기록부에 기입할 기본적인 신상 파악이 전부였다. 승민은 아버지 오토바이 수리 가게를 물려받아 도내 최고의 수리 및 판매점을 운영할 생각이라 했다. 물론 영민고(高) 다닐 때부터 아버지는 진학을 강조했다. 오토바이는 일단 대학 간 후에 하라고 했다. 아들과 육 개월간의 담판 끝에 아버지는 아들의 선택을 지원하기로 했다. 승민은 1학년 2학기 때 방송고로 전학했다. 거기엔 고급 오토바이 판매 및 수리 전망을 밝게 본 아버지의 혜안도 한몫했다. 승민은 지금 일종의 도제교육을 받는 중이었다. 도(道) 내엔 오토바이 수리 전문 학원이 없는 관계로 아버지 밑에서 배우고 있다. 자동차정비산업기사인 승민 아버지의 주특기는 오토바이 엔진 수리였다. 국내 D오토바이 사(社)는 물론이고 국내 몇 명 없는 일본 H사(社)의 정비기술자문위원으로 활동 중이었다. 그 소문으로 전국에서 수리 주문이 몰렸다. 중고 오토바이를 말끔하게 수리해서 팔기도 했다. 승민의 꿈은 아버지를 넘어 미국 할리데이비슨사(社) 정비기술자문위원이 되는 것이다.

맹추선생

영봉은 그날까지 포함해서 세 번 승민을 보는 것이었다. 승민은 그날까지 총 6회 출석 수업일 중 3회 차 출석이었다. 승민이가 조퇴할 것인지 끝까지 남을 것인지는 영봉으로선 알 수 없다.

영봉의 학급조회 내용은 매번 비슷했다. 핵심은 출석 교육이었다. 특히 9회 결석 시 자동 제적 및 잦은 지각, 결과, 조퇴 모두 나중에 취업 및 진학에 있어 성실성 의심을 받을 수 있음을 강조했다. 학교 행사 및 각종 공모대회, 장학금 신청 안내, 그리고 인터넷 수업 수강 철저 등이었다.

"덕찬아, 너 지금 어디니? 오늘 나오기로 약속하지 않았니?"

영봉은 조회를 마치고 나오면서 덕찬에게 전화했다. 덕찬은 어제 종료 시각인 새벽 세 시 반까지 배달했다고 했다. 덕찬은 늦더라도 꼭 나가겠다고 말했다. 영봉은 다시 한번 자신을 꼭 만날 것을 다짐받고 끊었다. 계속하여 영봉은 조회 시간에 결석한 원준, 창현, 은영, 수영, 진미, 경봉 등에게 전화를 걸었다. 원준과 은영은 전화기가 꺼져 있었다. 경봉과 진미는 각각 두 번을 걸었는데 받지를 않았다. 창현은 이제 출발한다고 했다. 수영은 조카 결혼식이 있어서 결석한다고 했다. 수영은 전화를 드리려고 했는데 선생님이 먼저 전화를 주셔서 더욱 죄송하다고 말했다.

영봉은 육 년 전에도 방송고 담임을 한 적이 있었다. 그때는 지금과 사뭇 달랐다. 그땐 학급 정원 30명 중 대다수가 오륙십 대였다. 십 대는 대여섯 명에 불과했다. 못다 한 공부를 하고자 하는 어른들의 열정은 십 대 학생들을 격려했고 수업 참여를 독려했다. 면학 분위기도 매우 좋았다. 그러나 지금은 십 대가 학급원의 절반을 차지했다. 학교폭력이나 무단 장기 결석 등의 부적응 이유로 전학 오는 경우가 대부분이었다. 물론 덕찬이나 승민이와 같이 나름 소신 갖고 오는 십 대 학생도 학년별 십여 명 정도 있다. 격주 출석 수업인 만큼 연습 시간 확보를 위해 운동선수나 음악 대학 진학을 목표로 입학 혹은 전학 온 학생도 있다. 역시 소수였다. 연령대별 학교생활 충실도를 보면 오륙십 대 학생의 경우 개인별 편차가 다소 있지만, 대다수가 출결 상황이 매우 좋았다. 정기 고사 점수도 대부분 평균 80점을 넘었다. 이삼십 대 역시 출결 상황과 정기 고사 점수도 무난했다. 그러나 십 대의 경우 대다수가 겨우 과락을 면할 정도였다. 십 대 학생 대다수는 적극적 수업 참여와 성적 상황을 말하기에 앞서 출석에 관한 관심이 매우 미흡했다. 그들 대부분이 연간 24회 출석 수업 중 예닐곱 번 결석으로 제적만을 면할 정도로 하여 진급 혹은 졸업했다.

화요일 새벽 두 시경, 영봉의 휴대전화 벨이 울렸다. 아내를 의식한 영봉은 재빨리 침대에서 내려와 이 미터 남짓 떨어진 컴퓨터 책상 위 휴대전화를 집어 들었다. 영봉은 전화기를 들고 마루로 나왔다.

"어, 덕찬아. 손님 바꿔줘라!"

"맹(孟) 선생님, 최원식입니다."

최원식은 방송고 학생부장이었다. 학생부장은 제일병원 응급실에 와 있다고 했다. 승민의 사고 소식을 알렸다. 영봉은 출발하겠다고 답했다.

응급실 앞에는 교장, 교감, 학생부장, 그리고 교육청 생활지도 담당 장학사가 있었다. 방송고도 교육청이 담당하고 있어 사안 파악을 위해 온 것이었다. 경찰관이 의사에게 상황을 물었다. 의사는 응급실에 도착했을 때는 이미 사망한 상태였다고 말했다. 울부짖는 여자의 울음소리가 옆 보호자 대기실까지 들렸다. 승민의 엄마였다.

교장 일행은 응급실 옆 보호자 대기실에서 기다렸다. 장학사는 영봉에게 승민의 성격, 평소 학교생활 태도, 그리고 아르바이트 내용을 파악하고 있었는지 등을 물었다. 영봉은 장학사의 말투 속에 담긴 의도를 간파했다. 담임으로서 상담 및 안전 교육 등에 있어서 과실이 없는지를 확인하려는 것이었다.

"예, 보시다시피 부모님 다 계시고 자신의 꿈이 명확했고 학교 출결 상황도 양호했습니다."

그들은 나보다 더 승민을 모르기에 질문은 더 없었다. 승민의 죽음을 인정한 그들의 주 관심은 사고 경위, 즉 승민이가 가해자였는가 피해자였는가를 알아내는 데 있었다. 그들은 중간중간 벽에 달린 음량 제로(zero)인 텔레비전 하단에 깔린 문자 뉴스만을 멀뚱멀뚱 쳐다봤다. 그들의 목적은 학교에서 왔음을 인지시키는 것이었다. 유족들로부터 선생님들 코빼기도 못 보았다는 말을 듣는 일이 없도록 하는 것이었다.

덕찬이가 도착했다. 최초 경찰은 배달통에 새겨진 야식집으로 사고를 연락했다. 야식집 사장은 승민의 부모와 덕찬에게 연락했다. 덕찬은 큰 소리로 울면서 응급실로 뛰어 들어갔다. "깨어나, 일어나 봐! 일어나 보란 말이야!"라 외치는 덕찬의 울음소리가 새어 나왔다. 잠시 후 승민의 아버지가 울고 있는 덕찬의 어깨를 도닥거리며 나왔다. 덕찬이가 눈물이 그렁그렁한 채 영봉에게 고개를 숙이며 인사했다. 손등으로 눈물을 훔친 덕찬이가 승민 아버지에게 선생님이라 말했다.

영봉과 승민 아버지의 대면은 처음이었다. 영봉은 자신도 모르게 손바닥을 바지 재봉선에 붙이고 허리 굽혀 인사했다. 승민 아버지는 양손을 앞으로 잡아 모아 답례했다. 영봉은 옆에 있는 교장 선생님을 승민 아버지에게 소개했다. 교장을 비롯한 학교, 교육청 관계자들이 허리를 숙였다. 모두 아무런 말이 없었다.

영봉은 덕찬이를 데리고 건물 밖으로 나갔다. 영봉은 가까운 벤치에 덕찬을 앉혔다. 덕찬이는 계속 울었다. 영봉은 덕찬의 어깨를 도닥거렸다. 울음을 그치라는 도닥거림이 아닌 실컷 울라는 도닥거림이었다. 덕찬의 울음은 좀처럼 사그라들 것 같지 않았다. 영봉은 도닥거림을 멈췄다.

"둘이 엄청 친했지? 대리 출석을 해줄 정도로?"

말을 뱉고 나서야 영봉은 이 상황에서 기껏 말을 한다는 게 대리 출석이냐고 자신의 융통성 없음을 스스로 나무랐다. 영봉은 말을 뱉고 나서야 '이러니 아내로부터 간혹 자발없는 작자란 핀잔을 듣는구나.'라 생각했다. 그러나 덕찬의 울음을 멈추기엔 효과적이었다. 덕찬이가 울음을 멈추었다. 손등으로 눈물을 한 번 훔쳤다. 고개를 들지 않은 채 말했다.

"아셨어요?"

"응, 그 말 하려고 그제 나를 꼭 만나라고 한 거였어. 그제도 오후에 왔지만, 종례 시간엔 없더구나. 다음 출석 수업 땐 수업 중에라도 불러 이야기하려고 작정했는데, 이젠 그것도 할 수 없게 되어버렸네."

"선생님, 저 어떻게 해요. 저 때문이에요. 저 때문에 승민이가 죽은 거예요. 승민인 오늘 비번이었어요. 승민이는 저 대신 하다가……. 제가 아버지 제삿날이라서 저와 근무일을 바꿔 달라고 했어요. 승민인 저 대신 배달하다가 사고 난 거예요. 선생님, 저 어떻게 해요. 흑흑흑."

영봉은 오른팔을 뻗어 들썩이는 덕찬의 어깨를 가만가만 안았다. 영봉은 덕찬이가 승민의 죽음을 오롯이 자기 탓으로, 그래서 제대로 애도하지도 못한 채 남은 상실감으로 인해 우울증을 앓을지도 모른다고 걱정했다. 그러면 덕찬의 삶이 어려워진다는 것을 영봉은 잘 알았다. 영봉이 해야 할 일은 덕찬의 눈물을 저지하는 게 아니었다. 한껏, 아니 힘껏 울게 하는 것이었다. 가슴속에 조금이라도 응어리진 것 혹은 응어리질 만한 것이 있으면 다 뱉어내도록 하는 것이다.

"근무 교대만으로 모든 걸 네 잘못이라 하는 건 아닌 것 같아. 승민이도 인정할 거야. 지금 네가 할 일은 승민을 잘 보내주는 거야. 엄숙히 승민의 명복을 빌고 보내주는 거야. 분명 좋은 세상으로 갔을 거야. 저세상 가서도 하고픈 거 맘껏 하면서 잘 살 거라 믿는 거야. 그리고 네가 더욱 열심히, 멋지게 살면 돼. 승민의 몫까지."

영봉은 어쩌면 생을 다할 때까지도 자신을 탓할 수도 있을 덕찬의 가슴속 절창(切創)을 염려하며 도닥거렸다.

영봉과 덕찬은 그렇게 삼십여 분을 함께했다. 이제는 필요 없게 된 사안이었지만 영봉은 덕찬의 대리 출석 배경을 알았다.

"어려울 때 도움받았고, 저도 승민을 위해 뭔가를 해주고 싶었는데 기회라 생각했어요."

작년에 덕찬은 운전 실수로 사십여만 원 상당의 스쿠터 (scooter) 파손을 입혔다. 할아버지와 사장에게 미안한 마음은 둘째로 하고 수리비가 문제였다. 덕찬에겐 크게 부담되는 액수였다. 급한 대로 승민을 찾아가 사정을 말했다. 승민은 가게에 있던 동종(同種)의 폐기 스쿠터들에서 관련 부품을 떼어내 복원해 줬다. 전액 무상으로. 2학기 어느 날이었다. 승민과 함께 있던 덕찬은 누적 결석일 5회로 제적당할 위험 안내와 함께 출석을 독려하는 담임의 전화를 옆에서 들었다. 덕찬은 고민하는 승민에게 대리 출석을 제안했다.

3

영봉은 엘리베이터를 타고 3층에서 지하 1층으로 내려갔다. 제3영안실로 향했다. 영봉의 검정 양복 왼쪽엔 삼베에 검은 줄 두 개가 그어진 상주 완장이 달려 있었다. 교장, 교무부장, 그리고 반장을 비롯한 몇몇 학급원들의 얼굴이 보였다. 교장이 먼저 고생이 많다고 영봉을 거듭 위로했다. 나머지 사람들은 말없이 가벼운 고개 숙임으로 조의를 표했다.

승민 아버지가 영봉 곁으로 가까이 다가갔다. 승민 아버지는 영봉에게 조의를 표했다. 영봉도 승민 아버지에게 조의를 표했다. 둘을 지켜보던 반장이 의자를 소리 내 끌어당기면서 앉기를 권했다. 둘은 마주 앉았다. 승민 아버지가 먼저 입을 열었다.

"고인 연세가 어떻게 되셨는지요?"

"68세이셨습니다."

"어이구, 한창나이에 안타깝군요. 선생님보다 아버지를 잃은 사모님 심려가 크시겠습니다. 선생님이 잘 위로해 주셔야겠네요."

"아버님, 정말 죄송합니다. 제가 좀 더 안전 교육을 강조했어야 했는데……."

영봉은 고개를 정중히 숙여 말했다.

"오토바이에 미친 것도, 덕찬이 대신 대리 근무한 것도, 그리고 이렇게 부모보다 일찍 간 것도 모두 그 녀석의 운명이겠지요. 아니면 그런 자식을 갖게 된 저의 운명이든지."

승민의 아버지는 스스로 술을 천천히 따랐다. 뭔가를 생각하는 듯하면서 조금만 마신 후 내려놓았다. 소주잔이 머물렀음을 알리는 탁자의 희미한 원 위에 일 밀리미터의 착오도 없이 정확히 내려놓았다. 영봉을 쳐다보면서 말했다.

"선생님, 혹여 제가 선생님이나 학교에 뭐라 할 것 같아 걱정돼서 문상 온 것이라면 오신 선생님들 모시고 돌아가십시오. 학교 일로 모두 바쁘실 텐데. 저 학교와 선생님께 섭섭한 감정 없습니다."

승민 아버지의 다소 각진 얼굴과 예리한 눈자위, 그리고 살짝살짝 열리는 입술 사이로 보이는 가지런히 정돈된 치아에서 영봉은 명확한 근거 없음에도 왠지 승민 아버지가 정갈한 사람임을 느꼈다. 영봉은 얼굴이 화끈 달아오름을 느꼈다. 승민을 알고 승민을 대함에 있어 자신이 너무나 미흡했던 것을 들킨 것만 같았다.

"죄송합니다. 제가 좀 더 살폈어야 했는데……."

영봉은 작은 소리로 말하며 고개를 숙였다. 영봉은 승민의 죽음이 자기의 죄이기나 한 것처럼 미안했고 죄스러웠다.

"딸 둘 후에 얻은 아들이라 걸음마를 할 때부터 가게에 놀이터를 마련해 작업 시간 내내 함께했지요. 그때부터 엊그제까지 오토바이 소리를 듣지 않고 지낸 적은 하루도 없었을 겁니다. 아들은 자기의 깜냥을 잘 안 것 같아요. 머리 쓰는 공부엔 중학교 때부터 일찌감치 관심 접었지요. 승민인 어릴 때부터 자잘한 것을 만지는 손기술과 공간지각력이 탁월했어요. 눈썰미가 남달라 내 어깨너머로 기술을 익혔지요. 나는 아들의 기술에 종종 내심 감탄한 적이 있었지요. 그럴 때면 오토바이만큼 저와 승민이를 하나로 묶어 주는 것은 다시없다는 걸 깨달았습니다. 자식 자랑이 아니라 내 밑에 있는 다른 두 명보다 정말 열의와 끼가 있었어요. 아들은 미래 사업전략이라며 배달 아르바이트도 했어요. 나름 용돈도 필요했겠지요. 사고를 낸 할리데이비슨도 거의 스스로 번 돈으로 장만했지요. 매주 일요일에는 오토바이 동호회 라이딩에 참여했지요.

그로 인해 결석이 잦은 것도 알고 있었어요. 덕찬이가 도운 것도 알고 있었어요. 우연히 들었는데 3학년 진급에 잘리지 않도록 신경은 쓰는 것 같아서……. 저의 비뚤어진 생각이었습니다. 일탈보다 우정으로 생각해버렸지요. 죄송합니다. 제가 어찌 학교와 선생님을 탓하겠습니까?"

경찰 조사 결과 승민은 사거리 건널목 약 50m 전에서 사고를 일으켰다. 승민이가 중앙선을 넘은 것이었다. 경찰은 사고 차량과 주변 차량 석 대의 블랙박스(black box) 기록 내용을 분석했다. 황색 신호등일 때 승민의 오토바이 바로 앞 트럭이 멈추려는 듯 브레이크 등이 켜졌다. 그러나 승민의 오토바이는 멈추지 않았다. 빠른 속도로 중앙선을 추월하면서 좌회전했다. 그 순간 그쪽에서 대형 스포츠유틸리티차량(SUV)이 우회전하는 것이었다. SUV가 2차선을 넘어 막 1차선으로 들어섰을 때 중앙선을 넘어 좌측으로 향한 승민의 오토바이와 충돌한 것이었다. 출동과 함께 튕겨 나가는 승민의 모습이 생생히 담겨있었다. 승민 아버지는 그 장면을 지우려 머리를 좌우로 흔들었다. 승민 아버지는 술잔을 조금 비운 후 고개를 숙여 말했다.

"젊기에, 너무 젊었기에 죽음이 뭔지 생각한 적도 없었을 겁니다. 죽음에 따른 고통이나 무서움도 생각한 적이 없었을 테지요. 그리고 그 녀석은 비록 짧은 인생이었지만 하고픈 것 다 하다가 갔으니 녀석도 삶에 대한 후회나 원망은 없을 거예요. 부모로서 그저 한 가지 바람이 있다면 승민이가 유명을 달리하는 찰나에 그러한 죽음에 따른 고통이나 무서움 없이 갔기만을 바랄 뿐입니다.”

승민 아버지는 다시 술 한 모금을 마셨다. 영봉이 말했다.

“다소 엉뚱하고 죄송한 질문인 줄 압니다만. 저, 장례식장 안내판을 보았습니다. 저의 장인어른도 그렇습니다만 지금 여기에 모신 다섯 분 모두 화장장인데 승민이만은 매장이라서요. 무슨 사연이 있는지요? 다소 엉뚱하고 죄송한 질문인 줄 압니다만 요즘 추세가…….”

영봉은 ‘다소 엉뚱하고 죄송한 질문인 줄 압니다.’를 반복하면서 조심스레 물었다. 승민의 학교생활을 잘 알지 못하는 영봉이 할 수 있는 말이었다. 승민의 1차고사 일본어 점수 35점을, 출결석 현황을, 그리고 신상 파악이 덜 된 상태에서 “아드님은 참으로 모범적인 학생이었습니다.”라고 형식적인 말을 하고 싶지는 않았다. 사실 이 질문은 영봉의 것이 아니었다. 안내판을 지켜보던 한 문상객이 한 말이었다. 이를 들은 영봉도 순간 궁금증에 빠진 것이었다.

“예, 있지요. 그 녀석은 어릴 때부터 뜨거운 걸 매우 싫어했어요. 집에서 때를 밀어주려면 뜨뜻한 물에 불려 벗겨내야 하잖아요. 그 애한텐 그게 불가능했어요. 미지근함에서 조금만 온도가 올라가도 뜨겁다 울고불고 야단을 피웠죠. 초등학교 2학년 때로 기억해요. 제가 그 녀석 습관 고친다고 뜨거운 물로 억지 목욕시키려고 40도$(°C)$ 정도의 물 한 바가지를 어깨에 부었어요. 순간 제가 이건 아니란 걸 알았지요. 애가 사시나무 떨듯이 떨었고 공포감 가득 찬 얼굴을 보았습니다. 그때 승민이가 죽음이란 걸 알았다면 그야말로 죽음보다 더한 고통이라 말했을 거예요. 그 모습을 본 제가 더 공포감을 느꼈지요. 순간 저는 아들을 얼싸안고 미안하다는 말을 반복했지요. 아들은 대중탕에 가서도 온탕엔 절대 들어가지 않았어요. 항상 샤워기를 조절해 미지근한 물로만 했어요. 그런 애를 화장할 수는 없지요. 애 엄마도 절대 안 된대요. 그건 애를 두 번 죽이는 거래요. 그래서 시원한 땅속에 묻어주려고요.”

승민 아버지는 소주잔의 남은 술을 마신 후 다시 술을 따랐다. 승민 아버지는 그 잔을 영봉에게 건넸다. 한 손으로 잔을 들고 한 손은 그 잔을 든 손을 받쳤다. 영봉은 양손으로 받아 자신의 입술로 가져갔다. 술을 마시는 도중에 영봉은 휴대전화 진동을 느꼈다. 영봉이 탁자에 놓은 소주잔엔 3분의 2가량이 남아 있었다. 영봉은 휴대전화를 꺼내 발신자를 확인했다. 아내였다. 영봉은 승민 아버지의 양해를 구하고 일어섰다.

영봉은 승민이가 죽은 후에야 그를 좀 더 알 수 있었다. 이틀간 지켜본 영정을 통해 6회의 출석 수업 때보다 그를 더 많이 보았다. 승민은 아빠를 쏙 빼닮았다. 턱 밑의 점까지도. 승민 아버지 말에서 승민의 끼와 꿈을 확인할 수 있었다. 4월 상담 때 굳이 냉커피를 고집한 이유도 알 수 있었다. 영봉의 머릿속엔 ‘한승민-오토바이 명장(名匠) 희망-일반고에서 방송고 전학-아르바이트-대리 아르바이트-무단 회전-죽음-열여덟 살’이란 단어들이 연속하여 빠르게 지나갔다. 영봉은 어디선가 읽은 ‘인간은 자유롭도록 저주받은 존재다.’란 문구를 뇌리에 떠올렸다.

엘리베이터 앞에는 반장이 들뜬 표정으로 양손을 비비며

내려오기를 기다리고 있었다. 영봉이 다다르자 엘리베이터 문이 열렸다. 영봉은 무슨 일 있으시냐 물었다. 반장이 먼저 들어가면서 말했다.

"아 글쎄, 방금 며늘아기가 쌍둥이를 낳았어요. 산모, 애들 모두 건강하답니다. 하하하."

순간 파안대소하던 반장이 정색하고는 미안하다고 말했다. 영봉은 최대한 입꼬리를 올리며 할아버지가 되신 걸 축하드린다고 했다. 반장은 4층에서 내렸다.

엘리베이터에 남은 영봉은 두 생명이 갔고 두 생명이 왔음을 알았다. 쌍둥이는 이승의 할아버지한테, 그리고 승민과 장인은 각각 저승의 할아버지 품에 안길 것이다. 삶과 죽음은 대립(對立)이 아닌 대체(代替) 혹은 대립(代立)일 뿐이다. 영봉은 말없이 머리를 가벼이 끄덕댔다.

아무 존재나 대상 존재를 대신할 수는 없다. 기본 속성을 유지하는 것은 필수이다. 영봉은 대학 낙방한 날 일기를 쓸 때 열패감이란 단어가 순간 떠오르지 않았다. 좌절감이나 낙담이란 단어도 떠오르지 아니했다. 그냥 '그런 자신이 부끄럽고도 실망스럽다.'라 썼다. 자신의 아픔과 절망을 표현하는 데 부족함이 없었다. 성벽 보수에 있어 단단함을 굳건히 간직한 돌멩이들의 촘촘함은 집채같이 큰 바위를 능히 대신할 수 있을 것이다. 누군가를, 뭔가를 대신할 수 있는 대체 존재란 소중한 존재다. 돌아가신 아버지를 대신하는 맏형, 수유할 수 없는 엄마를 대신하는 분유, 그리고 덕찬 엄마의 남자도 덕찬 아버지의 대립(代立) 존재가 아닐까? 정도의 차이는 있겠지만 개

개인은 서로의 삶 일부분을 대신해줄 수 있는 존재임을 생각했다. 심부름센터, 대리운전, 대리 근무 등. 덕찬의 대리 출석, 승민의 대리 배달도 그 하나로 볼 수 있을까?

영봉은 집 마당의 수국(水菊)을 생각했다. 예닐곱 평 마당은 흐드러지게 피었던 개나리, 라일락, 벚꽃 등을 무르고 치자꽃, 수국, 코스모스 꽃봉오리들이 기지개를 켜며 계절을 바꾸어가고 있다. 지인들의 죽음과 탄생, 영봉은 자신의 삶 마당에도 생명의 대체가 있음을 느낄 수 있었다. 영봉은 지금 승민의 죽음에 따른 승민 부모, 덕찬, 그리고 자신의 절망과 슬픔도 하루 이틀 지나면 가뭇없이 사라질 한 건의 절창으로 남기를 바랐다. 영봉은 "그래, 승민의 죽음은 승민 아버지, 덕찬, 그리고 나에게 있어 손가락에 난 일이 센티미터의 절창으로 남을 것이다. 장인의 죽음도 나와 아내에게 절창으로 남을 것이다. 칼에 베일 때 아픔은 찰나다. 이미 고통이 사라진 자리를 몇 분간만 지압하면 살이 붙는다. 살이 붙으면 조심 조심히 움직일 수 있다. 하루 정도가 지나면 희미한 아픔의 흔적만 남기고 깨끗하게 아문다. 아무런 일 없었다는 듯이. 늘 그걸 기억하면서 두려움에 떨 수만은 없어. 산 사람은 할 일이 있다. 산 사람이 할 일은 죽은 사람의 몫까지 열심히 사는 것이다. 후회 없이. 차후에 저승에서 그를 만나더라도 다시 미안하다는 말이 안 나오도록. 그리고…… 아버지를 잃은 아내라고 예외일 수는 없어."라고 입속말로 응얼거렸다.

엘리베이터 문이 열렸다. 영봉은 연일 이어지는 조문객 맞이로 심신이 피로한 아내를 도와 문상객을 맞이해야 함을 알

왔다. 다섯 남매 중 맏딸인 아내는 아직도 슬픔에서 벗어나지 못한 엄마를 대신하여 둘째, 셋째의 사돈 조문을 받느라 정신이 없었을 것이다. 영봉은 또 생각했다. 내일도 자신은 장인의 상을 지켜야만 한다. 내일 승민의 장지(葬地)엔 담임인 자기를 대신하여 누가 갈 것인지 궁금했다. 더불어 영봉은 한 가지 더 궁금했다. 영단(靈壇)의 백장미 한 송이, 국화를 대신한 것 같은데 그 장미는 누가 올린 걸까, 무슨 의미일까?

무단 외출

1

식사를 서둘러 마친 나는 급식소를 나섰다. 한 손에 순찰 일지를 들고 교문을 향했다. 문이 없기에 교문이라 말하기도 다소 머쓱하다. 고등학교를 상징하는 고(高)자 중 아래 입구(口) 자를 뺀 모양의 폭 십이 미터, 높이 십오 미터의 철제구조물이 있을 뿐이었다. 고(高)자의 펑퍼짐한 엉덩이 양쪽으로 쫙 벌린 다리. 학생들은 그걸 왕거미라 불렀다. 그럴듯한 발상이라 생각했다. 왕거미 엉덩이 밑 시멘트 바닥에 자동차 진입 방향 안내를 위한 빛바랜 흰색 페인트 화살표 한 줄만 있는 교문이었다. 교문을 대신할 만한 작은 바리케이드 하나 없는 교문이었다. 그냥 출구란 단어가 적절할 것이다.

교문을 들어온 이상 교직원이든 학생이든 함부로 나갈 수 없는 교문이었다. 교사는 출장 혹은 근태 명령을 받은 자만이,

학생은 외출증 혹은 조퇴 확인서를 가져야만 가능했다. 나 역시 60분간 순찰 출장을 내고 나왔다. 왕거미는 학교 앞 육 미터 도로로 나가기 전에 다시 한번 신중히 생각해서 나가라는 듯, 양다리는 각각 좌우 담장 끝에서 삼 미터 정도 안으로 들어와 있었다. 그 삼 미터를 넘으면 학교 경계를 넘는 것이었다. 그 너머는 학교와 다른 세상이었다.

왕거미 엉덩이 밑에서 나는 본격적인 순찰에 앞서 준비운동으로 기지개를 한껏 켰다. 고개를 좌우 각각 열 번씩 돌렸다. 고개를 한껏 뒤로 젖혀 10월 하순의 청명한 하늘을 바라보았다. 고개를 스무 번 돌린 탓인지 하늘이 천천히 빙그르 돌았다. 두 팔이 나불거렸다. 내 몸이 휘청거렸다. 순간 "어머!" 하는 다급한 목소리가 들렸다. 번쩍 정신을 차려 몸을 바르게 했다. 언제 다가왔는지 바로 옆에 아가씨로 보이는 젊은 여자가 양팔을 몸에 바짝 붙이고 있었다. 한쪽 팔엔 책을 넣고 다니기엔 작은 가방이 걸려 있었다. 대학생은 아닌 듯했다. 그 아가씨는 별 이상한 사람이라는 눈빛으로 흘기며 지나쳤다. 나는 겸연쩍은 얼굴로 허리를 깊게 굽혀 미안하다는 인사를 했다.

"맹(孟) 부장님, 순찰 당번이세요?"

숙인 고개를 들자마자 옆에서 목소리가 들렸다. 나는 소리 나는 쪽을 바라봤다. 교문 앞 문구점 조 사장이었다. 조 사장은 나와 눈이 마주치자 가볍게 고개 숙여 인사를 했다. 우리나라 초중고교 정문 앞의 문구점은 문구점 위치의 정석이자 그 학교가 정상적인 학교임을 나타내는 지표라 생각한다. 문

맹추선생

구점은 무려 23년간을 왕거미와 정면으로 마주했다. 숭문고 (高) 역사는 65년이지만 23년 전에 지금의 자리로 이설했다. 이설 때 조 사장 어머니가 시작한 것이었다. 4년 전부터 조 사장이 운영했다.

조 사장은 매일 아침 등교 지도하는 나와 교감에게 종종 종이컵 커피를 대접하곤 했다. 요즘의 김영란 법을 거론할 관계는 아니었다. 학교 이웃 주민과 소통하는 차원 그 이상도 이하도 아니었다.

"예, 조 사장님. 점심은 하셨어요?"

"맹 부장님, 몸 관리하셔야겠어요. 고갯짓 몇 번에 몸이 휘청거려서야 되겠습니까? 하하하."

나는 다소 겸연쩍은 표정으로 멋쩍은 웃음을 보냈다.

"오늘 순찰 방향은 어느 쪽인가요?"

나는 순찰 때마다 그날의 기분과 상황에 따라 교문의 왼쪽 혹은 오른쪽 길로 방향을 꺾었다. 조 사장은 그걸 묻는 것이었다. 나는 멋쩍은 웃음을 띤 채 집게손가락을 펴서 권총처럼 만들어 힘차게 왼쪽을 가리켰다.

조 사장은 우리나라 3대 은행 중 하나인 D은행 지점장 출신이었다. 53살에 명퇴를 했다. 그는 나와 동갑내기였다. 지난 3년간의 울타리 순찰 중 얻게 된 소득 중 하나였다.

나는 오른발을 왼쪽으로 옮겼다. 아가씨 뒤를 쫓았다.

숭문고는 학년별 점심시간이 달랐다. 2학년은 열한 시 십 분부터 열두 시까지였고 1, 3학년은 열두 시 십 분부터 한 시까지였다. 급식소 수용 규모가 작아 2회로 배식을 했다. 나는 시계를 봤다. 열한 시 사십 분이었다. 나이스(NEIS)에 올린 순찰 출장 시간보다 십 분 일찍 나왔다. 순찰은 학교 울타리를 따라 학교 주변을 천천히 한 바퀴 도는 것이었다. 학교 울타리는 왕거미 양쪽 다리 끝으로부터 시작됐다. 1m 높이의 콘크리트 벽 위에 1.2m 높이 철제 울타리를 박아놓은 형태였다. 철제 울타리의 지름 3mm 철근이 5cm 간격으로 벌어져 있어 학교 안을 훤히 들여다볼 수 있다.

숭문고는 3, 4층의 빌라 이십여 채, 농협, 우편집중국, 대형 할인점, 그리고 대형 아파트 단지 두 개 등으로 둘러싸여 있었다. 그들과 학교를 구분하는 것은 도로다. 정문 앞은 중앙선 없는 육 미터 도로 주택가였다. 나머지 좌면, 우면, 그리고 학교 후문 쪽 모두 편도 1차선 왕복 2차선 도로다.

순찰 거리는 1.8km였다. 내가 직접 자동차 거리계로 측정했다. 천천히 순찰하면 보통 30분 정도, 도중에 학생지도를 하거나 주변 사람들과 인사를 나누면 40분 정도 걸렸다. 학생지도란 외출 학생의 외출증 소지 여부 확인, 안전 보행, 그리고 흡연 학생 적발 및 지도 등이었다. 간혹 학교 관련 주민의 민원을 접수하기도 했다.

좀 전의 아가씨는 우측 좁은 샛길로 방향을 틀었다. 아가씨가 시야에서 거의 사라질 무렵 우리 학교 체육복을 입은 학생 세 명이 눈에 들어왔다. 그들은 나를 보자 순간 당황한 듯했다. 자기들끼리 뭐라 하는 것이 보였다. 그들과 거리는 점점 좁혀들었다. 그들이 내게 다다르자 내가 먼저 말했다.

"외출증은?"

그들 중 한 명이 쪽지를 흔들어 보였다. 나는 그들에게 다가가 확인했다. 2학년 5반 홍명길, 목적지 칸에는 약국이라 적혀 있었다. 교문에서 가장 가까운 약국은 그들과 반대 방향에 있었다. 나머지 둘에게 외출증을 요구했다. 둘은 교복에 있다고 했다. 체육 시간 끝나고 급히 오느라 갖고 오지 못했다고 했다. 나는 얼굴을 보면서 약국은 아닌 것 같고 어디 갔다 오는지 솔직히 말하면 이걸로 끝내겠다고 했다. 그들은 행운반점(飯店)에 갔다 온다고 했다.

"선생님, 오늘 급식 메뉴 진짜 별로예요. 전통음식은 우리 입맛에 안 맞아요. 청국장, 도저히 냄새나서 못 먹겠어요."

"그건 그렇고, 방금 점심시간 종이 울렸는데 너희들은 도대체 몇 시에 나온 거야?"

"체육 시간인데요, 오늘 같은 날은 늦게 오면 줄을 서야 해서⋯⋯. 오전에 예약했어요. 헤헤헤."

생각해 보니 좀 전에 나는 청국장을 아주 맛나게 먹었다. 그날은 한 달에 한 번 있는 '전통음식 체험의 날'이었다. 청국장, 삼계탕, 육개장, 설렁탕, 비빔밥 등의 전통음식을 체험하는 날이었다. 교사 대부분이 전통음식을 즐겼고 평도 좋았다. 그러나 학생들의 반응은 별로였다. 순간 내 머릿속에선 이 시간 이후로도 많은 학생이 학교 주변 음식점을 찾아 어슬렁거리는 하이에나로 변신할 거란 생각이 들어찼다.

행운반점, 정문 왼쪽 끝 커브에 있는 중국음식점이었다. 자장면과 탕수육 가격이 다른 집보다 월등히 저렴했다. 자장면이 3,000원이었다. 탕수육 2인용이 6,000원이었다. 나도 종종 출입했다. 맛도 괜찮았다. 언젠가 학생부실로 배달온 명졸이가 말했다. 학생들은 거의 4,000원짜리 자장면 곱빼기를 찾는다고.

"그래도 못 먹을 음식은 아니잖아. 냄새 좀 난다고 먹어보지도 않고 도망가면 어쩔 건데. 자주 먹는 것도 아닌데."

나는 순찰일지를 펴고 '수업 시간 외 무단 외출'로 세 명 모두 각각 벌점 3점씩을 기재하려다가 그만두고 말했다.

"이번은 그냥 넘어가겠지만 다음엔 안 돼! 빨리 뛰어 들어가!"

그네들은 운수 좋은 날이라는 듯 헤헤거리며 뛰어갔다. 두 녀석의 외출증은 처음부터 없었을 것이다. 나는 전통음식 체험 날에 얼마나 많은 학생이 행운반점을 찾는지 궁금했다. 그들이 나온 우측 샛길로 발길을 돌렸다. 나는 혼자 미소를 지었다. 어쩐지 그 아가씨 꽁무니를 쫓아가는 것만 같아서.

행운반점 대형 출입문에는 '숭문고 학생 안전 지킴이'이란 스티커가 붙어 있었다. 가로 50센티미터, 세로 25센티미터, 교색(校色)인 청색 바탕에 흰색 굵은 굴림체였다. 전임 학생부장이 학교 울타리 주변의 여섯 가게에 위촉 지정한 학생 안전 지킴이를 표시한 스티커였다. 행운반점 외 학교 주변 옷 수선집, 편의점, 서점, 문구점, 분식점, 그리고 미용실의 협조를 받았다. 학생들은 학교폭력 등의 어려움이 있을 때 급한 조치를 받을 수 있었다. 옷 수선, 이발, 교재 구매 등 학생들이 자주 찾는 가게들이다. 학교도 이들 가게로 외출 시 편의를 봐줬다. 일종의 상생 관계이다.

맹추선생

나는 행운반점 문을 열고 들어갔다. 계산대에 앉은 양 사장이 나를 반갑게 맞아 주었다. 세 명, 두 명, 총 다섯 명이 눈에 들어왔다. 모두가 체육복을 입고 있었다. 나를 보자 두 명은 소리를 내어, 나머지는 입에 가득 음식을 넣은 채 고개만을 숙이며 눈인사를 했다. 그들도 예약한 모양이었다. 일반인은 세 명 보였다. 벽시계를 보니 11시 16분이었다. 나는 일반인들을 의식한 것은 아니었지만 학생들 외출증을 확인하지 않았다. 양 사장한테 명졸이는 배달 갔느냐고 물었다. 양 사장은 그렇다고 답했다.

행운반점을 나온 나는 그 옆에 있는 필로티(pilioti) 공법으로 지은 빌라 주차장으로 들어갔다. 넉넉한 공간에 차 한 대가 있었다. 혹시나 하며 주차장 구석진 곳으로 갔다. 바닥을 유심히 살폈다. 담배꽁초 두 개비가 있었다. 나는 구둣발로 확실히 비벼 분해했다. 작년에 담배꽁초로 인한 작은 화재가 있었던 빌라 주차장이었다. 불은 벽면 한쪽을 시커멓게 그을렸다. 우리 학교 학생의 소행이라 주장하는 주인과 함께 교감과 나는 범인 색출을 위해 주차장의 폐쇄회로 텔레비전(CCTV)을 검색했다. 흑백 화면에다가 화질까지 낮아서 얼굴은 고사하고 교복도 뚜렷하지 않았다. 시내버스 한 정거장 거리를 두고 남녀공학인 풍덕고가 있다. 풍덕고 남학생 교복과 숭문고 교복이 비슷했다. 명확한 증거가 없었기에 우리는 우리 학교 학생의 혐의 사실을 잡아뗐다. 어쨌건 그 화재사건 이후로 탄생한 게 점심시간 교외 순찰이다.

교문 앞 주택가 순찰이 끝나고 좌측 울타리로 들어섰다. S

전자 물류센터와 학교 울타리는 팔 미터 도로를 사이에 두고 있다. 학교 울타리와 바짝 붙어 이백여 미터의 담팔수 가로수가 늘어서 있었다. 좌측 울타리 중간쯤 가로수 사이에 쓰레기 분리수거장이 있었다. 그 앞을 지날 때마다 지역주민의 쓰레기 분리배출 의식은 소원하기만 하다고 느꼈다. 해당 요일별로 분리배출 품목과 관련 없는 쓰레기로 늘 주변이 어지러웠다. 내놓기만 하면 치워주겠지 하는 생각이 팽배한 것 같다. 한번은 관할 주민센터 환경과로 전화했다. 점심시간만이라도 우리 학교 학생들을 불법 투기 감시활동 및 분리수거 요원으로 봉사활동 시간을 달라고 했었다. 대답은 의외였다. 마음은 고마우나 노인 일자리 창출 관계로 곤란하다는 말을 들었다. 그들이 있는데 봉사활동자를, 그것도 학생으로 운영한다는 것은 모양새가 안 난다는 것이었다. '보세요, 그 모양새가 중요합니까? 아니면 난잡한 쓰레기장 모양새가 좋습니까? 상황이 어떤지 직접 한번 와서 보세요.'라 말하려다 그만뒀다.

가로수 밑을 따라 자동차들이 빽빽이 주차되어 있었다. 주로 우편집중국 직원들의 차였다. 구내 주차장은 고객 전용으로 사용하고 직원들은 주변에 듬성듬성 비는 인근 주택가에 세운다는 직원의 말을 들은 적 있다. 주변엔 식당도 없어 학생들도 그쪽으로 가는 일이 별로 없다.

"맹 부장!"

길에서 마주친 방 사장이 서류 봉투를 든 팔을 높이 들고 웃으면서 나를 반겼다. 활짝 웃는 얼굴을 보니 오늘도 한 건한 것 같은 분위기였다. 방 사장은 후문에서 부동산중개사무소를 운영했다. 나 역시 반가운 표정을 지으며 방 사장에게 다가갔다.

"야, 오다 보니까 세 녀석이 천마아파트 지하 주차장으로 들어가더라. 걸어가는 폼들이 꼭 담배 피우러 가는 거 같던데. 한번 가 봐."

방 사장과 나는 숭문고 동창이다. 2학년 때는 같은 반을 했다. 고교 친구 네 명의 모임인 사친회(四親會) 회원이기도 했었다. 방 사장은 육군사관학교를 졸업한 후 중대장 생활 중 아르오티시(ROTC) 출신 동료 중대장과 훈련 관계로 언쟁을 벌이다가 분을 이기지 못하고 동료를 폭행했다고 말했다. 징계와 전역 중 전역을 택했다고 했다. 몇 년간 서울에서 대형 보험회사 과장을 하다가 실적에 억눌려 그만두고 고향에 왔다고 했다.

"정통 군바리 출신이 그것도 못 참았어?"

"말마, 나는 참을 수 있지. 그런데 부하 직원들한테 아침마다 달리는 말에 채찍질하는 건 못 하겠더라. 군대보다 더해 완전히 까라면 까라는 식이야. 팀별 평가회 땐 정말 전쟁이야, 전쟁. 나도 술 좀 하는 편인데 이틀 멀다 하고 직원들 독촉하고 가끔은 으르기도 하다 보니 내 위장이 견디질 못하겠더라. 몸 생각해서 나왔어. 아내는 엄청나게 좋아해."

비로소 나는 오늘 순찰 임무를 수행할 순간이 다가왔음을 인지하고는 걸음에 힘을 줬다. 방 사장이 말한 아파트 경비실로 갔다. 경비 아저씨가 한 손을 올리고 웃으며 알은척했다. 나 역시 고개 숙여 인사했다. 방 사장으로부터 정년퇴직한 경찰 출신 경비란 말을 들은 적이 있다. 경비는 내가 온 이유를 아는 듯 묻기도 전에 손가락으로 지하 주차장을 가리켰다. 나는 지하 주차장으로 들어갔다. 아무리 둘러봐도 그들을 찾을 수 없었다. 아마 그들은 주차장 엘리베이터를 타고 그들 중 한 사람의 아파트로 올라갔을 것이다. 종종 벌어지는 일이었다. 학교와 가까운 아파트에 사는 흡연 학생들의 확실한 흡연 장소였다. 부모가 없는 시간, 어떤 녀석들은 쉬는 시간 10분 만에 들락거리기도 했다. 간혹 그런 흡연자 무리를 불러 세우면 대부분 제품사용 안내서와 같은 변명을 했다.

"친구가 손목을 삐어서 약 바르러 왔다 가는 거예요."

나는 코를 킁킁거리며 주머니를 뒤졌으나 담뱃가루 한 톨, 냄새 한 점을 찾을 수 없었다. 그들 몸에서 나는 건 온통 안티프라민 혹은 맨소래담 냄새였다. 둘 다 냄새가 유난히 강한 진통소염제이다. 심증은 가는데 물증이 없다. 그때마다 나는 그들을 믿어야 내가 행복할 수 있다는 말을 되새기며 자위했다.

세 명이 나올 때까지 마냥 기다릴 수도 없는 노릇이었다. 그들 역시 진통소염제를 잔뜩 바르고 나올 것이 틀림없다. 나는 발길을 돌렸다. 경비 아저씨에게 그들이 여기 사는 학생들이냐고 물었다. 경비는 셋 중 한 명은 얼굴을 안다고 했다.

나는 어느덧 좌측 울타리 모퉁이를 돌아 후문 쪽 울타리로 들어섰다. 그때 학교 벨 소리가 들렸다. 2학년 점심시간 종료와 동시에 1, 3학년 점심시간을 알리는 벨 소리였다. 전통음식 체험의 날인 만큼 나는 1, 3학년생, 특히 3학년생 중 청국장 거부에 따른 탈출이 많을 것임을 예측했다. 1학년 학생들은 웬만한 배짱 갖고는 엄두 못 낼 일이었다. 아니나 다를까 벨 울린 지 채 일 분도 지나지 않았는데 저 멀리 후문에서 네 명이 나왔다. 수업을 삼사 분 일찍 끝낸 반 학생일 것이다. 그들은 나와 다른 방향, 즉 '엄마손 분식점'으로 가는 듯했다. 그들을 불러 세우긴 너무 먼 거리였다. 백 미터 25초 주파 실력으로 뛰어가며 고함을 치면 한 녀석쯤은 돌아볼 거리였다. 외출증이 있다면 기다릴 것이고, 없다면 필시 다시 학교 안으로 들어갈 것이다.

학교 후문 쪽에는 왕복 2차선 도로를 사이에 두고 울타리 건너편엔 농협, 대형 할인점 두 개, 초등학교, 3~4층의 빌라들, 그리고 아파트 단지 등이 있다. 숭문고 학생 60%가 후문으로 등하교했다. 학교 후문에 옷 수선집, 분식점, 그리고 미용실 등의 숭문고 학생 안전 지킴이가 있다. 전통음식 체험의 날인 만큼 엄마손 분식점에도 2학년 학생들이 많이 왔다 갔음이 틀림없다. 보나 마나 3학년생들도 많이 올 것이다.

나는 인도(人道)에 지천으로 깔린 벚나무 낙엽을 밟으며 천천히 걸었다. 바싹 마른 낙엽들이 바삭거렸다. 크래커를 씹는 향기로운 소리가 들렸다. 낙엽이 수북이 쌓인 곳을 걸을 때는 갓 세탁한 뽀송뽀송한 카펫 위를 걷는 느낌이었다. 울타리와 인도 사이엔 30년 넘은 벚나무 가로수길이 삼백여 미터 계속됐다. 학교 이설 당시 심은 벚나무 가로수길이었다. 매년 4월 초순엔 꽃구경하러 나온 사람들로 야간 자율학습 시간 운영이 어려울 정도였다. 낮과는 달리 밤이 되면 소음은 울타리를 넘어 컴컴한 운동장에까지 들어왔다. 그런 걸 볼 때면 좋지 못한 존재는 늘 어둠을 좋아하는 것 같다는 생각이 들었다.

군중은 참여하지 않은 소수를 어렵지 않게 끌어들이는 것 같다. 담임을 7년간 하면서 야간 자율학습을 지도하다 보면 운동장으로부터 들려오는 소음에 다수 학생이 내용을 알고자 창가로 눈길을 보냈다. 몇몇 학생의 마음은 일찌감치 운동장 너머 음악과 화려한 벚나무에 닿은 것 같았다. 매년 적지 않은 학생이 여러 이유를 들어 교실을 이탈했다. 10여 분이 지나도 돌아오지 않았다. 그때마다 나는 그들을 찾는다는 명분으로 벚나무 밑으로 들어가곤 했다.

"선생님, 오늘 당번이세요?"

오토바이 소리와 함께 누군가 말하는 소리가 들렸다. 뒤를 돌아보았다. 명졸이었다.

2

명졸, 그의 본명은 아니다. 명졸의 본명은 양세필이다. 그러나 우리 학교 선생님과 학생들에겐 명졸로 통했다. 방 사장을 비롯한 학교 주변 사람들에게도 명졸로 통했다. 명졸은 명예 졸업생 준말이다. 명졸은 입학동기생들이 졸업한 지 정확히 365일이 지난 20○○년 1월 12일, 숭문고 65회 졸업식 때 숭문고 명예 졸업장 수여 규정에 근거해 명예 졸업장을 받았다. 수여 공적 내용은 숭문인(人)을 보호함이었다.

명졸은 행운반점 양 사장의 아들이다. 조리사 조수 겸 급할 땐 배달도 했다. 명졸은 숭문고 1학년을 중퇴했다. 나는 명졸의 한 학기 담임이었다. 5년 전 아버지와 자퇴서에 서명하면서 명졸은 나에게 희망 직업이 조리사이며 장기 희망은 대를 잇는 중국집 경영이라 말했다.

숭문고는 행복시(市)에서 이름 있는 학교 중 하나이다. 80년대 중반까지만 하더라도 대다수 남자 중학생의 로망은 고교 연합 선발 고사를 거쳐 천일고 혹은 숭문고에 진학하는 것이었다. 천일고는 공립이고 숭문고는 사립이다. 두 학교는 행복시 양대 일반계고로 입학만 하면 괜찮은 4년제 대학을 보장받았던 때도 있었다. 여러 일반계고가 생겼고, 숭문고를 다녀도 열심히 하지 않으면 4년제 지방 사립대학도 들어가기 어려운 오늘과는 많이 달랐던 시기였다.

명졸이 자퇴한 후 어느 날, 나는 혼자 자장면을 먹으러 갔다. 마침 손님이 없는 한적한 시간이었다. 명졸 아버지와 이런저런 이야기를 나눌 기회가 있었다. 이야기는 부산에 간 명졸의 근황을 묻는 나의 입에서부터 시작되었다. 명졸 아버지는 자신은 옛날 숭문고에 지원했다가 떨어졌다고 했다. 그는 결국 추가 모집으로 통학버스로 40분 걸리는 행복시 외각 읍소재 고등학교에 다녔다고 했다. 그래서 아들만은 숭문고나 천일고에 보내려 굳은 다짐과 함께 아낌없는 지원을 했다고 했다. 명졸 아버지는 명졸이가 중학교 입학하자마자 학원 수강과 함께 개인 과외를 받도록 했다고 했다. 명졸 아버지는 아들이 집에서 걸어 교문까지 사 분 거리인 숭문고 진학을 간절히 바랐다고 했다.

"어휴, 말씀 마세요. 중학교 3년간 투자한 것만 해도 그랜

저 한 대 값은 들었을 겁니다. 티코 한 대 값으로 두 딸을 대학 보냈는데, 아들은 그랜저를 투입했는데도 고등학교조차 졸업을 못 시켰습니다."

양 사장은 아들은 머리 쓰는 것과는 거리가 먼 아이라 말했다. 반면 손 쓰는 건 좋아했다고 했다. 집과 가게에 있는 기기와 장비를 다루거나 고치는 것을 좋아했다고 했다. 중학교 때도 돈 처들인 국어, 영어, 수학 모두 미와 우를 왔다 갔다 했다고 했다. 이들 과목 중에서 수(秀)를 받은 적은 단 한 번도 없었다고 했다.

"전 공부와는 거리가 있는 것 같아요. 특성화고 가서 기술 배울래요. 아버지처럼 요리사 될래요."

어느 날 중3인 명졸이가 자신은 공부엔 적성이 안 맞는 것 같다며 특성화고 조리학과에 가겠다고 했다. 그런 그에게 명졸 아버지는 달램 반 으름 반으로 일반고 진학을 강권했다. 사회, 과학, 그리고 기술가정 등에서 내신을 챙겼고 그나마 과외를 받은 덕분에 일반고 연합고사를 턱걸이로 겨우 통과할수 있었다. 그러나 명졸의 고교생활은 오래가지 않았다. 명졸은 1학년 1학기 1차고사를 마친 후부터는 특성화고로 전학하겠다고 했다.

명졸 아버지는 그게 될 법이나 한 얘기냐고 펄쩍 뛰었다. 대학 안 가도 좋으니 숭문고 졸업장만을 강조하면서 달랬다. 그러나 그건 순간 때움질에 불과했다. 1학기를 마친 명졸이 이번엔 자퇴 이야기를 꺼내 든 것이었다. 명졸은 학교를 자퇴해서 아버지 일을 배우겠다고 했다. 자퇴란 말을 듣는 순간 아버지는 그야말로 환장할 노릇이었다고 했다. 양 사장이 "허허, 미치고 환장하겠네."라며 담뱃갑에서 한 개비를 꺼내 채 입에 물기도 전에 아들 얼굴에 고무장갑 한 짝이 철썩하고 달라붙었다. 설거지 끝내고 고무장갑을 벗던 아내가 내던진 것이었다.

"선생님, 저는 그때 그 녀석을 통해 '필사즉생 필생즉사(必死則生 必生則死)'의 진정한 의미를 경험했습니다. 공영방송의 드라마 「불멸의 이순신」에서 느낀 것보다 그 의미를 생생하게 경험했습니다. 저와 아내의 분노에도 아랑곳하지 않고, 나한테 맞아 죽더라도 자신의 의지를 관철하고 말겠다는 그 눈빛, 십육 년간 기르면서 전 처음이었습니다. 그걸 제가 거부했다간 자칫 더 큰 일을 저지를지도 모른다는 생각이 들었습니다."

"그건 좀 성급한 판단 아닐까요? 사춘기 갓 지난 애들이 감정적, 순간적, 그보다 앞서 뭘 모른 상태에서 행동하는 일종의 객기일 수도 있을 텐데. 아버지가 좀 더 차분하게 이해를 시킨다면, 예를 들어, 무얼 하든 고교에서 배운 것의 중요성과 고교 졸업장의 필요성, 현역병으로 군대 가거나, 마트 배달원이라도 취업을 하려면 고교 졸업장은 기본이니, 졸업장만 따자고 이제라도 다시 한번 설득해봄이 어떨지요? 명졸이 아버지도 이 지역에서 숭문고 동문회가 잘나간다는 소문은 잘 알고 계시잖습니까."

"잘 알죠. 그래서 저 역시 아들을 숭문고에 입학시킨 것이고요. 그러나 선생님, 낳은 부모라도 제 자식 속 잘 모른다고 하지만 전혀 모르는 건 아니지요. 전 그 녀석의 고집을 알지요. 그 어떤 상황에서도 운동화는 흰색이어야 하며, 단화는 검정이어야 하며, 손목시계는 사각 아닌 원이어야 하며, 밥은 먹어도 떡을 먹지 아니하는 그 옹고집을. 저도 할 만큼 했어요."

5년 전, 아버지와 함께 온 명졸에게 자퇴를 한 후의 계획을 말해달라고 했다. 명졸은 일단 집을 떠나겠다고 했다. 다른 데가서 세상일을 보고 싶다고 했다. 아버지와 이야기를 마쳤다고 했다. 명졸은 집을 떠나 부산 외할머니댁에서 세상 공부를 하겠다고 했다. 명졸이가 말하는 동안 명졸 아버지는 두 손을 깍지 낀 채 창문만을 바라보았다. 그런 명졸 아버지를 조금이나마 위로하려는 마음으로 나는 명졸에게 말했다. 격주 일요일에만 수업하는 방송통신고로 전학은 어떠냐고. 명졸은 한마디로 거절했다. 자퇴 신청서에 서명하고 교무실을 나가는 명졸이가 나에게 말했다.

"선생님, 고맙습니다. 비록 한 학기지만 저 선생님 제자 맞죠?"

명졸이는 자신의 말대로 부산으로 갔다. 2년 후, 징병검사 통지서가 나오자 부모 곁으로 돌아왔다. 이 년간의 부산 생활 중 수제 어묵집을 운영하는 외삼촌 가게에서 일했다고 했다. 열한 시부터 홀 서빙 및 배달을 했다. 출근에 앞서 요리학원에 다녔다. 공익근무요원 판정을 받았다. 신체 건강한 명졸이었다. 고교 중퇴 학력이 결정적 요인일 것이다.

새옹지마(塞翁之馬)라 했던가, 명졸의 공익근무 발령지는 숭문고였다. 명졸이 한 학기 다닌 모교였다. 특수학급 보조 요원으로 왔다. 사립학교라 담임이었던 나를 포함한 1학년 때 교실 수업에 들어오신 몇 분도 그대로 근무하고 계셨다. 명졸 부모도 기뻐했다. 아들이 군 복무를 집에서 4분 거리, 그것도 집에서 출퇴근하는 것이 여간 반가운 게 아니었다. 숭문고 근무를 안 엄마는 그를 와락 껴안으며 "어이구 내 새끼, 하나님 덕분이다. 할렐루야!"라 했다고 명졸이 말했다.

명졸의 숭문고 입학동기생들은 지난 1월에 졸업했다. 명졸은 그해 5월부터 숭문고 특수학급 공익근무요원으로 근무했다. 업무는 특수학급 학생이 일반학생들과 수업을 함께 받는 통합수업 때와 점심시간에 휠체어를 탄 학생을 왕복 이동시키는 것, 특수학급 수업을 위한 특수교사 보조 등이 전부였다고 했다. 특히 특수학급 제과제빵 및 바리스타 교육 때에는 직접 실습에 참여하지는 못하나 옆에서 재료를 나르며 눈으로 귀로 보고 배우는 것이 재미있었다고 했다. 자신에겐 복습의 과정이었다고 했다. 명졸은 부산 생활 2년 동안에 취득한 제빵기능사 자격증을 갖고 있었다. 특수교사들도 명졸이가 딱히 할 일이 없을 때는 특수학급 교실에서만큼은 자유로운 시간을 보장했다고 했다. 따분한 나머지 침 흘리며 졸다가 바닥으로 쓰러져 학생들 웃음거리가 된 경우도 종종 있었다고 했다.

나는 세필이가 명졸로 불리게 된 사연을 누구보다 잘 알았다. 명졸이가 명예 졸업장을 받은 후 교지(校誌)에 실릴 인터뷰를 내가 했다. 전 담임교사였기에. 사연은 이렇다.

11월 어느 날, 배달을 마치고 돌아오는 길이었다고 했다. 갓 해가 지고 어둑어둑해져가는 시점이었다. S전자 물류센터

옆의 쓰레기 분리 배출장 십여 미터를 앞에 두고 있을 때였다. 대여섯 명이 몰려있었다. 명졸은 별생각 없이 통과하려 했다. 그런데 명졸이 그들 앞을 지나가는 순간이었다.

"아저씨, 도와주세요."

순간 명졸이 오토바이를 멈췄다. 돌아봤다. 네 명이 명졸을 돌아봤다. 그중 한 명이 말했다.

"아저씨, 친구니까 관심 끄고 그냥 가세요."

"친구 아니에요!"

다급하고 절박한 목소리가 그보다 크게 들려왔다. 명졸이 소리친 학생을 보니까 숭문고 교복을 입고 있었다. 그제야 명졸은 알았다. 네 명은 숭문고가 아닌 다른 유니폼을 입고 있었다. 얼굴들을 보니 학생들임이 틀림없다. 명졸이는 둘러싸인 학생이 숭문고 학생이란 걸 안 순간 어느새 오토바이를 가로수에 바짝 붙여 세우고 있었다. 명졸이는 오토바이에서 내린 후 그들에게 걸어갔다.

"야, 너희들 뭐야? 친구가 아니라는데. 돈 뜯냐?"

"아이 XX, 짜장면 풀어지니까 배달이나 가요!"

그들 중 한 명이 오토바이 뒤에 붙은 철가방을 보고선 명졸의 신분을 알겠다는 듯 귀찮다는 투로 말했다.

"배달 끝나고 돌아가는 거야."

"아이 XX, 그럼, 빨리 가서 다른 거 배달해!"

다른 녀석이 그 녀석의 말을 이어받았다.

"배달해? 배우는 학생 말이 되게 짧네. 어느 학교 학생들인가?"

명졸은 헬멧을 벗으며 그들에게 다가갔다. 숭문고 학생의 입에서 피가 나고 있었다. 얼굴도 벌그스레했다. 그들로부터 몇 대 맞은 것이 틀림없다. 고남훈, 명찰 색상이 흰색이었다. 2학년이었다. 남훈은 명졸이를 보자 더욱 간절한 표정으로 쳐다봤다.

"만 이천 원을 줬는데, 핸드폰까지 주래요. 처음 보는 애들이에요."

남훈은 교복 상의 안주머니에 핸드폰이 있는 듯, 두 팔로 가슴을 싸안고 말했다.

"뺏은 돈 나한테 돌려줘."

명졸은 옆 학생들에게 손을 내밀며 말했다. 돈만 주면 모든 걸 용서하겠다는 어투였다. 그러나 돌아온 건 돈이 아닌 주먹이었다. 명졸의 얼굴로 주먹이 세차게 부딪쳤다. 명졸이는 아얏, 하고 작은 비명을 지름과 동시에 헬멧을 떨어뜨렸다. 명졸이는 양손으로 얼굴을 감쌌다. 명졸이는 정신을 차려 주먹을 휘두른 녀석의 한쪽 팔을 양손으로 붙잡았다. 그 녀석이 팔을 왁살스레 뿌리쳤다.

"그냥 가 새~꺄!"

그 말이 떨어짐과 동시에 이번엔 왼쪽 정강이 쪽에서 고통이 몰려왔다. 또 다른 녀석이 명졸의 오른쪽 정강이를 세차게 걷어찼다. 명졸이는 털썩 아스팔트 바닥에 주저앉았다. 다른 학생들의 발길질이 시작됐다. 기선을 제압당한 명졸은 일어나 상대할 능력이 없었다. 게다가 상대는 네 명이었다. 순간 명졸이는 '상대는 네 명이다. 혼자는 못 당한다. 한 녀석만을 잡자. 한 녀석만 경찰 올 때까지 붙들어야 한다!'라고 마음먹었다. 덜 아픈 한쪽 눈을 조심히 떴다. 같은 바지를 입고 있는 여러 개의 다리를 보았다. 명졸은 그중 다리 하나만을 두 팔로 꽉 부둥켜안았다. 녀석이 중심을 잃은 듯 넘어졌다. 명졸은 더욱 그 녀석의 다리를 꽉 부둥켜안았다. 몸 여기저기서 발길질이 다가왔다. 아픔을 참으면서 남훈을 향해 외쳤다.

"도망가, 경찰 불러!"

그때야 남훈은 자신이 할 일을 안 듯 도망쳤다. 녀석들은 남훈이를 쫓아가지는 않았다. 최신 핸드폰 대신 명졸이한테 분풀이를 선택한 듯했다. 운동화와 단화로 감싸인 그들의 발들이 여기저기로 들어왔다. 명졸이는 얼굴만은 피하려고 붙잡힌 녀석의 정강이를 자신의 얼굴로 바짝 잡아당겨 부둥켜안았다. 붙잡힌 녀석을 풀려고 다른 녀석들이 명졸의 어깨와 옆구리를 연이어 세차게 걷어찼다. 명졸은 팔이 부러지는 듯한 느낌을 받았다. 하마터면 한쪽 팔이 풀릴 뻔했다. 명졸은 이를 악물었다. 순간 "이것을 풀어버리면 애쓴 노력이 그야말로 물거품이 되고 말 것이다. 설마 죽이지는 않을 것이다. 이걸 풀어주면 그들은 도망갈 것이고 나는 얻어터지기만 한 것이다. 한 놈만 잡자. 남훈이가 사람들을 불러올 것이다. 오 분만 버티자!"라고 이를 악물고 혼잣말로 다짐했다고 했다. 그 오 분간의 시간은 정말 길었다고 했다.

"말 마십시오. 그 오 분이 다섯 시간 같았습니다."

멀리서 희미하게나마 경찰 사이렌이 들렸다고 했다. 희망이 보였다고 했다. 세 명은 동시에 도망을 쳤다. 그중 한 명이

다시 돌아왔다. 붙잡힌 한 명을 데리고 가려고 또다시 거세게 명졸의 팔과 정강이 등을 걷어찼다. 두 손으로 명졸의 두 팔을 뜯어내려 안간힘을 쏟았다. 명졸이는 1분만 버티면 된다는 각오로 더욱 힘들여 조였다. 잠시 후 사이렌이 멈췄다. 경찰이 왔음을 알자 명졸의 팔은 절로 풀렸다.

"꼬박 3주간 입원했어요. 그러나 마음이 엄청 편했어요. 제가 남훈이를 보고서도 못 본 척하고 그냥 지나쳤다면, 그로 인해 남훈이가 힘든 일을 겪었더라면 저는 평생을 죄지은 몸으로 살아갈 뻔했지요. 동네 살면서 그 장소, 숭문고 교복을 볼 때마다 힘들었겠지요. 어쨌건 그 일이 잘 풀려 참으로 다행이라 생각합니다."

그들은 수학여행 온 대구의 A고등학교 2학년이었다. 팀별 자유 활동 시간에 숭문고 근처 PC방에서 세 시간 동안 게임을 하고 간식을 즐기다 돈이 다 떨어지자 남훈이를 상대로 돈을 뜯은 것이었다. 남훈이는 엊그제 구매한 핸드폰에 문제가 있어 학교 급식도 마다한 채 담임 몰래 살며시 빠져나와 인근 핸드폰 판매점에 문의하러 가는 중이었다. 도중에 그들을 만난 것이었다. 그들은 처음엔 돈만 받고 가려다가 남훈의 핸드폰이 최신식임을 알고는 최신 기능이 궁금도 하고 한편으론 은근히 탐나기도 해서 그랬다고 했다.

다음 날, 가해자 학부모 네 사람 모두가 한마음으로 와 진심 어린 사과와 배상을 약속했다. 가해자 학부모들은 명졸의 치료비, 병간호비는 물론 남훈에 대한 정신적 피해 배상과 책임 지도를 약속했다. 인솔자인 교감도 책임 지도를 약속했다. 가해 학생들도 진심 어린 후회와 사죄를 했다고 했다. 경찰 역시 이런 조치를 고려해 편의를 봐준 것 같았다. 잘 마무리됐다.

세필의 명예 졸업장 수여 소식은 방 사장의 귀에까지 전해졌다. 숭문고 동문회 소식지에 실린 것을 보았다고 말했다.

"양명졸!"

어느 날 세필이가 오토바이를 타고 지나가는데 방 사장이 큰소리로 외쳐 불렀다. 그때 이웃 가게 주민 몇 명이 쳐다봤다고 했다.

명졸이는 갑자기 부쩍 바빠졌다. 명졸의 미담이 교직원은 물론 학생들에게 널리 알려졌기 때문이었다. 학생 대다수가 학교 주변에 사는 만큼, 명졸의 가족과 친구들에게 널리 퍼졌다. 명졸의 얼굴을 한번 직접 보고자 자장면 배달을 주문하는 사람들도 있었다고 말했다.

"아버지가 너 영어 학원 다닌다더라? 웬 영어 공부야?"

나는 멈춘 오토바이에 탄 명졸에게 물었다.

"선생님, 요즘은 국제화 시대 아닙니까. 영어를 알아야 한국의 자장면을 세계에 알릴 것 아닙니까. 우리 가게에도 가끔 외국 사람 옵니다. 숭문고 원어민 교사 마이클도 단골이에요."

"그래, 일 재미있니? 요리에 인생 한번 걸어볼 만한 것 같아?"

"그럼요. 이젠 군대도 마쳤으니, 청소년이 아닌 성인으로서 본격적으로 해봐야죠. 잘할 자신이 있습니다."

밝은 얼굴과 어감에서 명졸의 자신감을 느낄 수 있었다. 나는 배달 음식 식겠다며 서둘러 명졸이를 보냈다.

3

나는 인도에 푹신하게 깔린 낙엽을 밟고 걸으며 지하 주차장 녀석들을 생각했다. 그때였다. 어디선가 나를 부르는 소리가 들렸다. 주위를 둘러봤다. 분식점 홍 사장이 웃으며 팔 한쪽을 높이 들어 흔들었다. 나는 홍 사장에게 다가갔다.

"맹 부장님, 지난번 건의 사항은 어떻게 돌아가고 있어요?"

홍 사장은 학교운영위원회의 지역 인사위원 2명 중 한 사람이다. 홍 위원은 숭문고 후문 지역인 용담동 3통 2반 반장이었다. 7년째 반장 겸 3년째 인사위원으로 활동하고 있었다. 홍 사장의 건의 사항이란 것은 학교 주변 소상인을 위한 영어, 중국어, 그리고 일본어 평생 학습 교실 운영이었다. 숭문고는 영어 외에 제2외국어로 일본어, 중국어를 가르쳤다. 이들 교사를 활용한 야간 외국어 교실을 열어달라는 것이었다. 과정별 수강생 열 명은 자신이 책임지고 모집하겠다고 했다.

"그러잖아도 그 관계로 위원님께 전화를 드리려 했는데 잘 만났네요. 오케이입니다."

학부모교육 담당 교사는 바람직하다고 말하면서도 전제 조건으로 고정적인 수강생 7명 이상을 보장한다면 개설하겠다고 했다. 나는 담당 교사한테 홍 사장의 10명 이상 책임 확보 다짐을 전달했다. 학교는 우선 영어만을 3개월 코스로 시작하기로 했다. 반응이 좋으면 중국어, 일본어로 확대하겠다고 말했다. 강사는 영어교과협의회 추천 교사로 하기로 했다.

"정말 고마워요. 약속대로 내가 열 명은 책임질게요. 학교는 홈페이지 안내와 강좌 개설 안내 홍보 유인물만 만들어 주세요. 내가 직접 주변 가게들을 돌아다니며 안내하고 모집할게요."

나는 홍 사장이 말하는 내내 그의 넓은 얼굴이 최소 일이 센티미터는 넓어졌음을 어렵지 않게 감지할 수 있었다.

나는 시계를 보았다. 아! 하는 소리가 절로 나왔다. 교문을 나선 지 벌써 40분이 지났다. 특별한 사안이 없는 순찰의 경우, 홍 사장의 분식점까지 보통 삼십 분이면 충분했다. 행운반점, 명졸, 방 사장, 지하 주차장, 그리고 홍 사장과 이야기를 한 것 등으로 순찰이 여느 때와 달리 지체되고 말았다. 나는 5교시에 3학년 2반 수업이 있다.

"이래서 점심시간을 80분간 해야 한다니까."

나는 혼잣말하면서 걸음을 서둘렀다. 3학년 2반 입실까지 십 분도 채 남지 않았다. 서둘러야 했다. 학생부실에 들러서 교재를 들고 가야 한다.

나는 재작년 전도(道) 학생부장단 협의회 출장으로 타 지역 생활지도 우수학교 다섯 교를 방문한 적 있었다. 그중 3개교가 점심시간을 80분간 운영하고 있었다. 한 곳은 급식소가 협소해서 1, 2, 3학년을 25분 간격으로 배식했다. 두 학교는 점심시간을 활용한 자율동아리 활동 지원을 위해 80분간 운영했다. 만족도를 물었다. 3개교 모두 만족도가 높기에 몇 년째 운영하고 있다고 했다. 숭문고도 급식소 규모가 작아 2회 배식했다. 남학생이라 점심시간은 물론 십 분간의 쉬는 시간에도 복도에서 축구, 농구를 즐기는 녀석들이 많았다. 일부 마니아들은 축구장 혹은 농구장 선점(先占)을 위해 점심을 건너뛰기도 했다. 방문에서 돌아온 후부터 매년 3월 초에 건의했다. 점심 후 교과학습 활동, 독서 활동, 동아리 활동 등을 위한 시간을 주자는 의도였다. 그러나 교직원의 반응은 별로였다. 점심시간을 삼십 분 늘리면 퇴근 시간이 늦어진다는 게 반대하는 교사들의 주장이었다.

나는 홍 사장과 헤어진 후 40센티미터 보폭을 80센티미터로 전환했다. 양팔을 힘차게 저어야 했다. 쭉쭉 전진하는 것을 느낄 수 있었다. 금세 학교 후문 울타리를 마치고 우측 울타리로 들어섰다.

숭문고 우측 경계는 일반적인 시멘트벽이 아닌 전체가 가로수로 되어있다. 근 삼백 미터에 달하는 울타리에 바짝 붙어 40년 이상 된 소나무 마흔일곱 그루가 장관이었다. 30년 전 시내 중심가에 있던 숭문고는 비싼 가격에 아파트 부지(敷地)로 넘긴 후 이곳으로 이전했다. 이전 당시는 나지막한 야산(野山)이었다. 야산에 있던 소나무들을 가로수로 심은 것이다. 중간중간의 세 군데 거리가 벌어진 곳은 아마 죽어 사라진 자리임이 틀림없다. 내가 학생이었을 때는 빈자리를 본 기억이 없다. 내가 그 빈자리를 발견한 건 십팔 년 전 교사로 부임했을 때였다. 그 빈자리를 채울 소나무를 찾지 못한 듯 여전히 빈자리로 남아 있다.

소나무 가로수가 운치가 있었으면 그나마 볼 만할 텐데, 십여 미터 위로 쭉 뻗은 데다가, 그나마 낮은 데 달린 가지들은 버스 유리창을 친다고 가지치기를 확실히 해놔 볼품도 없었다. 40여 년의 튼실한 기둥만을 자랑하고 있었다. 그 튼튼함이 인명을 구조한 일도 있었다. 몇 년 전 눈길에 급브레이크를 밟은 버스가 미끄러지며 인도를 덮쳤다. 다행히 버스가 소나무 사이에 끼어 완전한 인도 점령을 막았다. 등굣길에 벌어진 사고였다. 버스가 넘어왔다면 우리 학교 학생 서너 명은 다쳤을 것이다. 나는 그 버스를 탄 적이 한 번도 없었다. 나는 학생들을 통해 소문으로 들었다. 34-1번 노선의 한 버스 기사는 그 앞을 지날 때면 늘 앞 좌석에 앉은 승객 모두가 들을 수 있는 소리로 "소나무 님 고맙습니다."라고 말을 한다고.

소나무 가로수길 건너편엔 3, 4층의 건물들 속에 학원, 식당 등이 많았다. 여러 입시학원 중 '서울학원'이 단연 인기였다. 강사 전원이 서울의 국립대학 출신자들이라 광고하는 학원이었다. 학원 간판에도 그 대학 교표가 새겨져 있었다. 나도 그 강사 중 둘과 지금도 알고 지낸다. 두 사람 모두 숭문고 기간제로 근무했었다. 최기훈 선생은 나와 같은 국어교과협의회 소속이라 자주 접할 수 있었다. 개인적으로 술자리도 대여섯 번 했었다. 언젠가 최 선생이 나한테 한 말을 통해서 그의 진로변경 배경을 짐작할 수 있었다.

"어휴, 선생님들은 제가 생각한 것보다 훨씬 일이 많네요. 특히 국어 선생님이 제일 바쁜 것 같아요. 다른 교과는 행사, 경시대회가 서너 번인데 과학, 국어과는 한글날, 어버이날, 과학의 날 등의 각종 백일장, 토론 대회, 그리고 교지 발간, 전도 (全道) 문학 백일장 준비 및 그에 따른 교내 대회 등등으로 한 달에 최소 한두 건이고, 게다가 국어는 중요 과목이라 담임이 필수이고 더욱이 고3 담임을 맡으면 데이트도 못 하겠더라고 요. 전 결혼하고 싶어요."

그러잖아도 시간이 촉박한데 내 머릿속은 중요하지 않은 기억을 꺼내느라 복잡했다. 나는 상념을 떨쳐 버리려 고개를 흔들었다. 그때 건너편 아이스크림 할인점으로 세 명이 뛰어 들어가는 것을 보았다. 무단 외출 학생 50%의 목적지였다. 병원, 서점, 그리고 집 등의 허가받은 외출을 마치고 돌아올 때 거의 들르는 곳이기도 했다. 교내 매점보다 50% 쌌다. 그들 중 한 명이 나를 향해 고개를 돌렸다. 일 분도 채 지나지 않았다. 그들이 편의점을 뛰쳐나왔다. 각자 손에 뭔가를 들고 뛰어 갔다. 1, 3학년 점심시간이 끝나려면 여유가 있었기에 뛰어갈 시간은 아니었다. 그들이 뛰는 이유는 교문을 지켜선 나를 봤다는 것, 그리고 자신들에겐 외출증이 없다는 것이다. 그들은 무단 외출 지도 순찰이 사실임을 직접 확인했을 것이다. 점심 시간 순찰의 핵심 기능은 바로 그것이었다. 적발에 따른 구체적 처벌에 앞서 무단 외출에 대한 경각심 고취였다. 그들 세 명을 끝으로 나는 우측 울타리 순찰을 끝냈다.

마지막 왕거미 오른 다리까지 오십여 미터만을 남겨두고 있었다. 개인적으로 내가 제일 부담 느끼는 코스였다. 용문서점 현 사장 때문이었다. 그날도 운수 좋아 마주치는 일이 없기만을 고대하면서 앞을 지나갔다. 아무런 소리가 안 들렸다.

내 귀에는 '어이, 맹 부장!' 하고 현 선배가 부르는 소리가 들리는 것만 같았다. 정신 차려보니 이미 나의 고개는 그쪽으로 돌려져 있었다. 현 선배는 책을 든 사람과 이야기를 나누고 있었다. 나는 재빨리 지나쳤다. 운 좋게 그와 마주치지 않았다. 나는 거길 벗어난 순간 현진건의 「운수 좋은 날」이 떠올랐다.

현동수. 정작 운수 좋은 건 내가 아닌 그일 것이다. 언젠가 술자리에서 들은 행정실장 말에 따르면 현 선배의 아내는 30년 전의 숭문고 이설 때부터 교문 앞에서 서점 운영을 계획하고 있었다. 학교 앞이란 위치 때문이 아니었다. 남편이 숭문고 교사였기 때문이란 말이 돌았다고 했다. 그것도 주요 과목인 국어 교사, 이설 후부터 퇴직까지 현 선배 보충수업 교재는 항상 아내의 용문서점에 있었다. 물론 학교 인근 다른 서점에도 있었다. 차이점이 있었다면 다른 서점엔 책꽂이에 대여섯 권 있는데 용문서점엔 쌓여 있다는 것이다. 담당 학년뿐만 아니라 다른 학년의 국어, 영어, 수학 등의 보충교재도 수북이 쌓여 있었다. 한동안 정말로 소문날 정도로 번창했다고 했다. 학교 앞에 있기에 학생에게도 교재 구매 시간 절약에 도움이 됐다. 그러나 국내 양대 대형 온라인 서점이 문제집을 10% 할인된 가격, 그것도 무료 배송을 하면서부터 상황이 크게 달라졌다. 개인은 물론 어떤 학급은 단체로 온라인 주문을 하기도 했었다. 물론 배송지는 숭문고 행정실이었다. 용문서점 판매량이 급감할 수밖에 없었다.

현 선배의 서점은 판매 전략을 바꾼 것 같았다. 시작은 선배의 명퇴 3년 전인 20○○년부터라 생각한다. 그해는 1, 2,

3학년 보충교재 문제집이 모두 새로이 등장한 H출판사 문제집으로 바뀐 것이었다. 그전만 해도 학년별, 그리고 2, 3학년의 경우 인문반, 자연반 보충교재 출판사가 각각 달랐다.

그해 3월, 1학기 보충교재 선정을 염두에 두고 있을 때 현 선배가 나를 국어교과교실로 불렀다. 현 선배는『천하통일 국어』사용을 당부했다.『천하통일 국어』는 그해에 처음으로 국어 보충교재 전장에 등판한 H출판사의 작품이었다. H출판사는 17개 시·도 유명 공립고 교사들의 집단지성을 토대로 만들었음을 강조했다. 대학교수 혹은 서울 명문 사립고 교사 두세 명이 만든 기존 문제집과는 성격이 다름을 강조했다. 집필자들의 지역 인맥을 통해 널리 팔아보겠다는 의도일 것이다.

나는『천하통일 국어』를 포함해 여섯 권을 검토했다. 내 안목으로 봤을 때 도긴개긴이었다. 여섯 권 제각기 탁월한 부분, 그저 그런 부분, 그리고 미흡한 부분이 있었다. 탁월한 차별성을 띤 교재는 없었다. 나는 1학년「국어」를 분반해서 담당할 정민철 선생에게 절대 고집할 만큼 마음에 둔 교재도 딱히 없었다. 나는 정민철 선생님의 반대만 없다면 좋다고 답했다. 나를 불렀다면 그도 불렀거나 부를 것이라는 걸 예상하는 건 어렵지 않았다. 현 선배가 내민 자판기에서 뽑아 온 커피 잔을 두 손으로 받아 마신 게 전부였다. 정말이다. 작년에 돌아가신 어머니를 두고 맹세한다.

현 선배의 입김 영향은 실로 컸다. 그해 1, 2, 3학년 국어 보충 문제집이 모두『천하통일 국어』였다. 현 선배 권고를 수락할 때는 크게 신경 쓰지 않았다. 막상 그런 결과를 접하고서야 나는 너무 심한 것 아니냐는 생각도 했었다. 그러나 현 선배에게 대놓고 말은 안 했다. 나와 비슷한 생각과 행동을 한 교사도 있었을 것이다. 그런 문제의식도 잠시였고 기우였다. 교재를 사용해보니 큰 불편함이나 문제점을 느끼지 못했다. 나 혼자만의 생각도 아닌 것 같았다. 그런 생각이 사건의 맹아(萌芽)였다. 그걸 3년간 지속한 것이다.

최초 문제 제기는 분식집 홍 사장이 했다. 홍 사장이 첫 숭문고 학교운영위원회 지역위원으로 선발된 해였다. 나는 1학년 방과 후 수업 교재 선정 심의안을 갖고 위원들에게 설명했다. 나의 설명이 끝나고 몇 초 정도 흐른 뒤였다.

"교장 선생님, 한 가지 여쭙겠습니다. 일주일 전 심의 안건이 우편으로 도착한 날이었습니다. 올해 졸업해 대학 기숙사로 들어간 큰아들 쓰던 방을 월세로 내놓기 위해 방에 있던 물건들을 치웠습니다. 청소 중에 책들을 버리다 발견한 사실입니다. 『천하통일 국어』가 여덟 권 있었습니다. 내용을 보니 1학년부터 졸업까지 사용한 국어 보충교재 문제집이 모두 『천하통일 국어』였습니다. 그런데 지금 올라온 1, 2, 3학년 방과 후 수업 국어 교재도 모두 『천하통일 국어』입니다. 『천하통일 국어』가 학년과 인문반, 자연반 관계없이 그렇게 괜찮은 건가요?"

생각지 못한 질문에 나는 다소 의아한 표정으로 홍 위원의 얼굴을 봤다. 그때가 그와의 첫 만남이었다. 홍 위원은 1학년 국어과 부교재 선정에 문제를 제기한 것이었다. 교장은 나를 보면서 한 말씀 하라 말했다.

"다른 학년은 선정 이유를 모르겠습니다. 1학년의 경우 저와 정민철 선생님이 우리 학생들 국어 수준에 적합했고 교과서 지문과 연계성, 그리고 단원별 수능 기출 문제 분석 등이 잘 되어 있어 선정했습니다."

나의 설명을 들은 변호사이자 3학년 이철승의 아버지인 운영위원장이 홍 위원의 말을 이었다.

"1학년 때부터 3학년까지 3년간 같은 출판사 교재로 공부하는 건 특정 문제집 문제 유형에 길들여질 위험성도 있고 그로 인해 다른 지문, 다른 문제 유형에 대처하지 못하는 위험성도 있습니다. 특히 국어의 경우 지문이 많은데 1, 2, 3학년 문제집 간 잦은 지문 중복이 있을 수 있습니다. 이는 상대적으로 타 문제집 지문에 대한 무경험으로 이어질 가능성이 큽니다. 나아가 대학수학능력시험에도 부적응 영향을 줄 수도 있다고 봅니다. 문제집 선정의 다변화를 조심스럽게 건의하는 바입니다. 위원님들 의견은 어떻습니까?"

홍 위원이 먼저 위원장 말씀에 동의한다고 했다. 홍 위원의 말에 몇몇 위원이 동시에 동의한다고 했다. 분위기를 감지한 교장은 나에게 위원회 의견을 반영할 것을 주문했다. 나는 위원님들 의견을 학년에 충실히 전달하고 앞으로 더욱 교재 선정에 숙고하겠다고 답했다. 위원들 모두가 고개를 크게 주억거렸다.

그러나 쉽게 끝나지 않았다. 나는 내가 각 학년에 위원회 의견을 충실히 전달하는 것으로 마무리될 줄 알았다. 나의 판단은 크게 빗나갔다. 내가 생각한 범위를 훨씬 넘어선 단계로.

다음 날 오전, 나는 교장 호출을 받고 교장실로 갔다. 윤표중 교장은 국어교과협의회 총무인 나에게 지난 3년간 국어과 보충교재 선정 협의록을 가져오라 했다. 나는 점심시간에 다시 불려갔다. 내 눈에는 왠지 교장이 의혹의 눈길로 나를 바라보는 것만 같았다. 내가 감지한 대로 소파에 나를 앉힌 교장은 3년간 선정 과정을 보니 우연의 일치로 보기엔 너무 냄새가 난다고 했다. 교장이 나에게 H출판사 교재 선정 배경을 물었다. 나는 현 선배 이야기를 할 수밖에 없었다.

그날 오후, 나와 현 선배는 교장 호출을 받고 교장실로 갔다. 윤 교장은 대단히 유감이지만 나와 현 선배에게 징계 사유에 해당하여 징계 절차에 부칠 수밖에 없음을 말했다. 국어교과협의회원 7명 전원을. 순간 나는 두 주먹을 불끈 쥐었다. 현 선배는 상황을 잘 이해한 것 같았다. 나는 어제 현 선배를 포함한 국어과 교사들에게 운영위원회 내용을 말했다. 점심시간에 나는 현 선배에게 오전에 교장과 대화한 내용을 말했다. 현 선배는 내 생각과 크게 달리 너무도 순순히 자기 잘못을 인정했다.

"교장 선생님, 대단히 죄송합니다. 모든 게 저의 잘못입니다. 오는 8월의 명예퇴직을 신청하겠습니다. 어려운 부탁입니다만 그것으로 조용히 마무리 지어주시면 고맙겠습니다."

교장은 찰나의 고민하는 모습도 보이지 않고 수락했다. 교장도 나름대로 생각했던 것 같았다. 지금도 확신하건대 이를 아는 사람은 세 명이 전부일 것이다.

그해 8월 말, 교장실 밀약대로 현 선배는 명퇴했다. 동료

맹추선생

교사들은 물론 교감이나 행정실장도 현 선배의 진짜 명퇴 배경을 모를 것이다. 명퇴 확정 공문 도착과 함께 교무실엔 30년 근무에 유리한 명퇴 수당 챙기고 연금 받고 서점까지 운영하면서 더욱 편히 잘 살 것이라는 소문이 공공연히 퍼졌다.

현 선배의 퇴직 조건으로 국어교과협의회원들의 징계위원회 회부는 면했다. 윤 교장은 총무인 나만을 불렀다. 현 선배를 제외한 국어과 교사 중 대표 한 명에 대해 가시적 처벌이 필요함을 강조했다. 1학년 부장이었던 나는 며칠 후 학생부장과 자리를 맞바꿨다. 그때부터 내리 3년째 학생부 근무다. 생활지도 담당인 고경철 선생과 격일제로 학교 울타리를 순찰하고 있다. 나는 학생부를 벗어나고 싶다. 학생부장 업무가 고돼서가 아니다. 울타리 순찰에서 벗어날 수 있기 때문이다. 그와 마주칠 일이 없게 된다. 나는 출퇴근을 후문으로 하기에 울타리 순찰에서 벗어나면 일 년 내내 그와 마주칠 일이 없을 것이다. 지금처럼 그를 대할 때나, 학생 혹은 동료의 입에서 현 선배 이름이 나올 때마다 나의 마음과 육신이 쪼그라들고 초라해짐을 느꼈다. 나는 현 선배를 적극적으로 피하고 싶다.

현 선배는 나와 다른 것 같다. 선배는 나를 볼 때마다 한 손을 눈높이로 들어 환하게 웃었다. 선배는 그걸 완전히 잊은 걸까? 그게 그에겐 지나간 한바탕 바람에 불과한 것이었을까? 아닐 것이다. 분명 그도 우릴 대하기가 부담스러울 것이다. 우리한테 일말의 미안한 마음은 있을까? 있을 것이다.

나는 내 잘못을 부정하지는 않는다. 나는 보충교재를 좀 더 냉철하게 비교 분석했어야 했다. 나는 현 선배 부탁을 단호히 거부했어야 했다. 현 선배와 9년을 함께 근무했으나 흉금을 털어놓는 사이는 아니었다. 그의 부탁을 거부하는 게 그렇게 어려운 건 아니었다. 하다못해 운영위원회와 교장의 지적에 대해 『천하통일 국어』의 우위성을 논리정연하게 고집했어야 했다. 아무런 반박도 하지 못했다. 아니 안 했다. 안 한 것에 대한 후회도 없다. 후회하려면 기억해야 했다. 기억조차 하기 싫다.

나는 고개를 숙인 채 잠깐 자조적인 웃음을 지었다. 고개를 바로 하니 어느새 다리를 쫙 벌린 왕거미가 나를 반겼다. 나올 때와는 달리 왕거미 다리 밑으로 들어가는 건 교사건 학생이건 간에 자유롭다. 학생 두 명이 "선생님, 안녕하세요."라며 한껏 여유를 부리며 내 앞을 지나갔다. 그들 인사를 받고 주위를 둘러보니 정문 양쪽에서 대여섯 명이 동시에 뛰어왔다. 점심시간 종료까지 몇 분 남았는데도 나를 보자마자 학교로 뛰어드는 녀석들. 십중팔구 무단 외출자임이 틀림없다. 나는 양팔을 허리춤에 걸치고 말없이 쳐다만 봤다. 그들은 더욱 빨리 뛰어들었다. 뻔한 변명이나 봐달라는 애원이라곤 전혀 찾아볼 수 없는 티 없는 얼굴에 겸연쩍은 미소를 띤 채 고개를 한 번 까딱 숙였다가 들면서 나를 지나쳤다.

나는 멈춤 없이 교실로 뛰어가는 그들 뒷모습을 보았다. 나도 저들처럼 숭문고 17년 근무 중 한 번 무단 외출을 했다. 저들과 비교할 수 없을 정도로 크고 위험한 무단 외출이었다. 나는 나의 과실을 부인하지 않는다. 나의 지난 치부와 자책감도 저들의 까딱 인사처럼 후딱 지나갔으면 좋겠다. 무단 외출, 나

맹추선생

는 꿈에서도 마음 없다.

교장도 그런 나의 마음을 조금은 아시는 것일까?

"맹 부장, 담임 맡았던 애들이 졸업할 때까지만 학생부 맡아 주세요."

올해 교무업무분장 발표 후 교장이 나를 따로 불러 말했다. 나는 내년 교무업무분장 발표를 고대하고 있다.

전입 동기(轉入同期)

1

2월 21일 오전, 교감실. 김철준 교감이 A4용지의 이름 하나를 두고 생각에 생각을 거듭한 지 한참 지났다. 2학년 맹근찬 부장이 십여 분간 열 올리고 돌아간 지 삼십여 분이 지났다. 맹 부장은 사회과 금 선생의 2학년 담임 배치 소문을 듣고 재고를 요청했다. 단순히 재고를 요구한 게 아니라 거센 반발 수준이었다. 맹 부장은 그게 학생과 학교를 위한 것임을 강조했다. 김 교감이 맹 부장 입장을 모르는 건 아니다.

"금진주. 거참, 이름값을 못 하는구먼."

김 교감은 독백하듯 혼자 내뱉으며 씁쓸한 표정을 지었다.

"교감 선생님, 금진주 선생님이 2학년 담임이란 말이 돌던데 사실입니까? 사실이라면 금 선생님만큼은 재검토 부탁드립니다. 담임 요원 많은데 하필 금 선생입니까? 전 받아들일 수 없습니다. 금 선생을 교체 안 할 것이면 절 교체하십시오."

올해 교무업무분장안(案) 편성 관계로 머리를 쥐어짜는 김 교감을 찾아와 맹 부장이 다짜고짜로 말했다.

"맹 부장, 좀 진정하시고 여기 앉아서 차근차근 말씀해 보세요."

교감은 의자에서 일어나 소파를 가리키며 앉기를 권했다.

맹 부장은 소파에 앉았다. 교감도 소파에 앉았다. 교감이 말했다.

"맹 부장, 금 선생을 멀리하고픈 이유가 뭐예요?"

"교감 선생님도 금 선생에 대한 평은 많이 듣고 계시리라 생각합니다만 금 선생, 한마디로 말해 2학년부 풍(風)에 어울리지 않기 때문입니다."

"풍요?"

"예, 2학년 선생님들과 한데 어우러지기가 어렵다고 봅니다. 교감 선생님, 제가 직접 경험한 것과 주위 교사들 이야기를 종합해볼 때 금 선생은 담임 역할 수행에 문제가 있다고 봅니다. 우선, 동료 간 협조성 부족입니다. 교감 선생님도 잘 아시잖습니까? 작년 시간표 사건, 여름방학 근무조 사건, 교원평가위원 사퇴 사건, 그리고 학급원 학생 상담 부실로 학부모 민원 등등요. 그리고 지금 예비 2학년 학생, 학부모들은 금 선생에 대한 감정이 좋지 않습니다. 작년에 1학년 시험 오류 인정하시죠? 시험 오류뿐만 아니라 수업 방식에 있어 문제 제기를 많이 합니다. 그 무슨 신문을 활용한 수업이라면서 교과서는 사용하지 않고, 조별 발표 준비하라면서 자율학습 지시가 잦고, 그러다 결국 시험 문항 오류 사건, 수업 중 인터넷 쇼핑 사건 등이 일어난 것 아닙니까? 교감 선생님, 그런 사고와 행동으론 우리 2학년부에서 1년 동안 생활하기엔 제가 정말 힘듭니다. 전 학년 부장입니다. 학생뿐만 아니라, 학부모, 담임들도 신경을 써야 합니다. 그런데 금 선생까지 특별히 신경 쓰고 싶은 마음 없습니다. 금 선생이 들어옴으로써 2학년부 이상하게 돌아가는 것 싫습니다. 그 성격과 행동으로 봤을 때 다른 선생님들과 마찰이 있을 게 불을 보듯 뻔합니다. 왜 그 한 사람 때문에 열심히 하는 교사들 스트레스 쌓이게 해야 합니까? 학년 교무실이 원만하게 돌아가야 학년부 운영이 잘 되는 것 잘 아시잖습니까. 학생들도 교무실 분위기 파악 잘합니다. 이건 단순히 저 개인적 회피가 아니라 학생과 선생님들을 위한 것입니다."

맹 부장에겐 아직도 금 선생에 대한 부정적 감정이 남아 있었다. 맹 부장은 직전 근무 학교 때 금 선생 포함 3명이 카풀(car pool)을 했다. 금 선생의 잦은 탑승 지각에 약속 시각 출발에 어려움이 많았다. 금진주의 늑장에 대해 함께 타는 최길도 선생도 서너 번 말을 했다. "미안하다. 신경을 쓰는데도 이렇다. 앞으로 더욱 신경을 쓰겠다."라고 정중한 사과 한마디 없이 진주는 매번 귀에 거슬리는 말을 했다. 자기 차를 막고 주차한 주인에게 빼달라고 하느라, 지하 주차장에 슬리퍼 신고 와 갈아 신고 오느라, 그리고 급작스러운 헤어드라이어 고장으로 머리 말리느라 등등. 맹 부장은 3개월 만에 합승을 이탈했다. 맹 부장은 그런 금진주와 1년 동안 같은 공간에서 생활하고 싶지 않았다. 자신뿐만 아니라 학년 선생님과 학생들에게도 악영향을 줄 것으로 확신했다. 평소 하나를 보면 열을 안다는 속담이 그리 좋은 속담이라 생각하지 않는 맹 부장이다. 단 금 선생을 볼 때면 선조들이 그걸 사용한 타당한 이유가 있을 것으로 생각했다.

"교감 선생님, 금 선생을 2학년부에 배치하시려면 저를 다른 부서로 보내 주십시오. 아무 부서라도 가겠습니다. 학생부장이라도 하겠습니다. 아니 꼭 부장이 아니라도 좋습니다. 저 진지하게 드리는 말씀입니다."

김 교감이 봐도 맹 부장 표정이 여느 때와 다르게 자못 진지했다. 비로소 김 교감은 맹 부장의 말이 단순히 일순간의 감정에 의한 것이 아님을 감지했다. 맹 부장이 가장 먼저 꺼낸 금진주 선생의 시간표 사건은 자신도 잘 아는 내용이었다.

"교감 선생님, 조퇴 신청 올렸습니다. 저 일과(日課) 업무 능력 없어 도저히 못 하겠습니다. 능력 있는 금진주 선생을 추천합니다."

일과 담당 양정미가 세 마디만을 하고는 교감실을 황급히 나갔다. 교감은 무슨 영문인지 몰라 양 선생을 쫓았다. 양 선생은 걸음이 무척 빨랐다. 교감은 2층의 중앙교무실에서 나와 주차장에서 겨우 양 선생을 멈추게 했다. 교감은 양 선생을 가까운 벤치에 앉혔다.

양정미는 분이 덜 풀렸는지 손바닥으로 핸드백을 탁탁 치면서 말했다. 일주일째 계속 시간표를 작성하고 있는데, 금 선생이 하루가 멀다 하고 시간표에 대해 토를 단다는 것이었다.

1교시는 안 된다, 4교시와 5교시 연속 수업은 점심 먹고 제대로 쉴 시간이 없다, 하루 4시간 수업은 힘드니 특정 일에 몰리지 않게 고루 분산해달라. 그리고 교육청 사업 참가하는 관계로 금요일에 회의가 잦으니 금요일 오후엔 수업을 넣지 말라고 주문했다는 것이다.

"교감 선생님, 그걸 어떻게 다 조정합니까. 금 선생님이 좋으면 누군간 분명 어려워지는데. 저 그걸 다 수용하여 시간표 편성할 능력 없습니다."

"부장님께 말씀드려서 도움을 구하세요."

"교감 선생님, 제가 갓 일정[一級正敎師] 달았습니다만 이건 우리 부장님 수준에서 해결될 문제가 아니라 봅니다. 교감 선생님께서 잘난 그분과 제 업무를 맞바꾸어 주시든지 아니면 금 선생님을 불러 단단히 말씀해 주세요."

양정미는 금 선생에게 금 선생 의견을 모두 반영하다 보면 상대적으로 다른 선생님의 어려움이 있음을 말했다. 그들도 개인적 요구 사항을 제시할 것이고 그걸 모두 수용하다 보면 한 학기가 다 지나도 시간표가 안 나온다는 말을 명확히 말했다. 일단 시간표가 확정된 후 관련 교사들과 합의, 교체해서 오면 적극적으로 반영하겠다고 말했다. 금 선생 반응은 의외였다. 양정미는 금진주로부터 '어려운 건 아는데 한번 힘써줘요.'를 기대했다. 그러나 정미는 진주로부터 '아니 그걸 내가 해야 하느냐, 일과 고유 업무 아니냐?'란 말을 들었다.

"교감 선생님, 전 그런 능력이 없는 걸 알았습니다. 금 선생님은 일과 업무에 풍부한 역량이 있는 듯합니다. 그분 업무와 일대일 교체를 부탁드립니다. 일대일 맞교환이니 큰 무리 없겠지요? 금 선생님 담당업무를 다른 학교에서 담당한 경험도 있으니까 저도 잘할 자신 있습니다."

"양 선생님, 일과 업무는 학교 교육과정 운영의 핵심입니다. 아무나 할 수 있는 업무가 아녜요. 인사위원들이 생각 없이 양 선생에게 맡긴 것 아닙니다. 금 선생한테는 내가 불러 이야기할게요."

김 교감은 그날 양 선생의 조퇴를 허가했다.

"교감 선생님, 저희 2학년부는 교감 선생님만 믿겠습니다. 고맙습니다. 그럼, 내일 뵙겠습니다. 저는 이만……."

맹 부장은 교감이 그렇게 조치해 주실 것으로 확신하고 나갔다. 김 교감은 금진주가 비호감형 인물인 줄 대강은 알았으나 이 정도로 비호감 스타인 줄 몰랐다. 김 교감은 작년 1월 말에 천일고(高) 금 선생이 용문고등학교로 인사발령 발표 직후 천일고 강영일 교감과 통화한 내용을 떠올렸다. 강 교감은 교감 연수 동기였다. 강 교감을 포함한 갑장(甲長) 4명은 연수 동기생 26명 중 눈에 띨 정도로 잘 어울렸다. 김 교감은 금진주 담임 배치 건임을 먼저 말한 후 전임학교 담당업무, 성과, 동료와 유대관계, 그리고 개인 성향 등을 물었다.

"담임은 글쎄…… 도(道) 내 가장 큰 학교인 용문고엔 70명 넘는 유능한 교사들 많잖아요. 굳이 금 선생까지 담임 맡길 필요가 있을까요? 김 교감, 같은 학교에서 2, 3년을 함께 생활하고도 잘 모르는 게 많은데 금 선생은 1년 6개월밖에 근무 안 했는데도 대강 알겠더라고요. 진주(珍珠)잖아요. 워낙 티를 내서요. 그 사람은 동화 속 고집스러운 왕비 같은 사람이야. 배려와 타협을 몰라요. 김 교감, 금 선생한테는 비중 있는 업무는 절대 맡기지 마세요. 용문고는 큰 학교니까 담임 요원도 넉넉할 터이니, 내 생각인데 금 선생을 최대한 한직(閑職)으로 보내세요. 그리고 정기고사 결재할 때는 시험지 철저히 확인하세요. 1년 6개월간 근무하며 내가 기억하는 것만도 대여섯 건이에요. 비담임이라도 3학년 수업은 절대 넣지 마시고요. 그리고 내가 못 한 건데 이번에 김 교감이 집중 관찰 연구해봐요. 우리도 알다시피 연초 교무업무분장 편성 시기에 한 주만 개기면 1년이 편한데, 편하게 지내려고 미친 척하는 건지, 아니면 정말 생각이 모자란 교사인지를. 내가 다른 건 좀 알겠는데 그건 정말 어렵더라고요. 우리 고장 중등교육 발전을 위해 심층 질적 연구를 해보세요. 하하하. 그럼, 이만 끊을게요."

김 교감은 강 교감이 추천한 환경계로 금진주를 배치할 마음은 조금도 없었다. 환경계 업무는 학기 초에 학급별 청소 담당구역 배정과 청소용품 구매 및 배분이 전부였다. 그 업무를 맡기기엔 너무 젊었다. 여러 교사로부터 원성을 살 것은 불을 보듯 뻔했다. 김 교감은 환경계 업무를 내년 2월에 정년 퇴임할 이경진 원로교사에게 맡겼다. 김 교감은 금진주를 1학년 담임으로 배치했다. 강 교감의 기우는 절대 빗나가지 않았다. 그 결과는 나아가 올해 금진주의 2학년 담임단 배치에 대해 거센 항의를 하는 맹 부장에게 탄탄한 근거를 제공한 꼴이 되어 버렸다.

최초 김 교감이 편성한 올해 교무업무분장안(案)은 금진주를 담임 요원으로 배치하지 않았다. 김 교감은 지난 일 년간의 금진주 선생에 대한 수업 및 담임 수행 관찰과 함께 학생, 학부모, 그리고 동료들한테서 들은 여러 이야기를 토대로 비담임으로 배치했다. 그런데 어제 인사위원회에서 바뀐 것이다. 아직 교장의 결재를 받은 것은 아니었다. 맹 부장은 그걸 전해 듣고 조정을 요구하고 돌아간 것이었다.

2

2월 20일 오후, 2층 소회의실. 김 교감은 올해 교무업무분장안(案) 협의를 위해 인사위원회를 소집했다. 인사위원 9명이 모였다. 위원장인 교감은 위원들에게 교무 분장 초안 유인물을 배부했다. 개인별 교무 분장 희망서, 교장 및 관련 교사들의 의견을 수렴하여 편성한 것이었다. 교감은 모두 발언을 통해 교무업무분장안 편성 방침을 간략히 설명했다. 교무기획부를 포함하여 총 15개 부서에 73개 세부 업무, 개인 간 업무 편차 최소화, 그리고 학년부 우선 지원 등에 중점을 두고 편성했다. 학년부 우선 지원에 따라 예년과 같이 담임은 학급 관리 외 학년부 자체 업무만을 분담하는 것을 원칙으로 했다고 했다.

3학년 1반 담임 겸 학년 부장인 박보경은 교감의 모두 발언에 관심이 없다. 중간중간 고개를 주억거리며 교감을 응시했으나 박 부장의 손가락은 유인물의 3학년 담임단 부분을 짚고 있었다.

며칠 전, 이윤수를 달라는 박 부장한테 교감은 안 된다고 했다. 박 부장이 이유를 물었다. 직접 교장 선생님께 여쭤보라 했다.

용문고는 3학년 담임 선발권을 학년 부장에게 일임하는 것이 관례였다. 교장은 매우 특별한 경우를 제외하고는 학년 부장의 뜻을 그대로 수용했다. 박 부장은 수학과 이윤수와 지난 2학년을 함께했다. 이윤수는 학생들로부터, 특히 남학생들로부터 실력 좋다고 인정받았다. 교원능력개발평가에서 5.0점을 받았다. 박 부장이 들은 소문으론 교사 73명 중 유일한 5.0점이었다. 박 부장은 4.9점은 종종 봤지만 5.0은 처음이었다. 이윤수가 담당한 자연이공계열 5학급 175명 모두가 5점을 줬다는 말이다. 박 부장은 '그게 가능한가?'란 생각을 다시 한번 했다.

"교장 선생님, 이윤수 선생님을 반대하는 이유가 뭔지 궁금합니다. 한 번만 더 재고해 주십시오. 정말 괜찮은 사람입니다. 도(道) 수학교과협의회에서도 인정받는 인잽니다. 어느 정도냐 하면 좀 민망합니다만 솔직히 저보다 실력이 좋습니다."

굳게 깍지를 낀 채 듣고만 있던 최달원 교장은 깍지를 풀고 말했다.

"박 부장, 박 부장이 교과 지도 실력까지 거론하며 이 선생을 끌어가려 하니 나도 어려운 사정 솔직히 말할게요."

최 교장은 소파에서 일어나 책상으로 갔다. 서랍을 열었다. 수첩을 꺼내 들고 와 소파에 앉았다. 직원 조회 때 교장이 들고 오는 교무 수첩이 아니었다. 가죽 커버에 자크가 달린 다소 고급스러운 티가 나는 수첩이었다. 교장이 수첩을 뒤적이더니 한쪽을 편 후 박 부장에게 내밀며 말했다.

"일곱 건이에요. 작년 톱(top)이에요."

"네?"

박 부장은 교무 수첩을 받아들며 무슨 말씀인지 모르겠다는 표정을 짓고 교장을 쳐다봤다. 박 부장은 수첩 내용을 보았다. 맨 위에 '20○○年 教師 履歷 및 支援 記錄'이라 씌어 있었다. 만년필로 쓴 달필이었다. 최 교장은 몇 해 전 「대한민국 미술대전」 서예 부문 대상(大賞)을 받은 경력이 있다.

No. 34 이윤수

20○○年 教師 履歷 및 支援 記錄

교과(시수)	2학년 수학Ⅰ(17)
업무	2-6 담임, 2학년 생활지도, 창/체 동아리(수리공학반), 자율동아리(바둑반)
민원	5/6 수업 중 핸드폰이 울려 들고 나가 통화함. 6/8 수업 중 "인마, 너희들 돌대가리냐? 멍청한 고등어 대가리는 구워나 먹지만 멍청한 너희들 대가리는 먹지도 못하고, 이 정도 설명이면 유치원생도 풀겠다 인마"라고 욕함.

민원	*주의 지도함.* *7/17 술 냄새 풍기며 수업함.* *8/28 2학년 학부모회장 독대: 2학년 학부모회 임원 5명, 담임 교체 건의서 제출함.* * 학기 중 담임 교체 불가 설득함. * 교과 지도 능력 강조: 자연이공계열 수학 지도 탁월함 강조 * 구두 주의 줌. *10/7 시험 출제오류(모두 징딥 처리)* *10/13 학급원 상담 중 "학원비 대는 네 부모가 불쌍하다. 그런 식으로 하려면 그만 집어치워라." 물의 빚음.* *12/21 2학년 학부모회장: 2학년 담임 12명 중 3학년 담임 불가 2명(송명길, 이윤수)*
근태	연가 사용 현황: 4월 6일 병가 사용 현황: 6월 3일, 10월 4일
교사 연수	교직원 연수 불참: 7월 11일(교직원 성 평등 교육)
가입 교원 단체	△△회
기타	아버지 치매(통원치료)

　박 부장은 메모 내용을 읽어 내려갔다. 박 부장 눈엔 12월 21일의 민원 내용인 '2학년 담임 12명 중 3학년 담임 불가 교사 2명'이 유독 신경이 쓰였다. 내용을 다 읽은 박 부장은 '이런 걸 하나하나 기록하시는구나. No. 34가 이윤수면 나는 박

씨니까 25, 26번쯤? 어떤 내용일까?'란 급작스러운 호기심 발동에 자신의 내용을 들춰보고 싶다는 욕망을 자극했다. 그때 교장이 말했다.

"이 선생 실력이야 수학 전공인 나도 잘 알아요. 그러나 아무리 수업을 잘한다 해도 술 냄새 풍기는 수업은 아니야. 좀 일찍 일어나 사우나(sauna)라도 들르고 왔어야지. 핸드폰 갖고 수업 들어가지 말라고 내 교직원 조회 때마다 강조했건만 쯧쯧. 거기 3학년 담임 불가 교사 2명을 보세요. 관리자로서 학부모들 의견을 무시할 수만은 없어요. 나도 그들 설득하느라 많이 노력했어요."

"교장 선생님, 작년 우리 2학년 자연이공계열 모의고사 수학 성적이 인근 12개 학교와 비교할 때 단연코 독보적입니다. 작년 2학년 학생들, 재작년 1학년 때 실력 잘 아시잖습니까? 이 선생 공적이 정말 컸습니다. 교수 언어가 다소 부드럽지 못한 것은 저도 압니다만 자신의 열정을 따라오지 못하는 학생들을 독려하는 과정에서 답답함을 표현한다는 게 좀 이상하게 나오는 것 같습니다. 민원은 소수이지만 그를 원하는 학생은 175명입니다. 작년 교원평가에서 유일한 만점 교사입니다. 아마 민원 넣은 학부모 자식도 5.0점 줬을 겁니다. 그리고 이 선생도 1학년 때부터 계속 끌고 올라왔기에 졸업으로 마무리 짓기를 원합니다. 교장 선생님도 잘 아시잖아요. 이 선생 아버님이 치매 환자인 거. 전화 항시 대기, 그 전화도 아버지 전화일 겁니다. 우리 2학년 선생님들도 알며 이해했습니다. 이 선생님 역시 그에 걸맞게 행동하려 많이 노력했습니다."

박 부장의 말은 사실이었다. 박 부장은 이 선생의 집안 사정과 입장을 누구보다 잘 알았다. 박 부장은 이윤수 행동을 변호했다. 이 선생을 위한 측면도 있으나 자신을 위해. 박 부장에겐 유능한 교사가 필요했다. 3학년이 돼서도 인근 12개 고등학교 중 으뜸인 자연이공계열 모의고사 성적을 유지해야 했다. 박 부장은 수능에서 수학 점수의 중요성을 잘 알고 있다.

최 교장은 재고할 가치가 없었다. 이 선생이 3학년으로 올라가는 순간, 학부모회 임원들이 몰려올 것은 불 보듯 뻔했다. 교장은 교감에게 두 명은 3학년 담임에서 배제할 것을 지시했다. 조심스레 이유를 묻는 교감에게 그 이유를 설명했다. 교감도 공감했다.

박 부장은 교감이 제시한 교무업무분장안 내용을 보았다. 박 부장은 일말의 희망을 갖고 3학년 담임단을 확인했다. 이윤수는 명단에 없었다. 비록 이 선생을 끌어오지는 못했지만, 박 부장은 그 나름대로 3학년 담임단 구성에 만족했다. 그때였다. 박 부장의 만족한 표정을 일그러뜨리는 말소리가 들렸다.

"위원님들, 제 생각입니다만. 3학년 김주석 선생은 3년 내리 3학년 담임입니다. 김주석 선생이 유능하여 부장님이 탐내는 건 이해합니다만 3년 연속 3학년 담임은 배려할 필요가 있다고 봅니다. 제가 듣기론 올봄에 육아휴직도 고려하고 있는 것으로 들었습니다. 교감 선생님, 박 부장님, 거듭 확인 바랍니다."

김윤권 말은 사실이었다. 김주석은 3월부터 6월까지 육아휴직을 사용할 계획이다. 박 부장도 그 사실을 알고 있다. 박 부장은 수업은 기간제 교사, 학급 관리는 자신과 부담임을 투입하기로 했다. 7월에 복직해도 담임단 대상 진학지도 교육에 충분하다는 생각이었다. 교장, 교감, 그리고 김주석과 합의한 내용이었다. 「미적분」 담당 김주석은 진학지도 능력이 뛰어났다. 최근 2년의 입시 결과가 방증이다. 다양한 입시자료를 용문고 실정에 맞게 가공하여 진학 상담에 적용하는 능력이 탁월했다. 거기엔 김주석의 특이한 경력이 작용했다. 대학 때 복수전공으로 통계학을 전공한 인연으로 임용 전에 서울의 A입시학원 평가실에서 3년간 근무했다. 지금도 그 인맥으로 고급 정보와 관련 자료를 확보, 활용했다. 그뿐만 아니라 자신의 노하우를 3학년 담임단과 공유하는 데도 적극적인 게 김주석의 매력이다. 도교육청 진학지도협의회 자료개발부장이기도 했다. 3학년 담임을 처음 하는 새내기도 그와 일 년만 생활하면 진학지도 실력자가 되었다. 박 부장은 김주석이 절대 필요했다. 박 부장은 김주석의 최신 디지털 진학지도 실력이 부러웠다. 3년 만에 3학년 부장을 맡은 박 부장에게 김주석은 절대 필요한 존재였다. 박 부장은 스스로 자신의 방식은 한물간 아날로그라 생각했다. 박 부장은 김주석의 육아휴직 3개월간의 공백을 감수하고 그를 끌어왔다. 박 부장이 짧게 말했다.

"김주석 선생과 이야기가 다 된 내용입니다. 교장 선생님도 허락하셨고요."

위원들은 박 부장이 3학년 담임단은 문제없으니 신경을 꺼달라는 마음을 읽은 듯 모두가 입을 닫았다. 교감도 고개 숙인 채 유인물을 뒤적거렸다. 잠깐의 침묵 시간을 고경선이 깼다.

"교감 선생님, 인사위원이 아닌 일반 교사 자격으로 말씀드립니다. 전 저의 2학년 담임 배치에 당황스럽습니다. 전 담임을 동의한 적 없고 교감 선생님이나 2학년 맹 부장님으로부터도 한마디 귀띔조차 없었습니다. 곤혹스럽습니다."

교감이 안경테를 올리며 고경선을 바라볼 때 고경선이 말을 이었다.

"내용을 보니 저도 내리 3년째 담임입니다. 올핸 담임을 빼주십시오. 사람이 없는 것도 아니잖습니까. 함께 전입한 박선희 선생님도 한 번은 해야 하는 거 아닙니까? 전입 동기인 박선희 선생님은 한 번도 안 했습니다. 동갑(同甲)에 같은 국어과에 둘 다 유치원생을 한 명씩 키우고 있습니다. 유독 저만 3년 담임하는 이유가 궁금합니다. 저는 담임을 연임했습니다. 올해엔 비담임을 할 수 있도록 배려해 주십시오. 올해는 저 정말 못 하겠습니다. 올해도 담임하라시면, 3월에 임신해서라도 출산 휴가 내겠습니다."

임신해서라도 출산 휴가 내겠다는 말에 몇몇 위원이 작은 소리로 웃었다. 교감은 다소 이해할 수 있다는 표정으로 고경선을 바라봤다. 그러나 교감은 아무런 말도 하지 않고 안경을 벗어 유인물에 올려놓았다.

"위원님들!"

고경선이 교감 얼굴에서 눈을 뗀 후 여러 위원을 두루 보며 동의를 구하는 눈길을 보냈다. 늘 무표정한 인상으로 학생들로부터 인상파란 별명을 얻은 강칠성을 제외한 위원 모두가 고경선의 말에 공감하는 듯 꾹 닫은 입술과 함께 고개를 주억거렸다. 김주석의 3년 연속 담임 수행 이야기를 꺼낸 김윤권 부장은 다른 위원들보다 크게 공감하는 표정이었다. 힘을 얻었다고 생각한 고경선은 좀 더 차분한 목소리로 말을 이었다.

"2학년 3반 담임을 박선희 선생님으로 교체 추천합니다. 제가 먼저 2년을 했습니다. 동기(同期)에게도 기회를 줘야 한다고 봅니다. 저도 그 어떤 비담임 업무 자신 있습니다. 꼭 제가 신청한 1, 2, 3 희망 업무가 아니라도 좋습니다. 이상입니다."

"전 고 선생님 의견에 공감합니다. 고 선생님 의견과 관련하여 작년에 이어 올해도 일과를 담당할 양정미 선생님이 인근 학교 수업 지원으로 매주 하루는 출장입니다. 시간표 변동이 자주 있는 만큼 수업 지원 없는 교사로 교체했으면 합니다. 제 생각엔 고 선생님을 일과 담당으로 조정하는 것도 좋다고 봅니다."

교무부장의 말이었다. 고경선은 감사의 표시로 그에게 눈인사를 전했다. 다른 위원들도 동의하는 듯 고개를 끄덕였다. 교감도 고개를 주억거렸다.

"예, 잘 알겠습니다. 교장 선생님과 상의토록 하겠습니다."

"교감 선생님, 학생부장은 공백으로 되어있는데, 아직도 미정인가요?"

송희진이 걱정스러운 표정으로 물었다. 그도 대다수가 학생부장을 꺼려 선정에 어려움이 많다는 것을 알고 있다. 용문고도 생활지도 및 학교폭력 관련 소소한 민원이 잦았다. 작년엔 교육청 특별 컨설팅을 받았다. 말이 컨설팅이었지 일종의 현장 조사를 겸한 장기 대책협의회였다. 송희진은 작년에 여학생 생활지도를 맡았기에 이번엔 담임을 지원했다. 희진은 학생부를 벗어나고 싶었다. 소망대로 희진은 올해 2학년 담임으로 내정됐다.

교감이 어려운 표정을 지었다. 교감 나름으로 수락 가능성이 큰 세 사람한테 부탁했다. 모두가 강력히 고사했다. 어쩌면 체육 기간제 교사로 오는 선생님도 배제하지 않고 있다고 했다.

"기간제 교사가요? 그건 좀 아닌 것 같습니다."

"사람이 없잖아요. 나는 그러고 싶어 하는 줄 아세요. 그럼 송 선생이 맡아 주시겠어요?"

교감은 답답한 소리만 하고 있다는 표정으로 송희진을 바라보았다.

"교감 선생님, 부장급 고경력 교사들도 많은데 그걸 왜 저한테로 돌리십니까, 저는 다만 걱정이 돼서 드린 말씀입니다. 기간제는 상황이 어려우면 나가면 그만 아닙니까. 작년에 기간제 김순찬 선생 기억 안 나십니까? 임용고사 집중한다고 2학기 중간에 나가 버렸습니다. 정규교사로 임명해야 한다는 말씀입니다."

"전 생각을 달리합니다. 우리 학교뿐만 아니라 대다수 학교에서 기간제 교사가 담임도 하는 마당에 학생부장이라 해서 못 맡길 상황은 아니라 봅니다. 능력만 있으면 문제없다고 봅니다. 오히려 우리 학교에 처음 근무하는 만큼 기존 학부모, 학생과 인정에 얽매이지 않아 더 효과적이라고 봅니다.

제가 들은 바로는 오시는 기간제 선생님은 여러 학교에서 학생부 근무 경험이 있는 것으로 들었습니다. 제 말이 맞지요, 교감 선생님?"

양종관 위원이 말했다.

"예, 양 선생님 말씀대로 기간제 교육경력 9년 중 학생부 근무 5년 경험이 있습니다. 전공은 체육이지만 교육대학원에서 상담을 전공했으니 큰 도움을 줄 거로 생각합니다."

테이블 맨 끝에 앉은 김일만이 한 손을 살며시 들며 말했다.

"교감 선생님, 그게요. 안되는 걸로 알고 있습니다. 제가 지난 학교 근무 때 현재와 비슷한 상황이었습니다. 기간제 교사를 학생부장으로 배치했다가 교육청으로부터 정교사로 임명할 것을 권고받아 정정했습니다. 이번에도 같은 일이 벌어질 것입니다."

"예, 저도 교육청과 주위 교감들에게 자문하고 있습니다. 그 건은 교장 선생님과 다시 한번 상의하겠습니다. 그 외 조정이 필요한 부분은 없는지요?"

교감이 위원들을 둘러보며 말했다. 김천일이 손을 들었다.

"2학년 11반 채유훈은 담임뿐만 아니라 나이스(NEIS) 및 학교 홈페이지 관리 외에도 정보화 지원사업 등을 담당하고 있습니다. 업무 과중 아닌가 싶습니다. 담임과 나이스 업무 중 하나만 했으면 합니다. 위원님들 생각은 어떤지요?"

전임 교육정보부장이자 신임 1학년 부장 공선우가 김천일을 지원했다.

"저 역시 담임과 나이스 모두 업무강도가 높다고 봅니다.

겸임은 학교와 학생 모두에게 득보다 실이 많다고 봅니다. 채 선생님은 비담임이 좋을 듯합니다."

채유훈은 담임을 자원했다. 채유훈은 담임을 하고 싶었다. 그러나 일반계 고교 특성상 담임을 주로 국어·영어·수학·사회·과학 교사로 편성하다 보니 기회가 없어 용문고 근무 2년간 한 번도 못 했다. 3년 차를 맞이한 유훈은 교감에게「정보」교사가 혼자인 만큼 나이스 및 학교 홈페이지 관리와 정보화 지원사업 등을 모두 하겠다 말했다. 교감은 유훈의 뜻을 받아들였다. 교감은 마음이 선뜻 내키지 않았으나 젊은 남교사, 소프트웨어(S/W) 전형 진학지도 준비 등을 염두에 두고 자연이 공계열반을 한번 맡겨보기로 했다. 그런데 몇몇 위원이 채유훈을 비담임 쪽으로 배치할 것을 제안했다.

"그러면 그 자리에 누구를……."

교감이 위원들을 고루 둘러보며 물었다.

"학생부 여학생 생활지도 담당 금진주 선생님과 교체하는 건 어떻습니까, 2학년에 사회문화 과목도 있으니 무난하다고 봅니다. 금 선생님도 작년에 가르쳤던 학생들이니 성향 파악과 지도에도 도움이 될 것으로 봅니다."

작년에 이어 올해도 교무부장을 맡게 될 김용호가 금진주를 추천했다. 교감이 교무부장 의견을 생각해 보기도 전에 고민수가 좋은 생각이라고 말했다. 그러자 다른 위원들도 고개를 끄덕거렸다.

교감은 노안이 있음을 의식적으로 알리려는 듯 팔을 쭉 뻗어 손목시계를 봤다. 김철준 교감은 "어이쿠!"라 일부러 소리를 내어 시간이 많이 지났음을 주지시켰다. 교감은 더는 말씀 없으면 마무리하겠다 했다. 위원들은 서로 얼굴을 쳐다보며 동의함을 표했다. 교감이 마무리했다.

"위원장으로서 위원님들의 심의 내용을 중심으로 멋진 교무업무분장을 제시하도록 노력하겠습니다. 공식 발표 전까지 보안 유지 부탁드립니다. 그럼, 이상으로 마칩니다. 수고들 많았습니다. 고맙습니다."

"교무부장, 금 선생 스타일 누구보다 잘 알면서 담임으로 추천해요?"

소회의실을 나와 교무부장과 어깨를 나란히 하고 걸어가던 교감이 작은 소리로 따지듯 물었다.

"금 선생에게도 스스로 작년에 아쉬웠던 걸 만회할 기회를 줘야죠. 뭐라 할까요? 자기주도 성찰과 그에 따른 발전 모색? 뭐 그런 말씀입니다."

"그럼, 자네가 교무부로 데려가 제대로 가르친 후 내놓아 봐. 내년에 정예 요원으로 활용할 수 있도록."

"교감 선생님, 왜 그러세요. 제가 고혈압약 먹는 것 아시죠. 혈압 터져 쓰러지면 교감 선생님이 제 업무도 병행하셔야 할 텐데요. 교무부 아무나 오는 거 아녜요. 금진주 선생이 2학년 담임 생활을 통해 충분히 단련된 정도를 본 후, 내년쯤에는 한번 신중히 생각해 보겠습니다. 하하하."

3

2월 24일 오후 2시, 4층 소강당. 교장, 교감, 그리고 3월 1일부로 전입할 교사를 포함하여 교사 73명 중 72명이 참석했다. 교무부장이 일정을 안내했다. 14시에 교무업무분장 내용 발표 및 부서별 간담회, 16시부터 교과별 교과협의회, 그리고 18시부터 학교 인근 대중식당에서 환영 회식을 공지했다.

김철준 교감이 자리에서 일어섰다. 교감은 교무업무분장 내용을 담은 유인물을 배포했다. 엊그제 인사위원회의 내용과 크게 달라진 점은 없다. 몇 사람은 이동했다. 대다수 선생님의 관심은 학년별 담임단과 학생부장에 있었다. 학생부장은 작년에 남학생 생활지도를 담당했던 교육경력 5년 차인 김진욱이었다. 도(道) 내 중등학교 최연소 학생부장이란 소문이 돌았다. 작년에 체육 1정[一級正敎師] 자격연수를 이수했다. 김 부장은 경력과 경험이 미천하다며 극구 사양했다. 교장은 경험 많은 기간제 교사가 충분히 지원할 것을 강조하며 학생부장을 명령했다. 교감으로부터 비담임 소식을 들은 채유훈은 회의에 참석하지 않았다. 한 가닥 희망을 걸었던 담임 보직은 가뭇없이 사라졌다. 그 시간에 유훈은 정보실에서 학생들이 수업 중에 컴퓨터에 내려받은 불법 프로그램들을 일일이 삭제했다. 교감이 '내년엔 꼭'이라 군센 표정으로 말하는 것을 보며 유훈은 속으로 '다, 그렇지 뭐. 국어·영어·수학·사회·과학 교사가 있는데……'라 자조적인 한마디로 자위했다. 맹 부장은 은은한 미소를 지으며 속으로 쾌재를 불렀다. 금진주 대신 학생부 여학생 생활지도 담당 홍동미 이름을 보았기 때문이다. 고경선은 2학년 담임 명단에서 자기 이름을 확인하곤 의문의 격랑, 분노의 격랑이 일었다. 부서 이동은 없었다. 공식 발표가 된 이상 조정 없다는 것은 고경선도 잘 알았다. 아무런 말도 하지 않았다.

학교 인근 갈빗집, 전입 교사를 환영하는 회식이었다. 삼삼오오 앉은 좌탁(坐卓)별로 술이나 음료수가 서너 돌림 돌자 회식 분위기는 더욱 무르익었다. 고경선은 가만히 있을 수만은 없었다. 누군가에게 답답한 심정의 말 한마디를 하지 않으면 미쳐버릴 것 같았다. 동시에 누군가에겐 한 가닥의 배알이라도 보여주겠다고 다짐했다. 고경선은 허진숙과 홍진영의 사이를 비집고 들어가 앉았다. 허진숙과 홍진영 앞자리에 박선희가 앉아있다.

"야, 박선희. 너 죽을병 걸렸냐?"

고경선은 들고 온 소주잔을 박선희에게 내밀며 말했다. 고경선은 평소 주량보다 술을 많이 했다. 고경선이 얼큰히 취했음을 누가 봐도 알 수 있었다. 허진숙이 볼 때 그 어투와 표정은 능구렁이 용의자를 대하는 독사 같은 형사의 심문을 떠올리게 했다. 고경선 얼굴엔 미소라곤 모기 발가락만큼도 찾을 수 없었다. 어떤 감정도 읽을 수 없는 그야말로 현금자동입출금기를 대하는 듯한 표정이었다.

"아니, 왜?"

박선희는 두 손으로 잔을 받으며 대답했다. 소리가 작고 차분하나 한껏 날이 서 있는 목소리였다. 혐의를 확고히 부인하는 용의자 어투였다. 박선희는 올해 교무업무분장과 관련하여 이미 고경선의 언행을 들은 것도 있지만 평소 고경선이 자신을 바라보는 눈을 잘 알고 있었기에 긴 애기를 삼가고 싶었다.

"그럼, 너 임신했냐?"

술을 따라주며 좀 전보다 더 추궁하는 듯한 어투로 물었다.

"아니, 왜?"

"그럼, 올봄에 임신한 거냐?"

고경선이 소주병을 내려놓으며 물었다.

박선희는 입술만을 적신 후 잔을 내려놓았다. 박선희가 고경선의 얼굴을 바로 보며 말했다.

"아니, 그건 왜 물어?"

박선희는 말 돌리지 말고 용건만 말하란 표정으로 고경선을 바라봤다.

"그럼, 도대체 넌 무슨 백으로 담임 안 하냐?"

"고경선, 말이 심하다."

옆에 앉은 허진숙 선생이 팔을 툭 치며 말을 중지시키려 했다.

"언닌 가만있어 보세요. 같은 국어과에다 전입 동기인데 3년 동안 담임 한 번 안 하는 비법을 배워야 할 게 아녜요? 난 그게 정말 궁금해서 물어보는 거예요. 다른 선생님들도 어떤 특혠지 궁금하다고 말들 많았잖아요. 박선희 아버지랑 교장 선생님이 고교 동창이라 한 것도 선배잖아요."

고경선은 허진숙의 자제 권고를 단호히 뿌리치며 말했다.

다시 박선희를 향해 얼굴을 돌렸다. 고경선은 박선희의 불편한 기색을 놓치지 않았다. 박선희 역시 고경선이 비법이란 말을 했을 때 그 의도를 간파했다.

"난 잘 몰라. 비담임 업무 희망 신청서를 제출했을 뿐이야. 운이 좋은 것 같기도 하고, 아니지 담임으로는 부족한가 봐. 날 데려가는 학년 부장님이 한 분도 안 계시더라고."

"난 몰라?"

고경선은 고개를 갸우뚱한 채 박선희의 얼굴을 한동안 뚫어져라 봤다. 잠시 후 고개를 바로 세운 고경선이 말했다.

"오케이, 알았어. 그래. 네 말이 맞을지도 모르겠다. 그래, 너는 모를 수도 있겠구나. 그럼 내가 직접 교장 선생님께 여쭤보면 알겠네."

다소 혀 꼬부라진 소리로 말하며 고경선이 일어났다. 허진숙 선생님이 급히 고경선 팔을 붙잡아 방바닥으로 끌어당겼다.

"야, 고경선. 정신 차려. 뭐 하는 짓이야!"

남들이 듣지 못할 작은 소리, 그러나 위엄과 단호함이 깃든 어투였다.

"허 선배, 뭐 하는 짓? 지금 짓거리라 하셨어요? 선배는 이게 짓거리로 보여요? 저는 궁금한 걸 질문하는 거예요. 선배는 학생이 질문하면 짓거리라 하세요? 선배도 뭔가 이상하다고 했잖아요? 다른 선생님들도 박선희를 대단한 교사라 했잖아요? 기다려 보세요. 제가 확실히 알고 와서 말해드릴 테니까."

고경선은 한쪽 팔로 방바닥을 짚으며 엉덩이를 들었다. 홍진영이 재빨리 고경선의 팔을 잡아 내렸다. 고경선이 기우뚱하더니 후방 45도 쪽으로 쓰러지며 뒤에 앉은 윤청길과 부딪혔다. 홍진영은 고경선을 일으켜 세웠다. 홍진영은 고경선의 어깨를 부축해 출입문 쪽으로 갔다.

"홍 선배, 이거 좀 놓아봐요!"

고경선은 홍진영의 팔을 힘차게 뿌리쳤다. 소리가 얼마나 컸는지 많은 교사가 고경선 쪽으로 눈길을 돌렸다. 최 교장도 고경선에게 눈길을 돌렸다. 고경선은 흐트러진 머리를 매만졌다. 교장이 충분히 들을 수 있는 성량으로 말했다.

"교장 선생님, 전 왜 계속 담임입니까? 같은 해 같은 날 국어과 둘이 전입해 왔는데 한 사람은 3년 동안 한 번도 담임 안하고, 전 내리 3년 담임하는 게 정말 궁금하고 이해하기 어렵습니다. 저를 이해시켜 주십시오."

고경선은 박선희를 손가락으로 지적하며 말했다.

"저기 앉은 박선희, 도구 과목 국어, 젊은 교사, 게다가 동갑인 전입 동기가 3년 내리 비담임인 배경이 정말 궁금합니다. 말씀해 주십시오."

고경선의 손가락이 가리키는 인물을 보는 교사는 대부분 전입 교사였다. 기존 교사들은 박선희를 보지 않고 옆 사람들과 소곤거렸다. 대부분 '나도 그게 이상해.'란 표정이었다.

최 교장은 앉은 채 고경선의 얼굴을 보며 말했다.

"고 선생님, 지금은 전입 교사 환영하는 자리예요. 내일 교장실로 오세요. 내가 고 선생이 이해할 수 있도록 설명할게요. 고 선생도 내 행동을 충분히 이해해 줄 것으로 확신합니다."

말을 마친 교장이 잔을 들고 일어섰다. 교직원을 한번 쓱 둘러보며 말했다.

"전입해 오시는 선생님들 환영합니다. 여러분 중에도 자신의 교무업무분장 내용에 대해 다소 아쉬움이 있을 겁니다만 학교와 학생을 위한 살신성인 정신으로 이해해주시면 고맙겠습니다. 혹 가슴에 어린 응어리가 있다면 앞에 놓인 술이나 음료수로 닦아 냈으면 합니다. 자, 건배를 제의하겠습니다. 학교, 학생, 선생님의 건강과 교육 발전을 위하여!"

2월 25일 오후 교장실, 교장과 고경선이 소파에 마주 앉았다. 교장이 말을 꺼냈다.

"고 선생님은 사주(四柱)나 숙명(宿命) 등을 믿나요?"

고경선은 이 상황에서 왜 숙명과 사주팔자란 단어가 나오는지 의아했다. 그런 얼굴을 보며 교장은 박선희 면담 내용과 전임 교장의 말을 토대로 박선희의 특이 교육경력을 말했다. 핵심은 박선희 선생의 담임 수행 중 네 건의 학급원의 죽음이었다. 첫 근무지인 숭덕고에서 첫해와 2년 차 때 담임을 했다. 첫해는 교통사고로, 둘째는 자살로 학급원이 죽었다. 첫해는 크게 마음 두지 않았다. 두 번째 학생 죽음을 경험한 박선희는 문득 '내가 담임=학생 사망'이란 생각을 하게 됐다. 3년 차 때는 박선희의 건의를 인사위원회가 받아들여 비담임, 학적을 담당했다. 학급원 죽음은 없었다. 보성고로 옮겼다. 첫해 담임을 했다. 실족사, 귀가하다 맨홀에 빠진 것이다. 둘째 해는 비담임 학적을 담당했다. 학생 사망 사고가 없었다. 셋째 해도 담임을 맡았다. 학급원 한 명이 죽었다. 우등생이었다. 학업 스트레스에 따른 자살이었다. 박선희는 '내가 담임=학생 사망'을 확신했다. 박선희는 재작년 용문고에 전입하며 자신의 특이한 담임 경력을 이기선 전임 교장에게 말했다. 이 교장은 박선희의 상황을 이해하고 부탁을 수용했다. 작년에 부임한 최달원 교장도 박선희 선생과 면담했다. 최 교장 역시 박선희의 비담임 간청을 받아들였다. 믿을 수 없다는 표정을 한 고경선에게 최 교장이 A4용지 한 장을 내밀었다.

"이건 전임 이기선 교장이 직접 해당 학교에 확인한 사실이에요."

통화 확인 내용

1. 200○년 2월 20일 전전임교 숭덕고 교장 김동인: 3년 근무 중 2년 담임. 담임 2년 중 매년 학급원 1명 사망

2. 200○년 2월 20일 전임교 보성고 교장 이태준: 3년 근무 중 2년 담임. 담임 2년 중 매년 학급원 1명 사망

3. 나는 운명과 팔자를 무시하지 아니함.

4. 박선희 선생 담임 배치는 신중을 요함.

위와 같이 후임 교장 최달원 님께 전합니다.

2000○년 2월 21일 교장 이기선 서명

A4용지의 메모를 읽은 고경선은 말없이 교장을 물끄러미 바라봤다. 교장이 차분한 목소리로 말했다.

"고 선생도 알고 있겠지만 난, 수학 전공이에요. 그 어떤 과목보다 명제, 증명, 논리의 생활화에 익숙한 사람입니다. 사주와 점복(占卜) 등에 대해선 부정적이에요. 그런데 박선희 선생의 경우는 과학적 판단이 안 서요. 내가 아는 확률과 통계학적 지식을 총동원해 풀 수 있는 게 아니잖아요."

최 교장은 고경선이 든 A4용지를 가리키며 말했다.

"고 선생, 들어보세요. 난 그걸 읽고, 박 선생의 담임 배제 부탁을 단순히 담임을 회피하기 위한 과학적 근거 없는 허무맹랑한 소리로 넘기기엔 힘든 판단이었어요. 고 선생도 사범대 다닐 때 교육통계를 배웠겠지만, 통계학에 1종 오류와 2종 오류가 있어요. 실제는 참인데 연구 결과가 거짓으로 나오는 것을 1종 오류, 반대로 실제는 거짓인데 연구 결과가 참이라 하는 경우를 2종 오류라 해요. 당연히 실제의 참을 왜곡하지 않는 걸 중시하지요. 비유가 적절한지 모르겠으나 법정에선 결백한데도 증거가 부족하여 유죄를 선고하는 것을 1종 오류, 반대로 죄가 있는데도 증거 부족으로 무죄를 선고하는 것을 2종 오류로 비유하지요. 고 선생, 증거가 부족한 경우 피고인을 구속해야 하는가요 석방해야 하는가요? 나 역시 같은 상황이었습니다. 4건의 학생 죽음을 근거로 박 선생이 담임하면 학생이 또 죽는다는 추리에 대해 솔직히 나도 의문이 가요. 박 선생이 우연을 필연으로 보는 것은 아닌가 하는 생각을 안 한 것은 아닙니다만 어찌합니까? 난 후자를 택했어요. 죽음, 그것도 꽃도 펴보지 못한 학생의 죽음은 절대 안 됩니다. 나는 좀 더 안전한 쪽이 옳다고 판단했어요. 그게 내가 박선희 선생을 담임에서 배제한 이유입니다. 그리고 고 선생, 우리 학교 국어과 교사 7명 중 부장교사 3명을 빼면 담임 요원이 4명뿐이에요. 3학년에만 부장을 포함하여 두 명을, 나머지 학년에 각각 한 명씩은 배치해야만 했어요. 그러다 보니 고 선생까지 배려할 수가 없었어요. 만약 고 선생이 박 선생 입장이라면 역시 그대로 적용할 거예요. 고 선생, 고 선생도 장차관리자가 되겠지만, 관리자가 된 고 선생 판단도 나와 다르지않을 거로 생각해요. 이해 부탁해요."

고경선은 여전히 말없이 손에 든 A4용지 내용을 다시 읽었다. 고경선도 4년 담임에 4명의 학생 죽음을 우연으로 보기는 다소 무리가 있다 생각했다. 교장이 계속 말했다.

"고 선생, 박 선생도 다른 것으로나마 나름대로 학교와 국어과에 이바지하고자 하는 것 같아요. 박 선생은 3년 내내 국어과 평균 수업시수보다 많아요. 주요 교과인 국어 교사가 비담임 하는 것에 따른 미안함이 있지 않나 생각해요. 업무도 가리지 않고 잘해요. 올해도 익숙한 작년의 교원평가 업무를 고집할 수도 있는데 일과 업무를 흔쾌히 수락했고요.”

고경선은 한동안 혼란에 빠졌다. 자신도 '박선희 담임=학생 사망’을 우연으로 보기엔 어려웠다. 교장의 입장도 어느 정도 이해했다. 고경선은 어제 박선희한테 한 자신의 행동을 떠올렸다. 그렇다고 자신의 행동을 쉬이 후회할 수만도 없었다. 자신도 그에 못지않은 어려움이 있음을 말해야 했다. 최소한 담임 업무가 힘들어 회피하는 나약한 존재가 아니란 걸 명확히 드러내야 했다.

“교장 선생님, 박선희 선생의 딱한 사정은 이해합니다. 그러나 저도 웬만해서는 무리한 부탁을 드리지 않습니다. 저도 그에 못지않은 사정이 있습니다.”

교장은 좀 전보다 차분하고 부드러운 목소리를 담아 주억거리며 말했다. 교장의 얼굴엔 그윽한 미소도 함께했다.

“예, 조금은 알고 있습니다. 큰딸로서 어머니 병간호해야 하는 것 충분히 이해합니다. 아버지가 계시다 하더라도 엄마 간병엔 딸 대신할 사람은 없죠. 다른 형제들은 멀리 떨어져 있다고 들었습니다.”

“예?”

고경선은 교장이 그걸 알고 있다는 게 믿기지 않는다는 표정으로 바라봤다.

“고 선생은 어머니 판박이더군요.”

“교장 선생님, 제 어머니를 아세요?”

“교감 선생님과 작년 2월과 며칠 전에, 두 번 찾아뵈었습니다. 두 번 모두 고 선생 담임 확정 후에요. 병문안 겸, 그리고 집안이 어려운 상황인 걸 알지만 고 선생이 필요한 학교 상황을 말씀드렸지요. 학교장으로서 당연한 행동이지요. 어머니도 '조직에 있는 사람은 공선사후(公先私後)이지요.'라며 이해해 주셨습니다. 어머니도 공직에 계셨다면서요? 우리가 다녀간 말은 말아주십사 당부드렸습니다."

　박선희는 용문고 3년 만기 근무를 마친 후 천일여고로 전근했다. 박선희는 용문고를 떠나기 직전에 이름을 바꿨다. 개명으로 다소 운명을 바꿀 수 있다는 성명학(姓名學) 전문가 조언을 따른 것이다. 선희의 새 이름은 윤실이었다. 박윤실은 천일여고에서 이 년 연이어 담임을 맡았다. 학생의 죽음은 없었다. 고경선도 용문고 3년 만기 근무를 끝내고 보성고로 전근했다. 3년 넘게 암 투병한 고경선의 어머니는 그가 보성고로 옮긴 지 얼마 지나지 않아 운명했다.

방문객

1

월요일 오전 아홉 시, 2학년 「사회와 문화」 담당 맹현숙은 2학기부터 교과교실제 운영에 따라 엊그제 완성한 사회교과교실 문을 열고 왼발을 내디뎠다. 발이 바닥에 닿는 순간 왠지 썰렁한 느낌이 들었다. 순간, 맹현숙은 사회교과교실을 다시 한번 둘러봤다.

"아 참, 내 정신도, 나이는 못 속이는가 보다."

맹현숙은 그런 자신이 머쓱했는지 혼잣말하며 헛웃음을 지었다. 사회교과교실로 간다는 게 일반 교실로 온 것으로 생각했다. 맹현숙은 조용히 문을 닫다가 다시 밀어제쳤다. 고개를 들어 출입문 위에 달린 표지판을 봤다. 돋움체로 또렷이 '사회교과교실'이라 쓰인 팻말이 달려 있었다. 맹현숙은 한동안 멍하니 서 있었다. 잠시 후 정신을 가다듬은 맹현숙이 1층 행정실로 급히 뛰어갔다.

맹현숙이 행정실 출입문에 거의 다다랐을 때 마침 행정실장 김진철이 문을 열고 복도로 나왔다.

"김 실장님, 2층 사회교과교실 컴퓨터들 반품시켰나요?"

김 실장은 수첩을 든 채 맹현숙을 보고는 무슨 말이냐는 듯한 표정으로 바라보았다.

"무슨 말씀이신지요? 그런 일 없습니다."

맹현숙은 한쪽 손으론 행정실장의 팔을 붙잡고 한쪽 손은 입술을 감쌌다. 맹현숙은 의문이 해결되는 순간 두려운 눈빛으로 김 실장 눈을 바라봤다. 김 실장은 맹현숙에게 변고가 있음을 감지했다. 잔잔했던 김 실장의 눈가에 격랑이 일었다. 김 실장은 빠른 걸음으로 계단을 두 칸씩 올랐다. 맹현숙은 뛰다시피 하면서 그를 쫓았다.

교사용 컴퓨터 본체와 모니터를 포함한 주변 기기 일체 한 벌, 학생용 컴퓨터 모니터 35대, 그리고 도트(dot) 프린터 1대가 사라졌다. 학생용 컴퓨터 본체는 테이블 한쪽 칸막이에 집어넣어 잠금장치를 했다. 열쇠 없이 본체를 꺼내려면 칸막이를 부숴야 했다. 소음은 물론 많은 시간이 필요하다. 김 실장은 범인이 그걸 알았기에 학생용은 본체를 놔둔 채 모니터만을 들고 간 것으로 생각했다. 두 사람은 교장실로 향했다.

남동호 교장은 인터폰으로 홍길동 주무관을 호출했다. 홍주무관은 전날 숙직자였다. 길동이 교장실로 들어섰다. 땅딸막한 키에 과체중인 30대 중반의 길동이 셋을 번갈아 보았다. 길동은 교장, 실장, 그리고 맹현숙 교사가 있는 자리에 왜 불려왔는지 의아했다. 길동은 다소 어정쩡한 미소로 셋을 번갈아 보며 눈인사했다. 길동은 셋 중 그나마 편안한 김 실장에게 무슨 일이냐는 눈짓을 보냈다. 김 실장은 길동에게 어제 숙직했느냐 물었다. 길동은 그렇다고 답했다. 김 실장은 근무 중 특이 사항 없었느냐고 물었다. 길동은 없었다고 답했다. 길동은 그제야 뭔가를 느낀 듯 무슨 일 있느냐고 물었다.

"사회교과교실 컴퓨터가 몽땅 없어졌어!"

김 실장이 짧게 답했다.

고개를 젖혀 천장을 보면서 두 사람 대화를 듣던 남 교장이 길동을 향해 고개를 돌린 후 물었다.

"자네, 어제 근무 중에 술 했나?"

세 사람은 동시에 길동의 얼굴을 바라보았다. 순간 평상시도 얼굴이 붉은 길동 얼굴이 더 붉게 물드는 것을 모두 감지했다. 길동이 답했다.

"아닙니다. 어제는 안 했습니다."

셋 모두 길동의 말을 믿는 것 같지 않았다. 길동의 음성과 손짓으로부터 이상하다는 느낌을 받았다. 남 교장이 말했다.

"알았네. 어쨌건 사건 연루자이니 조사가 있을 것이네. 일단 다른 사람들한테는 일절 말하지 말고 있게. 가서 일 보게."

길동은 인사를 하고 나갔다. 남 교장은 두 손을 가볍게 깍지 낀 후 상체를 소파 깊숙이 집어넣었다.

"교장 선생님, 도난 사건입니다. 빨리 신고하는 게 우선인 듯합니다."

맹현숙은 상체를 좀 더 교장 앞으로 내밀면서 말했다.

방문객 273

남 교장이 맹현숙을 보며 말했다.

"그건 내가 알아서 할 테니, 맹 선생은 우선 정확한 피해 내용을 확인하고 보고해 주세요. 김 실장은 설치 회사에 전화해 보세요. 가능성은 희박할 것으로 생각합니다만 혹여 제품 이상으로 전량 회수해갔을지도 모르니. 그리고……."

남 교장은 말을 멈춰 생각했다. 좀 전의 격앙된 얼굴은 다소 경직된 얼굴로 변했다. 둘을 향해 입을 열었다.

"두 사람, 이 일을 교감을 포함한 그 어떤 동료들에게도 일절 말하지 마세요. 교감 선생님한테는 내가 직접 설명할 테니 이야기 꺼내지 마요. 그럼, 나가서 일들 보십시오."

둘은 인사한 후 출입구로 걸어갔다.

"아, 김 실장은 나 좀 보세요."

남 교장은 나가는 김 실장을 불러 다시 앉혔다. 입을 굳게 닫은 채 "으음……."을 10여 초 동안 한 후 교장은 힘껏 깍지를 낀 채 김 실장에게 말했다.

"김 실장, 올봄에 사무관 승진하면서 여기로 왔죠?"

"네, 교장 선생님."

"우리가 전에도 함께했었지요?"

"예, 천일고에서 2년간 함께했습니다."

"김 실장이 나를 어떻게 생각하고 있는지는 모르겠으나. 내 말을 신중히 듣고 판단해주기 바랍니다. 나도 내 판단이 정확하지 않아 김 실장 이야기를 들어보고 결정하려 합니다."

남 교장은 소파 깊이 파묻었던 등을 앞으로 내밀었다. 김 실장 얼굴 가까이 대고 말했다.

"김 실장, 난 2월이면 정년이에요. 김 실장은 초임 사무관이고. 이 일은 우리 모두에게 중요한 결정을 요구하는 것 같아요. 나는 명예로운 정년퇴직인지 불명예 퇴직인지, 그리고 김 실장은 사무관을 거쳐 서기관, 부이사관으로 갈 건지 아니면 전혀 뜻하지 아니한 길을 갈 건지를……. 경찰에 신고하면 시간이 다소 걸리더라도 범인은 잡힐 것입니다. 그에 비하면 우리의 징계는 번개 같은 속도로 떨어질 것이고. 나도 좀 더 생각해 볼 테니 우선 피해 규모가 어떤지, 우리가 감당할 수 있는지 파악 후 다시 한번 이야기해 봅시다. 그럼, 가서 일 보세요."

김 실장이 나가자 남 교장은 출입문의 알림판을 '수업 참관 중'으로 한 후 문을 잠갔다. 혼자 담배 피울 땐 늘 그렇게 했다. 다시 소파 깊숙이 앉았다. 상의 안주머니에서 담배를 꺼냈다. 전자담배로 바꿔 편히 피우시라는 교감의 말을 들을 때마다 남 교장은 전자담배는 담배가 아니라고 강조했다.

"담배는 맛도 중요하지만 더불어 연기지요. 연기를 분출하고 연기가 사라지는 걸 보면서 자신만의 시간을 갖는 것. 그걸 보고 생각할 때 맛은 증폭되지요. 연기 없는 담배는 맛이 없어요. 개인 습성인가, 난 기쁠 때는 안 피워요. 기쁠 때면 차를 마시거나 술을 마시지요. 연기가 사라지는 걸 볼 때면 마치 잡념과 고민이 사라지는 것 같아요. 허공으로요."

"의견 제시가 아니라 우격다짐이었을까?"

남 교장은 혼잣말하며 김 실장에게 한 말에 대해 다시 한번 생각했다. 일 년도 아닌 단 6개월 남았다. 내년 2월이면 끝난다. 35년 쌓아온 돌탑의 꼭대기에 돌 하나 올려놓으면 끝난다. 그런데 이게 어찌 된 일인가, 누군가 돌탑 밑돌을 하나 빼가려 하는 것 같았다. 35년 교직 생활을 징계로 끝낼 수는 없다.

"남 교장은 녹조야, 옥조야?"

지난주에 있었던 도(道)내 교장단 모임에서 옆자리에 앉은 숭문고(高) 박문일 교장이 작은 소리로 물었다. 남 교장과 박 교장은 평소 가깝게 지내는 사이였다. 박 교장은 자신의 대학 동창인 양지여고 최 교장은 녹조근정훈장(綠條勤政勳章)을 받는데 자신은 재수(再修)해서 옥조근정훈장(玉條勤政勳章)을 받는다면서 아쉬워했다. 남 교장은 옥조 동기를 만나서 반갑다면서 악수하고는 웃어넘겼다. 남 교장도 재수하여 대학에 들어갔다. 훈장, 쇠붙이 조각에 불과할 수도 있다. 그러나 그건 자신의 교직 35년간 성실 수행에 따른 증거물이다. 무탈하게 재직 연수를 채운 교장이 훈장 하나 못 받는다면 도(道) 교육계에서 수군수군 뒷공론이 많을 것이다. 내년 있을 대동보(大同譜) 증보 편찬 때도 올릴 생각이었다. 그런데 이게 웬 날벼락인가.

소파에 파묻혀 담배를 피우던 남 교장은 벌떡 일어났다. 교장은 교장실 구석에 설치된 폐쇄회로 텔레비전(CCTV) 모니터가 있는 테이블로 갔다. 월요일 오전 일곱 시부터 녹화된 테이프를 거꾸로 돌려 보면서 교문을 출입한 승합차나 트럭을 찾았다. 그 많은 것을 한꺼번에 실어 나르려면 승용차로는 어렵기 때문이라 생각했다. 한 시간 정도 녹화된 테이프를 뒤졌다. 의심 가는 차량을 발견하지 못했다. 훔친 물건들을 실어나를

맹추선생

만한 차라곤 폐휴지 수거하러 온 한 대가 전부였다. 자주 본 차였기에 곧 알아봤다. 일요일 오후 5시 53분에 길동이 비닐에 뭔가를 들고 오는 것이 보였다. 모니터 하단의 표식 시각은 일요일 07시 13분이었다. 남 교장은 검색을 중단하고 다섯 개비째 담배를 입에 물었다.

'그럼 토요일 밤?'

남 교장은 한 줄기 희망을 품고 다시 CCTV 모니터가 있는 테이블로 갔다. 남 교장은 토요일 퇴근 시간 이후인 13시부터* 좀 전에 검색한 일요일 07시까지 검색했다. 승합차나 트럭은 한 대도 보이지 않았다.

김 실장은 교장의 말을 되새겼다. 김 실장은 '우리가 감당할 수 있는지?'란 말에 교장의 의중을 대강 짐작했다. 김 실장은 교장 이야기 중 대꾸 한마디는 고사하고 그 어떤 고갯짓도 하지 않았다. 그 자리에서 섣불리 판단할 사항이 아니었다. 그러나 경징계로 끝날 것이 아님은 분명했다. 9급 발령 동기생 7명 중 선두며 2기수 선배들까지 제치고 획득한 사무관이었다. 뒷말도 많았다. 교육감이 고2 때 담임이었다더라. 교육감과 아버지가 바둑 동우회원으로 친하다더라. 모두 사실이었다. 그러나 김 실장은 그것의 가시적 영향력은 없었다고 자신했다. 오롯이 자신의 업무수행 능력이라 확신했다.

"분명 서너 명은 나의 실책을 바라는, 아니 찾고 있을지도 모른다. 최연소 교육행정직 사무관 됐다고 고향인 동일리(里)

* 학교 주 5일제는 2012년부터 전면 실시함.

사무소 입구에 현수막 걸린 게 엊그젠데. 에서 그칠 수는 없다. 컴퓨터 본체 한 대, 모니터 서른여섯 대, 도트(dot) 프린터 한 대, 줄잡아도 일천만 원, 결코 적은 돈은 아니다. 그러나 큰 돈도 아니다. 내 월급 4~5개월 털면 된다. 아니다. 교장이 먼저 꺼냈으니 분명 생각하고 있을 것이다. 그러면 두 달 월급이면 충분하다. 길동도 가만히 있지는 못할 것이다."

팔짱을 끼고 혼잣말하던 김 실장은 의자에서 일어났다. 뒤돌아 한동안 창밖을 보던 실장은 인터폰을 눌렀다.

"길동아, 동남중학교, 교육청, 그리고 여기서 우리 세 번 함께 근무하지?"

운동장 관중석에 앉은 김 실장이 먼저 입을 열었다.

"예, 실장님."

길동의 목소리엔 어딘가 미안한 감이 깃들어 있었다. 자신의 소행은 아니나 숙직자였다. 교장실에서 시인은 안 했으나 더위를 식히려 맥주 350밀리리터짜리 두 캔을 마셨다. 그 정도는 절대로 정신을 흐려 놓을 양이 아니었다.

"너와 나, 이번에 각오해야 할 것 같다."

"실장님, 전 아녜요. 지금까지 절 그런 놈으로 보셨다면 정말 실망스럽습니다. 저 도둑놈 아니에요."

"가만, 내 말을 끝까지 들어 봐. 누가 네가 했대?"

김 실장은 목소리를 높였다. 김 실장은 스스로 소리가 컸다고 생각했는지 길동에게 다가가 작은 소리로, 그러나 단호한 어투로 말했다.

"어찌 됐건 네가 숙직일 때 발생한 일이잖아. 이건 중요한 이야기야. 네가 바른대로 말해줘야 우리가 살 수 있는 거야."

김 실장은 길동을 똑바로 보며 확신에 찬 어투로 물었다.

"너, 숙직 때 술 했지?"

실장은 길동의 과거 음주 징계 사실을 알고 있다. 김 실장은 길동을 옭아맬 방법으로 음주 사실을 지적한 것이었다.

길동은 맥주 두 캔이 전부라 실토했다.

"실장님, 제가 술을 마신 건 인정합니다. 그러나 제가 훔친 건 아니잖습니까? 조사받고 제가 책임질 사안이라면 합당한 처벌을 받겠습니다."

"모르면 잠자코 있어. 너 혼자만의 일이 아니야. 두 사람의 나머지 인생이 달린 거라고. 너로 인해 교장 2월 정년퇴임 망치고, 갓 단 내 사무관 날아갈 판이야. 그리고 너, 지난번 교육청 근무 때도 음주 운전으로 징계받은 적 있지? 이번까지 하면 너도 정말 힘들어져. 다량의 교육 기자재를 도난당했어. 경찰이 범인 잡고 물건을 모두 되찾았다고 해서 교육청이 우리 책임을 묻지 않는 건 아니잖아. 그러니 조용히 내 말 들어. 알겠어?"

김 실장은 과거 음주 운전으로 징계를 받은 길동이 또다시 근무 중 음주한 사실을 알면 교육청은 절대 경징계로 끝내지 않을 것임을 강조했다. 김 실장은 다행히 교장도 조용히 해결할 모양인 듯하니 너도 협조하라는 말도 했다.

설비 및 인쇄 담당 기능직 9급 길동은 억울했다. 벽지 5년 근무 후 교육청 근무 중 1년 만에 음주 운전으로 다시 벽지 중학교로 좌천됐다. 그곳 3년 근무 후 작년에 대성고(高)로 전근했다. 김 실장이 말한 대로 이 일을 제대로 처리 못 하면 각오해야 했다. 길동은 가만히 있을 수 없었다. 길동은 그날의 행동 과정 하나하나를 떠올렸다. 6시에 학교에 도착했다. 평일엔 무인경비시스템만을 운영했다. 일요일에는 행정실 남직원 5명이 돌아가면서 숙직했다. 운동장에 야간 조명시설이 있어 주민이 밤늦은 시간까지 사용했기 때문이다. 학기 중엔 일요일이라도 교무실에 서너 명은 항상 있었는데 여름방학을 앞둔 시점이라 아무도 없었다.

길동은 숙직실에 들어갔다. 신문과 텔레비전을 봤다. 여느 숙직 때와 마찬가지로 순찰은 하지 않았다. 이상 있으면 무인경비시스템 경보음이 울릴 것이고 경비업체 직원이 달려올 것이다. 열한 시경에 잠들었다. 월요일 오전 여섯 시에 일어났다. 운동장을 순찰했다. 쓰레기 몇 점을 주운 게 전부였다. 밤새 아무런 이상 징후가 없었다. 일곱 시에 아침을 먹으러 인근 식당에 갔다 왔다. 식사 후 줄곧 인쇄실에서 여름방학 생활 안내 유인물을 인쇄하던 중에 교장실로 불려갔다.

"내가 아무리 피곤하고 맥주 두 캔을 마셨더라도 무인경비시스템 경보음은 들을 수 있다. 경보음 기억은 없다."

길동은 책상에 앉아 혼잣말했다. 길동은 실장 말을 따르겠다고 약속은 했으나 사건을 조사하기로 했다. 정말 자신의 숙직 근무 태만인지 아니면 재수가 없어 뒤집어쓰는 것인지 알아야 했다. 먼저 확인할 것은 없어진 시점이었다. 최초 발견자인 맹현숙 교사를 만나봐야 했다.

"맹 선생님, 잠깐만 저 좀 봬요."

길동은 2학년 교무실 문을 살짝 열고 맹현숙을 보며 말했다. 둘은 복도에 설치된 사물함 코너로 갔다.

"토요일 청소 시간까지는 분명 있었어요. 우리 반 애들에게 청소시켰고 청소했다는 대표 학생 보고까지 받았어요."

"사회교과교실로 가서 직접 본 것은 아니고요?"

"네, 하지만 그 대표 학생은 믿을 만한 학생이에요."

"그런데 오늘 아침에 가보니 없더라 이 말씀이시죠?"

"그렇죠. 경찰은 왔어요?"

"아직요. 경찰 조사에 앞서 제가 뭘 잘못했는지 알아야 답할 수 있을 것 같아서요. 맹 선생님 말씀하신 그 대표 학생을 점심시간에 인쇄실로 보내주시면 고맙겠습니다."

길동은 인쇄실로 돌아왔다. 일단 하던 일, 여름방학 생활 안내 유인물 인쇄를 마쳐야 했다. 잠시 후 일을 마친 길동은 책상에 앉아 다시 자신의 머릿속을 정리했다. 길동은 머릿속에 '그럼 토요일 밤?'이란 의문이 들었다. 토요일 밤이라면 무인경비시스템이 작동했을 것이다. 이상이 있었으면 경비요원이 출동했을 것이었다. 그러나 그와 관련한 아무런 통보도 없었다. 그럼 경비요원이? 전혀 가능성이 없는 것도 아니다. 현금인출기 담당 경비회사 직원이 현금인출기를 통째로 훔친 걸 신문에서 봤다. 길동은 경비요원이 직접 훔치지 않았어도 공조했을 가능성을 생각했다. 공조 가능성을 떠올리자 길동은 문득 '교장, 실장도 나를 공범으로?'란 생각에 격렬하게 고갯짓하며 일어섰다. 길동은 실장실로 발을 돌렸다.

"길동아, 내 말 이해하지 못하겠니? 지금 너보고 사건 조사하라 했니? 그냥 조용히 있어. 나 교장실에 다녀올 테니 이 따 이야기하자.”

김 실장은 수첩을 들고 빠른 걸음으로 교장실로 올라갔다.

2

점심시간, 남 교장과 김 실장이 마주 앉았다. 김 실장은 교장에게 사회교과교실 컴퓨터를 설치한 K정보통신사㈜ 진 사장과 통화한 내용을 말했다. 진 사장은 회수한 일 없다고 했다. K정보통신사는 각급 학교 컴퓨터 수리뿐만 아니라 학교의 조달청 구매 컴퓨터를 위탁 설치하는 업체다. 진 사장 역시 한두 대도 아닌 모니터 35대 회수 질문에 의아할 수밖에 없었다. 진 사장은 무슨 일이냐며 집요하게 물었다. 김 실장은 그와 업무 관계로 잘 알고 지내는 터라 상황을 이야기했다. 아울러 김 실장은 진 사장에게 긴밀한 부탁을 했다.

김 실장은 자신의 수첩을 펼친 후 교장에게 드렸다. 남 교장이 내용을 살폈다.

S컴퓨터 모니터 36대(학생용 35대, 교사용 1대)

S컴퓨터 XP 컴퓨터 본체 1대(교사용)

S컴퓨터 도트(dot) 프린터 1대

동종 사양 구매 시 총 1,400만 원

유사 사양 구매 시 총 1,000만 원

"유사 사양(仕樣)이란 무슨 의민가요?"

"예, 외양은 똑같은데 성능, 다시 말해 속도가 조금 느립니다. 자동차로 비유한다면 똑같은 차종인데 연료가 휘발유냐 경유냐 차이라 생각하시면 됩니다. 외관상 전혀 차이점이 없습니다. 성능 차이도……. 저도 컴퓨터를 좀 알기에 드리는 말씀입니다만 학생 교육활동엔 전혀 지장 없다고 봅니다."

"으으음……."

남 교장은 팔짱을 낀 채 고뇌에 찬 얼굴로 한동안 천장을 바라보며 신음을 길게 내뱉었다. 그러나 동의를 표명하는 신음이었다. 잠시 후 고개를 바로 한 교장은 알겠다는 듯 서너 번 머리를 주억거렸다. 교장의 동의에 힘을 얻은 듯 김 실장은 계속 말을 했다.

"2학기부터 사용할 것이므로 방학 중에 모든 걸 처리해야 할 것 같습니다. 그래서 말씀입니다만 이왕 이렇게 나갈 것이면 좀 서둘러야 하겠습니다. 비용은 각각 4:3:2:1로 분담했으면 합니다."

"1은 누굴 말하는 건가요?"

"맹현숙 선생님입니다. 사회교과교실 관리자로서 일말의 협조가 있어야 한다고 봅니다."

"으음……."

남 교장은 알겠다는 듯 서너 번 머리를 주억거렸다. 그런 교장을 보며 김 실장은 계속 말을 했다.

"그리고 한 말씀 더……."

김 실장은 순간 자신의 그와 같은 적극적 행동에서 오전의 교장 제안에 순치(馴致)된 자신을 보았다. 교장의 잦은 '으음……'과 표정에서 오전과 다소 변화가 있음을 어렴풋이 감지했다. 그러나 여전히 교장 입에서 재고(再考)나 신고(申告)란 단어는 나오지 않았다.

남 교장이 팔짱을 풀면서 김 실장을 응시했다.

"길동이, 아니 홍 주무관은 정말 억울하다고 합니다. 사실대로 신고하고 조사받겠다고 합니다. 일단 제가 말을 잘했습니다만 교장 선생님께서 한번 불러 말씀 부탁드립니다. 맹현숙 선생님 역시 부탁드립니다. 그럼, 저는 이만 나가보겠습니다."

김 실장은 앉은 채로 가벼운 눈인사를 한 후 일어섰다. 남 교장은 출입구를 향해 걸어가는 김 실장 뒷모습을 보면서 "으음……." 하고 신음을 내뱉었다. 그 '으음'은 오전의 '으음'과는 다소 색깔이 달랐다.

'시험지 유출, 학생 체벌 등 부하 직원 근태 및 직무 수행 관리 소홀로 인한 것이라면 나도 인정하겠다. 난 교실 지킴이가 아니다. 난 컴퓨터 지킴이가 아니다. 교장이 훈장 달고 퇴임하는 게 지극히 정상 아닌가. 이 일로 그걸 놓치는 건 정말 아쉬운 일이다.' 남 교장은 명예로운 정년퇴직을 염두에 둔 당연한 방어 행동이라 자위했다.

"그러나……."

남 교장은 혼잣말하며 소파에서 일어났다. 창가로 걸어가며 여섯 개비째 담배를 입에 물었다. 불을 붙이면서 생각을 이었다.

'과연 내가 잘하는 일일까? 지금이라도 늦지 않았다. 가슴에 달린 훈장 쪼가리보다 가슴 위에 있는 내 얼굴, 62년 내 인생, 35년 교직 명예가 더 중요한 게 아닐까? 아침엔 왜 그런 말을 했을까? 그 짧은 시간에 어찌 그런 생각이 들었을까? 그때 왜 난데없이 훈장이 떠올랐을까? 컴퓨터를 가져간 사람이나 이를 덮으려는 나나 다른 게 무엇인가? 정직, 학생 조회 때 자주 강조한 게 나 아니었나? 정작 정직하지 않은 놈은 나였구나. 학교 망신? 관련자 보호? 아니다. 나만을 위한 행동이다. 모두 내 욕심이다. 망령 든 속물 교장이다. 자존심만 세고 자존감은 낮은 나. 그게 내 도덕, 아니 논리 사고 수준이란 말인가? 교육자, 그것도 명색이 교장인 내가? 이제라도 서둘러 신고해야 하는 것 아닌가? 그러나 이미 주사위를 회수할 수 없을 정도로 내던진 건 아닐까?'

남 교장은 입술에서 담배를 뗀 후 교장 퇴임, 체면, 권위 유지, 징계, 망신, 회피, 자존심, 양심, 후회, 책무, 불명예, 마음의 소리, 그리고 자존감 등을 하나하나 읊조렸다.

"네가 그날 청소 끝냈다고 담임 선생님께 말씀드렸다면서?"

인쇄실로 찾아온 대표 학생에게 길동이 물었다.

"네, 우리 깨끗하게 했어요. 솔직히 청소할 것도 없었어요. 바닥 쓸고 커튼 치고 나왔어요."

"학생용 테이블에 모니터들 없었니?"

"예, 없었어요. 컴퓨터 본체들만 있었어요. 모니터는 한 대도 없었어요. 그래서 철수가 모니터는 나중에 들어오려나 하고 말했어요."

"교사용 책상에도 뭐 없었어?"

"예, 선생님 책상에도 없었어요. 그냥 빈 책상, 아, 키보드와 마우스만 있었어요."

대표 학생이 다녀간 후 길동은 A4용지에 몇 가지를 메모했다. 어느덧 한 시간이 지났다. 종이 위에 적힌 메모 내용을 다시 하나하나 점검하면서 관계를 정리했다.

> 일요일 도난, 학생들 토요일 청소 시간에도 못 봤음, 일요일 무인 경비시스템 작동 없음, 모니터 36대, 본체 1대, 프린터 1대, 승합차 또는 트럭 필요, 최소 2~3명 필요, 토요일 밤, 경비회사 내부 요원 공모? 분담금 최소 2백만 원, 결백! 억울! 음주 징계 경력, 불명예, 가족

메모 내용 위에는 화살표와 동그라미, 그리고 물음표 등으로 가득했다. 그중 비교적 크고 굵게 원이 쳐진 것은 '학생들 토요일 청소 시간에도 못 봤음', '결백!', '억울!' 등이었다. 메모를 보던 길동이 전화기를 들었다.

"맹 선생님, 접니다. 한 가지만 말씀드릴게요. 애들 말로는 토요일 청소 때도 없었대요."

"그 말씀의 의미는 뭐죠?"

길동은 숨을 들이쉰 후 작은 소리로 말했다.

"사라진 날이 일요일이 아니란 겁니다. 저의 과실이 아닐 수 있다는 말씀입니다. 지금 상황으론 그것뿐입니다."

길동은 일단 일요일이 아님을 확신했다. 무인경비시스템 경보음 작동도 확실히 없었다. 길동은 다음 가능성을 생각했다. 사회교과교실 컴퓨터 설치가 끝난 금요일 밤부터 토요일 밤 사이에 벌어졌을 것으로 생각했다. 길동은 그 기간에 경보음 작동으로 경비회사 직원이 출동했었는지를 알아보려 출동 점검 기록부를 확인했다. 없었다. 길동은 경비회사 직원이 경보음을 해제한 후 가져갔을 가능성이 크다고 생각했다.

5시 30분 행정실, 행정실 직원 6명 중 김 실장과 길동만 남았다. 길동이 조심스레 실장에게 그 이야기를 했다.

"실장님, 애들 말로는 토요일 청소 때도 없었대요. 그러니까……."

"홍길동, 내가 분명히 그만하라고 말했지? 그래 범인 잡아 경찰서 데려가려고? 경비회사책임자 전화번호 알려줘?"

김 실장은 다소 짜증 섞인 투로 말했다. 김 실장은 그에게 교장이 찾는다는 말을 전했다. 길동은 교장실로 올라갔다. 교장과 맹 교사가 있었다. 교장은 김 실장의 의견을 두 사람에게 말했다. 2백만 원. 길동은 어찌 자신이 예측한 돈과 딱 떨어지는지 스스로 놀랐다. 길동은 '이건 정말 아니다.'라는 생각과 '내 운명인가 보다.'라는 생각을 동시에 했다. 길동은 2백만 원을 부담하겠다고 말했다.

"교장 선생님, 전 동의할 수 없습니다. 백만 원이 문제가 아닙니다. 제가 왜 그걸 변상해야 합니까? 변상이란 건 잘못이 있을 때 하는 겁니다. 전 잘못이 없습니다. 컴퓨터 설치 전에 학생용, 교사용 테이블이 설치된 날 잠금장치 설치해달라고 홍 주무관한테 말했습니다. 홍 주무관으로부터 번호키 잠금장치로 해주겠다는 약속까지 받았습니다. 그런데 컴퓨터 설치가 모두 끝났는데도 잠금장치를 안 했습니다. 잠금장치를 설치한 후의 사건이라면 저의 사회교과교실 관리 잘못을 인정하고 썩 내키지는 않지만 부담할 의향이 있습니다. 그러나 이건 아니라 생각합니다."

그리고는 옆에 앉은 길동을 바라보면서 말했다.

"홍 주무관님! 제가 사회교과교실에 컴퓨터가 들어오기 전부터 잠금장치 설치해달라고 분명히 말했죠. 맞죠?"

길동은 할 말이 없었다. 사실이었다. 길동은 말없이 마지못해서 응하는 것처럼 고개만을 두 번 천천히 끄덕였다.

"그리고 금요일, 그러니까 모든 컴퓨터 설치가 끝난 날 다시 한번 독촉했었죠. 그것도 맞죠?"

이번에도 길동은 고개를 두 번 끄덕였다.

"홍 주무관님, 토요일에 없어졌는지 일요일에 없어졌는지가 중요한 게 아니고요. 잠금장치가 제대로 안 됐다는 게 근본적 원인이에요. 사회교과교실 관리책임자로서 잠금장치 설치를 독촉까지 했어요. 설치가 안 되어 문제가 발생했는데 저보고 어쩌라고요."

맹현숙이 일어섰다. 교장을 향해 말했다.

"교장 선생님, 저는 이 자리에 있을 아무런 이유가 없다고 생각합니다. 교장 선생님 당부하신 대로 해결될 때까지 도난 사실에 대해 경찰 조사까지 동료들에겐 함구하겠습니다만 경찰 조사에 위증할 마음은 없습니다. 그럼, 저는 이만 실례하겠습니다."

3

김 실장은 길동에게 당장 사회교과교실에 자물쇠를 설치하라고 지시했다. 길동은 비품함(備品函)에서 든든한 잠금장치 세트를 챙긴 후 사회교과교실로 향했다.

사회교과교실은 고요했다. 지난주에 완성된 것이라 친환경 페인트 내음이 향기로웠다. 벽도 깨끗, 커튼도 깨끗, 그리고 바닥도 깨끗했다. 흠이라면 테이블 위에 있어야 할 것들이 없다는 것이다. 학생용 테이블엔 감옥 속에서 망나니에 의해 머리가 잘린 듯 모니터 없는 컴퓨터 본체 35대만이 좁은 칸에서 근신하는 듯했다. 앞면은 세 가닥의 스테인리스 바(bar)로 막혀 있다. 뒷면은 든든한 잠금장치로 잠겨 있다. 든든한 보호막이 있어 도난을 면했다. '도대체 너희들은 네 모가지가 사라지는 동안 눈뜨고 뭐 했어?'란 길동의 추궁에 '주인님, 드릴 말씀이 없습니다. 죽여주시옵소서.'라 답하는 듯했다. 아무런 보호막 없는 교사용 테이블 위에 놓여있던 컴퓨터 본체, 모니터, 프린터는 사라지고 없었다. 돈 안 되는 키보드와 마우스만 덩그러니 있었다. 길동은 보물을 잃어버린 테이블 처지가 안되고 애처롭게 보였다. 먼지가 내려앉은 테이블을 말없이 쓰다듬었다.

길동은 뒷문 잠금을 확인 후 앞문에 든든한 자물쇠를 설치했다. 소 잃고 외양간 고치는 격이라 생각했지만 그나마 남아 있는 학생용 컴퓨터 본체를 보호하는 조치라 생각했다. 그러나 앞서 들은 교장과 김 실장 말을 생각하니 다른 이유도 있는 것 같았다. 컴퓨터 본체 보호 아닌 출입금지 조치, 즉 '사회교과교실이 털린 것을 누구에게도 알리지 말라!'란 생각이 들었다.

"언제 들어와요?"

잠금장치를 돌렸다 풀었다 하며 자동 이상 유무를 점검하던 길동이 뒤돌아보았다. 과학부장 정준호였다. 정 부장은 고개를 디밀어 사회교과교실을 보면서 말했다.

"지난번 것들 모두 거두어 가는 걸 보니 제품에 문제가 있는 것 같던데……. 언제 제대로 된 것들로 들어와요?"

길동은 무슨 말인지 잘 몰랐다. 길동이 그에게 물었다.

"정 부장님, 무슨 말씀이에요? 거두어 가다뇨?"

"지난주 토요일 아침에 기사 두 사람이 와서 모니터를 다 갖고 가더라고. 전날 설치한 모니터를 모두 도로 가져가기에 제품에 이상이 생겨 회수하나 보다 했지요. 더운데 둘만 옮기는 게 안쓰러워 지나가는 학생 몇 명에게 나르는 걸 도와주라고 했지. 그래, 제대로 된 것들은 언제 들어와?"

순간 길동은 일이 이상하게 돌아감을 감지했다. 길동은 김 실장에게 정 부장한테서 들은 정황을 설명했다. 김 실장은 설치하고 있는 마당에 이제 와 도리가 없다고 생각했다. 그러나 그 역시 범인이 궁금했다. 둘은 CCTV 내용 확인을 위해 교장실로 향했다. 세 사람은 과학부장이 말한 시간대에 CCTV에

녹화된 장면을 검색했다.

"잠깐, 저겁니다!"

함께 화면을 지켜보던 길동이 큰 소리와 함께 손가락으로 모니터의 한 지점을 짚었다. 두 사람에게 자신의 결백을, 일요일이 아니었음을 확실히 확인시키려는 어투였다. 일 톤 트럭 한 대가 학교로 들어왔다. 화면 하단에는 09시 23분 13초라 찍혀 있었다. 세 사람은 계속 녹화화면을 검색했다. 트럭은 10시 18분 15초에 교문을 나갔다. 남 교장은 월요일 CCTV 검색 때 미처 거기까진 확인 못 했다. 설마 일과 중에 그런 일이 벌어질 줄은 생각하지 못했다. 세 사람은 범인을 찾았다는 생각에 들뜬 마음으로 서로 얼굴을 번갈아 보았다. 동시에 인제 와서 어찌하겠다는 건가란 표정을 지었다. 바로 그때였다. 노크 소리가 들렸다.

작업복 차림의 한 사람이 들어왔다. K정보통신사 진 사장이었다. 세 사람이 동시에 진 사장을 쳐다보았다. 모두가 자신을 보고 있다고 느낀 순간 진 사장은 빠른 동작으로 바닥에 무릎을 꿇었다. 진 사장이 말했다.

"죄송합니다. 정말 죄송합니다."

진 사장은 머리가 바닥에 닿도록 연신 절을 했다. 김 실장은 금세 상황을 파악했다. 남 교장은 엎드린 사람이 누구인지 몰랐다. 교장은 그 사람이 왜 양 손바닥을 바닥에 들러붙인 채 연신 머리를 조아리며 용서를 비는지 몰랐다. 교장은 고개를 까우뚱한 채로 김 실장을 바라봤다. 김 실장은 교장에게 귀엣말로 최초에 컴퓨터를 설치한 K정보통신사 진 사장이라 말했다. 교장은 그제야 상황을 알겠다는 듯 고개를 끄덕였다. 잠시 후 진 사장이 얼굴을 들었다. 진 사장은 살짝 열린 출입문을 향해 다소 단호한 어투로 크게 말했다.

"들어들 와!"

진 사장과 같은 작업복을 입은 두 사람이 들어왔다. 한 사람은 40대 초반, 한 사람은 20대 초반으로 보였다. 그들 역시 들어오자마자 무릎을 꿇고는 머리가 바닥에 닿도록 연신 절을 하면서 사죄의 말을 했다. 남 교장은 확실히 정황을 파악했다. 교장은 무릎 꿇은 세 사람을 일으켜 세웠다. 교장은 길동에게 기사 두 사람을 데리고 나가라 했다. 사장이면 충분했다.

남 교장과 김 실장은 나란히 소파에 앉았다. 맞은편에 앉은 진 사장은 두 손을 맞잡고 낭심(囊心) 위에 놓았다. 죄인답게 어깨를 최대한 좁힌 채 얼굴을 숙였다. 조심히 고개를 든 사장이 상황을 설명했다. 설치 기사 두 사람의 짓이라고 했다. 최초 김 실장의 전화를 받고는 당연히 자신은 물론 기사들도 그럴 리가 없다고 확신했다. 전화를 끊고 혹시나 해서 기사들한테 물었더니 아니라 했다고 했다. 그런데 마침 창고에 볼일이 있어 갔다가 구석에 이 학교에 설치한 모니터와 컴퓨터를 담았던 종이상자 등이 너무나 온전하게 차곡차곡 쌓아 보관된 것을 보고 이상히 생각했다. 빈 상자는 포장 테이프를 떼어낸 후 납작하게 만들어 쌓는 게 빈 상자 관리 회사 규정이었다. 게다가 젊은 기사는 토요일 퇴근 후에야 전화로 급한 일이 있어 월요일 오전 지참을 사장한테 알렸다. 물론 진 사장은 허락했다. 진 사장은 순간 뭔가 이상함을 감지했다. 진 사장은 나이 든 기사한테 대성고 컴퓨터 설치 일을 말하면서 상자 상태에 대해 추궁했다. 나이 든 기사는 잘못을 실토하고 용서를 구했다. 젊은 기사가 여자친구의 임신으로 수술 및 병간호비가 필요해서 일을 저지른 것이라 말했다. 물건들은 자기 집에 보관하고 있다고 했다. 진 사장은 그 말을 듣는 순간 즉시 달려와야 하는 것이 도리지만 남은 기사까지 데리고 오느라 늦었다고 말했다. 젊은 기사는 여자친구를 데리고 수술을 받으러 부산에 갔다가 오늘 낮에 도착해서 이제야 왔다는 것이다. 진 사장은 사장으로서 사원교육을 잘하지 못한 것에 대해 진심으로 잘못을 통감하면서 거듭 죄송하다고 했다. 여기를 나가면 경찰서로 자수하러 갈 것이라고 했다. 자신도 직원 관리 감독 미흡으로 인해 받아야 할 처벌은 달게 받을 각오가 되어있다고 말했다.

남 교장은 두 사람의 근무경력과 전과(前科) 유무를 물었다. 사장은 둘의 근무경력이 각각 7년과 2년이며, 둘 다 전과는 없다고 말했다. 젊은 기사와 여자친구 모두 부모에게 알려지는 게 겁나 일을 저지른 것이라 말했다.

"모니터와 컴퓨터 앞면에 〈정부〉 마크가 찍혀 있어서 파는 게 쉽지 않았다고 했습니다. 판매할 시간도 충분하지 않았고요. 고교 동창에게 교사용 컴퓨터 한 세트, 인터넷으로 모니터 두 대를 판 게 전부랍니다."

묵묵히 사장의 말을 듣던 남 교장이 깍지를 굳게 끼면서 "으음……"을 길게 했다. 잠시 후 교장이 중요한 뭔가를 결심한 듯한 표정을 짓고 입을 열었다.

"진 사장님, 사장으로서 직원 관리 감독 미흡으로 인해 받아야 할 벌이라면 달게 받을 각오가 되어있다고 하셨는데 믿어도 됩니까?"

"예, 십육 년간 저의 신용을 바탕으로 유지해온 사업입니다. 앞으로도 유지가 되어야 하고요. 한 입으로 두말하지 않습니다."

"좋습니다. 사장님이 그렇게 말씀하시니 저도 말씀드리지요. 우린 아직 경찰에 신고는 하지 않았습니다. 우선 누구보다 우리가 궁금했습니다. 범인이 누군지. 저걸 돌리면 다 나오니까요."

남 교장이 CCTV 화면을 가리켰다. 진 사장은 돌아보지 않았다. 그는 들어올 때 CCTV 모니터 앞에 모인 그들을 봤다. 순간 진 사장은 '천만다행이다.'라 생각했다. 그러자 절로 감사하는 의미에서 두 다리 잡힌 방아깨비처럼 고개를 끄덕였다. 교장이 계속 말했다.

"보시다시피 오늘 아침부터 줄곧 저기 CCTV 녹화된 영상을 탐색하고 있었습니다. 토요일 밤, 저녁, 점심을 거쳐 이제 막 토요일 오전을 검색하던 중 저걸 발견했습니다. 저기 트럭 보이죠? 저희도 놀랐습니다. 일과 중에 벌어질 줄은 몰랐지요. 어쨌건 이제 찾았으니 신고를 하려던 참이었습니다."

교장이 자세를 고쳐 앉았다. 뭔가 중요한 말을 하려는 듯 다시 한번 굳게 깍지 꼈다. 진 사장에게 말했다.

"진 사장님! 제가 제안을 하나 하겠습니다."

그제야 진 사장이 고개를 들어 교장과 눈을 마주쳤다.

"진 사장님, 오늘 중으로 원상 복구하고, 이미 팔린 건 동종 사양으로 채워놓으세요. 학생을 가르치는 처지에서 젊은 기사가 진심으로 반성하고 있고 사장님이 보증하신다면 세 사람에 대해 저도 못 본 것으로 하겠습니다. 어떻습니까?"

"교장 선생님, 고맙습니다. 감사합니다. 고맙습니다. 이 은혜 절대 잊지 않겠습니다."

진 사장은 그 자리에서 일어나 거듭 고마움을 표했다. 형식적인 인사가 아니었다. 진심에서 우러나오는 행동이었다.

남 교장은 알겠다는 말과 함께 팔을 뻗어 앉으라는 손짓을 했다. 진 사장이 다시 소파에 앉았다. 김 실장이 진 사장에게 말했다.

"진 사장님, 일단 일은 그렇게 마무리 짓기로 하고요. 한 가지 궁금한 게 있습니다. 두 사람 동기는 알겠는데, 어떻게 자신들이 설치한 것을 그것도 대낮에 가져갈 생각을 했답니까? 학생, 교직원 합치면 팔백 명, 천육백 개 눈이 있는데. 그것도 한두 개가 아닌 트럭을 동원해 가져갈 생각을 했는지 말입니다."

진 사장은 마치 자기가 물건을 훔친 사람처럼 불편하고 거북한 표정을 지었다. 오히려 그 표정을 본 남 교장과 김 실장은 질문이 잘못됐는가라 생각할 정도였다. 진 사장이 조심스레 말을 했다.

"저어……. 그게 말입니다. 이걸 뭐라고 표현을 하나……."

죄인의 사장으로서 무슨 말을 하겠느냐는 듯 곱은 두 손을 비비면서 겸연쩍은 표정으로 말을 이었다.

"두 사람의 말을 그대로 옮기자면 '무관심해서요.'랍니다. 무관심하다는 말의 의미가 구체적으로 뭐냐고 물었습니다. 그랬더니 아 글쎄, '우리가 들락거려도 학생, 교사 모두 신경 안 써요.'라고 했습니다. 컴퓨터를 들고 복도나 교실을 왔다 갔다 해도 학생들이나 교사들 모두 인사는 잘하는데 무슨 일로 왔는지는 묻지를 않는대요. 이 학교뿐만 아니라 다른 학교도 마찬가지래요. 학생은 그렇다 치더라도 교사도 여기에 온 용무를 묻지 않더래요. 설치 시작한 목요일, 금요일, 그리고 토요일 오전에 가져올 때도 만난 사람 수십 명 모두가 인사만 했지 용무를 물어본 사람은 한 사람도 없었답니다. 토요일만 하더라도 그래요. 학생들은 모두 '안녕하세요?'라고 인사하면서 지나쳤답니다. 교사로 보이는 사람도 네다섯 명과 마주쳤는데 아무도 용무나 신분 확인을 하지 않고 그저 가벼운 눈인사만을 하고는 지나쳤답니다. 한 선생님은 자신들이 짐을 옮기는 걸 보고는 지나가는 학생들에게 도와드리라고 말만 하고는 가셨대요. 그 교사와 학생들 도움으로 생각보다 빨리 끝낼 수 있었답니다. 그들도 솔직히 단 한 사람이라도 신분 확인과 용무를 물으면 대충 핑계 대고 나오려 했답니다."

진 사장은 힘겨운 고비를 넘겼다는 안도의 한숨을 돌린 후 자기 생각을 첨가했다.

"사실 저도 컴퓨터 설치 관계로 여러 학교 다닙니다만 컴퓨터나 모니터만 들고 있으면 '컴퓨터 수리로 왔구나.'로 생각하시는 거예요. 제가 지난주 명성중학교에 갔을 때도 마찬가지였습니다. 인터넷 연결선을 들고 1, 2, 3층을 돌아다니는 과정에서 교사로 보이는 열댓 명과 마주쳤는데도 신분이나 용무를 확인하는 사람은 한 사람도 없었습니다. 이 학교도 작년 작업하러 왔다가 전임 정 실장님이 수리가 급하니 밖으로 나가지 말고 급식소에서 점심하고 빨리 수리를 끝내 달랬습니다. 그때 우리 기사 둘과 셋이서 식사했는데 용무와 신분을 확인하는 선생님은 한 분도 없었어요. 주제넘은 말씀입니다만, 제가 볼 때 선생님들은 자기를 찾아온 특정 사람에게만 관심이 있지, 자신과 무관한 방문객의 용무와 신분을 확인하는 건 무례는 아니나 간섭이요 실례라 생각하시는 것 같습니다. 어련히 알아서 사람 찾아왔을 텐데 제삼자인 내가 왜 나대느냐는 생각을 하시는 것 같습니다. 특히 대성고처럼 규모가 큰 학교는 그런 경향이 더 짙은 것 같습니다."

남 교장은 진 사장의 말에, 특히 끝부분 말에 공감했다. 남 교장은 작년 말, 일을 마치고 나가는 고경만 교사를 본 박진희 교사가 "교장 선생님, 저분은 누구세요?"라고 물은 일을 떠올렸다. 고경만과 박진희는 각각 다른 특별실에서 근무했다. 총 38학급의 대성고에는 매일 방문객으로 북적거렸다. 학부모 외에도 1~2주 단기 시간 강사, 동아리 활동 특강 강사, 건강음료 배달원, 참고서 관련 서점 직원, 신입생 모집 및 홍보를 위한 대학교수, 컴퓨터 등 각종 설비 기사, 그리고 교사별 지인 등의 방문객에 대해 거의 무방비로 노출된 게 사실이었다. 몇 년 전 유네스코(UNESCO) 협력학교 교장단 연수차 방문한 일본 초등학교 경우는 우체국 집배원마저 오전, 오후 각각 특정 시각 1회만 허용한다는 설명을 들었다. 물론 학부모를 포함한 모든 방문객은 사전 예약이 원칙이라 했다. 남 교장은 우리나라, 특히 고등학교는 방문객에 대해 너무 관대, 즉 노터치(no touch)한다는 생각을 안 해본 것은 아니었다. 교장은 진 사장에게 그건 '무관심해서'가 아니라 '너무 바빠서'라 변명하고 싶었다. 대다수 교사가 담당업무에만 신경 쓰다 보니 옆에서 누가 무슨 일을 하는지 신경 쓸 여유가 없다고 말하고 싶었다. 그러나 남 교장 자신이 생각해 봐도 통하지 아니할 변명이었다. 말을 하지 않았다.

남 교장은 점심 식사, 교내체육대회, 교내 회식 등도 학년별 혹은 삼삼오오 뜻맞는 사람끼리만 어울리는 추세이니 기사들의 이번 사건도 충분히 가능하다고 보았다. 남 교장은 교직원 회의와 회식 건배사 등을 통해 소통(疏通)을 강조했다. 간혹 경상도 출신 장영심이 교장의 소통 강조에 좀 더 확실한 각인을 위해 지원 사격을 하기도 했었다.

"교장 선생님예, 경상도 방언 중에 쇠통(소통)이 뭔지 아세요. 자물통이라예, 자물통. 교장 선생님이 자꾸 쇠통을 강조하시어 모두가 입에 쇠통을 채우니 어디 쇠통이 되겠는지요. 어데예, 택도 없심더. 여러분 우리 쇠통 잘 하십시데이."

진 사장은 약속을 지켰다. 교장실을 나온 후 밤샘 작업 끝에 사회교과교실을 원상태로 돌려놨다. 남 교장도 약속을 지켰다. 김 실장은 기존 손바닥 크기의 방문 표찰을 없앴다. 교색(校色)인 크림슨(crimson) 색 어깨띠로 대체했다. 남 교장은 교직원 회의를 통해 어깨띠가 없는 방문객을 보면 즉시 행정실로 가도록 안내할 것을 당부했다. 맹현숙은 누구보다도 그 의미를 잘 이해했다. 대다수 교사는 여전히 무덤덤한 표정이었다.

4

개학 후 며칠이 지난 오후, 방문객 두 명이 김 실장을 찾았다. 두 사람을 맞이한 김 실장은 몹시 당황한 기색을 감추지 못했다. 도교육청 감사과 직원들이었다. 새로이 제작한 어깨띠 두 장을 들고 온 변지희 주무관에게 김 실장은 됐다는 말로 제지했다. 김 실장과 그들 사이에 십여 분간의 대화가 오갔다. 김 실장은 그들을 데리고 교장실로 갔다. 남 교장은 그들과 악수한 후 소파에 앉혔다. 최경석 감사과 제1팀장은 남 교장과 구면(舊面)이었다. 최 팀장이 서류 봉투에서 좀 전에 김 실장에게 보여준 사진 한 장을 꺼냈다. 최 팀장이 교장에게 두 손으로 건넸다. 최 팀장이 말했다.

"교장 선생님, 설명 부탁드립니다. 그게 왜 인터넷 중고거래 사이트에 올라와 있었는지요?"

남동호 교장은 사진을 받아들고 보았다. 사진의 내용은 대성고등학교의 물품 등록표였다. 품명, 분류번호, 규격, 운영부서, 설치장소, 취득일, 그리고 단가 등이 적혀 있었다. 사진 하단에 인터넷 사이트 물품 등록 일자가 있었다. 20○○년 7월 17일.

한동안 사진을 들여다본 남 교장은 사진을 소파 탁자에 내려놓았다. 교장은 깍지를 끼며 등을 소파 깊숙이 박았다. 남 교장 머릿속에 문득 진 사장 말이 역력하게 떠올랐다.

'선생님들은 자기를 찾아온 사람에게만 관심을 두지 그 외 방문객에겐 관심을 두지 않는 것 같습니다.'

"으음, 최 팀장, 감사과는 아직까진 나를 한낱 방문객으로 보지는 않는 것 같군요."

장고 악수_(長考惡手)

1

"거긴 일반고라 방과후 수업도 있을 텐데 그 시간에 괜찮겠어?"

"예, 가능합니다. 오늘은 방과후 수업이 없어요. 이따 거기서 봬요. 부장님."

나는 전화를 끊었다. 청운고등학교에서 학생부장으로 모셨던 맹인호 부장의 전화였다. 나는 정신이 아득했다. 퍽퍽한 고구마를 먹다가 목에 걸린 듯 속이 답답했다. K는 또다시 장고(長考) 끝에 악수(惡手)를 두었다. 이번에는 K가 벌인 여느 장고 악수와는 차원이 다른 것이었다.

4년 전, 나는 청운고에서 교직 첫발을 내디뎠다. 집에서 승용차로 한 시간 정도 떨어진 청운고는 학년당 일반학과 4개 학급, 전문학과 4개 학급으로 구성된 남녀공학 종합고등학교였다. 나는 중학교 때부터 꿈꾸었던 담임은 맡지 못했다. 학생부로 배치됐다. 나는 젊은 혈기와 열정, 그리고 학생들을 좀 더 공감할 수 있는 나이였기에 맡긴 것으로 생각했다. 그러나 아니었다. 크고 작은 학생 사안이 자주 발생해서 중견 교사들도 학생부 근무를 기피했다. 그들은 학생부보다 담임을 선호했다. 지금 생각해도 청운고 학생부는 일이 정말 많았다. 분기별 학생 징계 내용을 교내 게시판에 부착할 때면 전지(全紙) 두 장은 기본이었다.

학생부, 학생과 교직원 모두가 '학생생활지도부(部)'를 그렇게 줄여 불렀다. 내가 중고등학교 때 생각했던 학생부와는 다소 차이가 있었다. 학생부는 학생만을, 특히 문제 학생만을 지도하지 않았다. 빈번한 것은 아니나 간혹 교사와 학생 간 벌어진 사안을 조사하다 보면 학생이 아닌 교사의 잘못된 행동을 지적하지 않으면 안 되는 경우가 있다. 그해 4월 초 어느 날도 그랬다.

2학년 영어 담당 채정민 선생이 붉으락푸르락한 상태로 학생부로 왔다. 정민은 다짜고짜 6반 칠판에 '채정민 미친X 지랄하네! X도 모르면서'라 적은 학생을 찾아 처분해달라고 요청했다. 채정민이 교실에 갔더니 칠판에 앞의 글이 적혀 있었다는 것이었다. 정민은 학생들에게 자수를 독려했으나 아무런 변화가 없었다고 했다. 나는 애들 장난으로 생각하고 선생님의 일장 훈계와 관용으로 넘어가자고 했다. 정민은 단호히 거부했다. 정민은 범인 색출과 함께 강한 조치를 요구했다. 마음에 썩 내키지는 않았으나 나는 조사를 시작했다. 조사 결과는 뜻밖이었다.

"선생님이 먼저 했어요!"

사안이 발생한 학급 반장인 홍영순이 말했다.

"뭐라고?"

"선생님이 먼저 우리한테 욕했다고요. 선생님이 우리보고 몇 번을 설명했는데 이렇게 쉬운 것도 모르냐고, 초등학생 1학년도 이 정도는 하겠다고 화냈고. 그래서 박지영이가 '모를 수도 있잖아요. 우린 그거 관심 없어요.'라 맞서니까 선생님이 'X 까고 있네!'라며 가운뎃손가락을 치올렸어요. 어떻게 선생님이, 그것도 여자 선생님이 그럴 수 있어요? 그리고 우리한테 어떻게 X가 있을 수 있어요? 그렇죠?"

나는 웃고 한마디 해야 할지, 한마디 한 후에 웃어야 할지 몰랐다. 나는 지영의 뒷말은 못 들은 척하고 학급원 전수를 조사했다. 학생들 이야기를 정리해보니 반장이 한 말이 맞았다. 나는 채정민을 불러-다행히 정민은 나보다 나이가 어렸다-사실 과정을 확인했다. 정민은 자신의 최초 발언을 인정했다. 정민이 수업 중에 사과하는 것으로 마무리 지었다. 그와 비슷한 일들, 즉 교사와 학생 간 소소한 실랑이가 종종 일어났다. 소규모 농산어촌 지역의 대다수 학교가 그러하듯 청운고 학생 대다수가 진학과 취업에 뚜렷한 목표 의식을 갖지 못한 것 같았다. 낮은 입학성적과 학습된 무기력(learned helplessness)이 결정적 배경일 것이다. 그러다 보니 교실 수업에 있어 학생과 교사 간 마찰이 흔치 않게 발생했다. 가르치려는 교사, 내버려두라는 학생 간 줄다리기라고나 할까. 교사의 문제 행동은 대부분이 학생을 좀 더 이끌어보려다 안 되자 순간적으로 격한 감정이 표출되어 나온 경우였다. 교사가 청운고 학생들 심리와 행동 특성을 제대로 파악하지 못한 채 과한 교육적 열정을 발휘하다 벌어진 것이었다. 특히 인근 행복시(市)에 위치한 괜찮은 학교에서 근무하다 전입한 교사들. 그때는 어쩔 수 없이 해당 교사와 진지한 대화를 나눠야 했다. 매번 학생들의 학습된 무기력을 비판하는 교사의 넋두리를 한참 동안 진지하게 들으며 공감하는 모습을 보인 후 "선생님, 힘드시겠지만 한 박자만 자제 부탁드려요."로 끝냈다. 교육학과 박사과정 2학기 차 때 자퇴하고 사대(師大) 동기보다 뒤늦게 임용 시험을 치른 나 또한 저경력 교사인 주제에. 물론 상대가 고경력 교사인 경우는 학생부장이 했다.

공립학교 순회 근무 특성상 언젠가는 다시 한번 청운고에 갈 가능성이 크다. 그러나 최대한 피하고 싶은 게 솔직한 마음이다.

여느 장례식장과 마찬가지로 여기저기서 왁자지껄했다. 눈물 흘리는 사람은 찾아보기 어려웠다. 가족들은 어제 충분히 흘렸을 것이다. 이제 K를 아는 사람들이 할 것은 K의 부재를 인정하는 것뿐이었다.

교사 K. 내가 K를 처음 만난 건 작년 3월, 청운고 학생부 근무 때였다. K는 그해 3월 청운고에 첫 발령을 받아 부임했다. 그것도 내가 근무하는 학생부로. 나의 눈에 K는 이목구비가 뚜렷하고 늠름한 기상이 돋보였다. 내가 그를 처음 마주했을 때 나는 영화 「고지전」에서 "우리가 악어고! 우리가 전장을 지배한다. 알겠나? 누가 가장 강한가? 누가 가장 독한가? 12시간만 버텨라! 살아서 집에 가자!"를 한 톨의 웃음 없이 진지하게 외치던 이제훈을 떠올렸다. 정말 멋진 K였다.

학생부는 맹 부장, 나, 그리고 K가 근무했다. 부장은 학생부 기획, 학생회, 금연 지도 등을 담당했다. K는 남학생 생활지도, 학교폭력, 그리고 자율동아리 운영 및 연구보고서 작성 업무를 담당했다. 나는 교복 변경, 여학생 생활지도, 그리고 통학버스 업무를 맡았다.

K는 나보다 두 살 연하였다. 훤칠한 키와 잘생긴 얼굴에 왠지 호감이 갔다. 무엇보다 내가 중고교시절 내내 두려워했던 수학을 잘하는 남자란 것이 서른한 살의 내 관심을 끌었다. 나는 미혼임에도 불구하고 2세의 선천적 수학 적성에 대해서 종종 생각했었다. 임용과 함께 결혼에 관심을 둔 나는 아이가 날 닮아 수학을 못 하면 어쩌나 하고 은근히 걱정했다. 친구들과 대화할 때도 가끔 우스갯소리로 했다.

목마른 자가 우물을 판다고 했다. 나의 제안으로 우리는 사귀었다. 결혼을 전제로. 우리는 매우 신중히 만났다. 남의 눈, 특히 여학생들의 육감이 크게 신경 쓰였다. 우리가 알기론 우리 관계를 아는 사람은 오로지 학생부장뿐이었다.

나는 올해 3월에 일반고인 양지여고로 학교를 옮겼다. 내가 맹 부장을 통해 K의 부고를 받을 만한 사정이 있었다.

영정(影幀)은 임용 시험 응시 원서에 사용한 사진 같았다. 나이에 걸맞지 않게 K는 그윽하게 웃고 있었다. 나는 영정과 유족에게 절을 하고 나왔다. 신발을 신고 돌아서 나오는데 발길이 쉽게 떨어지지 않았다. 몸을 돌려 다시 그를 보았다. 다른 조문객들이 나의 어깨를 가볍게 툭툭 치며 들어갔다. 나는 옆으로 비켜 준 후 계속 사진 속의 그를 봤다. 나는 그를 보며 그에게 물었다. 'K, 교직이 안정적인 직업이라면 무엇보다 생명 지속도 보장받을 수 있어야 하지 않을까? 그토록 안정적인 교직 입문 1년 만에 당신이 그만둔 이유가 뭐야?'라고.

교사 K, 10개월간의 공사적(公私的) 관계를 통해 내가 아는 K는 두말없이 탁월한 교사라 하기엔 무리였다. 그렇다고 문제 교사라 하기에도 무리였다. 뭐라고 표현을 해야 할지 잘 모르겠다. 내 능력으로 창의적이라 말하기가 쉽지 않으나 독특하면서도 어딘가 모르게 삐딱한 교사? 확실한 것은 결코 평범하고 무난한 교사는 아니었다는 것이다. 내가 아는 K는 자기 고집이 셌다. 단순히 센 정도가 아니었다. 자기 생각과 다르면 가만히 앉아있질 못하는 것 같았다. 그게 궁금증이건 문제해결 방법이건 간에. 그런 K의 모습을 떠올리자 맹 부장의 전화를 받기 직전 학급원 정경미와 상담한 내용이 떠올랐다.

"교대? 네가 교사가 되겠다고?"

정경미는 2학년 중 제법 공부를 잘하는 학생이었다. 모의고사도 주요 과목 모두 1등급을 유지했다. 우리 2학년 담임단은 이미 S대 한 명을 확보한 것으로 받아들였다. 경미는 K교대에 진학하겠다고 했다. 나는 이전의 다른 학급원 상담 과정 등을 통해 간접적으로나마 경미의 학급 내 품행을 어느 정도 들을 수 있었다. 뭐라 할까? 이기주의 성향, 도덕적 바탕 위에 옳고 그름을 판단하여 자신의 의지를 주장하는 게 아니라 오

맹추선생

로지 자신만의 이익을 추구하는 성향이 짙었다. 이타성(利他性)을 찾아보기 극히 어려웠다. 3월 초, 학급원 학생이 수학 문제 풀이 중 도움을 청하자 경미가 "왜, 내가 그걸 너한테 가르쳐 줘야 해?"란 한마디로 거부한 사건은 전교(全校)에 퍼졌다. 정경미는 학생들과 어울림이 드물었다. 팀별 과제 수행 등 반드시 함께해야 하는 경우에만 어울렸다. 조별 과제 발표 등 교사 눈에 들만한 것은 꼭 자신이 하겠다고 나섰다. 항상 혼자서 뭔가를 부지런히 했다. 수업 중에 졸거나 떠드는 일도 없다. 얼굴도 차가운 편이었다. 웃는 것을 거의 못 봤다. 그래서일까? 경미는 2학년들 사이에서 인상파, 개밥맛, 독(毒)장군 등등 그리 느낌이 좋지 않은 별칭으로 불렸다.

"공무원 중 교사가 제일 안정적이잖아요. 방학이 있어서 더 좋아요. 월급 모았다가 방학 때 세계여행도 할 수 있고. 초등학교는 방학 때 방과후도 없잖아요."

안정적? 그렇다. 고등학교 1, 2학년 대다수가 직업 선택과 관련하여 가장 선호하는 기준 중 하나임이 틀림없다. 나는 그들이 안정적이란 단어를 사용할 때마다 도대체 저 직업 안정성을 누가 가르쳐 줬을까 생각을 한다. 진로 교사? 부모? 매스미디어? 저러니 백날 직업 흥미, 직업 적성, 그리고 직업 가치관을 가르쳐 봐야 도움이 안 되는 것 같다.

정경미의 솔직함은 높이 인정하나 담백함은 개똥만도 못했다. 학생 사랑, 교육애(教育愛), 인성 계발, 전인 교육, 학문 탐구에 대한 감흥, 교육전문가 등의 교육대학 면접시험 안내서에서 볼 수 있는 단어는 경미의 입에서 하나도 안 나왔다.

내가 아는 K는 결코 경미가 생각하는 안정적 행동, 평균적 교사 생활에 타협할 성미가 아니었다.

멍한 채 한참 동안 영정을 바라보는데 누군가 나의 어깨를 도닥거렸다. 맹 부장이었다. 그는 나한테 오느라 애썼다고 말했다. 맹 부장은 자리를 마련했다며 앞장섰다. 나는 그를 따라가는 도중에 몇몇 지인들을 만났다. 반가운 표정으로 웃으며 안부를 교환했다.

맹 부장은 나를 앉히고는 식사를 권했다. 나는 이미 학교에서 저녁을 한 상태라 커피만 한 잔 마시겠다고 말하고 문상객 도우미를 찾기 위해 고개를 들어 주변을 살폈다. 부장이 기다리라며 일어섰다. 나는 굳이 붙잡지 않았다. 맹 부장이 자리를 떠나자 나는 어떤 사람들이 조문 왔는지 둘러보았다. 내가 인사드릴 분은 없는지 천천히 사방을 살폈다. 몇 분을 발견했다. 눈을 마주친 경우는 고개를 잠깐 숙였다가 들고는 이따 찾아뵙겠다는 의미의 눈길을 보냈다.

대강 지인의 위치를 확인한 나는 물컵을 양손으로 감싸 쥔 뒤 안에서 돌리며 재차 주위를 살폈다. 교직 4년 차인 나에게 장례식장은 결혼식장과 더불어 만남의 광장이다. 매년 두세 번의 조문을 통해 살짝살짝 조문객들의 행태를 관찰하는 그리 좋지 아니한 버릇이 생겼다. 조문객 유형은 세 개의 파(派)로 분류할 수 있다. 다큐멘터리파, 소설파, 그리고 교류파이다.

내가 앉은 바로 옆 테이블의 경우는 다큐멘터리파에 속한다. 고인의 출신 고교, 대학에서부터 교사 근무 장, 단점을 비롯해 인간관계, 연애 등과 관련한 팩트(fact)를 집중 조명하는 부류이다. '그래? 내가 잘못 알고 있었네. 아, 그랬구나, 그래서 그렇게 된 거구나 등등' 상대방이 내뱉은 정보를 중심으로 자신의 오보를 수정하는 교차 검증 과정을 거치는 경우가 많았다.

소설파는 삼삼오오 모여 앉아 그중 한 사람이 고인의 일대기를 소설화하여 들려준다. 고인의 수업 및 생활지도 스타일, 성격과 그로 인한 인기 혹은 갈등, 그리고 술자리나 행사 때 보였던 웃음을 자아내는 에피소드 등. 솔깃한 내용에 말하는 이의 목구성과 듣는 이들로부터 터져 나오는 적절한 추임새가 어우러져 한결 재미를 돋운다. 간혹 듣는 이들 중 자신이 알고 있는 내용이 나올 때는 잠깐 핸드폰을 살핀다. 삼십여 분의 소설이 끝남과 동시에 그 자리는 파한다.

교류파는 고인보다는 조문 온 지인들을 만나는 데 관심을 둔다. 건너 테이블의 민관식 교장과 함께 있는 강 장학사 같은 경우다. 민 교장은 K가 근무한 청운고 교장이다. 민 교장은 부하 직원의 죽음에 대한 애도보다 조문 온 사람을 맞이하는 청객(請客) 역할을 담당하고 있다. 한편으로 민 교장은 학교가 아닌 집에서, 그것도 일요일에 사안이 발생하여 일단 학교와는 무관한 사안이란 주위의 판정을 고대하고 있을 것이다. 강 장학사는 K와 인연으로 온 건지 민 교장 연줄로 온 건지 모르겠다. 내가 볼 때 후자일 가능성이 컸다. 학생부 관리 교육청 담당자로서 사건 내막도 알아보고 또한 동창인 민 교장을 위로하러 왔을 것이다. 아니나 다를까 두 사람은 소리만 들리지 않을 뿐 한껏 웃으며 담소 중이었다.

강 장학사를 보니 문득 작년 5월 K와 전화로 언쟁을 벌였던 일이 생각났다. 강 장학사는 작년 도교육청 생활지도 담당 장학사였다. 강 장학사와 K가 학교폭력 관련 통계 보고 수치를 놓고 언쟁을 벌인 일이 있었다.

"무슨 말씀인지 잘 이해가 가지 않습니다만……."

송화기 너머로 들려오는 소리는 너무 작아 들리지 않았다.

"그러니까, 장학사님 말씀은……네……네……네네……네 장학사님이 저를 위하는 마음은 이해합니다만……네네."

K는 연신 네라고 대답했으나 전혀 수긍하는 태도는 아니었다. K의 고개는 한 번도 아래를 향하지 않았다. 계속하여 K가 말했다.

"장학사님, 그러니까 교장 선생님께 수정을 부탁드리기에는 어렵고 평교사인 저에게 지시하는 것은 만만하단 말씀이지요?"

그쪽에서 뭐라 말하는 것 같았다. K는 한동안 듣고만 있다가 큰 소리로 말했다.

"장학사님! 교육부 감사 나오면 저에게 보내세요! 장학사님 피해 없도록 잘 말씀드리겠습니다. 최소한 장학사님 피해 없도록요."

전화를 끊은 K는 얼굴이 벌겋게 상기된 채 내가 무슨 일인지 묻기도 전에 나와 부장을 보며 말했다.

"아니, 제가 호구(虎口)로 보이는 모양이지요. 지난번 학교폭력 관련 설문 조사 결과 보고 있었잖아요. 다른 학교는 학교폭력 관련 건을 모두 0건으로 보고했는데, 우리 학교만 세 건이라 그걸 0건으로 고쳐서 다시 보내라 하십니다. 저는 못 하겠다고 했고요. 수정이 꼭 필요하다면 최종 결재권자인 교장 선생님께 말씀하시라 했더니 '뭐 그런 것 가지고 교장 선생님께까지 전화하느냐.'는 거예요. 명색이 장학사란 분이 일하는 태도가 참으로 답답합니다."

K와 언쟁을 벌인 것 때문이었을까? 강 장학사는 다음 주에 있었던 서부(西部) 지구 생활지도협의회에 참석하지 않았다. 그 모임은 월례 회의였다. 내가 너무 넘겨짚은 것이었을까?

2

첫 경험에 관한 사람들의 반응은 두 가지로 분류할 수 있다. 설렘과 호기심으로 도전 정신을 발휘하는 부류, 두려움과 공포심으로 될 수 있으면 회피하려는 부류다. 내가 볼 때 K는 두 번 생각할 일 없이 전자였다. 그렇다고 K의 도전 정신이 교사와 학생의 호응을 얻는 것도 아니었다. 돌이켜보건대 K는 선배 교사들이 자신의 다소 엉뚱한 말과 행동을 삐딱하게 받아들이는 것을 매우 못마땅해했다. 내가 생각한 것 이상으로. K는 초임이라고, 현장을 모르는 교사라 나무라기 전에 자신의 말을 제대로 들어본 후 논리적인 비판을 통해 이해시켜 달라고 몸부림쳤던 것 같다. 그러나 내가 청운고에 있었을 때나 추측이지만 내가 떠난 후에도 K가 바란 대로 된 것 같지는 않은 것 같다. 내가 근 1년간 지켜본 K의 행동은 청운고 동료들의 평균적 사고와 행동과 비교할 때 표준편차 범위를 넘었다. 내가 기억하는 K의 행동으로 볼 때 극히 소수는 바람직한 행동이었으나 대부분 분쟁을 일으킨 행동이었다. 나는 전자를 묘수(妙手)로 후자를 악수(惡手)로 분류하며 나름 훈수했다. 엊저녁에 K는 교직 생활 마지막 악수를 두었다.

내가 처음 대한 K의 수(手)는 함께 근무한 지 정확히 9일 차되는 날이었다. 그게 묘수인지 악수인지는 지금도 판단하기 어렵다. 3월 2일 입학식 전에 있었던 그해 첫 직원 조회에 이어 입학식 다음 주 월요일에 있은 두 번째 직원 조회에서 있었던 수였다. 이제까지 내가 참석한 여느 직원 조회와는 크게 다른 조회였다. 거기엔 K가 결정적이었다. 직원 조회는 보통 부서별 협조 사항 및 긴급 공문 안내, 건의 사항 협의, 그리고 관리자 당부 사항 순으로 20분 내로 끝냈다. 그러나 그날은 30분을 넘겼다. K의 발언 때문이었다. 기타 건의 및 협의 사항을 말하란 교무부장 말에 K가 일어섰다.

"여러 선생님 아시다시피 저는 초임입니다. 학교 현장 근무 하루하루가 경이롭습니다. 의문이 가는 것은 책을 찾고 주위 고경력 교사들께 자문해 배우고 있습니다. 그런데 지난번 입학식 때 교장 선생님이 보이신 행동은 도저히 제 머리로는 이해가 안 되어 여쭙니다. 교장 선생님의 뜻하신 의도를 말씀해 주시면 학생지도에 도움이 되겠습니다. 고맙습니다."

나는 교무부장의 얼굴을 보았다. 교무부장은 뭐 마려운 강아지처럼 안절부절못하는 것이었다. 교무부장은 직원 조회를 주재하는 위치였다. 교무부장, 대부분 교감 승진을 위해 거쳐야만 하는 보직, 근무평정을 잘 받아야만 하는 자리, 그러니 관례적인 일이든 창의적인 일이든 열심히 해서 관리자, 특히 교장의 눈에 들어야 한다. 교장의 심기를 불편하게 해서는 안 된다. 그런 말에 교무부장이 안절부절못하는 건 당연했다. 나는 '쓸데없이 그런 걸 왜 꺼내!'라는 다소 짜증 섞인 눈빛으로 그를 쳐다봤다. 동시에 나는 민 교장을 보았다. 교장은 자애(慈愛) 가득한 눈길과 함께 빙그레한 미소를 지으며 고개를 끄덕였다. 초등학교 입학생이 바지에 오줌 싼 것을 보고 그럴 수도 있다는 표정이었다. 그리고는 수첩에 뭔가를 적었다.

그해 입학식 풍경은 내게도 전무후무하다 할 정도로 특이한 일이었다. 입학식은 읍(邑)장, 총동문회장, 그리고 학부모 등이 참석한 가운데 체육관에서 진행되었다. 내빈 소개, 애국가 제창, 교감의 학사보고, 신입생 입학 선서 등의 식순을 거쳐 교장의 신입생 입학 허가 및 환영사를 하는 중이었다. 환영사를 하던 민 교장이 "3학년 전체 무릎 꿇어!"라 큰 소리로 명령했다. 나는 처음에 뭔가 잘못 들었나 생각했다. 아니었다. 교장은 자신들도 황당한 듯 주저하는 3학년을 향해 거듭하여 무릎을 꿇으라 지시했다. 3학년 대열 여기저기서 "우~우~" 하며 불만을 표시하는 소리가 흘러나왔다. 대열 앞에 선 이십여 명은 무릎을 꿇었다. 단상의 내빈들도 당황한 듯 옷매무새를 고치거나 자세를 고쳐 앉았다. 학생들 반응이 시원치 않자 교장은 "3학년 담임 선생님들, 학생부 선생님들, 뭐 하고 있어요? 3학년 전체 무릎 꿇려 앉히세요. 입학식에 대한 기본 태도가 안 되었어요."라 지시했다. 그때서야 선생님들이 3학년 학생 속으로 들어가 돌아다니며 학생들을 앉혔다. 몇 명이 한쪽 무릎만을 바닥에 대고 엉거주춤 앉자 교장은 똑바로 두 무릎을 꿇어앉도록 지시했다. 3학년 모두가 무릎을 꿇었다. 교장은 3학년만을 향해 예식(禮式) 의미와 참여자 태도에 대해 삼 분 정도 훈시했다. 훈시를 끝낸 교장은 3학년을 향해 큰 소리로 잘할 수 있느냐고 물었다. 3학년 학생들은 마지못해 맥없는 투로 "네!"라고 답했다. 교장에게 그들의 대답 소리는 시원치 않았던 것 같다. 교장은 다시 다그쳐 물었다. 만족한 대답을 들은 교장은 그제야 그들을 일으켜 세웠다. 그 이후는 무탈하게 끝났다.

K는 교장이 3학년 학생들을 무릎 꿇린 일을 말한 것이다. 교무부장이 난감한 표정을 지으며 진화하려 했다.

"에, 그 이야기는 시간 관계상, 조회 끝난 후 교장실에서 개별적 대화의 시간을……"

"교무부장, 됐어요. 내가 여기서 말을 하지요."

민 교장이 교무부장 말을 자르고 말했다.

"K 선생님, 그리고 선생님들, 짧게 말하겠어요. 사실 나도 그날의 처신에 대해서는 스스로 유감으로 생각합니다. 우리 학교 학생들, 여러분도 잘 아시다시피 통제하기 어렵습니다. 선생님들도 수업 중에 학생 통제하기 어렵지요. 물론 말로 설득해야지요. 그러나 그것으로 한계를 느낄 때는 강경책도 필요하다고 봅니다. 지난 행위는 강경책이자 충격요법이라 생각해주시면 고맙겠습니다. 우리는 마냥 오냐오냐하며 학생을

맹추선생

지도할 수는 없습니다. 종합고인 만큼 3학년 대다수가 졸업과 동시에 여러 조직의 구성원이 됩니다. 사회와 조직은 전쟁터입니다. 우리는 사회인, 조직인으로서의 준비를 시켜야 합니다. 무엇보다 배려심과 협동심을 길러야 합니다. 배려심이 대인관계 차원에서 중요하다면 협동심은 조직 목표 달성 차원에서 중요하다고 생각합니다. 특히 협동심은 조직 생활에 있어 목표 달성을 위한 필수이자 의무 덕목입니다. 조직원 중 배려심이 부족하다고 회사에서 잘리는 사람은 보기 드뭅니다. 그러나 협동심 부족은 조직 존망과 결부된 중요한 문젭니다. 입학식이란 게 뭡니까? 학교조직, 교육조직에 첫발을 내딛는 성스러운 예식입니다. 그런 예식을 방해하는 행동은 우리가 바르게 인도해야 합니다. 모든 일에는 타이밍이 있습니다. 교육도 예외일 수 없습니다. 저는 바로 그때 그 장소라 생각했습니다. 선생님들께 당부드립니다. 여러분도 교사이기 전에 사회 선배, 조직 선배로서 다양한 교과 및 비교과 교육활동 속에서 사회인, 조직인의 자세를 길러주는 데 소홀히 해서는 안 될 것입니다. 그리고 저는 K 선생이 말한……."

그때 1교시 수업을 알리는 벨이 울렸다. 몇몇 선생님이 교장, 교감보다 먼저 회의실을 뛰쳐나갔다. 1교시 수업 있는 교사들이었다. 그들도 나처럼 교실에 들어가기 전에 교무실에 들러야 했다. 그들도 직원 조회가 그렇게 늦게 끝날 줄을 예측하지 못했을 것이다.

"부장님, 아까 민원 문제 어떻게 하실 생각이세요?"

3월 중순 어느 날, K가 부장에게 말했다. 점심시간이라 세 명 모두 자리에 있었다. 나는 두 사람을 번갈아 보았다. 입학식 날부터 우리 셋은 매일 등교 지도를 했다. 나는 교문 안에서, K와 부장은 교문 밖에서 했다. 그날은 학부모인 듯한 중년 남자가 부장에게 뭔가를 따지는 듯 양팔을 높이 들며 언성을 높였다. 지나가던 몇몇 학생들은 구경거리라도 생긴 듯 멈춰서 지켜보았다. 나도 그들에게 다가갔다. 그 사람은 학교와 삼십여 미터 떨어진 독립 농가 주인이었다. 주인은 학생들이 자기 집 계단 밑에 모여 흡연한 후 담배꽁초를 수십 개 버렸다고 했다. 한두 번이 아니며 자신도 일이 있으므로 매일 집 지키며 그들 접근을 막을 수는 없다고 했다. 작년, 재작년에도 학교에 말했지만 전혀 달라진 게 없다고 노발대발했다. 그러면서 이번에 제대로 조치하지 않으면 신문사에 알리겠다고 말했다.

"글쎄, 우리 학교 학생 흡연율이 비공식 조사 결과지만 30%를 넘네. 그들 중 30여 명은 학교에서도 안 피우면 안 될 정도의 마니아이고, 학교가 넓어 지도 사각지대도 많고, 지도 교사는 소수고, 나름 지도한다고는 하나 주민 민원은 잦고, 일단 급한 대로 신문에 나는 일이 없도록 작년 했던 비공식 흡연 장소 운영을 보완해 다시 한번 지도해볼 생각이네. 물론 협의를 거쳐야 하겠지만."

K는 입을 벌린 채 어이없다는 표정으로 한동안 있다가 말했다.

"비공식 흡연 장소요? 그럼, 담배 피우는 장소를 마련해주자는 말씀이세요? 우리 학교가요? 그게 말이나 됩니까? 공부 못하는 고등학교라고 교육 포기하는 것 아니세요? 오히

려 그게 기사에 날 사건 아닙니까? '청운고, 학생 흡연 장려'
라고요."

"말조심하게. 교육 포기라니? 난 그게 좋아서 하는 줄 아는
가! 뾰족한 방법이 없으니 하는 것이지. 우리 학교 상황이 어
떤지 잘 알지도 못하면서…… 그럼 자네 의견은 무엇인가?"

부장은 다소 짜증스러운 목소리로 말했다.

K는 양팔을 한껏 들어 올린 후 앞으로 내밀면서 그런 생각
을 하는 부장이 답답하다는 듯한 표정으로 말했다.

"학생들에게 흡연의 폐해를 이해할 수 있도록 체계적으로
교육해야죠. 우선 왜 담배를 피우게 됐는지부터 확인하고, 흡
연, 특히 청소년기 흡연의 문제점을 교육한 후 실천적 금연 프
로그램을 운영해야 하는 게 정상 아닌가요?"

"체계적 교육? 그래 자네의 체계적 교육 방안을 한번 들어
봄세. 구체적 실천 방안을 금요일까지 제출해주게."

부장이 말한 비공식 흡연 구역 운영이란 직전 해에 실시했
다가 한 달 만에 도중하차로 끝나고 말았다. 전년도에도 주민
민원은 여전했다. 학생부장은 특별 조치로 일단 학생이 밖으
로 나가는 것을 차단하는 것에 중점을 두었다. 그래서 나온 것
이 교내 비공식 흡연 공간 운영이었다. 교내 일정한 공간에서
피우는 것을 묵인하겠다는 발상이었다. 나는 그것에 대해 교
장과 의논하러 가는 부장에게 "아무리 민원이 심각하다고 해
도 설마 동의하시겠어요?"라 말했다.

나의 기우였다. 교장실을 다녀온 부장이 싱글벙글 웃으며
말했다. 부장은 교장도 자신의 의견에 '비공식 시범 운영'이

란 독특한 조건으로 동의했다고 했다. 부장 말에 따르면 교장도 A고 교감으로 2년간 근무할 때 그와 비슷한 일을 한 적이 있다고 했다. 매년 대학수학능력시험 고사장을 운영하는 A고의 경우 매년 대학수학능력시험일 때마다 화장실에 붉은색 돋음체로 '방화사(防火砂)'라 A4용지를 붙인 모래 담은 항아리를 비치했다. A고는 수능 끝나고 나면 다수의 막힌 대변기와 화장실을 포함한 학교 여기저기에 흩뿌려진 꽁초 처리에 애를 먹곤 했다. 그래서 나온 게 꽁초를 항아리에 버리도록 유도하는 것이었다. 막힌 변기가 한 곳도 없었고 꽁초는 항아리에 그득했다고 했다.

"항아리에 반드시 '방화사'란 글을 써 붙이라는 지시까지 내렸어."

그해 4월부터 실습동(棟) 뒤뜰 쓰레기 분리 배출장을 묵인 공간으로 운영했다. 넓은 청운고 공간 중 가장 인적이 드문 곳이다. 쓰레기 분리 배출장 3면이 철제 펜스로 둘러싸여 있어 학교 주위를 지나가는 주민 눈길도 피할 수 있는 곳이다. 부장은 큰 항아리에 모래를 담아 비치했다. 교장 조언대로 붉은 페인트로 '방화사'라 썼다. 시행 초반의 효과는 가시적이었다. 주위 민원은 없어졌다.

그러나 시범 운영은 두 달 만에 끝났다. 지금 생각하면 끝난 사연도 다소 황당했다. 3학년 학생 둘이 담배를 피우다 수업 시간에 5분 정도 늦게 들어갔다. 김순길 중국어 교사가 그들에게 늦은 이유를 물었다. 김 교사가 학생부에 와서 진술한 내용을 되살리면 그 학생은 단 한 톨의 부끄럼도 없는 표정으

맹추선생

로 담배 피우다 늦었다고 했다. 그래서 그걸 자랑이라고 그렇게 당당하게 말하냐고 했더니 "담배 피워도 좋다고 만든 것 아녜요. 선생님도 허락한 거 아니에요?"라고 말했다. 김순길은 교직원 조회 때 하다 하다 이런 지경까지 왔다며 당장 폐지를 주장했다. 찬반 의견을 주고받은 끝에 폐지했다. 학생부장은 그걸 다시 보완해서 추진하겠다는 말이었다.

금요일 점심시간, K의 지도 방안을 갖고 세 명이 협의했다. 출력물 내용은 이랬다.

금연 지도 계획 수립을 위한
흡연 학생 인터뷰 및 지도 방안

1. 조사 내용

가. 흡연 학생 인터뷰: 15명(학년별 5명, 학급 반장 통해 선정)

나. 인터뷰 학생 15명이 추정한 우리 학교 흡연 학생 비율 평균:

남학생 30%, 여학생 15%)

다. 흡연 이유는 무엇인가?

① 딱히 할 게 없어서: 6명

② 담배 맛이 좋아서: 4명

③ 친구들과 어울리기 위해: 5명

라. 지금보다 차원이 다른 금연 지도로 끊을 수 있는가?

① 가능: 7명

② 불가능: 3명

③ 모르겠다: 5명

마. 비공식 흡연 장소(1곳) 설치 의견(이유)

① 찬성: 10명(좋지요. 학교 밖으로 안 나가도 됨.)

② 반대: 5명(1, 2, 3학년 함께 모이면 불편함. 학년별 따로 해주면 찬성)

바. 학교에 설치했으면 하는 놀이/오락 기구는?(중복 응답)

① 당구대(11명)

② 노래방 기계(7명)

③ 컴퓨터 게임(6명)

③ 만화책(3명)

2. 금연 교육 시사점

가. 담배 맛을 아는 학생은 소수이고 대다수가 딱히 할 게 없어서 및 친구들과 어울리기 위함 ⇨ 아직 초보자로서 담배 맛을 알기 전에 지도 필요

나. 4월까지 금연 프로그램과 학생 놀이 프로그램 운영으로 흡연자 대폭 줄이고, 5월부터 소수 흡연자 대상 집중 단속 및 수위 높은 징계 지도(징계 지도 프로그램 내 금연 교육 병행) 필요

K는 유인물의 학생금연지도 세부 계획을 말했다.

"에, 크게 흡연 학생 파악, 금연 교육, 그리고 추수 지도 등 삼 단계로 구분해 운영할 계획입니다. 강사는 도(道) 금연센터 전문지도사의 도움을 받을 생각입니다. 교육은 30명 한정, 4주에 걸쳐 주 2회 2시간씩 총 16시간으로 교육하고, 주 2회 중 1회는 방과 후에, 1회는 일과 중 공결로 인정할 계획입니다. 추수 지도는 석 달에 걸쳐 월 1회씩 해주기로 약속했습니다."

"우리 학교 흡연 학생이 근 100명 되는데? 30명 한정 배경은?"

"에, 30명은 그쪽이 적정 교육 인원이라고 한 것입니다. 30명 넘을 경우는 흡연 초기 단계 가능성이 큰 저학년, 저학년 중에서도 여학생을 우선 선발할 생각입니다."

"주 1회는 방과후에도 하는데 학생들이 그 시간까지 남을까? 그쪽에서도 방과후를 원했는가?"

"아뇨. 그쪽은 주 2회 모두 일과 중에 할 것을 원했습니다만, 제가 학생의 학습권 보장을 위해 1회는 방과후로 돌렸습니다. 일단, 저와 담임들을 통해 적극 참여를 지도하고 그것이 안 될 경우를 대비해서 당구대, 노래방 기계를 임차하여 설치하였으면 합니다. 그들을 그쪽으로 신경을 쓰게 하여 흡연 행동을 지양하도록 하는 의도입니다."

"자네가 말한 놀이 프로그램 운영을 말하는 건가? 그 효과는 둘째 치고 기계 임차에 따른 비용은 어디서 확보할 것인가? 금년도 우리 학교 예산계획에는 그와 관련된 예산이 없는데?"

"추경을 요청할 생각입니다."

"추경? 전문학과에서 실습 기자재 증액 요청으로 학교 예산도 어려운 상황인 것 같던데, 효과도 의문인 일에 추경을 받아들일까? 그래 설치되었다 치자. 그들이 우리가 기대한 만큼 이용한다는 보장이 있는가? 그리고 일부 교사와 학부모들은 자네의 의도를 모른 채 학교를 놀이터로 만들고 있다고 반대는 하지 않을까?"

"부장님, 부장님은 왜 그렇게 부정적으로만 생각하십니까? 저도 인터뷰 제대로 했다고 봅니다. 교사들이 합심해서 진정으로 흡연 학생을 위한 안내와 지도를 하면 달라질 가능성은 매우 크다고 생각합니다. 그리고 솔직히 흡연장을 만들어 신문에 실리는 것보다 놀이터를 만들어 주는 게 민원도 덜하다고 봅니다."

부장은 유인물을 잡은 오른손을 허공으로 높이 들었다가 재빠르게 내리치면서 말했다.

"에끼, 이 사람아! 우리 학교는 자네가 책에서 읽은 학교완 크게 달라. 그건 자네도 수업해 봐서 잘 알 것 아닌가? 그리고 흡연 학생들 지도? 솔직히 우리 셋에 교장, 교감 빼고는 관심 있는 교사는 없다고 봐야 해. 담당 직무가 아니기에 크게 신경 안 써. 나 역시 내 직무이기 때문에 책임감 느끼고 일하는 거야. 흡연하는 녀석을 봐도 못 본 체하고 지나는 게 자네가 말하는 동료 교사 대다수의 행동이야."

K는 아무런 말이 없었다. 부장은 K를 다시 한번 쳐다보며 좀 전보다 다소 부드러운 어투로 말했다.

"그건 그나마 나아, 우리 학생부 교사가 출동할 필요는 없으니. 어떤 교사는 '학생부장님, 오다 보니 동쪽 계단 밑에서 2명이 담배 피우고 있었어요. 얼른 가보세요.'라 하지. 마치 내가 간절히 원하는 보물을 자신이 찾아주었다는 배려심 넘치는 표정으로 말이야. 이제는 나도 '왜 보고도 그냥 왔어요?'란 말을 안 해. 물론 고맙다는 말도 안 하지. K 선생, 들어봐요. 내가 갈 때까지 그들이 '선생님, 어서 오십시오!' 하며 기다려 주겠어? 그 선생님은 왜 그들을 잡아 오지 않는데? 동료 교사 협조를 구해 지도한다? 우리 일을 그들에게 떠넘긴다고 빈축살 가능성이 커. 동료 교사? 그들 직무도 신경 쓰기 바쁜 사람들이야. 기대하지는 말게나."

부장은 자리에서 일어서 K에게 다가가면서 말했다.

"K 선생, 미안하네. 자네 나름대로 열심히 준비했는데 지금의 우리 학교와 안 맞는다고 잔소리만 한 것 같아서. 알겠네. 자네 계획대로 추진하게. 그런데 금연 강사의 교육내용과 방법에 대해서는 서로 협의했는가?"

"아직입니다. 강사들이 모두 금연 교육 전문가라 그들의 능력을 존중하고 맡길 생각입니다."

"그들은 금연 교육엔 전문가일지라도 고등학생, 특히 우리 학교 학생에 대해서는 잘 몰라. 특히 동영상을 보여주거나 강의 중심 교육은 전혀 공감하지 않아요. 그러니 접근법에 대해 특별히 신경을 써 달라고 하게. 예를 들면, 토론이나 연극처럼 자기 참여와 재미가 있는 방법 등 말이야. 그리고 그보다 큰 문제는 흡연자 중 금연 교육에 참여하지 않는 다수 학생이

네. 그들은 여전히 쉬는 시간마다 흡연하러 움직이는 골초들인데, 사실 주위 민원도 바로 그들 때문이지. 그들에 대한 고민도 좀 해주게."

나도 교육에 참여하지 않는 골초들이 관건이라 생각했다. 골초들은 금연 교육에 참여하지 않을 것이다. 부장은 민원의 주범인 골초들에 방점을 두고 있다. 부장과 K는 초반부터 다르게 접근하고 있는 것 같았다.

퇴근길에 K가 나한테 물었다. 우리는 출퇴근을 같이했다. K는 자동차가 없었다.

"정 선생님도 저의 금연 교육 프로그램에 대해서는 회의적인가요?"

"솔직히 효과에 의문이 가기는 해. 다른 학교라면 모르겠으나 우리 학교는 부장님 의견이 좀 더 현실적이고 정확하다고 생각해."

"현실적이란 무슨 의미죠, 그리고 정확하다는 것은 또 무슨 의미예요?"

"우리 학교 실제 상황을 관찰하고 측정한 객관적 자료를 토대로 적용 가능한 교육 방법이라는 의미지. 학습자의 욕구와 수준을 반영한 교육 방법 정도? 누가 말했더라? 기하(幾何) 학습에 있어서 이웃 간의 토지 분쟁만큼 좋은 학습 동기는 없다고. 네 말대로 전문 금연 강사를 통한 금연 교육은 가장 기본적이며 이상적인 방법일 수도 있겠지. 그러나 한편으로 가장 틀에 박힌 접근법이고 그래서 효과 역시 미미한 방법일 수도 있어. 거기 참여한 대다수 학생이 그걸 첫 시간에 단박에 알아차려. 그리고는 대충 참여로 일관할 것이고. 그리고 금연 교육 이후엔 흡연 학생들을 엄정하게 교칙대로 모두 처벌한다고? 그러면 떠나야 할 학생과 교사가 많겠는걸?"

"그건 무슨 소리예요?"

"학생들은 흡연 누적으로 징계 퇴학 받아 떠나고, 그러면 재적 학생 수가 줄고 학급이 줄면 우리 교사도 과원이니 떠나야지 뭐. 별수 있겠어? 어때 우리 한번 맘먹고 한 학급 줄여 볼까?"

말없이 고개만을 서너 번 끄덕인 K가 말했다.

"정확하다는 것은요?"

"제대로 현실 파악을 기초로 수행, 그 결과가 흡연 관련자들이 주목하는 것에 대해 만족할 만한 일을 제시했다는 것이지. 그들 관심사를 만족시킬 만큼 괜찮은 방법을 제시했다는 거지. 물론 기준은 나의 판단이지만."

"그럼, 선배도 부장님의 생각에 관심 있으세요? 하지만 그건 현실적 의미에 관한 비약을 넘어 교사로서의 책무성 위반입니다. 그게 말이 됩니까, 어떻게 학교가……"

"흡연 학생 많고 민원도 많은데 통제할 효과적 방법은 없고, 자네가 말하는 이상적 방법인 대화와 설득은 너무 교과서적인 것 같아. 달리 방법이 있겠어? 타협하자는 것이지. K 선생, 흡연 학생들 교칙대로 다 조치할 수 있어? 징계 효과도 의문이지만 1차 징계 교내봉사, 2차 징계 사회봉사, 그리고 3차 징계 퇴학 조치를 기계적으로 착착 처리할 수 있겠어? 징계를 통해서만 금연 교육이 가능할까? 담배 피우는 아이들 스스로 뭔가를 해결하지 않을까? 그들 중 누군가 흡연을 자제하자는 말 한마디를 기대하는 건 달걀로 바위 치기일까? 내 생각이지만 부장님은 그들이 처한 상황을 일단 인정하고 다음을 계획하고 있는 것 같아. 내가 1년간 관찰한 부장님 성격에 분명 뭔가 교육적 행동을 취할 것이라는 말이지."

"교육적이라 함은?"

"방관과 방임만을 하지는 않는다는 의미지. 일단 야생마를 우리에 가두었으면, 서서히 그들을 훈련하지 않을까? 네 말대로 비공식 흡연장을 1년 동안 운영하면 방송에 안 나오겠냐? '청운고 1년째 흡연 장소 운영, 교육 방치' 제목만 봐도 동영상 아닐까?"

K는 유리창을 내려 신선한 공기를 한 번 흡입하고는 다시 유리창을 올린 후 말했다.

"그건 그렇고, 정 선생님, 부장님은 어떤 사람이에요? 성격이나, 인간관계, 혹은 학생들 평판 같은 거요?"

"나도 잘 몰라. 내가 들은 건 부장님이 건축학과 졸업 후 부산의 중견 설계사무소에 다니다 38살에 사범대 진학했다는 것 정도야. 올해 48세인데도 교육경력은 7년밖에 안 돼. 어쨌든 교육에 관한 관심이 컸으니 잘나가던 건축설계사를 버리고 교사가 된 것 아닐까? 우리보다는 사회와 학교를 좀 더 잘 안다고 봐. 내가 들은 애들 평판도 좋아, 그들 말로는 공정하고 공평하게 대한대. 애들하고 라포르(rapport) 형성이 잘 된 것 같아. 똑같은 말인데도 다른 선생님이 하면 눈을 흘기는데 부장님이 말하면 대부분 군소리 없이 따른대."

K의 금연 교육 프로그램 운영 과정과 결과는 나의 예상과 크게 다르지 않았다. 최초 28명으로 출발했다. 당구대와 노래방 기계 임차에 따른 추경은 없었다. K가 교감에게 운을 띄웠더니 학교를 놀이터로 만들 것이냐는 말을 들었다고 했다. 최종 금연 교육 이수증을 받은 학생은 17명에 불과했다. 내가 볼 때 그들 17명은 애초부터 받지 않아도 될 학생들 같았다. 금연 지도사의 두세 시간 심도 있는 상담과 지도면 끝낼 수준의 학생들이었다. 금연 교육이 진행되는 4월에도 자체 적발 지도 외 흡연 민원 세 건이 발생했다. 그중 한 건은 민원인이 직접 학생 3명을 데리고 왔다.

그해 5월 초, 민 교장은 학생부장의 '암묵적 흡연 묵인 공간' 의견을 받아들였다. 물론 작년의 실패를 보완한 것이었다. 내가 볼 때 교장은 학생부장을 크게 신뢰하는 듯했다. 암묵적 흡연 묵인 공간 운영이 전년도와 달라진 점은 '암묵적 인정 공간'에 스피커를 설치하여 수업 알림 종을 들을 수 있도록 했다는 것이다. 학생부 교사와 교장, 교감은 잦은 비정기 순찰 지도를 했다. 거기에 들를 때마다 금연 교육과 함께 화재와 폭력 지양 등에 대해 주의를 당부했다. 안전책으로 폐쇄회로 텔레비전(CCTV) 설치를 주장한 교장에게 '그걸 설치하면 애들이 다른 데서 피우므로 무의미함'을 들어 거절했다고 했다. 나의 예상대로 학생부장은 이를 통해 정확한 골초 흡연자 명단을 파악한 후 개별 상담을 통해 금연 지도를 했다. 나는 그중에 2학년 전체 2등 학생이 있다는 말에 놀랐다. 그를 상담한 부장이 우리를 보고 웃으며 말했다.

"그 녀석 말이야 '담배를 피울 때면 공부한 게 정리가 잘 돼요.'라 하더군. 하하하. 내 그 말을 듣고 속으로 웃음을 참느라 얼마나 혼났는지. 지금도 웃음이 나와. 왜냐고? 나도 그렇거든. 부모님은 아시느냐고 물었더니, 알고 있으시대. 그냥 점점 줄이면서 끊도록 노력하라는 말이 전부래. 어쩌겠어, 공부 좀 하는 너부터 다른 학생을 위해 모범을 보여 달라고, 흡연장 출입 횟수를 좀 줄여 달라고 부탁하는 수밖에 없었어. 그게 전부야. 한번 기대해 봐야지."

학생부는 공간 운영 후부터 주민이 데리고 온 학생에 대해서는 1차 교내봉사였던 기존 조치와는 달리 곧바로 사회봉사 3일로 강력하게 대응했다. 물론 암묵적 흡연 묵인 공간 운영이란 파격적인 조치는 당연히 잡음이 있었다. 몇몇 학부모는 물론 교육청에서도 교장에게 뭐라 했다고 들었다. 민 교장은 운영 시작부터 그와 관련된 민원은 교장실로 돌리라 했기 때문에 정확한 내용에 대해서는 알 수 없었다. 지금도 청운고에는 민 교장과 암묵적 흡연 공간이 공존한다고 들었다.

K는 평소에도 교직과 학교생활에 대해 많이 생각하는 것 같았다. 그해 5월 스승의 날 퇴근길에 나는 K의 일장 연설을 들어야 했다.

"교생실습 때부터 느낀 건데요. 진정한 교육은 교사와 학생 간에 소위 계급장을 뗀 상황에서 이뤄져야 한다고 생각해요. 교사와 학생 간 비교육적 관계 개선부터 이루어져야 한다고 생각해요. 크게 세 가지로 정리할 수 있지요. 첫째, 상호 간 높임말을 써야 한다고 봐요. 프랑스에서는요, 그 어떤 교사도 학생한테 반말하지 않아요. 수업을 떠나 교사와 학생 개인 간의 대화에서도요. 영국과 미국의 사립학교 등에서도 그렇게 해요. 둘째, 복장을 자율화해야 해요. 교사는 자유를 넘어 간혹 무책임한 복장으로 오면서, 학생은 규격화된 단정한 교복만을 고집하고 나아가 그걸 수단으로 학생을 더욱 통제하려는 건 비교육적이라 생각해요. 개성 없는 존재로 키우는 것이죠. 교과 공부에 앞서 옷을 자유롭고 개성 있게 스스로 찾아 입는 행동이 있을 때 창의성 교육이 침투하고 창의성 맹아가 싹틀 수 있어요. 그런 것도 없이 주체성, 창의성을 강조하는 건 아니라고 봐요. 개발하기 어려운 심층부터 접근하려는 생각, 그게 원천적 잘못이에요. 표층, 즉 가까운 것부터 접근해야 해요. 셋째, 이 둘이 원활히 돌아갈 때 비로소 학교와 교사는 열심히 살 것을 강조할 수 있다고 봐요. 그게 진학 공부든, 취업 준비든 간에요. 그리고…….”

K는 호흡을 가다듬으려는 듯 잠시 말을 멈췄다. 나를 한번 힐끗 쳐다본 후 말을 이었다.

“수업도 교사 역할과 수업 방법을 앞의 세 가지 내용과 동일 선상에서 고민해야 해요. 특정 교과 내용에 대해 단지 가르치는 자와 가르침을 받는 자란 역할만 다르고 상호 대등하고 존중받는 상황임을 인식한 학생이라면 수업에 불성실할 가능성은 적다고 봐요. 효과적 수업 방법요? 간단해요. 첫째, 당연히 가장 중요한 것이죠. 학생의 이름과 얼굴을 명확히 알 것. 둘째, 학습 목표를 어찌하든 그들의 관심사를 파악하여 엮어낼 것. 셋째, 일방적 가르침이 아닌 그들의 용어와 사례를 중심으로 대화할 것, 즉 눈높이 상호작용을 강조하는 겁니다. 그게 만고의 인류 큰 스승들이 끊임없이 강조한 사제동행(師弟同行), 교학상장(敎學相長) 아닐까요? 저요? 교직 입문 석 달 차입니다만 세 가지 중 첫째만큼은 자신 있습니다. 수업 들어가는 2학년 수업 160명 중 132명은 이름과 얼굴을 매치(match)하여 알고 있어요."

"그건 성급한 일반화의 오류 아냐? 네가 한 달 생활하면서 학교를 봤댔자 학생부 일이 대부분일 것이고 교사 수업을 봤어도 수학과를 중심으로 두세 명이 전부일 텐데. 함부로 예단하지 마."

K의 말에 비해 나의 대답은 짧았다. 나는 1정(定) 직무연수 '학교 문화 개혁의 길' 추수 지도를 받는 줄로 착각할 정도였다. K는 청운고의 학교 풍토, 즉 교실 수업, 생활지도, 교사와 학생 간의 유대감, 그리고 교사의 토론 문화 등이 자신의 기대치에 훨씬 못 미치는 무기력증에 빠진 것 같다고 했다. 자기가 볼 때 그 무기력 수준은 웬만한 시간과 노력을 들이지 않고서는 고치기 힘들 정도로 화석화된 것 같다고 했다. 교사뿐만 아니라 대부분 학생도 그렇다고 했다. 나는 K의 말이 옳고 그름을 떠나 K가 말이 월수히 많은 줄을 그때 처음 알았다.

그해 5월 말, 1학기 1차고사 첫째 날인 수요일이었다. 그날 시험이 모두 끝난 오후 두 시경, 학생 2명이 학생부실 문을 빼꼼 열고는 우리를 보았다. 그중 한 명이 K를 보면서 물었다.

"K 선생님, 서답형 1, 2번 답 뭐예요? 이거 정답 있어요?" 하고 호기심 반 항의성 반의 목소리를 냈다.

한동안 말없이 그들의 얼굴을 뚫어져라 보던 K가 짧고 단호한 투로 말했다.

"당연하지. 정확한 답이 있어. 우리 교실이 가로 9미터, 세로 7.5미터, 그리고 높이가 2.7미터이고 가장 일반적인 축구공 5호 지름인 22cm를 기준으로 하면 쉽게 답이 나오지. 학생에 따라 평소 관찰한 교실 크기와 축구공 지름을 달리 적용할 수도 있으나 풀이 과정은 거의 같아. 그리고 풀이 과정에 따른 부분 점수도 있다. 그 문젠 너희들한테 일부러 점수 주려고 쉽고 재미있게 낸 거야. 한 학급만을 먼저 채점했는데 10점을 받은 학생이 4명이었어."

그 말이 끝나자마자 또다시 3명이 시험지를 들고 왔다. 역시 같은 질문이었다. K는 그들로 인해 학생부실이 다소 소란스러움을 인식한 듯 그들을 데리고 학생부실 밖으로 나갔다. K를 따라 나가던 김연실이 내게 와서는 시험지를 내밀며 말했다. 내 수업 시간에 꽤 열심히 참여하는 학생이었다.

"국비[國 B] 선생님, 이거 수학 시험이에요, 국어 시험이에요?"

나는 이름이 아닌 담당 과목에 선생님만을 붙여 부르며 내민 김연실의 시험지를 받아들었다. K가 담당한 2학년 선택 과목 「실용 수학」 시험지였다.

서답형 1)

다음 문장을 읽고 물음에 답하시오.

> 가. "자연은 하나의 방대한 백과사전이며 그 사전을 기술한 언어를
> 아는 사람만이 자연을 이해한다. 그 언어는 수학이다."
> – 갈릴레오 갈릴레이(Galileo Galilei)
>
> 나. 수학은 사고의 표현이며, 주장의 전개 방식이다.
>
> 다. 고대 그리스 철학자 플라톤이 세운 학교 아테네 아카데미
> (Athens academy) 입구에는 이런 글이 적혀 있었다고 합니다.
> "수학도 못 하는 놈은 내 학교에 들어오지 마라!"

질문: 수학 수업 시간에 충실해야 하는 이유를 300자 이내로 쓰시오
 (10점).

 나는 함부로 나설 일이 아님을 직감했다. 그렇다고 연실이
가 절박하게 질문하는데 다짜고짜로 나는 모른다고 할 수도
없었다. 나는 K의 얼굴을 한번 살핀 후 시험지를 보았다. 내
의견을 말하기 전에 "일단 수학 선생님 말씀을 듣고 오너라.
시험지는 여기 놔두고 내가 좀 더 천천히 살펴볼게."라 말하
고 내보냈다. 나는 내친김에 학생들이 말한 서답형 2번 문항
도 보았다.

맹 부장도 궁금했는지 자리에서 일어나 나에게 다가왔다. 나는 부장님에게 시험지를 드렸다. 시험지를 본 맹 부장이 말했다.

"야, 솔직히 수학 포기한 학생들 그나마 잠자지 않고 요령껏 풀어볼 만한 문제라 생각해. 특히 2번 문제는 내가 대학 다닐 때 건축학과 실습장을 벽돌로 가득 채우려면 몇 장이 필요한가를 계산할 때가 생각나는군. 뭐가 문젠가? 나는 이상하거나 문제 오류는 없다고 보는데. 계산하면 나오는 거잖아. 1차고사 범위와 상관없는 문제라는 거야?"

그 사안은 그날 찾아온 몇몇 학생의 항의에 그치지 않았다. 학부모 항의가 내가 생각했던 것보다 거셌다. 그들 중 몇 명은 교육청에 전화한 모양이었다. 나는 그때 알았다. 종합고등학교인 청운고 학부모들도 교과 평가에 관심 두고 있다는 것을. 내신성적에 관심을 가지고 전략적으로 입학한 소수 학생 학부모일 것이다.

나는 퇴근길에 K에게 왜 그런 문제를 냈는지 물었다.

"정 선배, 창의적인 사고는 기존의 틀 밖을 볼 수 있는 태도에서 시작한다고 봐요. 기초 개념, 초급, 중급, 고급 응용문제 숙달만으로는 창의적 교육 못 해요. 그건 단지 기계적 순응 교육일 뿐이에요. 인간이 가장 확실히 학습하는 경우가 어떨 땐지 아세요? 그게 남의 일이 아니고 자기 일, 그것도 발등에 불이 떨어졌을 땝니다. 사람은 자신과 확실히 관련 있을 때 비로소 진지하게 움직입니다. 사람들이 법과 정의에 대해 가장 관심을 두고 탐구하는 때가 언젠지 아세요? 자신이 인명 사고를 냈을 때입니다. 그들은 현행 도로교통법 제정 배경, 내용, 문제점 지적을 넘어 자기 나름의 창의적인 대안까지 제시해요. 수학 공부도 그래요. 교과서 예제 수준의 문제, 공식에 기계적으로 대입하여 푸는 문제로는 그들에게 절대 제대로 된 자극을 못 줘요. 실제 삶에서 느낄 수 있는 문제를 통해서 비판적이고 창의적인 사고를 개발할 수 있다는 게 제 지론이지요. 정해진 방식대로만 푸는 것은 다른 사람이 인정하는 방법과 결과를 제시해야 하기에 눈치를 안 볼 수가 없죠. 반드시 정답, 모범 답안을 찾지 못해도 좋지요. 자기만의 방법으로 답을 찾으려는 그 자체가 학생을 성장시킨다고 봐요. 정선배, 이걸 한번 보세요."

K는 가방에서 답안지 한 뭉치를 꺼냈다. 잠시 뒤지더니 한 장을 꺼내 내 얼굴에 들이대며 말했다.

"한 학생의 답안이에요. 정말 학생의 평소 관찰력과 수학적 사고력을 잘 알 수 있는 답안이었어요. 전 이런 학습 태도의 습관화를 강조하지요. 이게 돼야 수학 공부, 아니 모든 교과, 비교과 공부가 제대로 되는 게 아닐까요?"

나는 차를 갓길에 세운 후 답안지를 받아들고 보았다. 대학 수학능력시험 2교시를 마침과 동시에 수학에 관한 관심을 끊은 나였지만 공감하는 답안지였다.

제가 평소 관찰한 교실의 부피는 교실이 약 20평(1평 면적은 3.3m²), 높이를 3m로 추산하면 교실의 부피는 3.3×20×3=108m³ 입니다. 축구공이 정확히 들어가는 정육면체를 생각해 보면 대략 한 변의 길이가 30cm 인 정육면체가 됩니다. 따라서 0.3×0.3×0.3=0.027m³ 라 생각할 수 있습니다. 그러면 198÷0.027은 대략 7,333개이지만 교실 모양에 따라서 구석에 남는 공간이 또 있게 됩니다. 높이가 3m이므로 10개의 줄이 됩니다. 그러면 7,330개가 들어갈 수 있습니다. 그런데 지금과 같이 구하면 축구공과 축구공 간격의 부피가 최대가 됩니다. 그렇다면 최소로 들어간 것이 될 것입니다. 그림으로 보면

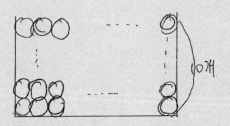

그런데 다음 그림과 같다고 생각하면 공과 공 사이의 부피는 최소화하면서 더 많은 공이 들어갈 수 있습니다. 높이가 3m 이므로 3×√2 는 대략 4.2m가 되고 4.2÷0.3=14이므로 4줄이 더 들어갈 수 있습니다. 한 줄에 대략 73개의 공이 들어가므로 73×4=292개가 됩니다. 그러면 총 7,330+292=7,662개입니다.

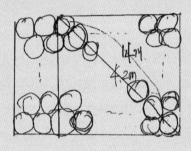

나는 답안지를 읽은 후 K에게 돌려줬다. K는 답안지를 도로 가방에 넣으면서 말했다.

"저는 교과서 중심의 딱딱한 문제에서 벗어나 실제 상황에서 필요한 수학적 사고를 요구한 것뿐이에요. 그리고 솔직히 2학년「실용 수학」수준으로 볼 때 쉬운 거예요. 중학교 1학년도 집중하면 풀 수 있는 문제예요. 우리 학생 대다수가 수학을 기피하고 있는 상황에서 학생들에게 점수 주려고 생각해서 낸 문제예요. 그리고 이번이 처음은 아니에요. 학생들 수업 때, 수행평가 때도 이런 유형의 문제를 갖고 공부했는데 왜

맹추선생

정기고사 때는 문제가 되는지 모르겠네요?"

나는 K의 말대로 그가 지도하는 학생 중 그 문제를 '자신과 확실히 관련지어 생각하는 학생이 과연 몇이나 될까?'라며 K가 모르게 조용히 입가를 올렸다. 나는 K와 교과가 달라 K의 수업을 참관할 기회는 없었다. 나는 그토록 수학을 싫어하는 그들에게 K가 어떻게 수학을 가르치는지 궁금했다. 평소 수업과 수행평가 때도 그렇게 했다는데 왜 K는 1차고사 출제에 앞서 그들 반응을 좀 더 면밀하게 살피지 않았던 걸까?

내 걱정과 달리 학부모 항의에 대한 교장의 조치는 기대 이상이었다. 민 교장은 직원 조회 때 K를 칭찬했다. 학부모 항의에 대해 "모르시는 말씀입니다. 부모님은 고등학교 수학을 아세요? 저도 수학 전공자입니다만 둘 다 아주 괜찮은 문제입니다. 장기적으로 볼 때 두 문제가 자녀 수학적 사고력, 수능 점수를 높이는 데 분명 도움 줄 것으로 확신합니다."로 이해시켰다고 했다. 그러면서 K의 이름을 부르며 잘했다고 했다. 민 교장은 우리에게 "여러분은 교과 수업 전문가입니다. 저는 여러분의 판단을 신뢰합니다. 전문가적 식견으로 소신 있게 행동 바랍니다. 저도 열심히 여러분을 응원하겠습니다."라 했다. 나는 3월 초 '너, 찍혔구나!'라 생각하며 K를 걱정했는데 그가 칭찬을 받자 마치 내가 칭찬받은 것처럼 기뻤다. 그제야 나는 그간 그게 악수(惡手)였는지 호수(好手)였는지 고민했던 것을 묘수(妙手)라 평가했다.

그해 7월 초, K는 또다시 학생과 학부모의 원성을 샀다. K는 여름방학 중 2박 3일간 수포자, 즉 수학 포기 학생을 위한 수학캠프 운영을 계획했다. K는 2주 전부터 홈페이지와 가정통신문 등을 통해 공고했다. 신청 마감 시간은 7월 10일 17시까지라 했다. 참가 인원에 따른 예산 편성을 포함한 계획서를 결재받기 위한 행동이었을 것이다.

모집 정원 30명 중 23명이 신청했다. 사건은 마감 시간 다음 날 벌어졌다. 점심시간에 3명의 학생이 신청서를 들고 왔다. K는 마감 시한을 넘겼다는 이유로 그들의 신청서를 받지 아니했다. 나는 K의 평소 행동, 즉 '학생을 위한 교육'을 강조하는 K의 행동과 다른 행동을 보인 듯해서 다소 의아했다. 그들이 나간 후 채 5분도 안 돼 두 명이 같은 목적으로 왔다. K는 같은 이유로 접수를 거부했다. 청소 시간에 홍영길 교사가 왔다. 홍영길의 손에는 A4용지 한 장이 들려있었다.

"K 선생, 수학캠프에 이 학생 하나만 받아줘요. 학급 학생이 일본어 경시대회 참여하느라 어제 마감한 캠프 신청서를 제출하지 못했어요. 이 학생은 정말 원하는 것 같던데 선생님이 안 된다고 해서 나에게 와서 하소연하더라고. 사람 목숨이 달린 것도 아닌데 웬만하면 봐줘요. 안 돼요?"

K가 신속하게 받았다.

"바로 그겁니다. 목숨이 달렸다면야 사람 목숨을 구해야죠. 수학캠프는 목숨을 건 캠프가 아닙니다. 그리고 내년에도 하니 기회가 있습니다. 학생에게 잘 설명 부탁드립니다. 죄송합니다."

홍영길 교사는 답답하다는 표정으로 K를 바라보는 것만으로는 분을 삭이지 못했는지 아니면 나를 보는 게 머쓱했는지

"허허, 젊은 사람이 답답하기가 짝이 없네."라 말하며 나갔다.

나는 K에게 물었다.

"K 선생은 마감 시간을 왜 그렇게 고집해? 사실 선생님들 대부분이 정기고사 시험 시간을 제외하고는 모든 일에 대해 너그러워. 예를 들면, 수행평가도 분명 평가잖아. 그런데도 수행평가 제출기한을 하루 이틀 넘겨도 크게 신경 쓰지 않아. 특히 우리 학교는 더욱 그래. 제출해준 것만도 어딘데. 애들? K 선생 말대로 마감기한은 물론 평가 점수에도 관심 없는 학생들 많아."

"그래서 제가 하는 겁니다. 지금부터라도 하나하나 자기 일에 관심 두도록 말이죠. 진정한 관심이란 사물이나 사건 대상에 관한 것이 아닌 자기 의지에 관한 관심이라 생각해요. 수학캠프 참가 역시 캠프 그 자체가 아닌 캠프에 참가하는 자신과 자기계발을 위한 고민과 실천이라 생각해요. 자기 사랑이지요. 캠프를 통해 내가 얻고자 하는 것은 무엇인가에 대한 확고한 의지가 있다면 결코 마감 시간을 넘길 수가 없지요."

솔직히 나는 '이 사람아, 그게 뭔 소리야?'라 말하려는 걸 참고 다소 완곡하게 말했다.

"솔직히 네가 말한 '관심이란 사물이나 사건 대상에 관한 것이 아닌 자기 의지에 관한 관심이다.'란 말을 이해할 만한 학생이 몇이나 될까? 지금 신청한 23명도 그걸 이해하고 신청했을까? 수학 관심과 공지 사항과 가정통신문 내용 확인 관심은 다르다고 봐. 그리고 그런 걸 한번 살피지 못했다고 해서 자기 자신에 관한 무관심으로까지 연계시키는 건 비약 아닐까?"

"물론 저 역시 신청자 23명 중에도 그야말로 생각 없이 친구가 하니까 참가한 학생이 절반은 된다고 생각해요. 물론 그들의 생각을 바꿔놓으려 준비는 하고 있습니다만. 저는 수학캠프 참여를 통한 수학 흥미, 관심도 증진보다는 자신에게 관심을 가졌으면 해요. 자기 관심이 없으니 자신을 위한 일이 무엇이 있을까를 고민할 수 없었고, 그게 없으니 홈페이지 공지 사항과 가정통신문을 소홀히 한 것이죠. 자기 불찰로 참가 기회를 놓친 학생들이 부디 이번 기회를 통해 자기 관심을 좀 더 보였으면 합니다. 참석 못하더라도 이번 기회에 캠프 참가보다 더욱 소중한 걸 깨달았으면 하는 바람입니다. 교육적이라고요? 공지된 규정을 무시하고 뒤늦게 와서 사정을 말하면 오냐오냐하며 봐주는 것이 교육적입니까? 그렇게 하는 교사들 솔직히 별로입니다. 아니 문제 교사라 생각합니다. 그러니 규정대로 하는 교사에게 학생들이 '선생님만 왜 그러세요?'라고 하는 것 아닙니까. 일부 교사도 저에게 그렇게 말해요. 도대체 누가 문젭니까? 봐줄 거면 처음부터 기한을 무기한이라고 하든지. 이건 학생들에게 융통성과 관대함을 가르치는 게 아니라 융통성 오남용을 넘어 부정을 가르치는……."

그 대목에서 나는 한 손을 가슴 높이로 들며 K의 말을 가로막았다.

"융통성 오남용을 넘어 부정을 가르치는 것이라고? 같은 교사로서 듣기가 좀 거북하네. 그리고 아까 홍영길 선생님께는 '그래서 제가 하는 겁니다. 지금부터라도 하나하나 자기 일에 관심 두도록 말이죠.'라 했잖아. 그러면 늦게 신청하러 온 학생들에게 그런 말을 충분히 해주고, 다음 기회에 도전하라고 했어야지. 너는 마감 시한을 넘겼다는 것만을 강조했잖아. 그렇지? 마감 시간 준수 미준수란 피상적 잣대만 들이대지 말고 미준수 원인을 둘러싼 다양한 조건, 환경 등을 고려해줄 필요가 있다고 봐. 지금 너의 행동이 네 나름의 이유가 있듯이 다른 분들도 다 나름의 이유가 있어. 그릇된 융통성과 부정을 가르치는 것이라니. 이런 말은 안 하려 했는데, 주위 선생님들이 너한테 뭐라고 하는지 알아? 초임 교사가 너무 나댄대. 너만 교육철학 있는 게 아냐. 너의 교육철학만이 옳다고 생각하면 안 돼."

"그리고……."

나는 호흡을 가다듬기 위해 잠시 말을 멈췄다. 그 순간은 진짜 K가 싫었다. K의 사고가 싫었다. 한편으로 내가 그를 세차게 몰아붙이는 것 같았다. 쥐뿔도 없긴 피차일반일 텐데.

"제때 신청한 학생 23명, 너도 말했듯이 그들을 100% 믿어? 난 안 믿어. 그중 최소 다섯 명은 당일 노쇼(No-Show)할 거야. 어쩌면 뒤늦게 알고서 달려와 참여하려고 애쓰는 학생들이 좀 더 적극성을 발휘할 거로 생각해. 난 그런 학생들을 무시한 네가 더 큰 문제라 생각해. 내 말이 많이 거슬리겠지만 이번 기회에 너의 생각도 좀 바꿔볼 필요가 있다고 봐."

K는 아무런 대거리를 하지 않았다. 나도 아무런 말을 안 했다. 내 귀에 들리는 건 자동차 엔진소리뿐이었다. 5분 정도 흐른 후 내가 화제를 바꾸었다.

"그래, 한 학기가 끝났는데 학교생활 중 뭐가 제일 어려워?"

"당연히 수업이죠. 애들 반응이 거의 없어요. 저 정말, 고민하며 교재 연구하고 수업을 준비하거든요. 어떤 땐 두 시간 작업한 동기유발 자료를 적용해도 반응이 없었어요. 수업 참여 학생이 3분의 1이 안 돼요. 어떤 때는 수업에 들어가기가 싫을 때도 있어요. 그때마다 내가 좀 더 노력하면 달라지겠지 생각하면서 임합니다만……. 저도 처음엔 복도를 지나다 창문 너머로 다른 분들이 혼자 수업하는 장면을 보며 속으로 '왜 저렇게 하나…….'라며 나무랐는데 막상 제가 경험해보니 그 심정 이해할 수 있더라고요. 그럴 땐 과학고 발령받은 녀석이 부러워 죽겠더라고요. 그 친구에 따르면 걔들은 늘 눈이 초롱초롱하대요. 수업 준비가 고되어도 그들 눈동자를 볼 때면 보람과 희열을 느낀대요. 초임 교사 학교 배치 기준이 뭔지 모르겠네요. 누구는 과학고 보내고 전 종합고로 보내고. 저의 기운을 팍팍 죽이는 것 같아 속상해요. 전 S사대 출신이에요. 그 녀석 고등학교 때 나보다 수학 성적이 낮았는데. 임용고사 필기고사 점수도 서로 알거든요. 제가 그보단 잘 봤거든요. 그건 그 녀석도 인정했어요. 분명 필기 점수순은 아닐 거예요. 수업 시연 점수? 면접 점수? 백(back)? 사주팔자? 대체 기준이 뭘까요?"

그해 10월, 나는 K가 너무 나댄다는 말들을 하는 것을 일찍부터 알고 있었다. 내가 언젠가 한번 그에게 말한 적도 있지만 민감한 K가 그걸 모를 리 없었다. 아니나 다를까 K는 진로교육부 황 부장으로부터 끝내 한소리를 들었다. 황 부장은 1, 2학년 희망자 77명을 대상으로 1박 2일간 교외 진로 캠프를 진행했다. 나와 K는 각각 여학생, 남학생 생활지도 담당 교사라 황 부장 부탁을 받고 생활지도 차원에서 캠프에 참여했다. 진로 캠프 내용은 진학이냐 취업이냐, 10년 후 미래 사회와 진로 직업, 나에게 맞는 맞춤식 진학 준비법, 자기주도 학습 이해와 실천, 고무동력기에 나의 꿈을 싣고, 그리고 레크리에이션 등이었다. 모두 자발적 참여자여서 그런지 내가 느낀 참여도는 매우 높았다고 기억한다.

이튿날 오후, 학교에 도착한 후 학생들은 해산했다. 참가 교사 6명은 학교 옆 갈빗집에서 평가회를 겸한 식사 자리를 가졌다. 평가회 초반은 학생지도 하느라 애썼다고 서로를 격려했다. 학생들 반응이 매우 좋았다는 등의 긍정적 평가가 이어져 분위기가 좋았다. 간단히 평가를 마친 후 식사 시간에 들어가 얼마 안 있어 K가 황 부장에게 총경비가 얼마냐를 물었다. 부장은 약 700만 원이라 했다. K는 77명이니까 대략 1인당 10만 원인데 1박 2일에 소수 학생을 위해 막대한 돈을 쓰는 것은 문제가 아니냐며 황 부장을 자극했다. 나아가 K는 구체적으로 '고무동력기에 나의 꿈을 싣고' 활동을 지적했다. 그것은 희망 진로 직업이 유사한 학생 4명이 한 조가 되어 조별로 고무동력기를 조립, 날개에 조원의 꿈을 적어 창공으로 날리는 활동이었다. 내 기억으론 캠프 교재에 명시된 활동 목표는 조별 관심 직업 세계 이해와 함께 동력기 조립을 통한 팀워크 증진 등이었다.

K는 자신의 고유한 설명 자세인 양손을 사용하며 5분여 동안 말했다. 황 부장은 많지도 않은 소주잔을 들고는 입술을 갖다 대면서 듣기만 했다. 나는 보았다. 소주잔을 잡은 손가락에 힘이 들어가 있음을. 나는 K가 나를 바라보기만을 고대하면서 'K 선생, 그만해!'라는 애원의 눈길과 함께 텔레파시를 계속하여 보냈다. 그러나 K의 눈은 나의 눈과 마음을 전혀 보지도 듣지도 못하는 것 같았다.

황경식 부장, 그 역시 K에 못지않은 독특한 교사로 학교에서 유명했다. 나는 황 부장과 3년 차 근무였지만 나이 차이도 있어서 친근한 사이는 아니었다. 그러나 나는 황 부장이 자기 능력과 자존감에 관한 프라이드가 강한 사람이라는 건 느낄 수 있었다. 나는 그해 1학기 학부모 공개 수업 때 창의적 체험활동의 진로활동 수업이 궁금하여 참관한 적이 있었다. 황 부장이 제시한 학부모 공개 수업용 원(one) 페이지 교수-학습과정안은 일반적 수업 단계인 도입-전개-정리를 벗어나 안내-동기유발-정리 등의 순서로 되어 있었다. 학습할 내용을 구두로 5분 정도 안내한 다음 "오늘 내용 관심 없는 사람은 자기하고픈 것 하라!"라고 말한 후 학습 동기유발 단계로 들어갔다. 동기유발 활동? 말이 동기유발이지 본시 학습 내용이었다. 관련 동영상을 먼저 보여주었다. 이어 동영상 내용과 교재의 내용을 요약 정리한 석 장의 PPT 설명이 전부였다. PPT를 통해 이 내용이 왜 필요하고 중요한지를 5분 정도 설명한 것이 전부였다. 마무리 단계에서는 한마디만을 했다.

"자세한 학습 내용은 교재에 나왔으니, 각자 읽고 가장 인상적인 부분에 밑줄 그을 것. 다 한 사람은 각자 개인 활동할 것. 질문 있는 사람은 손 들어 개인별로 할 것. 이상. 각자 활동 시작!"

고등학교 정규 수업 시간 50분 중 25분간이 전부였다. 깔끔하고 군더더기가 없는 수업이었다. 교육방송(EBS)을 통해 자주 본 테드(TED: Technology, Entertainment, Design)를 보는 듯했다. 황 부장은 학생들 사이를 순찰하듯 오가며 둘러보는 게 전부였다. 질문하는 학생은 한 명도 없었다. 학생들 책상에는 수학, 영어, 그리고 소설책 등 다른 책을 가진 학생들도 눈에 띄었다. 그들에게 황 부장은 한마디 주의도 주지 않았다. 나는 언젠가 한 학생의 말을 통해 그 이유를 알 수 있었다.

"진로활동 시간요? 그 시간 학습할 내용을 안내하는 처음 5분간만 필수고요 나머지 시간은 개인 선택이에요. 수업을 듣든, 다른 교과 공부를 하든, 아니면 소설책 등을 읽든 자기 하고픈 것 해도 돼요. 단, 선생님 수업을 방해하거나 옆 학생을 방해해서는 안 돼요. 특히 옆 사람 방해했다간 크게 혼나요. 아무런 일도 하고 싶지 않으면 잠을 자도 뭐라 안 하셔요. 그런데 대부분 학생이 수업을 들어요. 길어야 25분인걸요. 그것 끝나면 나머지 시간은 자유 시간이고요. 그 시간에 선생님은 출석번호 차례로 진로상담을 해요."

내가 들은 황 부장은 수업 외 행동도 독특했다. 재작년 교육 봉사단체 진로 특강을 유치하는 과정에서 최초 가능, 출장으로 불가능, 그리고 다시 가능하다는 강사를 거부한 사건. 진로 특강 관련하여 초청한 유료 강사에 대해서도 학생 만족도 조사를 토대로 강사료 차등 지급 등등. 황 부장 역시 K 못지 않게 자기 행동에 관한 강한 확신이 있는 것 같았다. 그런 황 부장에게 K가 수(手)를 던진 것이었다.

"좋은 지적 고맙네. 내년에 꼭 반영토록 신경을 쓰겠네."

황 부장은 K에게 잔을 내밀며 말했다. 내가 볼 때 그만하자 는 어투였다. K도 거기서 끝냈으면 좋았을걸…….

"부장님, 한 가지만 더……."

K는 잔을 받으면서 말했다.

"그만해! 자네 얘기 더 들을 필요 없어! 자네나 잘하게!"

술잔을 내밀던 부장이 큰 소리로 역정을 내며 K의 말을 잘 랐다. 순간 옆 테이블 손님들도 우리를 쳐다보고 있음을 느꼈 다. 부장은 들었던 술잔을 탁 놓고는 말했다.

"K 선생, 자네 얘기 더 들을 필요가 없는 이유를 말하겠네. 첫째, 자네는 질문하고 있는 게 아니라 돈 사용 내용의 적절성 여부를 저저이 따지고 있어. 나라면 '고무동력기에 나의 꿈을 싣고 투입 비용 대비 학생 만족도 정도는 어느 정도 예측하시 는지요?'라고 질문하겠네. 자넨 지금 나를 신문하는 거야. 둘 째, 자네는 문제점만을 지적했지 대안을 제시하지 못했네. 그 건 발전을 위한 의견이 아니지. 자네의 생각과 다르다고 해서 진로 캠프 전체를 폄훼하는 것은 심각한 태도 문제야. 셋째, 자네는 한 번 날리고 버릴 것이라 하며 낭비라 했네. 낭비의 기준이 뭔가? 자네 오늘 사용한 고무동력기 얼만지 아는가? 대당 1만 7천 원일세. 4명이 1개 조이니 1인당 4천3백30원! 조립과정 중 팀원 간의 팀워크 경험! 동체에 소망을 적을 때

맹추선생

개인별 간절함! 그리고 비행기가 창공을 날 때 느끼는 희열감 등은 어떻게 계산했는가? 자네 수학 선생이니 계산 잘하겠구먼. 그게 정말 낭비일까? 진로 캠프 때 애들이 보인 즐거운 모습을 본 적 있는가? 자네 수학 수업 때 그런 활달하고 적극적인 모습을 본 적이 있는가? 수학 공부? 지금 그들에게 필요한 건 수능 수학 문제 하나를 더 맞히는 게 아니라 작지만 직접 참여를 통한 의미 있는 성취감을 맛보는 거야. 진로 캠프는 바로 그걸 체험하는 곳이야. 효율성과 효과성? 학생들이 웃고 즐기는 가운데 추억거리를 만들고 자신에 대해 뭔가 생각해 볼 수 있는 기회와 시간을 주었으면 1인당 10만 원이 아깝지 않은 캠프 아닐까?"

황 부장은 앞에 놓인 잔을 들어 단숨에 깨끗이 비웠다. 그리고는 일어나 K 옆으로 비집고 들어가 앉았다. 내 바로 앞이었다. 황 부장은 K에게 잔을 주면서 아까보다는 부드러운 목소리로 말했다.

"내, 자네에게 내 행동의 정당함을 두 가지만 보장하겠네. 하나, 나?"

황 부장은 집게손가락을 자신의 가슴에 댄 후 말했다.

"나는 내 나름대로 프로그램 운영 전문가라 생각하네. 프로그램이 뭔지, 왜 필요하고 왜 하는지, 그리고 어떻게 해야 효과적인지를 잘 안다고 자신해. 둘, 나?"

황 부장은 다시 검지를 자신의 가슴에 댄 후 말했다.

"국가 돈 함부로 쓰지 않아. 있는 돈을 하겠다는 학생에게 투자하는 게 뭐가 문젠가? 그렇게 쓰라고 준 돈 제대로 못 쓰는 교사가 문제지. 안 그런가? 자, 술이나 마시게."

"왜 쓸데없는 소리를 했어? 부장님도 네가 자주 말하는 나름대로 열심히 하시는 분인데. 내가 볼 때 프로그램 내용도 좋았고, 초청 강사들 열정도 보였고, 그리고 참가 학생 대다수가 만족한 표정을 봤으면 된 거 아냐?"

나는 귀가하는 차 안에서 그에게 한마디 했다.

"정 선배, 쓸데없다니요? 전 황 부장님 말대로 발전적 방안 제시 차원에서 제 의견을 말하기 위해 물어본 것인데. 제 말을 끝까지 들어보지도 않고서 '대안 제시가 없다.'라고 딱 잘라 말씀하시니. 상당히 다혈질 성격이시대요. 그러나 사실이 그렇잖아요. 1박 2일에 1인당 10만 원을 투자한다는 것. 정 선배, 문제 아녜요?"

"못할 것도 없지, 돈이 있는데. 생각해 봐. 우리 학교 학생들 참여가 대체로 소극적인데 자발적으로 참여한 그들에게 돈 좀 넉넉히 쓰는 게 어때서? 그것도 학교 자체 예산이 아닌 교육부와 도교육청 등의 지원금이야. 남기면 줘도 못 쓰냐고 질타받는 돈이라고. 아까 너의 행동은 그야말로 남의 제상에 감 놔라 배 놔라 하는 모습을 떠올리게 하더라. 충고하는데, 같은 학교지만 다른 부서 행사에 이래라저래라하지 마라. 정 불만이면 내년에 네가 그걸 담당해서 잘 해봐. 알겠어?"

"허허, 그거참, 저도 나름대로 진지하게 생각한 끝에 했다고 생각합니다만."

나는 다소 못마땅한 어투로 K의 말을 잘랐다.

"K 선생은 신중하게 생각했다고 하나 내 생각엔 짧은 생각이었어. 좀 더 길게 생각하거나 모르면 어느 정도 알 때까지는 입을 다무는 게 좋을 것 같아. 황 부장이 '너나 잘해라!'라 말했지? 그 의미도 잘 생각해 봐."

그해 11월, K의 행동이 매우 건설적인, 즉 묘수(妙手)인 경우도 있었다. 물론 나의 기준이지만. 2학기 2차고사를 3주 정도 앞둔 11월 말의 직원회의 때였다. 민 교장은 시험 출제에 정성을 기울일 것을 간곡히 당부했다. 아울러 이번 2차고사 오류에 대해서는 학교장 주의 및 경고 조치를 언급했다. 교장은 먼저 지금까지는 구두로만 훈계나 시정 요구를 했기에 문제의 심각성을 인지하지 못한 자신의 잘못을 인정했다. 그러나 생각보다 오류가 너무 많음에 현실적인 조치를 마련할 수밖에 없음을 말했다. 그러면서 어떤 교사는 올해만 오류 세 번을 범했음을 언급했다. 이는 출제에 관한 마음 자세에 문제가 있다고 하면서 이번 2차고사부터는 오류 교사에 대해서 서면으로 1회는 주의, 2회부터는 경고, 3회는 징계위원회를 통한 불문경고를 하겠다고 했다.

"교장 선생님, 그건 문제가 있다고 봅니다."

1학년과 2학년 국어 교과를 담당한 박홍식이었다.

"무관심이 아닌 오히려 열심히 하려다 보니 발생하는 것이 오류입니다. 그걸 가지고 주의와 경고를 운운하시는 것은 저희 교육활동을 위축시키는 조치라 봅니다. 예체능 등의 과목은 한 학기 1회 출제만 해도 되고, 주요 과목은 1학기에 두 번, 그리고 저처럼 복수 학년을 담당한 교사는 한 학기에 두 과목, 네 번을 출제합니다. 여러 과목 지도로 고생하시는데 출제 횟수와 문항이 많아 징계받을 가능성도 큽니다. 재고를 부탁드립니다. 저희도 출제에 더욱 신중하겠습니다."

나 역시 1, 2학년 복수 과목을 담당했다. 학기별 두 번의 정기고사 때마다 두 과목을 출제하려면 2주 전부터 정신이 없다. 특히 참고서 문항, 그리고 전년도 내가 출제한 문항도 그대로 옮기는 것은 안 되므로 새로이 문항을 개발해야 했다. 나도 작년 2학기 1차고사와 올해 1학기 2차고사 때 각각 한 문항씩 오류를 범했다. 나는 박흥식의 말에 공감했다. 박흥식의 말대로 오류 한두 번 하는 교사를 찾기는 어렵지 않았다. 여기저기서 박 교사의 의견을 지지하는 웅성거림이 들렸다.

"교장 선생님, 일부러 그런 것도 아니고 출제란 게 아무리 최선을 다해도 오류가 나오는 걸 그렇게까지 꼭 하셔야 합니까? 실수 교사에 대해서는 근무평정에 무능 교사로 취급하실 거예요? 학교장 주의와 경고 조치를 줘 뭘 어쩌시겠다는 말씀이신지요? 그거 학교장 월권은 아닌가요?"

3학년 부장 김영심이었다. 웃음기 띤 어투였으나 분명한 반대를 표하는 말이었다. 내가 알기론 학교장 주의와 경고 조치는 교장 월권이 아니다. 물론 감봉 조치는 교장 권한 밖의 징계 조치로 알고 있다. 교감이 일어나 김영심 말에 대해 추가 설명을 했다.

"김영심 선생님이 말씀하신 월권은 아닙니다. 참고로 학교장 주의 및 경고 처분에 따른 불이익을 말씀드리면, 학교장 주의 처분 후 1년 이내에 포상 대상자 추천, 해외연수 대상자 선발 등 인사관리에 반영합니다. 학교장 경고는 처분받은

1년 이내에 근무성적평정, 성과상여금 등급 조정, 포상 대상자 추천, 그리고 해외연수 대상자 선발 등 인사관리에 반영합니다. 그리고 당해 학교 재직하는 동안 주의나 경고를 3회 이상 받을 시 교육공무원 인사관리 규정 제21조 제2항 제4호에 따라 비정기 전보 대상이 됩니다. 덧붙여 저 역시 관리자 입장을 떠나 혼란 없는 시험을 보고 싶어 하는 학생 편에 서고자 합니다. 이상입니다."

"교장 선생님 말씀이 옳다고 봅니다."

교감의 말이 끝나자마자 뒷자리에서 나에게 익숙한 목소리가 들렸다. 나를 포함한 앞쪽에 앉은 대다수 교사가 뒤를 돌아봤다. K였다. K는 천천히 일어서며 말했다.

"선생님들 아시다시피 저는 지난 1차고사 때 큰 사고를 낸 교사입니다. 먼저 시간이 지났습니다만 심려를 끼쳐드려 거듭 죄송하다는 말씀을 드립니다. 엄밀히 따지면 저의 경우는 교장 선생님이 말씀하신 오류의 범위완 다소 거리가 있다고 생각합니다만 어쨌든 문제를 일으켰다는 점은 인정합니다. 박흥식 선생님 말씀에 많이 공감합니다. 저 역시 문항 오류는 무관심과 소홀보다는 오히려 열심히 하려다 보니 발생하는 경우가 많다고 생각합니다. 그러나 박흥식 선생님의 학교장 징계는 무리란 말씀엔 생각을 달리합니다. 무관심을 줄이는 것이 아니라 좀 더 열심히 할 것을 자신에게 독려하는 차원에서 학교장 징계 조치는 필요하다고 봅니다. 열심히 하는 지금의 수준에서 조금만 더 신경을 써서 출제하면 문제없을 것으로 봅니다. 대다수 선생님께서는 10분 지각, 넥타이 미착용, 그리고 몇 센티미터의 차이로 치마 길이 단속, 그리고 서술식 평가 등 학생 행동에 대해서는 엄격히 평가합니다. 우리 선생님도 스스로 수업과 시험 출제에 있어서만큼은 엄격해야 한다고 생각합니다. 그런 점에서 저는 교장 선생님의 말씀에 동의합니다. 이상입니다.”

K의 말이 채 끝나기도 전에 여기저기서 ‘이건 또 뭔 소리야?’라는 투의 여러 말들이 들렸다. 나는 고개를 끄덕이는 네다섯 명도 보았다. 내 뒤에 앉은 교사들을 다 보지는 못했으나 37명 중 동의하는 교사도 최소 예닐곱은 될 거로 생각했다. 그러나 그들의 끄덕임은 대다수의 반대 목소리에 묻혀 전혀 표식이 나지 않았다. 민 교장은 자신의 의지를 바꾸지 않았다.

그해 12월, 내가 염려하던 일이 벌어졌다. 맹 부장과 K의 충돌이었다. 맹 부장과 K의 관계는 마치 같은 병(甁)에 든 물과 기름과 같았다. 지금도 그건 행동 방식의 차이에 있었다고 생각한다. 부장은 속전속결주의 신봉자였다. 반면 K는 신중주의 신봉자였다. 맹 부장은 현실과 실제에 근거한 문제해결 방식을, K는 이상적이고 원론적인 문제해결 방식을 선호하는 것 같았다. 공통점도 있었다. 서로 공식적인 부장과 부원 관계 그 이상으로는 친하게 지내려 하지 않았다. 부장보다 K가 더 부장을 달갑게 생각하지 않은 것 같았다. 어수선한 삼월과는 달리 서로의 강점, 성격, 그리고 그에 따른 업무 스타일이 다름을 서로가 확인한 사월부터는 둘 간의 말이 현저히 줄었음을 확실히 느낄 수 있었다. 아마도 그 시작은 흡연 학생지도 방법 차이에서부터 시작됐다고 생각한다. 자신의 의견을 한마디로 무시한, 현장을 모르는 초임 K를 건방진 교사로 본 부장 의식이 먼저인지, 부장을 현장 상황을 들먹이며 적당히 타협하려는 기회주의자로 본 K의 행동이 먼저인지는 지금도 잘 모르겠다. 두 사람의 불편한 관계는 12월 도교육청 지정 연구학교 보고서 「자율동아리 운영을 통한 자기주도 학습능력 신장」 작성 마무리 단계에서 극에 다다랐다.

청운고 3년 근무 중 교무업무분장에 있어서 부장 간의 알력으로 일부 업무는 매년 담당 부서가 바뀌었다. 전년도에는 A부서였던 업무가 B부서 또는 C부서로 이동하는 경우가 잦았다. 업무에 사람을 배치하는 구조가 아닌 사람에 업무를 배치하기-교사 간 능력이 얼추 비슷하여 업무 수행 능력을 우선 보기보다는 아무리 어려운 업무라도 군말 없이 수행할 사람한테 맡기는 시스템이라고나 할까-때문이라 나는 생각한다. 자율동아리 연구도 그렇다. 맹 부장은 자율동아리 연구가 교무부장, 연구부장, 그리고 진로교육부장의 각각의 어려운 상황으로 인해 학생부로 넘어온 것이라 했다. 연구학교 보고서는 연구부 담당이 아니냐는 나의 물음에 맹 부장은 자세한 설명 없이 자율동아리가 교사 중심 아닌 학생 중심으로 운영하는 만큼 학생회를 담당한 학생부가 맡기로 했다고만 말했다. 맹 부장은 K를 연구 수행 적격자로 지목했다. S사대 출신 수학 전공자란 배경이 크게 작용했을 것이다. 어쩌면 그보다 앞서 조율 단계에서부터 교무부장, 연구부장, 그리고 진로교육부장들이 추천했을지도 모르겠다. 나도 학생부 소속이라 자율동아리 운영위원을 했다. 나 역시 진로소설 속 주인공 생애 분석을 통해 자신의 진로진학 설계를 도모하는 독서 자율동아리 「주인공처럼」의 지도교사이기도 했다.

2학기 개학과 함께 부장은 대여섯 권의 관련 연구보고서를 K에게 건네면서 10월 말까지 자신한테 중간 연구보고서 현황 보고와 함께 12월 말 최종 연구보고서 제출을 목표로 작업을 추진하라고 했다. 중간중간에 보고서 진행을 알려달라는 말도 잊지 않았다. 부장은 나에게도 보고서 띄어쓰기와 오탈자 교정을 부탁했다. 교열까지 해주면 값비싼 저녁을 사주겠다고 했다. 그러나 그런 일은 결코 없었다.

11월 초순, 셋이 급식소에서 점심을 하고 오는 길에 맹 부장이 K에게 중간 연구보고서 진척 현황을 물었다. K는 보고서에 쓸 통계치에 관한 유의도 검증을 위해 사회 과학 통계 패키지(SPSS)를 공부하고 있다고 말했다. 부장은 학술논문이 아니므로 엑셀(Excel)을 활용한 만족도 중심의 기초통계 제시만을 생각해 볼 것을 말했다. K는 최소한 자율동아리 참여 학생들과 참여하지 않은 학생들 간의 학교생활 만족도, 주요 교과별 성적 차이 분석 등을 위한 t 검정(t-test), 그리고 참여 학생들의 성별, 학년, 참여 정도(적극, 보통, 미흡)에 따른 태도, 참가 후 교과 성적 변화 정도 등을 알아보기 위한 카이스퀘어 검정(chi-square test) 정도는 해야 함을 강조했다. 나도 K의 생각이 좀 더 질 높은 보고서 작성에 도움이 된다고 생각했다.

11월 중순, 개학과 함께 부장이 준 참고 도서들은 여전히 K의 책꽂이 위에 놓여있었다. 근 석 달째. 우린 책상을 마주하고 앉았기에 나는 그 책이 그간 한 치의 이동도 없었음을 쉽

맹추선생

게 알 수 있었다. 나는 은근히 걱정되었다. 나의 업무는 아니나 학생부, 우리 학교 일이었다. 부장이 자리에 없는 어느 날 나는 K에게 물었다.

"중간 보고서는 부장님께 드렸어?"

"아직요. 이삼일 밤을 새우면 될 것 같아요. 기존 연구학교 관련 보고서들을 보니 다른 학교 발행 보고서 대여섯 권, 관계 문헌 대여섯 권 등을 짜깁기했더라고요. 부장님 말씀대로 SPSS 통계프로그램까지 돌릴 필요는 없는 것 같고, 금방 돼요."

"11월 중순이니 서둘러야 하지 않을까. 12월 초에 최종보고서 제출로 알고 있는데, 동아리별 보고서 마감은 언제야? 내가 담당한 자율동아리도 아직 보고서 작성에 대해서는 아무런 말이 없는데, 학생들에게 공지했어요? 지도교사인 나도 아직 들은 바 전혀 없는데……."

"11월 25일까지입니다. 그걸 심사하여 우수보고서들을 가려내고, 그들 보고서를 중심으로 연구보고서를 작성하렵니다."

나는 그 말을 듣고 매우 놀랐다. 우리 학교 학생들의 굼뜬 행동을 전혀 고려하지 못한 계획이었다. 나는 일부러 다소 불안한 표정을 짓고 말했다.

"K 선생, 나는 솔직히 걱정돼. 우리 학교 학생들은 제시간에 딱딱 일 처리 하는 군인이 아니야. 보고서 마감날에 과연 몇 편이 들어올까? 내 생각으론 30%도 안 들어올 거야. 우리 학생들한테 5~6쪽짜리 보고서 작성은 결코 쉬운 일이 아니에요. 이제부터라도 25일까지 반드시 제출할 수 있도록 독촉해야 50% 정도 들어올 거야. 그리고…….”

그때 맹 부장이 들어왔다. 나는 말을 멈췄다. 지금 생각하면 그날 늦더라도 ‘그리고…….’ 다음 이야기를 했어야만 했다. 아니다. K가 나한테 물었어야 했다. 그랬으면 그런 사태는 없었을 것을.

나의 예단은 터무니없는 기우가 아니었다. 보고서 접수 마감일에 부장이 없는 자리에서 K가 말했다.

“정 선배, 선배 말이 맞았어요. 총 34개 팀 중 24팀만 제출했어요. 그보다 더 큰 문제는 보고서 내용과 체제가 아주 부실해서 우수보고서 선정 자체가 매우 어렵게 됐어요. 여름방학 직전에 ‘자율동아리 주제 탐구 보고서 작성법’이란 특강을 통해 안내했는데도 전혀 반영이 안 된 것 같아요. 어쩌면 좋죠?”

순간 나는 화가 났다. 그를 향해 ‘그러기에 내가 뭐랬어?’라 외치고 싶었다. 참았다. 엎질러진 물이었다. 흡수력 좋은 화장지로 최대한 그릇에 담는 수밖에 없다고 생각했다. 나는 대학 3학년 때 두 건의 조사연구 참여 경험을 토대로 조언을 했다. 우선 접수한 24편 중 12편을 우수작품으로 선정할 것, 자율동아리 참여 학생에 관한 만족도 및 관련 통계를 분석하여 제시할 것, 특이 사항, 일반화 권장 사항 등을 논의할 것 등등을. K는 두 손을 비비며 나와 눈을 마주치면서 약간 어색한 표정으로 고개를 서너 번 끄덕이는 그만의 평소 감사 표현 방식으로 답했다. 나는 안타깝고 답답했다. 조금만 관심을 더 일찍 가졌더라면 좋았을 텐데. 며칠 밤새우면 된다던 그 자신감은 어디로 간 것일까?

12월 1일 목요일, 나는 지금도 정확히 그 날짜를 기억한다. 여느 해와 같이 12월이 되면 바빠지기 시작한다. 모든 교사가 2차고사 출제, 밀린 학교생활기록부 특히 교과별 세부능력 및 특기사항 입력 등으로 바쁘다. 학생부 역시 학교폭력 관련 등 각종 연말 통계 보고로 바빴다.

"부장님, 이번 주말에 뭐 하세요?"

퇴근을 눈앞에 두고 K가 부장에게 물었다.

"응, 부산에서 부부 동반 1박 2일 동창회 모임이 있어서 다녀오려고 해. 왜?"

"연구보고서 말인데요. 부장님이 좀 도와주셔야겠습니다. 저 혼자는 무리인 것 같아서요."

나는 드디어 K가 부장과 협업을 하는 줄로 알고 안심했다. 그러나 그다음 말이 부장을 자극했다.

"부장님도 연구보고서 결재 체계에 있으니까 당연히 함께해야 한다고 봅니다."

나는 그 말을 듣는 순간 '당연히'란 단어는 뺐으면 하는 생각이 들었다. 지금도 같은 생각이다. 부장이 자리에서 일어나 K에게 말했다.

"K 선생, 자네 업무가 무엇인가? 이건 자네 담당업무야. 난 부장이자 연구위원으로서 연구수행 방향 및 방침을 안내했고, 그리고……."

그러면서 맹 부장은 K의 책꽂이에 아직도 옆으로 누워있는 책들을 가리켰다. 부장은 계속 말했다.

"2학기 개학과 함께 관련 문헌과 사이트 등을 자네에게 안내하면서 10월까지 점검을 위한 중간 보고서를 부탁했으나 보고받은 게 없었고……. 11월 초에도 언급했는데 역시 받은 게 없었고……. 그런데 인제 와서 같이하자는 말은 경우가 아닌 것 같아. 자네 영어 학원 다니는 거? 그거 좋지. 수업과 자기계발 차원에서 중요하고 필요한 거야. 그러나 자기 일을 하면서 하면 좋지 않았을까? 자네 학기 초에 '부장님, 전 도구교과인 수학 교사로 담임을 해야 하는데 새내기 교시가 비담임에 그것도 업무가 좀 널널하여 다른 사람들 눈치가 보여요.'라 나한테 한 말 기억하는가? 그때 난 명확하게 자네 담당 연구보고서는 학교 이름이 걸린 중요한 일이란 걸 말했어. 그리고 12월 최종보고서 제출 마감을 중심으로 시간 분배 잘해서 작품을 만들어 보라고 말했어. 기억나는가?"

나는 K를 바라봤다. K는 인정한다는 표정으로 고개를 끄덕였다. K의 주억거림을 확인한 부장은 계속 말을 했다.

"그건, 자네 업무일세. 자네가 완성하게. 자네 말대로 난 결재 체계에 있네. 그리고 난 애초부터 도교육청 지정 연구보고서의 질적 탁월성은 기대 안 해. 결론은 정해진 것이고 기존 보고서들 짜깁기 좀 해도 큰 지적 없네. 대부분 뻔한 내용이야. 솔직히 난 그걸 맡기면서도 큰 기대 하지 않았어. 초임 교사가 두 개 학년 수업 연구하기도 바쁠 텐데……. 어쨌건 제출까지 2주 남았으니 노력하여 완성하게. 자네 능력으로 몰입하면 일주일이면 될 거로 생각해. 일단 만들어서 나에게 보여주게. 나도 잘 모르지만, 성심껏 살펴보겠네."

K는 부장의 말 도중에 끼어들었다.

"그건 아닌 것 같아요. 부장님은 단지 사인만 하시는 게 아니라 부하 직원과 함께 문제를 풀어가는 게 진정한 부장……."

"K 선생!"

부장은 들었던 책을 책상에 힘차게 팽개친 후 다소 격한 목소리로 말했다.

"보자 보자 하니까 얻어 온 장 한 번 더 뜬다는 말은 자네 같은 사람을 두고 하는 말인 것 같네. 진정한 부장? 내가 안내하고 조언할 때 자네는 무반응이었지. 이제 와 진정한 부장을 운운하는 건 좀 심하지 않은가? 밤새워서라도 만들어서 내 책상에 올려놔!"

좀 전보다 다소 차분한 목소리였지만 분명히 속에 뼈 있는 소리였다. 부장은 조용히 둘을 지켜보던 나를 한번 쓱 보고는 아무런 말도 없이 출구로 향했다. 평소 같으면 반듯하게 책상 정리를 한 후 퇴근하는 부장이었다. 내가 의자에서 일어나 인사할 시간도 없었다. 나는 일어서다 만 엉거주춤한 상태에서 K를 쏘아보았다.

나는 예약한 식당으로 차를 몰았다. 우리만의 오붓한 시간을 위해 전 주부터 준비했다. K의 생일이었다. 퇴근 직전의 일로 나는 기분이 썩 좋지 않았다. K도 그럴 것이다. K는 아무런 말을 안 했다. 나 역시 하지 않았다. 십여 분 동안 서로 말이 없었다. K가 유리창을 내리면서 말했다.

"선배, 선배는 하고 싶은 것을 못 하게 됐을 때와 하고 싶지 않은 것을 하게 됐을 때 둘 중 어느 쪽이 불행하다고 생각해요?"

"질문도 독특하게 하네. 행복도 아니고 어느 쪽이 불행하냐고? 너는 어떤데?"

"내가 먼저 물었잖아요? 선배가 답한 후 나도 말할게요."

"꼭 불행으로 답한다면 난 하고 싶지 않은 것을 하게 됐을 때가 불행할 것 같아. 예를 들어, 맞선 보러 가면서 '제발 ~한 사람만 빼고'라 간절히 빌었는데 딱 그런 남자였다면 더 볼 일 없는 것이지. 나와 같은 범인(凡人)들은 욕심이 많아, 제 능력을 제대로 알지도 못하면서 원하는 건 많지. 재미있는 건 그 많은 것을 모두 성취할 수 없다는 것도 잘 안다는 거야. 자신이 희망하는 것 칠팔십 퍼센트만 달성해도 큰 아쉬움이 없어. 그러나 그들도 원하지 않는 것은 손가락 수만큼은 미리 정해 놓지. 자신의 열등감, 공포감, 나쁜 경험 등을 자극하지 않는 것으로 말이야. 짧은 기억 조차에도 떠올리지 않았으면 하는 것들이지. 찰나의 조우(遭遇)만으로도 신체와 정신의 불편함이 즉각 반응하지. EBS 다큐멘터리에서 봤는데 그런 걸 접하면 몇 개월간 고통스러워하는 경우도 많대. 보고 싶지 않은 사람을 길거리에서 만나면 종일 찜찜해. 그런데 왜 그런 질문을 해?"

"아뇨, 요즘 제 삶이 복잡해서요. 중2 때부터 고등학교 졸업까지 제 꿈은 육군 장교였어요. 아버지는 절대 교사였지요. 아버지는 고3 때도 제 선택을 반대했어요. 제가 S사대 갈 실력이란 걸 알고서는 더욱요. 아버진 제가 사대 졸업 후 현장 근무를 하다가 교육 전문직을 거쳐 궁극적으로 교장이 되길 바라셨거든요. 제가 볼 때 그건 할아버지, 아버지, 그리고 저까지 3대 교장이라는, 교육자 집안이라는 가풍을 만들고 싶은 아버지의 욕심이에요. 그 심정 전혀 모르는 건 아니에요. 저도 고등학교 때 교육방송(EBS)에서 봤는데 한 학생이 부모 소원대로 과학고 졸업, 서울 유명대학 입학, 그리고 사법 시험에 합격했어요. 문제는 합격을 받아든 날이었어요. 그 여학생은 합격증을 부모님께 정중히 드린 후 '이제까지 부모님 소원대로 살았으니, 지금부터는 제 삶을 살겠습니다.'라며 법조인 길을 박차고는 해외 자원봉사를 나갔어요. 그걸 기억한 나는 혹시 모를 나의 미래를 생각하며 장교 미련을 완전히 버리지 못해 학군단(ROTC) 과정을 이수했고요. 장교 생활, 계급 관계를 넘어 젊은이들과 어울림이 좋았어요. 운동도 마음껏 할 수 있었고요. 아무리 봐도 전 군인이 제격인 것 같았지요. 대대장님도 장기복무를 적극적으로 추천하겠다고 하셨고요. 나는 아버지와 장기복무에 대해 의논했지요. 그때도 반대하셨어요. 무사히 제대하여 임용고시 준비나 잘하라고 하시더군요."

"유행가 가사처럼 단호하게 '제 인생은 제 것입니다.'라 왜 말하지 않았어, 군인 체질이라며? 학교에선 대부분 예스라 할 상황에서 '노(No)!'라고 잘하잖아. 똑똑한 녀석인 줄 알았더니. 너도 한낱 착한 학생에 불과했구나."

K는 답답한 듯 유리창을 내려 수 분간 12월의 찬바람을 쐬인 후 다시 올렸다.

"예, 맞아요. 착한 학생, 어른 말 잘 듣는 학생이었지요. 그런데 뒤늦게 제대 후에야 임용 시험을 준비하면서 내 삶, 교직, 그리고 가업 계승에 대해 많은 걸 생각하게 됐지요. 저 역시 교사란 직업에 대해 전혀 관심 없었던 건 아니었어요. 돌이켜보건대 장교나 교사나 사람을 가르친다는 점에선 같잖아요. 장교와 비교할 때 차이점이 있다면 흥미와 적성이 다소 부족하다는 것뿐이지요. 결론이 뭔지 아세요? '이미 그렇게 된 바에 제대로 하자! 탁월한 교사가 되자!'였습니다. 선배 눈에는 다소 삐딱하게 보일지 모르나 지금의 저의 생각과 행동도 거기서 나온 것 같아요. 그런데 막상 학교에 와보니 확실히 성인보다 고등학생 지도가 더 어려워요. 초급 장교와 초임 교사 눈으로 비교한 것이지만 군대보다 학교가 더 닫히고 폐쇄된 조직이라는 느낌이 들어요. 업무 수행 내용보다 절차와 요식 중시, 경력 중시의 수직적 인간관계 등이 더 심한 것 같아요. 정 선배, 썩 원하지 않은 교사를 하는 것과 간절히 원한 장교를 못 한 것 중 어느 것이 더 불행할까요? 선배, 솔직히 말해 줘요. 나, 부적응 교사, 아니 부적격 교사 맞죠?"

나는 조용히 말했다.

"생일날 쓸데없는 소리를 잘 한다. 그걸 알았으면 지금부터 변하려 노력하면 돼. 오늘 일은 잊어버려. 부장님 말씀대로 네 능력이면 일주일이면 하잖아. 나도 도와줄게. 넌 잘할 수 있으니 힘내! 아자!"

12월 중순, 나는 3교시 수업을 마치고 온 K에게 교장의 호출을 전했다. 까닭을 묻는 그에게 나도 모른다고 답했다. 그게 K와 생전에 마지막 대면이었다. 학생부실을 나가는 그를 보며 무슨 일인지 궁금했다. 궁금증은 K가 나간 후 잠시 후에 들어온 학생부장을 통해 대강 알 수 있었다. 나는 부장의 첫

마디에 놀라움을 금하지 못했다.

“성추행으로 신고 들어왔어. K 선생은 그런 의도 결코 없었겠지만 어디 상대방 느낌도 같은가? K가 이번엔 크게 실수한 것 같아.”

자세히 말씀해 보시라는 나의 말에 맹 부장이 교장이 한 말을 해줬다. 2학기 2차고사가 모두 끝난 엊그제, K는 2학년 「실용 수학」 시간에 정기고사 문제에 관한 질의응답을 마친 후 학생들을 자유롭게 쉬도록 했다. K는 답지를 채점하다 중간중간 학생들 사이를 오가며 서너 명의 학생에게 말을 붙이기도 했다. 그 과정에서 문보경이 책상에 엎드려 자는 것을 보고는 잠을 깨운다며 보경의 손바닥에 자신의 손가락으로 원을 그리는 방법으로 간지럼을 태웠다. 보경이 졸린 눈을 뜨고선 급히 손을 빼려 했다. 보경의 빼려는 손을 K는 자신의 다른 한 손으로 꽉 붙잡고서는 또다시 간지럼을 태웠다. 보경이 ‘왜 그러시냐?’라고 귀찮은 듯 말했다. 그러자 K는 보경을 보면서 아무 말 없이 음흉스러운 웃음을 지었다는 것이다. 보경과 학부모는 이를 위력에 의한 명백한 성추행으로 보고 교육청에 신고한 것이라 했다.

교육청의 움직임은 매우 신속했다. 내가 4교시 수업을 끝내고 왔더니 모르는 사람들이 학생부실을 나가는 것을 보았다. 혼자 남은 부장에게 누구시냐고 물었다. 부장은 도교육청 성인지 감수성(gender sensitivity) 팀이라 말해줬다. 그해는 문화계를 핵심으로 정치, 경제 분야는 물론 대학과 중고등학교에서도 「미투 운동(Me Too Movement)」이 활발하게 전개되고 있었다. 교육청 역시 그런 사회 분위기에 신속히 적응한 듯했다. 교육청은 사건접수와 동시에 경찰에 신고했다. 교장에게도 알렸다. 교육청은 K를 직위 해제와 동시에 출근을 정지시켰다. 그들은 K가 수업하는 2학년 3개 반과 3학년 2개 반 학생 전체를 대상으로 설문 조사를 했다. 몇몇 학생과는 면담도 했다. 교장의 움직임도 신속했다. 민 교장은 다음 날부터 기간제 교사를 투입하여 K의 수업 및 학생부 담당업무를 맡겼다.

3

"부장님, 대체 어떻게 된 일이에요? K의 성격이 원만하지 않다는 것, 학교생활에 다소 어려움이 있다는 건 알지만 목숨마저 저버릴 정도였나요?"

나는 부장이 내미는 커피를 받아들기 무섭게 물었다. 맹 부장은 올해는 1학년 부장을 맡았다고 했다. 부장은 의외란 표정으로 나를 보았다. 의자를 뒤로 잡아당긴 후 부장이 앉았다. 부장은 여전히 의아한 눈빛으로 나를 보면서 커피를 한 모금 마신 후 입을 열었다.

"어떻게 된 일이냐니? 그걸 나한테 물으면 어떡해? 너희들 헤어졌어?"

부장은 이해 안 간다는 표정으로 나를 바라봤다. 나는 아무 말을 않고 고개를 숙여버렸다. 그런 나를 보면서 부장은 자신이 모르는 사연이 있음을 짐작했는지 다소 차분한 목소리로 말했다.

"나도 정확한 건 몰라. 12월 사건 후 지난주에야 딱 한 번 K를 만났어. 그동안 전화 한 통화 못 했어. K가 받지를 않았어. 지난주에 K가 먼저 전화 줘서 만났어. 당연한 일이겠지만 무척 힘겨워했어. 엊그저께 판결이 결정적인 것 같아."

"그 사건 판결이 났나요?"

"정 선생이 그걸 모르면 어떡해? 엊그제 지역 방송에도 나왔는데."

부장은 정말 이해 안 간다는 표정으로 나를 다시 바라봤다. 우린 헤어진 게 아니었다. 단지 오랫동안 연락이 없었을 뿐이었다. 나 역시 그동안 K를 만나기는커녕 전화 한 통 못 했다. K가 나를 회피했다. 집으로도 찾아갔으나 만날 수가 없었다.

그를 만난 부장은 이왕 이렇게 된 거 발전적으로 수용하라고 말했다고 했다. 이번 기회에 나의 의도와 시각이 남과 다르다는 것을 진지하게 생각해 볼 것을. 어쩌면 자네는 이상적 사고와 경험, 그것도 간접적 경험만을 통해 성장한 모판의 벼일지도 모른다는 것을. 논이라는 사회를 꿈에서조차 전혀 경험해보지 않은 한 포기 볏모에 불과하다는 것을 강조했다고 했다. 그리고 사회는 구성원에게 페르소나(persona)를 요구한다는 것을, 자신만의 태도, 의도, 방식만을 고집할 수 없음을 강조했다고 했다.

"맹자께서 내가 사랑하는 상대가 나를 친근히 대해 주지 아니하면 나의 사랑이 부족함을, 나는 열심히 가르쳤는데 상대 변화가 없으면 나의 지혜가 부족함을, 나는 예의를 다해 타인을 대하는데 상대 답례가 없으면 내 태도에 문제가 있음을, 그리고 일이 잘 풀리지 않으면 그 원인을 남이 아닌 자신에게서 찾으라 했네. 좀 섭섭하게 들릴 수도 있겠지만 이번 기회에 자신을 좀 더 냉철하게 돌아보는 게 좋을 듯하네."

부장은 잠자코 듣는 K가 자신의 말을 수용할 것 같은 느낌이 들었다고 했다. 그래서 화제를 바꾸어 말했다고 했다.

"판결이 어떻게 날지 모르지만, 앞으로도 몇 달간 어려움이 있을 거야. 좋게 생각하면 휴가 아닌가? 강제 휴가. 평소에 해보고 싶었던 것이나 하며 기다리게. 물론 힘들겠지. 그러나 딱히 방법이 없잖은가?"

부장은 뜻밖의 답을 들었다고 했다.

"아뇨, 저 교사 그만할래요. 아니, 잘리겠죠. 재판 결과와 관계없이 도교육청 징계가 만만치 않을 거예요. 정직이나 해임, 어쩌면 파면? 시국(時局)이 시국인 만큼 최소 해임? 배운 게 도둑질이라고 잘해 봐야 학원 강사? 오늘 처음 한 생각은 아니에요. 청운고로 초임 발령받은 게 제 운명인지도 몰라요. 저 학교 현장에 기대 많이 했어요. 기대가 컸더니 실망도 많더군요. 애써 안내해도 따라오려는 의지가 부족한 학생들에 대해 실망했고요. 변화 없는 그들을 설득하다 보면 저도 짜증스러울 때가 많았어요. 그래도 제가 좀 더 노력하면 될 줄 알았어요. 생각만큼 안 되더라고요. 학년 초에 우리 학교 선생님들로부터 느낀 무기력감을 그제야 이해할 수 있겠더라고요. 변두리 학교에 자녀를 보낸 학부모가 갖는 자녀에 대한 무관심, 그리고 부모의 그런 무관심을 알아차린 학생은 반항과 비

맹추선생

행, 무기력 반복에 의한 학습된 무기력, 그러다 결국 꿈 없는 삶 등으로 연결되지요. 그나마 몇몇은 일탈과 영악함으로 반항하지요. 이번 사안도 그래요. 보경이, 미경이, 그리고 애란이, 난 그들이 이렇게 나올 줄은 정말 생각지도 못했어요. 방금 부장님이 나의 의도와 시각이 남과 다르다는 것을 강조했지만 정말 이건 아니에요. 그들과 라포르 형성이 덜 된 것은 인정해요. 그리고 사실 걔들 모두 수학 시간에 잠자거나 떠드는 애들이에요. 그래서 가끔 그들에게 듣기 싫은 소리와 표정을 짓기는 했지만 이건 진짜 아니에요. 제가 그들을 성추행했다니요? 성추행은 고사하고 성희롱도 한 적이 없어요. 이건 터무니없는 오해를 넘어 모함이에요. 다른 애들 말도 제대로 들어보세요.”

"자네한테는 섭섭한 소리인 줄은 알지만, 내가 듣기론 지금까지 'K 선생님 그럴 분 아니다.'라 나서서 말하는 학생 한 명도 없어. 사람들은 이번 일을 몇 학생의 터무니없는 모함이 아닌 팩트(fact)로 봐. 옆에서 지켜본 나는 누구보다 자네를 믿네. 교육청 조사단에도 뭔가 오해가 있었을 것이라고 했고. 그러나 상황 돌아가는 걸 보니 나 역시 이번 일은 자네가 실수한 것 같다는 생각이 들어. 그야말로 부지불식간에 일어난 일이었다고 봐. 정도의 차이는 있겠지만 사람은 누구나 실수를 해. 중요한 것은 그 실수에서 무엇을 깨닫고 나가는가가 중요해. 자네도 인정할 것은 인정하고 대처했으면 해. 내 전공 티를 낸다고 말할지 모르지만, 나는 종종 자넬 보면서 텔레비전에서 본 자연인이 떠올라. 산속에서 혼자 사는 사람들 말이야.

난 자네가 S사대 출신으로 탁월한 지성과 자부심을 겸비했음을 인정하면서도 한편으론 자네의 자유로움, 아집, 그리고 주위를 의식하지 않는 행동을 보면서 루소의 자연인을 떠올려. 자연인은 혼자 살며, 자기애와 연민(憐愍)의 지배를 받으며 독립적이고 자율적이지. 지난 수학 캠프 사안, 1차고사 사안, 그리고 황 부장의 쓴소리도 모두 자네의 자연인적 성향 때문 아니었나 싶어. 그러나 현실은 달라. 자네는 자연인이 아닌 더불어 사는 사회인이야, 사회인은 타인과 조직의 의사를 무시할 수 없어. 교직 관둔다고? 자네 말대로 정말 억울하다면 당당하게 끝까지 싸워. 자네를 옹호하고 변호할 만한 학생들을 찾아. 도망가지 말고. 자네 평소 바른 소리 많이 했잖아. 이번 건 왜 못 해? 다른 사람도 아닌 바로 자네 일이잖아? 싸워서 지면 깨끗이 인정하고!"

부장은 K의 재기를 북돋우려 그 나름대로 생각한 소견을 강력히 피력했다고 했다. 그러자 K가 벌떡 일어나 한마디 했다고 했다.

"부장님, 진정 저를 도와주려고 오셨어요? 아니면 직접 제 입을 통해 성추행 장면을 생생히 듣고자 오셨어요? 그나마 저를 가까이서 본 부장님만은 저를 이해해주실 것으로 믿고 전화드린 것이었는데…… 왜 걔들 말만 믿고 제 말은…… 저 먼저 일어서겠습니다."

맹 부장은 그게 마지막이었다고 말했다.

나는 판결 내용이 궁금했다. 집에 가서 뉴스를 검색하면 알 수 있다. 그러나 그때까지 참기가 어려웠다. 대체 판결이 어떻게 나왔길래 그런 악수를 두었을까? 나는 맹 부장에게 다시 결과를 물었다. 부장은 엊그제 있은 법원 판결에 대해 간단히 말해줬다.

"엊그제 판결 때 교장 선생님과 법원에 갔었어. 가보니 12월 한 사건만 있었던 게 아니었어. 최초 12월 초에 문보경이 신고하니까 소식을 접한 홍미경과 강애란이 자신도 성추행당했다고 신고한 거야. 세 건이 걸린 거야. 검사의 논고를 들어보니 홍미경의 경우 K가 6월 일봉산 등산로 쓰레기 줍기 봉사활동에 참여하고 있는 미경에게 다가가 '이 옷 너무 야하다. 왜 이렇게 입었느냐?'라고 말하면서, 미경의 빗장뼈와 가슴 사이 살 부위에 검지와 중지를 2~3회에 걸쳐 반복하여 가져다 댔다고 했어. 미경이 당황하여 아무 말 않고 있자, 옆에 있던 학생이 미경을 끌고 바로 그 자리를 피했대. 당시 미경은 평범한 반소매 라운드 티셔츠를 입고 있었대. 옷이 살짝 아래로 늘어지긴 했으나 가슴 부분이 두드러질 정도로 파인 정도가 아니라 옷차림으로 지적당할 이유가 전혀 없었대. 그래서 미경을 위력으로 추행하였다고 주장했어. 강애란의 경우는 K가 7월 초에 학부모 대상 대입 설명회가 있는 3층 진로활동실로 올라가는 계단에서 성추행을 했다고 했어. 애란이가 학부모 안내 자원봉사활동을 마치고 교실로 돌아가는데 K가 따라와서는 애란이의 오른쪽 팔목을 잡고, 다른 한 손으로 애란이의 손을 여러 번 위아래로 쓰다듬으면서, '너, 요즘 행동이 너무 이상하다. 수업 태도에 문제가 있다. 왜 열심히 안하냐? 선생님이 널 얼마나 예뻐하는데, 실망하게 하지 마라.'

라고 말했대. 이에 당황한 애란은 K의 손을 잡아서 뺀 다음, '아, 네, 네. 알겠습니다.'라고 대답하고 황급히 그 자리를 피했대. 그 사건 후 애란은 마음에 깊은 상처를 받아 전학을 고민하기도 했다고 말했어. 검사는 그것 역시 위력에 의한 추행이라고 주장했어."

잠시 숨을 돌리려는 듯 맹 부장은 커피를 한 모금 마신 후 말을 계속했다. 나 역시 보조를 맞추기 위해 한 모금 했다.

"물론 K의 변호인은 부인했지. 문보경의 경우 K가 잎드려자는 보경을 깨우기 위해 보경의 손등을 손가락으로 가볍게 한 번 친 적은 있지만, 손바닥을 간지럼 태운 사실은 없다고. 홍미경의 경우는 K가 미경의 복장에 대해 훈계하려고 라운드 티셔츠 윗부분을 손가락으로 한 번 콕 찌르며 지적한 적은 있지만, 가슴 사이를 손으로 만진 행위는 전혀 없다고 했어. 강애란 경우도 K가 애란에게 격려의 악수를 하였을 뿐, 손을 잡고 쓰다듬은 사실은 없다고 했어. 그러면서 변호인이 주장하기를 K의 보경과 애란에 대한 행동은 모두 성적 수치심을 불러일으키는 행위가 아니므로 아동청소년의 성보호에 관한 법률 위반(위계등추행)의 추행에 해당하지 않고, 그들을 추행할 고의도 없었다고 말했어. 그리고 미경의 경우도 훈계 과정에서 우연히 일어난 일로서 역시 K는 고의가 없었다고 주장했어. 그러나 판사는 변호인 주장을 하나도 받아들이지 않았어. 판사는 K에게 벌금 일천만 원과 함께 40시간의 성폭력 치료 프로그램 이수를 명했어."

"난 너희들 잘되고 있는 줄로만 알았어."

커피를 한 모금 마신 후 종이 잔을 내려놓던 부장이 불쑥 화제를 돌려 물었다. 나는 다소 당황했다.

"헤어진 게 아니라 그 사고 이후 못 만났어요. 저 역시 12월 그날 학교에서 본 게 마지막이었어요. 그날 이후 만나기는 커녕 전화 한 통 못 했어요. 집으로 찾아도 갔으나 부모로부터 집을 나갔다는 말만 들었어요."

나는 짧게 말했다. 아니, 그게 사실이고 전부였다. 나는 버성긴 분위기를 바꾸려고 화제를 바꾸었다.

"그나저나 부장님, 작년 학생부 근무 때 왜 그렇게 K를 차갑게 대했어요?"

부장은 앞으로 숙였던 상체를 한껏 뒤로 젖히면서 머쓱한 웃음을 띠며 말했다.

"차갑게 대하기는 무슨. 그 녀석 행동이 하도 특이해서 선뜻 다가서기가 쉽지 않아 말을 덜 했을 뿐이지. 정 선생도 느꼈겠지만, 그때 내가 K 선생 대하기가 어디 좀 어려웠어? 난 많은 걸 주려 했는데……. 그 녀석이 나를 받아주질 않더군. 나는 그렇다 치더라도 그 녀석이 나한테 좀 섭섭한 점이 있더라도 '선배님, 부장님!' 하면서 조금만 애교를 떨기만 했어도……."

부장은 커피를 한 모금 마신 후 다시 말했다.

"K는 술을 못했잖아. 소주 두세 잔을 한 것도 이겨내지 못해서 술주정까지 하고 그러니 황 부장한테 엉뚱한 말을 해서 기어이 한소리를 들었지. 당구도 안 쳐, 포커(poker)도 안 쳐, 그나마 아는 건 책뿐이야. 그것도 남들이 잘 보지 않는 책들,

비고츠키(Vygotsky), 거꾸로 수업(flipped learning), 그리고 로저스(C. Rogers)의 인간중심 상담 등. 난 그런 책은 머리가 아파. 그러니 나하곤 어울릴 거리가 없었어. 게다가 고집은 얼마나 셌어? 그런데 말이야. 소소한 신경전을 벌이다 보니 나도 모르게 미운 정 고운 정이 들었더라. 지나고 나니까 정말 그게 느껴지더라. 지난주 만났을 때 그 말을 했더니 자기도 그렇대. 처음엔 잦은 의견 차이로 형식적인 투로 부장님이란 호칭이 다소 어색했는데 부산에서 있을 동창회 모임을 취소하고 밤이 새도록 보고서 작성을 도와준 후로는 정말 마음에서 우러나오는 소리로 부장님이라 불렀대. 그 마음에서 우러나온 부장님 소리를 한 달도 채 못 들었지만 말이야."

부장이 말을 마치자마자 기다렸다는 듯이 젊은 여자가 나에게 다가와 물었다.

"혹시 정은진 선생님이세요?"

나는 그렇다고 답했다. 여자는 품 안에서 봉투를 꺼내어 한마디 말없이 나에게 내밀었다. 나 역시 한마디 말없이 봉투를 받아들었다. 겉봉에 내 이름이 적혀 있었다. 봉투의 하단 부분에서 자그마한 게 집혔다. 나는 그게 실반지임을 알 수 있었다. K의 생일날 나눠 낀 반지였다. 나는 부장님께 가볍게 고개 숙여 양해를 구한 후 가방에 넣었다. 부장님은 나의 그 행동을 일어서자는 신호로 받아들인 것 같았다. 부장님이 먼저 일어섰다. 우리는 장례식장을 나왔다. 부장님은 도중에 지인을 만났다. 나를 보고는 먼저 가라고 했다.

생각건대, K의 자진(自盡)은 이번 사안이 결정적 요인은 아닌 것 같다. 작년 5월 스승의 날 퇴근길 자동차 안에서 나는 K의 교육관에 대한 일장 연설을 들었다. 그때 K는 '교사는 사표(師表)가 못 되면 사표(謝表)'란 말을 강조한 적이 있다. K는 사표(謝表)를 택하려 했으나 그것마저도 놓쳤다. K는 죽음[死]으로 자신의 결백을 밝힌[表] 걸까? 죽음으로써만 자기 뜻을 밝힐 수 있었을까? K가 둔 여러 악수 중 단연 최고의 장고 악수(長考惡手)임이 틀림없다. 나는 K의 마지막 행동을 한마디로 그렇게 평가했다.

주차장으로 걸어가면서 나는 점심시간 때 경미와 상담 중에 들었던 말 한마디가 떠올랐다.

"교사는 안정적이잖아요. 엄마가 말씀해 주셨는데, 방학 때마다 한 달간 해외여행 가능하대요. 잘릴 일 없대요. 매년 호봉이 오른대요. 퇴직해도 연금이 엄청 많대요. 아, 그리고 결혼에도 엄청 유리하대요."

나는 학교로 돌아가서 경미에게 꼭 말해주고 싶다. 네 엄마가 말한 교사의 안정적 요인 중에 빠진 게 하나 있다고.

맹추선생

2020년 10월 30일 초판 1쇄 발행

지은이   강석주
펴낸이   김영훈
편집   김지희
디자인   이지은, 사이시옷, 부건영
펴낸곳   한그루
          제주특별자치도 제주시 복지로1길 21
          전화 064-723-7580   전송 064-753-7580
          전자우편 onetreebook@daum.net 누리방 onetreebook.com

ISBN 979-11-90482-31-8 (03810)

ⓒ 강석주, 2020

이 도서의 국립중앙도서관 출판예정도서목록(CIP)은 서지정보유통지원시스템 홈페이지
(http://seoji.nl.go.kr)와 국가자료공동목록시스템(http://www.nl.go.kr/kolisnet)에서
이용하실 수 있습니다.(CIP제어번호: CIP2020043816)

이 책은 2020년 제주특별자치도교육청 '우리 선생님 책 출판 지원 사업' 공모 선정작입니다.

값 15,000원